KB003685

한국 고전시가의
작품 발굴과 새로 읽기

한국 고전시가의
작품 발굴과 새로 읽기

구사회 지음

보고사

책머리에

필자가 현충사가 가까이 있는 선문대학교에 자리를 잡은 것도 20여 년이 되어간다. 처음에 아는 사람도 없고 딱히 갈 곳도 없는 나로서는 주말에도 연구실 주위를 서성일 뿐이었다. 그러다가 우연찮게 천안에 있는 고서점에도 나가고 그곳에서 자료 발굴에 관심을 갖게 되었다. 이후로 우리 대학에는 한문과 서지에 밝은 한문학자 김규선 교수가 계셔서 이분의 활동을 눈여겨보며 도움을 받을 수 있었다.

한편, 찾아낸 자료를 조사하고 분석하는 과정 중에 필자는 저작물을 통해 은사님이신 동국대학교 임기중 교수님을 다시 만났다. 나는 일찍 이 선생님께 향가와 고려가요를 배웠다. 논문을 작성하는 방법을, 게다가 논리적인 문장도 선생님께 배웠다. 이전부터 나는 선생님께서 뛰어난 학자이신 것을 익히 알고 있었지만 국학 자료의 수집과 정리에 그렇게 큰 업적을 축적해놓으신 것을 제대로 모르고 있었다. 그것은 내가 교수가 되어 변변찮은 자료를 발굴하여 조사하면서 다시 깨달았다. 늦게나마 선생님께 감사를 드린다.

이 책에 실린 글들은 크게 두 분야로 나뉜다. 하나는 내가 찾아낸 고전시가 작품들이고, 다른 하나는 기존에 있던 시가 작품을 새롭게 해석한 것이다. 전자는 주로 가사와 시조 작품을 발굴하여 소개하는 측면에서 다뤘다. 후자는 이미 널리 알려진 고전시가 작품을 새롭게 해석한 것이다. 그렇지만, 여기에서도 『고금명작가』처럼 발굴한 시조 집을 다루거나 <황산별곡>처럼 새로운 이본을 함께 다뤘다.

이 책이 나오기까지 여러 사람의 도움을 받았다. 편집과 교정의 궂은일을 담당한 보고사 김홍국 사장과 관계자 여러분, 자료를 정리해 준 선문대 박사과정 양지욱과 학부생 권선영에게 감사를 드린다. 마지막으로 공부를 해오면서 오랫동안 함께 생활하지 못했던 아들 자하에게 미안하고 외손자를 사랑으로 키워준 장모님께 감사를 드린다.

2014년 1월
현충사를 다녀와서
구사회

차례

◆ 제2부 ◆

고전시가의 새로 읽기

▌〈공무도하가〉의 가요적 성격과 디아스포라

▌〈헌화가〉의 '자포암호'와 성기신앙

▌〈모죽지랑가〉의 가요적 성격과 동성애 코드

제1부

고전시가의
작품 발굴과 탐색

과재 김정묵의
가사 작품 〈매산별곡〉

1. 머리말

　조선 시대 사대부들은 유학을 자신들의 이념으로 삼아 학문과 인격을 연마하다가 때가 되면 출사를 하는 것이었다. 그러다가 여의치 않으면 다시 돌아와서 학문에 힘쓰며 심성 수양을 업으로 삼았다. 그래서 이들이 지은 가사 작품은 유학과 밀접한 관련을 맺고 있다. 양반 계층이던 이들 사대부는 가사 작품에 자신들의 이념 세계를 담거나 자신이 처한 현실 생활을 반영시켰기 때문이다. 조선 후기에 이르러 사회 구조가 복잡해지면서 양반 계층도 세족에서 향반, 더 나아가 경제력을 상실하고 평민이나 다름없는 몰락양반에 이르기까지 다양한 집단으로 분화하게 된다.

　이 과정에서 18세기 사대부들은 강호 한정이나 유학적 이념을 읊기도 하고, 향촌에 살고 있던 양반은 전원이나 농촌의 일상을 담기도 한다. 권력에서 밀려난 사대부들은 연군의식을 읊으며 권력에의 회귀를 읊기도 하고 평민이나 다름없는 몰락 양반은 현실의 괴로움과 불만을 가사에 담기도 하였다. 이 시기에 유학을 이념으로 무장하고 현실 정치에 참여하지 않고 강호에서 오직 학문에만 몰두하는 사대부들도 있었다. 이번에 소개하는 과재(過齋) 김정묵(金正默, 1799)은 바로 그들 중의 한 사람이었다.

과재는 사계(沙溪) 김장생(金長生)의 후손으로 기호학파의 학통을 이었던 유학자였다. 그는 호서지역에서 태어나 과거를 포기하고 일생을 강호에서 처사로 보냈다. 자신이 태어나기 직전인 18세기 초엽에 호락논쟁(湖洛論爭)이 있었는데, 그는 여기에서 논의되었던 심성에 관한 문제를 연구하며 학자로 일생을 마쳤다. 그는 노론 낙론계 학자로서 도통의 정통성을 수호하기 위해 노력하였고 상대적으로 시문은 얼마 남기지 않았다. 그런데 최근에 필자는 김정묵이 회인면(현재 보은군) 매산리에 살면서 지은 것으로 보이는 새로운 가사 작품인 <매산별곡(梅山別曲)>을 접하게 되었다. 도학 연구에 매진하며 문학 활동도 삼가던 그가 뜻밖에 가사 작품을 창작하였다는 것을 확인하면서 이를 학계에 공개하고자 한다.

근래에 선문대학교 중한번역문헌연구소에서 조선각본 『삼국지연의』 7권을 입수하였다.[1] 그런데 <매산별곡>은 그 이면에 필사되어 있었다. 고전문학 필사 자료는 서책의 이면지에 종종 기록되어 있다. 종이가 귀했던 시절이라 사람들은 서책의 이면에 여러 가지 잡다한 것을 기록해놓곤 하였기 때문이다. 그 중에는 한시와 함께 시조나 가사, 또는 고소설이 필사된 경우가 있는데, <매산별곡>도 그렇게 적혀 있었다.

이 논문은 새로운 가사 자료에 대한 발굴 보고이다. 그러니만큼 먼저 작자인 김정묵이 어떤 인물인 지에 대해서 알아본다. 이어서 <매산별곡>의 가사 원문을 소개하고 작품에 대한 전반적인 내용을 검토하도록 한다.

---

1) 박재연, 「조선각본 《新刊古本大字音釋三國志傳通俗演義》에 대하여」, 『중국어문학지』 27집, 2008, 171~211쪽.

2. 김정묵의 생애와 문학

김정묵(金正默, 1739~1799)은 조선 후기 영정조 시기의 학자이자 문인이다. 그의 문인이었던 송치규(宋穉圭, 1759~1838)가 찬술한 〈행장(行狀)〉과 송병선(宋秉璿, 1836~1905)이 찬한 〈묘지명〉, 그리고 광산 김씨의 족보를 통해 그의 생애를 살펴본다.

김정묵의 본관은 광산(光山)이고, 기호학파의 적손인 사계(沙溪) 김장생(金長生)의 후손이며, 서포 김만중의 아우였던 김만기(金萬基, 1632~1692)의 고손(高孫)이다. 그의 집안은 전형적인 노론 집안에 해당한다. 그는 영조 15년(1739) 5월에 충청도 서산에서 아버지 김위재(金偉材)와 어머니 파평 윤씨 사이에서 출생하였는데, 8세에 재당숙인 김기재(金驥材)에게 입양되었다. 그의 초명은 두묵(斗默), 자(字)는 이운(而運), 호는 과재(過齋)였다. 어려서 총명했던 그는 『삼국지』를 읽고 문장을 깨달았다고 한다. 그는 노론 낙론계의 예학에 밝은 학자였는데, 일찍이 조부였던 김운택(金雲澤)이 신임사화에 연루되어 벼슬에서 물러난 것을 보고 과거를 포기하고 학문에 전념하였다.

그는 불혹의 나이인 정조 2년(1778)에 충남 회인군(懷仁郡) 매산리(梅山里)로 이주하였다.[2] 〈매산별곡〉은 그곳과 관계가 있다. 정조 4년(1780) 6월에 관찰사 이병정(李秉鼎)의 추천으로 돈녕부참봉(敦寧府 參奉)에 임명되었으나 출사하지 않았고, 정조 7년(1783)에 청주 사산(砂山)으로 이주하였다. 이듬해에 사헌부 지평과 서연관, 경연관에 임명되었으나 족친인 김하재(金夏材)의 역변(逆變)으로 면직을 청하였고, 이어서 초야에 은거하는 선비를 찾아 인재를 천거하는 유일(遺逸)에서

---

2) 매산리는 1914년 행정구역 통폐합에 따라 충북 보은군 회남면에 편입되었다가 1980년 대청댐 담수호 사업으로 수몰되었다.

도 삭제되었다. 과재는 이후로 교유를 끊고 학문과 후진 양성에만 힘을 쏟다가 정조 13년(1789)에 51세의 나이로 충남 회덕군(懷德郡) 정민리(貞民里)로 돌아왔다. 이 시기에 과재는 호락논쟁에서 호론의 주역이었던 남당(南塘) 한원진(韓元震, 1682~1751)의 <남당집차변(南塘集箚辨)>을 완성하였는데, 남당의 인물성이론(人物性異論)을 비판하는 내용이다. 정조 23년(1799) 1월에 61세의 나이로 죽었다. 그의 유문은 정리되지 않고 내려오다가 1928년에야 6대손 김용계(金容契)에 의해 『과재유고(過齋遺稿)』의 연활자본으로 발간되었다.

『과재유고』는 모두 11권 5책인데, 시작품은 12제 143수에 지나지 않고 경학(經學)과 관련된 <잡저(雜著)>가 대부분이다. <잡저>를 보면, 그는 노론 낙론계의 관점에서 남당의 견해를 비판하는데 심혈을 기울이고 있다. 조선 시대의 대부분 문인들은 시작품을 남겼다. 그런데 과재의 한시가 적은 것은 주로 정통 유학에 관심을 기울였던 그의 성향을 보여준다. 그러나 그의 한시가 보여 주는 시적 경지는 결코 가볍게 넘어갈 수준이 아니다. 『과재유고(過齋遺稿)』에서 처음 나오는 <치(雉)>와 마지막에 나오는 <차수미음(次首尾吟)>이라는 작품을 살펴보도록 한다.

<雉>	꿩
疏趾且耿介	성긴 발로 꿋꿋이 서서,
角角鳴逐隊	까아까악 소리내며 대오를 쫓는다.
火德成五彩	화덕으로 오색 무늬를 이루며,
臨水却自愛	물가에 가선 스스로를 다듬는다.
雖云形如鷄	모양이 닭과 같다고 이르지만,
難畜於樊內	울안에서 기르기가 어렵다.
春日山梁上	봄날 산등성이 위에서,

燁燁多奇態	남다른 자태를 한껏 뽐낸다.
寄語愼飮啄	제발 마시고 쪼기를 신중히 하여,
毋令致後悔3)	후회하는 일을 만들지 말거라.

이는 〈꿩(雉)〉이라는 10구의 5언고시이다. 시에서 화자는 꿩의 성품이나 모습, 그리고 습성 등과 같은 여러 특징을 묘사하면서 경계의 언사로 마무리하고 있다. 제1구에서 '소지(疏趾)'는 꿩이 살찌면 두 발을 벌리고 서있기 때문이고, '경개(耿介)'는 꿩의 성질이 꿋꿋하고 곧아서 직선으로 날아오르기 때문이다. 제3~4구에서 꿩은 오행의 화덕(火德)으로 오색의 조화를 이루고 상극인 물에서도 자애(自愛)할 줄 안다고 칭찬하고 있다. 제5~6구의 사람들이 꿩을 기르기 어렵다는 것은 그것을 새장에 가두면 일직선으로 날아오르다 부딪혀 죽기 때문이다. 여기에서 꿩이 죽더라도 직선으로 날아오르는 것은 뜻을 잃지 않고 절개를 지키는 선비와 같다고 말할 수 있겠다. 제7~8구에서는 꿩의 봄날 광경을 묘사하고 있지만, 이것은 공자의 말씀을 통해 꿩의 품성을 비유한 것이다. 일찍이 공자는 꿩이 사람의 기색을 살피고 날아올랐다가 다시 나무에 앉는 광경을 보고 꿩도 시중(時中)에 맞게 행동한다고 칭송했기 때문이다.4) 제9~10구에서는 마지막으로 화자가 꿩더러 조심하라는 경계의 말을 하고 있다. 이 시에서는 꿩의 좋은 품성을 드러내면서 한편으로 조심스럽게 경계의 목소리를 늦추지 않고 있다. 여기에서 꿩은 우의로 빌려온 존재이고 실제로는 작자 자신이었을 것이다. 우화소설 〈장끼전〉에서의 지혜롭지 못한 장끼의 인물형과는 좋은 비교가 된다.

---

3) 『過齋遺稿』卷1, 〈雉〉.
4) 『論語』·「鄕黨」편, "色斯擧矣, 翔而後集. 曰山梁雌雉, 時哉時哉. 子路共之, 三嗅而作."

다음으로 <차수미음(次首尾吟)>이라는 시를 살펴보자. 과재의 한시는 모두 143수에 지나지 않는데, 그중에서 <차수미음(次首尾吟)>만 119수이다. 오늘날 전하는 그의 시작품에서는 8할 이상을 차지하는 분량이다. 이 시는 과재 한시의 전부라 해도 과언이 아니다.

過翁非是愛吟詩	과옹이 시 읊기를 좋아하는 것이 아니라,
詩是過翁接友時	시 읊기는 과옹이 벗을 접할 때라네.
勢利功名皆僞耳	권세와 공명은 모두 거짓일 뿐,
謙恭孝悌各修之	겸공과 효제를 모두가 닦아야 하네.
脅肩唯喏元非義	굽실대며 '예, 예'하는 것은 원래 의(義)가 아니고,
補道切偲儘着題	간절하고 독실하게 도를 돕는 것이 원칙에 알맞은 것이라네.
夫子獨稱平仲意	공자께서 오직 안평중[晏嬰]의 생각을 말씀하셨나니,
過翁非是愛吟詩[5]	과옹은 시 읊기를 좋아한 것이 아니라네.
過翁非是愛吟詩	과옹이 시 읊기를 좋아하는 것이 아니라,
詩是過翁觀物時	시 읊기는 과옹이 사물을 관찰할 때라네.
萬億百千根太一	수많은 사물은 태일(太一)에 근본을 두나니,
往來飛躍出精微	가고오고 날고뛰는 것이 정미함에서 나온다네.
月本賴日日何賴	달은 본디 해를 의지하는데 해는 무엇을 의지하는가,
聖卽希天天孰希	성인은 하늘을 바라는데 하늘은 무엇을 바라는가.
語到源頭意不盡	말씀이 근원에 이르면 의미가 무궁하나니,
過翁非是愛吟詩[6]	과옹은 시 읊기를 좋아한 것이 아니라네.

---

5) 『過齋遺稿』卷1, <次首尾吟> 제1수.
6) 위의 책, <次首尾吟> 제5수.

　〈차수미음(次首尾吟)〉 119수에서 첫째와 다섯째 작품을 예로 들었다. 〈차수미음(次首尾吟)〉은 한시사의 양식적 측면에서 의미가 있는 작품이다. 과재의 〈차수미음(次首尾吟)〉은 송나라 소강절(邵康節, 1011~1077)의 〈수미음(首尾吟)〉에 기원을 두고 있다. 소강절이 〈수미음〉의 첫 구와 끝구에 '堯夫非詩愛吟詩'라는 같은 구절을 사용하고, 2구는 '詩是堯夫○○時'로 고정시키고 두 글자만 교체하여 134수의 연작시를 창출해냈다.7) 그런데 후대인들이 소강절의 〈수미음〉 형식에 맞춰 본떠 짓게 되자 그것은 하나의 문예 양식이 되었다. 우암 송시열도 소강절의 그것에 차운하여 '尤翁非詩愛吟詩'와 '詩是尤翁○○時'를 주로 사용하여 〈차강절수미음운(次康節首尾吟韻)〉 134수를 남기고 있다. 그런데 과재 김정묵은 '過翁非是愛吟詩'와 '詩是過翁○○時'를 사용하여 〈차수미음(次首尾吟)〉 119수를 짓고 있다.

　그의 〈차수미음(次首尾吟)〉은 소강절에 근원하고 있지만 직접 창작하게 된 배경에는 우암의 영향을 입은 것으로 보인다. 과재는 김장생의 직계 후손으로 가문에 대한 자부심이 강했고, 평생을 노론 낙론계의 학자로 활동하다가 죽었다. 그는 도학이 율곡 이이에서 사계 김장생으로 이어지고, 그것은 다시 우암 송시열로 계승되었다는 강한 신념을 갖고 있었다.8) 그런데 남당 한원진이 도통에서 사계 김장생을 누락시키자 일생을 두고 논박하였다.

　송시열의 〈차강절수미음운〉이 주로 학문과 도학적 내용 등을 제재

---

7) '首尾吟體'의 전반적인 한시에 대해서는 다음 논문으로 미룬다.
　　정민, 「尤庵先生 〈首尾吟〉 134수 管窺」, 『한국사상과 문화』 42권, 한국사상 문화학회, 2008, 35~62쪽.

8) 윤사순은 過齋 金正默의 사승 관계가 '栗谷 李珥→四季 金長生→尤庵 宋時烈→丈巖 鄭澔→迷庵 金偉材→過齋 金正默→剛齋 宋稺圭→淵齋 宋秉璿'으로 이어지고 있다고 보았다. (윤사순, 「기호 유학의 형성과 전개」, 『기호학파의 철학사상』, 예문서원, 1995, 16~18쪽.)

로 한 것처럼, 과재의 <차수미음(次首尾吟)>도 도학이나 심성과 같은 유학적 물음에 관한 내용을 중심으로 형상화하고 있다. 위의 '접우(接友)'이나 '관물(觀物)'처럼 학도(學道)·독처(獨處)·자경(自警)·책선(責善)·격치(格致)·논성(論性)·자면(自勉)·저술(著述) 등과 같은 제재를 통해 일상생활에서부터 도학적 규범에 이르는 폭넓은 범위에 이르는 대상을 시로 형상화하고 있다.

위의 '접우(接友)'시에서는 벗을 대하는 자세에 대하여 말하고 있다. 벗을 접하면서 겸공과 효제를 닦아야 한다고 역설하고 있다. 아첨하거나 말에 맞춰주는 것이 의(義)가 아니고 간절하고 진정으로 대해야 한다며 공자의 말씀을 상기하고 있다. '관물(觀物)'시에서는 사물을 통해 그것의 근본을 살피겠다는 내용이다. 작자는 그것을 태일(太一)로 귀결시키고 정미함을 살피고 있다. 그의 이와 같은 태도는 도학의 근원을 탐색하는 것인데, 당시 호락논쟁도 '성(性)'과 같은 근원적인 물음에서 비롯된 것이다. 과재의 사물의 근본에 대한 물음과 그것에서 비롯된 도학적 규범은 그의 저작물에 나타난 주된 주제였고, 그것은 <수미음(次首尾吟)>을 비롯한 그의 한시 작품에 담겨 있다. 그런데 그의 저작물과 한시에서 보여준 '심성(心性)'의 문제가 이번에 발굴된 <매산별곡>에 그대로 투영되고 있다.

3. <매산별곡>의 원문과 주석

엇진지 내 셩졍 산슈의 벽이 : 러9)
빅스롤 다 져치고 스방의 오유ᄒᆞ니

---

9) 천석고황(泉石膏肓)의 병이 생겨나서. '일다'는 [起], 중세국어는 '닐다'.

명산대천의 쪽젹이 거의노다10)

늙ᄀ여11) 병이 깁허 쟝유의 힘이 업셔

고역의12) 문을 닷고 시셔를 벗을 삼아

인지의 참 형체를 심샹의13) 졈검ᄒ니

하늘쳐로 놉흔 인산 짜쳐로14) 너른 지슈15)

아ː흔 죠흔 긔샹 니구16)의 일밐이오

양ː이 묽은 형셰 무이의 졉ᄒ이여17)

강졀의 동셜츈하 렴계의 광풍졔월

식ː이 ᄀ쟈 잇고 곳ː이 죠하시니18)

향니 외경의 허락을 우이 넉여19)

권즁 금고의20) 셰월을 보내더니

어와 내 일이야 칙 덥고 도라혀니21)

본심의 어질기야 도쳑인들 업돗더냐

본연만 미더 두고 긔쳑을22) 아니ᄒ면

놉던 뫼 나자지고 깁던 물 야타지예23)

---

10) '거의로다'에서 'ㄹ'을 'ㄴ'으로 표기한 것. 안 다닌 곳이 없다는 뜻.

11) 늙게이. '늙ᄀ여'는 '늙어'의 뜻. '늘ᄀ여'의 'ㄱ'을 앞 음절에도 적어 준 것.

12) 古城.

13) 尋常+의(부사격조사), 늘.

14) '쳐로'는 '처럼'.

15) '仁者樂山, 知者樂水'.

16) '니구(尼丘)', 공자를 말함.

17) '接하여'의 뜻. 무이와 다를 바 없다는 뜻.

18) 중세국어 '둏다'는 [好], '좋다'는 [淨]. 그러나 근대국어(17세기) 이후 '둏다'가 구개음화에 따라 '좋다'로 변화. '죠하시니'=둏-(다-+아(연결어미)+시+니. '시-'는 '잇-, 이시-'의 이형태임. '좋아 있으니'로 번역. 사실은 '죠흐니'로 표기하는 것이 어법에는 맞지만, 운율 때문에 이렇게 썼을 것.

19) 우습게 여겨. 옷-(笑)+이(부사형 어미)+너기-(做)+어.

20) '卷中禁錮'.

21) '도라혀니'는 '돌이키니'. 중세국어라면, '돌-+ᄋ(사돈접미사)+혀(강세접미사?)+니'이므로 '도ᄅ혀니'로 적힐 것인데, 16세기 이후 'ㆍ'의 소멸에 따라 '도라-'로 적힘.

22) 改斥.

구룸이야24) 안개야 어즈러이 씨인25) 즁의

가싀덤풀26) 뷧샬희예 진면목이 아조 업셔

이단잡뉴와 이젹금슈들아

방즈이 횡힝ᄒ여 풍경을 더러이니

어와 가외로다 이러ᄒ면 엇지ᄒ리

녜부터 현인군즈 살더롤 갈희 말이27)

산명슈려ᄒ면 양심28)의 유조ᄒ기

무극옹29) 운디진일30) 별경을 어더 내여

갓긴 씻고 노릭 불너 쳔긔롤31) 즐겨스니

내 쏘 일을32) 비화 졍계롤33) 츠즈리라

미산34) 지쳑지의 강물이 둘너시니35)

뇨죠쳥졀36)ᄒ여 셰외예 별지로다

일간 모옥을 강안의 부쳐 두어

산조강구들과 밍셰롤 구지 ᄒ여37)

---

23) '야타지예'는 '야타지여' 또는 '야타지니(이 가능성은 희박)'의 오기.

24) '이야'는 접속조사, 중세국어에서는 '여'로 나타남. '구룸이며 안개며'로 번역.

25) '씨인'은 '자욱하게 낀'.

26) '덤풀'은 '덤불'이 맞을 것. '뷧'는 '띠', '샬희'는 '뿌리'.

27) 살 곳을 가리니. '갈희다'는 '분별하다, 선택하다', '-ㄴ말이'는 정체가 잘 드러난 것은 아니지만, '-니' 정도로 옮기면 될 것.

28) 養心.

29) '무극옹(無極翁)'은 주돈이(周敦頤)를 지칭하는 말. 주돈이가 『태극도설(太極圖說)』에서 '무극이태극(無極而太極)'이라고 하여 이르는 말.

30) '운대진일(雲臺眞逸)'은 주희를 지칭하는 말. 주희가 태주(台州)의 숭도관(崇道觀)을 주관하다가 뒤에 화주(華州)의 운대관(雲臺觀)으로 옮겼기 때문에 그렇게 표기한 것.

31) 天機.

32) '이룰'을 '일을'로 적은 것.

33) 淨界.

34) 梅山.

35) 둘러 있으니. 두르+어+시+니. '시-'는 '잇-, 이시-'의 이형태.

36) 窈窕淸絕.

37) 맹세를 굳게 맺어.

쇠비롤 깁히 닷고 셕샹의 누어시니

님중38) □□□□은 눈 압회 버러 잇고

인간풍우는 꿈속의도 머러셰라39)

숑하의 학이 울고 운중의 기 즈즈니40)

심산의 약키는 벗 암반으로 도라오내

셕정의 다린 챠롤 너도 흔 잔 나도 흔 잔

말업시 샹디ᄒᆞ여 뉴슈만 구버보니

왕: 담ᄒᆞ야 속: 드리 묽앗고야

뒤 뫼히 취롤 캬여41) 살문 콩 셕거 먹고

경견을 노러ᄒᆞ여 님하의 훗거ᄅᆞ니42)

증ᄌᆞ도곤 가음열고 원헌도곤 넉: ᄒᆞ다43)

갓부거든 안자 쉬고 갈ᄒᆞ거든44) 물을 마셔

내 싱이 유여ᄒᆞ니 늠을 어이 부워ᄒᆞ리45)

동풍이 희동ᄒᆞ고46) 홍안이 북비홀 제

하로밤 죠흔 비의 삽쥬가 나단 말가

질솟회47) 데쳐내여 아츰 뇨긔 ᄒᆞ온 후의

---

38) 林中.

39) 멀구나. 멀-+어+시-+에라. '-시-'는 '잇, 이시-'의 이형태. '에라'는 감탄. 직역하면 '멀어
있구나'인데, '멀구나'로 옮기는 것이 좋을 것.

40) '솔개'를 '쇼리기'라고 불렀음.

41) '취나물을 캐어'.

42) 散步 또는 橫步의 뜻인 듯. '흩다(散)'의 어간 '흩-'에 '걷다'의 활용형 '거ᄅᆞ니(일반적으
로는 '거르니')'가 결합함. 흩- → 흗- (8종성표기법) → 훗- (7종성표기법, 근대국어 이
후의 특징).

43) 증자보다 부유하고 원헌보다 넉넉하다.

44) 숨 가쁘면 앉아 쉬고 목마르면.

45) 부러워하리. '부워ᄒᆞ리'는 조금은 색다른 모습임. '부럽다'가 현대 경상도 방언에서는 '붋
다'로 나타남. 그렇다면, '붋-어'는 '불워'(ㅂ불규칙활용)를 거쳐 '부워(ㄹ탈락)'가 될 수
있음.

46) '희동'은 이상함.

47) 질그릇 솥.

낙대롤 드러메고 죠디로 나려가니

산용은 화병이오 슈식은 명경이라

졍 : 흔 옥녀봉이 쏫곳고48) 물님ᄒ여49)

천고의 흔ᄌ 셔 : 눌 위ᄒ여 고앗ᄂ고50)

홀연이 놉흔 바회 하놀을 괴와시니

암 : 흔 큰 긔샹이 밍부ᄌ롤 뵈옵ᄂ 닷51)

인물흥회ᄒ여 내 몸을 술펴보니

강산의 유조타미 헛말잇듯 실말잇듯52)

파심의 ᄲᅴᄂ 고기 무어술 즐기노라53)

우연이 팔ᄌ 죠하 ᄌᄉᄭᅴ 일큿인다54)

즁천의 ᄯᅳᆫ 쇼로개 셕은 쥐 산병아라55)

일싱경영이 이러56) ᄲᅮᆫ ᄒ것마ᄂ

엇지타 너희갓치 그더도록 쳔홀시고

어와 너여이고 니 아니면 그리실가57)

이 니롤 져ᄇᆞ리면 나도 너만 너도 나만

심님의 닙히 퓌고58) 쬣꼬리 우놀 젹의59)

갈건포의로 암샹의 흔ᄌ 셔니

녹나쟝 둘닌 곳의 싱황을 섯거 부니

산인의 부귀롤 뉘라셔 시올손고60)

---

48) 꼿꼿하고.

49) '님'은 '립(立)'?

50) '고다'는 '괴다'와 같은 어휘. 떠받치다.

51) 맹부자를 뵈옵는 듯.

52) '有造'. '강산이 유조하다 함이 헛말일 듯 진담일 듯'

53) 즐기느라고.

54) '일큿다'는 '稱하다'. '일큿는다'는 애매함.

55) 젹은 쥐? 산병아리?

56) '이럴'에서 'ㄹ' 탈락한 듯. 정상적인 것은 아님. 문맥상 '이러툿'이 되어야 할 듯.

57) '니'는 '理'인 듯, '그리실가'는 '그럴까'로 여겨짐.

58) 잎이 피고.

59) 울고 노닐 적에.

면만흔 져 황죠여 안줄 디롤 아웃거니61)

인간의 무지흔 쟈 너만도 못홀시고

네 쇼리 들어ᄒ니62) 도심이 유연ᄒ다

셔풍이 건듯 부러 목엽이 날니거다63)

동챵의 둘이 붉고 쥭간의 셔리 올 졔

잔 잡고 둘 디ᄒ여 청홍을 부쳐시니64)

슈정궁 뉴리젼이 이예셔 죠홀쇼냐65)

이 둘빗 거두어 쟝부의 비쵀고져66)

진토지예롤 썰치기 곳67) 다 썰치면

본체가 광명ᄒ면 나도 너만홀 거이오68)

젹셜이 만산ᄒ고 한긔 핍인홀 졔

챵 녈고 ᄇ라보니 옥산경슈의

연ᄒ고 조흔 긔샹 신긔도 신긔홀샤

빅옥경 진면목이 과연 아니 그러흔가

빅원산 농환옹이 화로롤 아너시니69)

각고흔 참 공부롤 어이ᄒ면 ᄯ롤손고

민챵의 쥬역 넑어 물니롤 살펴보니

ᄒ 지쟈 둘 도드며 치위 가면 더위 오니

뉘라셔 이 쥬쟝을 만ː고의 ᄒ단 말고

관물도 죠커니와 ᄆ음이나 술펴보소

---

60) 누가 시샘하겠는가.

61) '아웃다'는 문맥상으로는 '알거니'.

62) 들으니. '-어 ᄒ니'는 '-으니'로 번역.

63) 날리는구나.

64) 의탁하니.

65) 이보다 좋을소냐.

66) 비추고 싶어라.

67) '곳'은 보조사. '하기만 하면'의 '만'과 유사.

68) 것이고.

69) 안고 있으니.

움죽이락 고요ᄒ락70) 단예도 ᄒ도홀샤71)

긔미의72) 샹심ᄒ여73) 션악을 구별ᄒ며

형체롤 바로 셰워 만ᄉ의 근본삼아

동졍운위예 이 ᄆ옴 쥬쟝ᄒ면

이거시 사나희며 이거시 션비런가

깁히 숨어 이셔 이 도리롤 안니ᄒ면

산밍야롱으로74) 호발이나 다를소냐

셩현의 지은 경셔 조샹의75) 셰운 가법

닑고 : 쏘 힝ᄒ며 힝코 : 쏘 닑으면

인간 어늬 일이 이예셔 죠홀소냐

ᄌ녀뎨즐노76) 이 일을 권ᄒ여셔

산젼슈애77)예 셰월을 한송ᄒ니

나도 이롤 즐겨 이 밧긔 일이 업셔

낫이면 쳐ᄌ 보고 밤이면 ᄭᅮᆷ을 슬펴

동 : 쵹 : ᄒ여 간단홀가 근심ᄒ니

이 일의 골몰ᄒ니 외물을 졀노 닛내78)

동모야 웃지 마라 내 일 졔금 네 일 졔금79)

죠예80)의 불합ᄒ기 녜부터 그러ᄒ니

모로고 웃는 일이 ᄆ옴의 추연ᄒ여

---

70) '-락'은 반복. 오르락내리락.

71) 'ᄒ도 홀샤'는 '하도 할샤(=많기도 많구나)'가 맞는데, 16세기 이후 'ㆍ'가 소멸하면서 혼란스러워진 것.

72) 機微.

73) 詳審.

74) 삼맹야롱과, 山氓野農.

75) '의'는 주격의 '이'로 번역할 것. '나의 살던 고향'과 같은 것.

76) 子女弟姪.

77) 山前水涯.

78) 잇네, 잊어버리네.

79) '졔금'은 '조금'의 뜻으로 보임.

80) 필사본에 '착병(鑿柄)'으로 부기되어 있음.

효졔츙신을 본는 죡 : 스셜ᄒ니
남고81) 감동ᄒ야 인의롤 힘쓰고야82)
산즁의 슈믄 경영 이 밧긔 ᄯᅩ 잇는가
지 너머 니풍헌83)과 ᄂ로 건너 김약졍84)이
나물 젹 흐린 슐노 쳥커든 즉시 가셔
ᄒᆫ 잔 권코 두 잔 먹어 취ᄒᆫ 후의 니른 말이
셩명이 지상ᄒ샤 틱평을 여르시니
우리 빅셩들이 힝낙을 아니ᄒᆞᆯ가
강구의 노래소리 너와 함긔85) 화답ᄒ니
당우 젹 죠흔 긔샹 이 아니 그러ᄒᆫ가
놉흔 뫼 깁흔 물 어초의 흥을 부쳐
셩셰한민을 일싱을 즈긔ᄒ니
아마도 무스한인86)은 나뿃인가87) ᄒ노라

4. 〈매산별곡〉의 작품 검토

〈매산별곡〉은 조선 후기의 사대부 가사에 해당한다. 표기 방식은
국문으로 3단 2구의 편언대우법으로 기록되어 있다. 가사 길이는 2음
보 1구로 236구의 중형가사이다. 〈매산별곡〉은 3·4조가 절대적으로

---

81) '남고'는 오독(誤讀)인 듯.
82) '-고야'는 '- 는구나'의 뜻이 있음.
83) 李風憲. 풍헌(風憲)은 조선 시대 향소직(鄕所職)의 하나. 면(面)이나 이(里)의 일을 맡
아 봄.
84) 金約正. 약정(約正)은 조선 시대 향약(鄕約) 조직의 임원. 칭호는 시대와 지역에 따라
일정하지 않음. 풍속과 기강, 상부상조(相扶相助) 등에 관한 일을 맡고, 수령이 향약을
실시할 때는 보조 실무의 구실을 하기도 함.
85) 중세국어의 '흔뻑'가 '함긔'로 나타남. 'ㆍ'의 소멸. 18세기 이후의 표기법으로 보임.
86) 無事閑人.
87) '뿃'은 '쑨'의 오독(誤讀)으로 보임.

우세하고 전통적인 가사 형식을 지키고 있는 정격가사이다.

작자는 과재(過齋) 김정묵(金正默, 1739~1799)으로 기호학파 노론 낙론계 학자이다. 창작 시기는 그가 충청도 회인군 매산리(현재 충북 보은군 회남면 소재)에 살았던 정조 2년(1778)부터 정조 7년(1783)사이에 지어졌을 것으로 짐작된다. 대략 1780년 정도가 되겠다.

<매산별곡>은 18세기에서 19세기에 사용된 표기 체계를 따른 것으로 보인다. 예로써 28구의 '도라혀니'는 중세 국어의 '도ᄅ혀니'가 16세기 이후 'ㆍ'가 소멸하면서 '도라~'로 적힌 것이다. 37구의 '가싀덤풀 쒓쓜희예'라는 어구에서 '가싀'(가시)·'쒸'(띠)·'쓜희'(뿌리) 등은 모두 그 시기에 쓰인 어휘 표기들이다. 드물게는 근대 국어에서 쓰인 표기법도 보인다. 72구에 '암반으로 도라오내'라는 구절이 있다. 여기에서 '도라오내'는 19세기 말기 이후에나 보이는 표기이고, 이전에는 '도라오닉'정도로 가 될 것이다. 이러한 후대 표기는 <매산별곡>에 대한 필사 과정에서 근대 표기가 일부 들어갔을 것으로 여겨진다.

<매산별곡>의 작품 구성은 '서사' - '본사' - '결사'로 이뤄지고 있고, 내용상으로는 '기(起)·승(承)·전(轉)·결(結)'의 4단 구성 양식을 구현하고 있다. 그리고 대부분의 가사 작품에서 볼 수 있듯이 작품 길이가 늘어나면서 '본사'는 '본사 1'·'본사 2'·'본사 3' 등으로 나뉘면서 내용 전환이 이뤄지고 있기 때문이다.

먼저 가사 작품의 '서사'에 대해 살펴보자. 서사에서는 대개 가요명이나 창작 동기가 제시된다. <매산별곡>의 서사는 제1~6구이고 '엇진지 내 셩졍 산슈의 벽이 이러 빅ᄉ롤 다 져치고 ᄉ방의 오유ᄒ니 명산대천의 족적이 거의노다'가 그것에 해당한다. 여기에서 화자는 천석고황(泉石膏肓)처럼 자연을 좋아하여 명산대천을 안 다닌 곳이 없다는 말로 가사를 시작하고 있다. 이곳이 바로 서사(序辭)이고 내용상으로

'기승전결'의 '기'에 해당하는 곳이다. 이곳 서사에서는 〈매산별곡〉이 강호가사로서 세속을 벗어나 자연에 귀의하는 선비의 유유자적한 삶을 형상화할 것임을 암시하고 있다. 대개 강호가사의 서사에서는 그들이 강호에 묻혀 살게 된 까닭을 밝혀 스스로 원래부터 산촌에 묻혀 사는 일반인들과는 다름을 나타내 보인다.[88]

'본사'는 제7~216구까지인데, 내용 구조로 보아 '본사 1(7~54구)'·'본사 2(55~170구)'·'본사 3(171~216구)'으로 나뉜다. 내용상으로 '기승전결'의 4단 구성에서 '본사 1'과 '본사 2'가 '승'단락에, '본사 3'이 '전'단락에 해당한다. '본사 1'에서는 독서로 소일하며 잠심(潛心)하다가 자연에 도의 본체가 있다는 것을 깨닫고 찾으러 나선다는 대목이다. 예로부터 성현들이 자연을 통하여 심성을 기르고 천기를 즐겼다는 것을 화자가 인식하는 부분이다.

'본사 2'에서는 자연에 도의 본체가 담겨 있다는 '본사1'의 내적 자각을 증거하기 위해 매산(梅山)이라는 자연 공간의 경물을 제시하고 있다. 이 부분에서는 매산의 자연 경물이 제시되지만 단순한 열거가 아니다. '관물(觀物)'을 통해 자연물에 내재되어 있는 도의 본체를 깨닫게 된다는 것이다. 그는 수많은 사물이 태일(太一)에 근본을 두는 바, 가고오고 날고뛰는 것이 정미함에서 나오는 것으로 보고 있다.[89] 그는 인성과 물성은 같으며 물성에도 도가 있고, 성(性)은 이(理)에 근본하고 있고 이(理)는 무위(無爲)하다고 보았다.[90] 이것은 '본사 2'의 "즁쳔의 쁜 쇼로개 셕은 쥐 산병아라 / 일싱경영이 이러 쑨 흥것마는

---

88) 정재호, 『한국가사문학론』, 집문당, 1984, 255쪽.

89) 『過齋遺稿』卷1, 〈次首尾吟〉제5수. '過翁非是愛吟詩, 詩是過翁觀物時, 萬億百千根太一, 往來飛躍出精微.'

90) 위의 책, 〈次首尾吟〉제7수. '過翁非是愛吟詩, 人物本性洞辨時. 人亦物哉物有道, 性本理耳理無爲. 須看聖賢之言隱, 却以鳶魚也躍飛. 性若不同天不一, 過翁非是愛吟詩.'

/ 엇지타 너희갓치 그디도록 쳔홀시고 / 어와 너여이고 니 아니면 그 리실가 / 이 니룰 져 브리면 나도 너만 너도 나만"이라는 구절에 그대 로 구현되어 있다. 작자는 소리개나 쥐, 그리고 산병아리와 같은 짐승 들의 날고 기는 것을 관찰하여 그것에 인간과 같은 '니(理)'가 내재하 고 있음을 말하고 있다. 이어서 "면만흔 져 황죠여 안줄 디룰 아웃거 니 / 인간의 무지흔 쟈 너만도 못홀시고 / 네 쇼리 들어흐니 도심이 유 연흐다"라는 부분에 이르러서는 꾀꼬리가 무지한 인간보다 수승하다 는 것을 환기시키고 있다. 이것은 인성과 물성이 같고 사물에도 도가 있다는 낙론계의 관점이기도 하다. 그것을 명시하기도 하였다.[91] 이런 과정을 거쳐 작중 화자는 마침내 공중에 나는 새를 통해 도심(道心)을 확인하기도 하고 달과 산을 통해 물리(物理)를 깨닫기도 한다.

'본사 3'에서는 '마음'을 살피는 부분이다. '기승전결'의 '전'에 해당한 다. 이전 단락인 '본사 2'가 매산의 자연 경물에 대한 '관물(觀物)'을 통 해 그것에 내재되어 있는 만물의 본체를 인식하였다면, '본사 3'은 내적 전환이 이뤄지는 곳인데 그 핵심은 '마음'에 있다. '본사 3'이 '관물도 죠커니와 무음이나 슬펴보소'로 시작하는 이유가 바로 그것이다. 마음 으로 기미(機微)를 살펴서 선악을 구별하고 형체(形體)를 모든 일의 근 본으로 삼고, 움직이고 정지하는 운행과 행위에 대해 주체화하고 있다. 그래야 사나이이고 선비이며 그것을 모르면 아무것도 모르는 무지한 사람이며 한낱 터럭같은 존재에 지나지 않는다는 것이다. 작중 화자는 산중에서 마음을 기르고 다스리며 인의에 실천하는 것을 법으로 삼는 바, 이르자면 '존심양성(存心養性)'에 힘쓰겠다고 다짐하고 있다.

'결사'는 제217~236구까지이고, 종결사는 마지막의 '아마도 무스한

---

91) 같은 책, <次首尾吟>제8수. '過翁非是愛吟詩, 詩是本然論性時. 幽在鬼神明在樂, 大 於天地小於眉. 若云物內分同異, 應亦心中有變移. 二字之謂晦父辨, 過翁非是愛吟詩. 子論天命之謂性曰, 天所命底是性, 人物同. 也須看之謂二字, 便得.'

인은 나샛인가 ᄒ노라'이다. 사대부 작품의 강호가사나 유배가사에서
화자의 내적 갈등이 해소되며 소망을 피력하고 기약하는 곳이 결사
부분이다. 그것은 대체적으로 이전 단계에서 시적 자아의 자연 홍취,
이념적 정서, 또는 연군 의식이 충돌하면서 갈등을 고조시켰기 때문이
다. 그런데 〈매산별곡〉에서는 굳이 갈등이 해소되는 것이 없다. 작품
에서 시적 자아는 애초에 현실을 벗어나 강호를 벗삼아 자연을 탐색
하며 그것에 내재된 본체에 관심을 기울였지, 다른 사대부 가사들처럼
출처와 같은 현실적 이념으로 인한 갈등이 없었기 때문이다. 그래서
시적 화자는 종결사에서 태평성대를 노래하며 강호한정의 무사(無事)
한 삶을 기약하고 있다. 이것은 가사의 갈등 표출 양상이 『내함구조(內
含構造)』를 이루고 있는 바, 이념적 정서를 이미 초월한 가운데 자연
홍취 속에서 이미 조화롭게 균형을 이룬 상태였기 때문인지 모른다.92)

　이상 논의에서 확인할 수 있듯이, 〈매산별곡〉은 매산(梅山)에서 자
연과 함께 살아가는 작자의 삶과 내면 의식을 읊고 있는 강호가사임
에 틀림이 없다. 그렇지만 여기에서 자연은 단순한 자연이 아니라 도
의 본체가 담겨있는 자연이다. 작자인 김정묵은 예학과 도학에 밝았던
18세기 후기의 유학자이다. 주지하다시피, 18세기에 이르러 성리학의
이해가 심화되는 과정에서 심성 문제를 두고 노론학자들 사이에서 논
쟁이 있었다. 우리는 이를 호락논쟁(湖洛論爭)이라고 하는데, 하나는
인성(人性)과 물성(物性)의 동이(同異)에 관한 문제였고, 다른 하나는
심체(心體)가 선한가 아니면 선과 악을 겸하였는가를 두고 벌인 논쟁
이었다.93) 김정묵은 인성과 물성이 동일하다고 보며 이(理)의 보편성
을 강조한 낙론의 관점을 계승한 학자였다.

---

92) 이승남, 『사대부가사의 갈등표출 연구』, 역락, 2003, 117~119쪽.
93) 이병도, 『한국유학사』, 아세아문화사, 1987, 383쪽.

<매산별곡>은 매산이라는 자연 공간에서 경물을 관찰하고 그것에 담긴 도의 본체를 구현하고 있다. 작품에서 자연 경물은 단순한 사물이 아니라 그것에는 이(理)의 보편성이 내재되어 있고 도심(道心)이 있다고 보고 있다. 이것은 바로 작자의 심성에 관한 관견이고 배후에는 낙론이 있다. 다시 말해 <매산별곡>은 단순한 강호가사가 아니라, 작품 이면에 심성에 관한 그의 도학적 관점이 그대로 투영되어 있다는 것이다. 한편으로 그와 같은 심성에 관한 견해는 그의 한시 작품인 <수미음> 119수에서도 그대로 형상화되고 있다.

김정묵의 <매산별곡>은 16세기 이래로 전승된 강호가사의 발전적 모습을 보여주고 있다. 강호가사는 처음부터 시적 자아가 자연을 탐색하며 자아와 세계의 관계를 모색해왔다. 그런데 18세기 후기의 <매산별곡>에 이르러서는 자연을 통해 도의 본체를 탐색하는데 그치지 않고 그것에서 심성 문제를 찾고 있다는 사실이다. 물론 심성 문제는 18세기 성리학계를 주도하던 중심 주제였지만 그것이 단지 도학적 논쟁으로 머물지 않고 <매산별곡>이라는 가사 작품에 영향을 주고 있었다는 점이다. 강호가사의 처지에서는 18세기 후기에 이르러 김정묵이 <매산별곡>이라는 가사를 통해 심성이라는 성리학계의 당대 담론을 받아들이고 그것을 문학적으로 수용하여 형상화하였다는 의의가 있다. 강호가사는 처음에 강호한정과 안빈낙도의 세계를 읊으며 도의 실체를 모색하고 있었다. 그러다가 <매산별곡>에 이르러서는 자연에서 심성을 탐색하는 경지에까지 이르렀기 때문이다.

5. 맺음말

지금까지 조선 후기 낙론계 유학자인 과재(過齋) 김정묵(金正默, 1739

~1799)의 〈매산별곡(梅山別曲)〉에 대하여 살펴보았다.

과재는 사계(沙溪) 김장생(金長生)의 후손으로 조선 후기 기호학파의 학통을 계승한 도학자였다. 18세기 초기에 호락논쟁(湖洛論爭)이 있었는데, 그는 여기에서 논의되었던 심성에 관한 문제를 연구하며 학자로 일생을 마쳤다. 그는 노론 낙론계 학자로서 도통의 정통성을 수호하기 위해 노력하였고 많은 부분에서 남당 한원진의 인물성이론(人物性異論)을 비판하고 있다. 상대적으로 시문은 얼마 남기지 않았다.

그의 문집은 『과재유고(過齋遺稿)』인데 시는 143수에 지나지 않고, 그중에서 〈차수미음(次首尾吟)〉이 119수이다. 〈차수미음(次首尾吟)〉은 송나라(邵康節, 1011~1077)의 〈수미음(首尾吟)〉을 본떠 지은 것으로 후대에 수미음체(首尾吟體)라는 양식이 되었다. 〈차수미음(次首尾吟)〉은 본래 소강절에 근원하고 있지만 그가 창작하게 된 배경에는 우암 송시열의 영향을 입은 것으로 보인다. 과재의 〈차수미음(次首尾吟)〉은 우암의 그것처럼 도학이나 심성과 같은 유학적 물음에 관한 내용을 위주로 형상화되고 있다. 이것들은 호락논쟁의 주제로 떠올랐던 심성론과 관련된 제재들인데, 그의 〈매산별곡〉에도 깊게 투영되고 있다.

어려서 총명했던 과재는 『삼국지』를 읽고 문장을 깨달았다고 한다. 이번에 나온 〈매산별곡〉도 『삼국지연의』의 이면에 적혀 있었다. 〈매산별곡〉은 조선 후기 사대부가사의 하나인 강호가사이다. 가사 길이가 2음보 1구의 236구로 된 중형가사이고 전통적인 가사 형식을 따르는 정격가사에 해당한다. 작품 구성은 대부분의 강호가사가 그렇듯이, '서사' - '본사' - '결사'로 이뤄지고 있다. 창작시기는 그가 충청도 회인군 매산리(현재 충북 보은군 회남면)에 살았던 1780년 전후로 짐작된다.

〈매산별곡〉은 매산(梅山)에서 자연과 함께 살아가는 작자의 의식과 정신세계를 읊고 있는 강호가사이다. 그런데 〈매산별곡〉은 단순한 강

호가사가 아니라, 심성과 관련된 노론 낙론계의 도학적 관점이 작품에
그대로 투영되고 있다는 점이다.

【부록】 매산별곡 원문

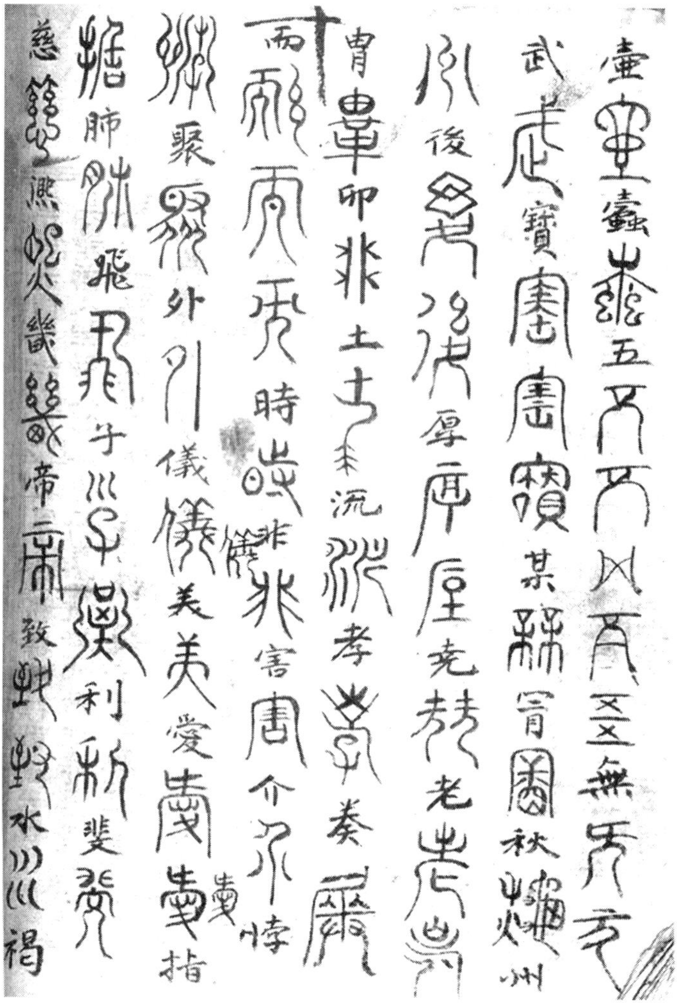

退齋先生 梅山別曲

엇진지 ᄇᆡ셩졍
박소울다쳐치고
맹산대천의

산슈의 벽이ᄅᆞ려
ᄉᆞ방의 오유ᄒᆞ니
죽졔이거의 노나
인지의 장형쳬굴

늙ᄆᆞ여병이깁허
고역의 문닷고
심샹의 졈검ᄒᆞ니
시셔로벗을 삼아

장유의 힘ᄭᅡᆞᆷ업서
아ᄂᆞᆫ 혼죠혼거상
양ᄂᆞᆫ이 ᄆᆞᆰ은형세

하ᄂᆞᆯ혀 ᄀᆞᆷᄂᆞᆷ흔인산
ᄇᆞ구의일 ᄇᆞᆷ이오
우어의 졉ᄒᆞ이여
향긔ᄅᆡ 외경의

ᄉᆞ쳐ᄂᆞ너른 지슈
ᄇᆞ구의일 ᄇᆞᆷ이오

강졀의 동셜츈하
셕ᄂᆞ이ᄀᆞᆺ 잇고
허ᄅᆞᆫᄒᆞᆯ을우이ᄇᆞ여

렴계의 광풍제월
풍ᄂᆞ이됴하시니

젼즁 금교의 어와
어와버일이
어진ᄃ기야

셰월을 보ᄂᆡ더니
쳑엽교도
본심의 어진진...

본ᄯᆞ면 만미더두고
놉던되나 자쳥고
구롬이야 ᄋᆞᆫ개야
드ᄎᆡᆨ인들 법...

긔젹을 아ᄒᆞ면
갑던물 야타지예
어즈러이 긔인즁의

가싀덥풀 ᄯᆡᆺ셜희예
이젹 굼슈들이
풍경을 ᄃᆞ러이나

진면목이 ᄋᆞ조엽ᄉᆡ
베부터 현인군쳥
방ᄌᆞ이 횡횡ᄒᆞ여

어와 가외로다
살듸룰 갈한말이
산명슈려ᄒᆞ면

이려ᄒᆞ면 엇지ᄒᆞ리
양심의 유조ᄒᆞ긔

부국웅운 ᄃᆡ진일
갓ᄉᆞᆫ씨고 벼령불너
산명슈려...

별경을 어ᄂᆡ며
쳔리ᄎᆞ룰 즐겨스니
일간모옥을

미산ᄭᅵ젹지의
노효뎡젼ᄒᆞ여

강물이 둘너시ᄂᆡ
셰외예 별지로다
강안의 부쳐두어

山島江鴈 산도 강구들과
盟誓 명셰롤 구지 ᄒᆞ야
人間風雨 인산풍우ᄂᆞᆫ
궁속의 도머러셰라
셕졍의 다린 차롤
너도 ᄒᆞᆫ잔 나도 ᄒᆞᆫ잔
뒤뒤히 취ᄒᆞ굴키여
살문 콩 셕거 먹고
갓부더든 아차 ᄒᆞ야
갈흐거든 물을 ᄭᅵ여
하로밥 ᄒᆞ 비의
삽쥬가 나ᄆᆞᆯ 싹가

秦雁 쉬비롤 낀히 맛고
셕샹의 그여 시니
농하의 학이 울고
운즁의 기즈즈니
말업시 샹되 ᄒᆞ야
林 젼을 노리 ᄒᆞ여
林 하의 훗거로니
내 심의 유여ᄒᆞ니
놈을 어이 부워 ᄒᆞ리
질솟희 데쳐 내여
아춤 ᄂᆞ리 ᄒᆞ온 후의

林쥬ᄉᆞᆫ 은
눈압히 버러 잇고
심산의 약진ᄂᆞᆫ 벗
암반으로 도라오내
왕ᄌᆞ갑ᄌᆞᆯ ᄒᆞ야
속ᄯᅳ리ᄆᆞᆯ 맛포아
증것도 곤 가음열고
원천도 픈 녁ᄒᆞ나
동풍이 훠 동ᄒᆞ고
홍안이 북비 흘졔
ᄂᆞᆨ대 글 드러 메고
효ᄯᅵ로 나러 가내

산용은 화병이오 졍는 옥뎌봉이 천고의 혼즈션ᄂᆞ

유식은 명경아라 곳곳고 물넘어 인물흥화ᄒᆞ여

흘연이 눕혼바회 암ᄉᆞ혼 군긔상이 내몸을 술펴보니

하ᄂᆞᆯ을 괴와시니 짜심의 뒤눈포기 우연이 탈것조하

강산의 유조하미 무어슨 즐기노라 조ᄉᆞ 셰일것시 안다

헛말잇 둧살 밀잇듯 일심경영이 엇지타 너 희갓치

중천의 ᄯᅳ논쇼개 이ᄂᆞ를 졍녕히면 그되도록 젼혼시고

셕은쥐 산병아라 심님의 님하뤼고

어와 너여이고 셋ᄆᆞ리 우눈젹의

니아니면 그리 살가 산인의 이부를

나도 너만 너도나만 눅나 장들 곳의

압상의 혼즈션ᄂᆞ 셩황을 셧셔부너 뉘라 셔셔을 손고

綿蠻 뎐반호려황효여 인간의무지훈쟈 네요히들어호니

안좌되불아웃거니 너만도못할시고 도심이유연호다

西瓜 셔몸이 날니거다 동창의돌이붉고 잔잡고돌디호여

水晶店流瑞嚴 유졍궁뉴리젼이 듀산의여리올제 쳥흥을부쳐신가

이예셔죠흔쥴을호나 이돌벗거두어 진토쳬예로

本體光霽月 본쳬가광졔월호면 쟝부의비회고져 설치기곳다설치면

가득이바흘 橫山 尙山面 倉녈고보라보니

안고소혼거샹 셜이만산고 화젼경진면복이

신과도신과훈사 周易通人 옥산경슈의

갑고훈참품부울 白玉경진면복이 金源山 빈원산농혼봉이

훈거립인훌졔 화로돌을아디시니

梅窓 비창의쥬역붉어 치지쟈돌도호며

어이훈면샤듬솓고 불너굴슐데보니 치위가면더위온다

뉘라셔 이 쥬쟝(主張)을
만ㄴ고의 후단 발고
만물(觀物)도 ㄷ러 나와
마음이나 술펴 보소
몸속이 락포오락
단예(丹)도ㅎ로 ㅎ랴

션믈(物)ㄹ 구별ㅎ며
형톄(形體)를 바로 세워
만스의 근본 삼아
동졍운위(動靜)예
이 마음 쥬쟝ㅎ면

성헌(聖賢)의 지은 경(經)
조샹의 셰운 가법(家法)
이거시 션비런가
이거시 사나희며
김희 숨어 이셔
이도리(道理)를 안나ㅎ면
호발(毫髮)산밍(山)야 롱으로
인간 어니 일이

주ㄷ녜(弟)틀노
이일을 젼ㅎ여셔
힝고ㄹ 伍 닉으면
붉고ㄹ 伍 힝ㅎ며
나도 이둘들 뎌
이ㅉ에셔 조흘소냐

낫이면 쳐ㅈ 볽고
세월(歲月)을 한 숑ㅎ니
산젼슈애(山前水涯)예
이일이 업셔
이밧 귀일이 업셔

밤이면 움을 술퍼
간단(間斷) 훌가 ㄷ 집ㅎ니
동ㄹ 축ㄹ ㅎ여
이일의 물몰 ㅎ니
외물(物)을 졀노 닛내

동모야웃지마라
효예의불항ᄒᆞᆼ
보로고웃ᄂᆞᆫ일이

내일졔 금네일졔군
네부터그러ᄒᆞ니
모음의슈연ᄒᆞ여

효졔충신을
남도감동ᄒᆞᆫ야
산즁의슈ᄂᆞᆫ경영

본논쪽~소셜ᄒᆞ니
인의롤힘쓰ᄭᅩ솨
이밧거ᄯᅩ잇ᄂᆞᆫ가

지너머니츙현과
나물쪅흐린술노
츈잔권코두잔먹어

누로건너김약쟁이
쳥거두죽시가셔
취ᄒᆞᆫᄒᆞ의ᄂᆞ를말이

셩병아쳥샹ᄒᆞ야
우리뵉셩들이
강구의노래소리

퇴쳥을여름심
힘낙을앗글가
너와함긔화답ᄒᆞ니

당꼼우젹츈부긔샹
농훈뫼갑훈물
셩셰훈민을

이아니그러ᄒᆞᆫ가
어초의흥을부쳐
일셩을조리ᄒᆞ니

아마도무스한인은

十二

邯鄲夢

開元間盧生因舉進士諸弟還家到邯鄲縣投入一店黃粱飯吃盧生身
躰困倦思想要睡店中適有一道人授以磁枕盧生舒身就枕朦朧睡去見朱門
大戶信步而入有佳人相約結婚成親之後就去赴進得中壮元授翰林之職與
宰相李林甫不合出為陝川知州奉命開河有功陞為御史中丞兼征西大將軍
領兵出師得功奏捷封為定國侯進吏部尚書又被李林甫排陷貶竄嶺南及
林甫被誅復召還朝尊為上相加封題國公壽亭千有餘一病而終驚醒來時
方知是夢盧生歎曰榮華富貴五十餘年過尽時夢裡曾泔粢猶未熟矣

南柯夢

貞元間淳于棼因酒後觸犯主師遂去官職流落揚州東門居住宅傍有古
槐一株常與寶朋樂飲其下一日醉卧于此夢二使者稱是大槐安國王相邀
將公主招你做附馬頃刻成親出為南柯太守在任二十多年所生二女五男皆
配顯窐極甚罷盛因右相妬他在國王慶說他威權太重暫遣回家及

首尾□□屑尾□□利□□□在國王虞說他處推太重暫遣回家 及

至醒来乃是一夢大槐安國就是古槐根傍有一穴為有一窩馬蟻

就是蟻王南柯郡郡槐樹向南一小枝也

周公夢

孔子少時志欲行周公之道故常夢之及其老也嘆曰甚矣吾衰也久矣

吾不復夢見周公

楊州鶴

廣記有客各言所志或願楊州刺史或願腰纏十萬貫或願乘鶴

上天一云願腰纏十萬貫乘鶴上楊州蓋兼三之願也

九

梅山別曲

齋先生

엇진지이버셩졍　　박소롤다져치고　　명산대쳔의

산슈의벽이ᄯ러　　소방의오유ᄒᆞ니　　고역의문을앗고

늙그여병이깁허　　고역의문을앗고　　죽젹이거의노자

쟝유의힝이업셔　　시셔롤벗을삼아　　인지의참쳥쳬굴

하놀쳐로놉흔인산　　아ᄌᆞ혼조흔각샹　　심샹의졈검ᄒᆞ나

ᄯ쳬로너르지슈　　너구의일딕아오　　양ᄌᆞ이므리은힝셰

감쳘의동셜츈하　　셕리이ᄀᆞ쟈잇고　　무이의졍호이여

련계의광풍졔월　　곳ᄌᆞ이쵸하시니　　향너와경의

젼즁금고의　　어외네일이아　　허락을우이녁

셰월을보내더니　　어와내일이아　　도쳐인들엽

칙넙고도라ᄒᆞ나　　도쳐인들엽

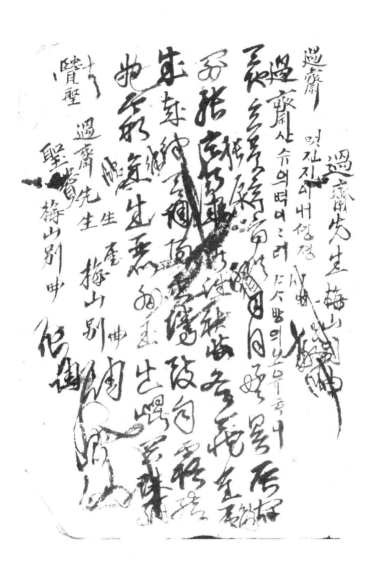

연사 윤희배의
가사 작품 〈미강별곡〉

1. 머리말

한국 시가문학사에서 시조와 더불어 가사만큼 우리 국문학의 질량을 압도했던 경우는 없다. 가사는 다른 시가와 구별되는 독자적인 장르 성격과 미의식을 지녔는데, 작품 분량도 이본을 포함하여 7,000여 편에 이르고 있다. 게다가 가사는 오랜 세월을 거치면서 양반에서 평민으로, 남성에서 여성으로, 유학자와 승려에서 동학교도나 천주교도 등에 이르는 다양한 계층으로 확대되면서 근대에 이르렀다.

가사 연구도 장르론과 형태론, 발생론과 형성론, 작가론과 작품론 등의 여러 분야에서 이뤄졌다. 가사 작품에 대한 발굴과 정리 작업은 1950년대부터 근래에 이르기까지 여러 연구자에 의해 꾸준히 이루어 졌는데,[1] 특히 임기중의 일련의 작업은 이 분야의 집대성이라고 불러

---

1) 고정옥, 『가사집』, 평양국립출판사, 1955, 11~1077쪽.
　김사엽, 『송강가사』, 문호사, 1959, 13~228쪽.
　박성의, 『송강가사』, 정음사, 1961, 5~233쪽.
　김성배 외, 『주해 가사문학전집』, 집문당, 1961.
　정렬모, 『가사선집』, 조선문학예술총동맹출판사, 1964, 3~603쪽.
　이상보, 『이조가사정선』, 정연사, 1970, 9~303쪽.
　＿＿＿, 『한국불교가사전집』, 집문당, 1980, 141~527쪽.

도 좋을 것이다.2)

　가사 작품은 판본과 필사본으로 전해지고 있는데, 장책(裝冊)이나 접책(摺冊), 또는 두루마리나 전장지(全壯紙) 등과 같은 다양한 형태를 보여 주고 있다. 지금도 많은 가사 작품들이 초야에 묻혀 있다가 연구자들의 손에 들어오는데, 그 대부분은 이미 학계에 알려진 작품들이다. 그럼에도 불구하고 가사 발굴에 관심이 있는 연구자라면 고서점의 후미진 곳에 쌓여있는 옛 문건들을 주목할 필요가 있다. 그런 곳에서 뜻밖의 새로운 자료가 나올 가능성도 있기 때문이다. 이번에 필자가 발굴하여 공개하는 <미강별곡(嵋江別曲)>도 그런 사례에 해당한다. <미강별곡(嵋江別曲)>은 지금까지 학계에 보고된 수많은 가사 작품 중에서 어디에도 들어있지 않았던 새로운 작품이다.

　<미강별곡(嵋江別曲)>은 윤처사라는 사람이 미수 허목을 배향했던 미강서원의 둘레를 주유하면서 그곳의 풍광을 읊는 형식으로 구성되어 있는데, 선생의 덕망과 유풍을 기리는 내용을 함축하고 있다. 이 논문은 새로운 가사 작품인 <미강별곡(嵋江別曲)>을 학계에 보고하는 자리이니만큼, 먼저 작품 문헌과 가사 원문을 제시하면서 작자로 기록된 윤처사가 구체적으로 어느 시대의 누구였는지를 추론하고 그것의 창작 배경도 살펴보도록 한다. 이와 같은 논의를 바탕으로 작품의 내

이상보, 『17세기 가사선집』, 교학연구사, 1987, 61~299쪽.

＿＿＿, 『18세기 가사선집』, 민속원, 1991, 61~101쪽.

권영철, 『규방가사』, 한국정신문화연구원, 1979, 7~648쪽.

＿＿＿, 『동학가사』(Ⅰ,Ⅱ), 한국정신문화연구원, 1979, 1~576쪽(Ⅰ), 1~451쪽(Ⅱ).

이 밖에도 여러 주해 작업들이 있었다.

2) 임기중은 『조선조의 가사』(성문각, 1979)을 시작으로 역대 가사 2,469수를 수집하여 『역대 가사문학전집』(아세아문화사, 1998) 50권에 수록하였다. 최근에는 전승양상과 원본 추정 작업등의 과정을 거친 2,086편을 선정하여 해제와 주석을 붙여 『한국가사문학주해연구』(아세아문화사, 2005) 20권에 수록하였다. 이외에도 『불교가사원전연구』·『불교가사연구』·『불교가사독해사전』·『연행가사연구』·『한국가사학사』·『한국가사문학원전연구』 등이 있다.

용과 성격을 규명하고 그것이 지닌 문학사적 의의도 함께 점검하고자
한다.

2. 〈미강별곡〉의 작품 서지와 작자 문제

2.1. 작품 서지

〈미강별곡〉이 기록된 서책은 앞뒤가 망실되어 표제를 알 수 없다.
〈미강별곡〉은 서책의 중간에 〈황산별곡〉과 함께 필사되어 있다. 서책
은 18×39㎝의 한지로 되어 있고, 102면에 걸쳐서 여러 가지 내용이 기록
되어 있다. 여기에는 이런저런 잡다한 내용이 94면에 걸쳐서 기록되다
가 6면은 빈 공간이고, 나머지 뒷부분은 후대에 기록된 것으로 보인다.

서책에는 기록자의 작품으로 보이는 〈보석십이경(補石十二景)〉이
라는 연작시를 시작으로 시사(詩社)에서 함께 교유하며 활동했던 시인
들의 한시 작품들, 국내외에 널리 알려졌던 역대 시인들의 작품들, 그
리고 주위의 가까운 사람들끼리 주고받은 편지나 친인척의 제문 등이
실려 있다. 여기에는 당시 국내에 보급된 안경을 소재로 한 한시도 있
고, 담배에 대한 풍물기도 보인다. 서책에는 〈작걸인(作乞人)〉과 〈안
경(眼鏡)〉이라는 김삿갓의 한시 2수가 서로 떨어져 기록되어 있는데,
전자는 이미 학계에서 확인된 작품이고 후자는 기존에 알려진 작품과
같은 제목이나 내용이 다르다. 따라서 〈안경〉이라는 김삿갓의 새로운
한시 1수가 추가되는 셈이다. 서책에는 개구리, 뱀, 쥐, 좀, 매미 등을
형상화하고 있는 영물시도 보이는데, 이들은 모두 기록자의 작품으로
보인다.

이 서책이 누구에 의해서 언제 어떤 과정을 거쳐서 필사되었는지는

명확하지 않다. 기록자는 여러 수록 작품에 대해서 일일이 필자를 밝히고 있다. 예를 들어 처음 시작되는 『경기과제(京畿課題)』의 「보석십이경(補石十二景)」 부분에는 보석의 열두 경관을 읊는 시작품과 함께 다른 인사들의 작품들을 기록해놓고 있는데, 타인의 작품에는 호(號)나 이름을 밝히고 있다. 다른 부분에서도 자신의 작품이 아닌 것은 필자를 밝히고 있다. 따라서 굳이 필자를 밝히지 않고 먼저 기록한 시문들은 기록자의 작품으로 보인다.

　<미강별곡>이 기록되어 있는 이 서책은 19세기 말엽에 기록되었을 것으로 보인다. 김삿갓의 한시나 안경 소재의 영물시가 실려 있는 것으로 미루어 그것을 짐작할 수 있다. 이 시기에는 김삿갓의 한시가 사람들 사이에서 유전되며 널리 읽혔고, 안경이 사람들 사이에서 보급되면서 시인묵객들의 흥미로운 시적 소재로 많이 등장하였기 때문이다. 사물을 관찰하여 흥미롭게 형상화하는 영물시도 이 시기에 많이 지어졌다. 그리고 시대적으로 가사 작품의 작자인 윤처사와도 관련이 있을 것으로 보인다.[3]

　이번에 새로 발견된 <미강별곡>은 3단2구씩 필사되어 있었는데, 가사의 전문은 다음과 같다.

　　　嵋江別曲[4]
　　　八景
　　　十里蒼壁 細雨漁艇 一帶澄潭 夕陽風帆
　　　峨嵋半輪 鷗浦紅錦 鳳岩千仞 鶴亭丹霞

---

3) 작자인 윤처사는 19세기 후기에 활동했던 인물로 추정되는데, 이 점에 대해서는 장을 따로 마련하여 논의하겠다.

4) 서책에서는 노래 이름인 '嵋江別曲'과 함께 嵋江八景을 먼저 제시하고 나서 가사 원문을 기록해 놓고 있다.

어와 벗임네야 嵋江山水 구경가신
時節를 도라보니 花柳春風 三月힐셰
일업시 놀닐며서 翫景닌덜 안니ᄒᆞ랴
數三朋友 다리고서 澄波渡江 비를 씌워
嵋江으로 도라드니 數棟院宇 巍然ᄒᆞ다
거록홀ᄉ 宣廟朝의 우리 先生 나 계시니
光風霽月 氣像이오 文手幷足 精神일세
道德文章 禮學經術 退陶淵源 이어계네
平生의 ᄒᆞ신 일이 莘野渭水 出處로다
陶然히 退老ᄒᆞ니 萬鍾相 浮雲일시
奇異혼 이 江山예 億萬年 安灵所라
濟濟혼 靑衿들은 禮儀도 彬彬홀사
宮墻예 攝齊ᄒᆞ여 瞻拜ᄒᆞ고 도라셔셔
層樓의 올나안ᄌ 八景을 구경혼 後
十里蒼壁 屹立ᄒᆞᄃᆡ 先生氣像 宛然ᄒᆞ며
一帶澄潭 말가시니 先生胸次 彷彿할샤
細雨예 쩐는 漁艇 渭水漁翁 아니오며
夕陽예 가는 風帆 商川舟楫 想像ᄒᆞ니
峨媚山 半輪影子 寒水秋月 여겨로다
壁立千仞 져 鳳凰은 吳庭簫韶 춤추는듯
鷗浦躑躅 爛漫ᄒᆞ니 武夷紅綠 依然ᄒᆞ며
八景을 다 보 후의 遺風餘韻 景仰ᄒᆞ니
消却鄙吝 여기로다 感發良心 졀노ᄒᆞ네
黃鶴山 이居士도 誦法先生 ᄒᆞ라ᄒᆞ고
竹杖芒鞋 簞瓢子로 風乎詠而 도라오니
褰芝山 져녁 嵐氣 沂水春服 다 졋겻다
童子아
盞가득 붓지마라 醉할까 져허ᄒᆞ노라

2.2. 작자 문제

<미강별곡>의 작자는 분명하지 않다. 다만 서책에 함께 필사된 <황산별곡>의 앞부분에 '善山 延興 尹處士作'이라는 언급이 있고, <미강별곡>의 뒷부분에는 '右歌詞 相違無 認證'이 기록되어 있을 뿐이다. 이것은 이들 가사가 선산(善山)의 연흥(延興)에 사는 윤처사(尹處士)에 의해 지어졌으며 가사가 정확히 필사되었다는 것을 증명한다는 말이다.

<황산별곡>과 <미강별곡>을 필사했던 서책의 주인이 누구인지 모르지만, 가사의 작자인 윤처사와는 가까웠던 것으로 보인다. 왜냐하면, 서책의 다른 지면에는 기록자가 윤처사와 주고받은 글이 남아있기 때문이다. 하지만 여기에서도 윤처사에 대한 단서를 찾을 수 있는 것은 아니다. 결국, 윤처사에 대한 단서는 두 가사 작품을 통해서 유추할 수밖에 없었다.

먼저 <황산별곡>은 동방의 도통을 밝히면서 성현들의 숭고한 정신을 본받아서 자신의 삶을 영위하겠다는 내용을 담고 있다. 여기에서는 고대 성인들과 만대의 스승인 공자의 학설이 안자(顔子) · 증자(曾子) · 자사(子思) · 맹자(孟子)로부터 염계주씨(濂溪周氏 周敦頤) · 횡거장씨(橫渠張氏 張載) · 하남양정(河南兩程, 程顥 · 程頤) · 고정 주부자(考亭 朱夫子, 朱熹)로 계승되고 있음을 밝히고 있다. 그리고 이것은 다시 동방으로 이어져서 마침내 퇴계(退溪) 이황(李滉)으로 이어지는 도학적 적통을 읊고 있다.[5]

---

5) 이 부분에 대한 <황산별곡>의 가사 전문은 아래와 같다. 이러한 요지는 본문에서 제시할 윤희배의 상소문과도 거의 일치하는 내용이다.

(전략) 冊床예 놉피 노고 山中正脈 츳ㅈ보니 / 其仁如天 帝堯氏은 觀于華 ᄒ옵시고 / 濬哲文明 虞舜氏은 五嶽巡狩 ᄒ옵시고 / 規矩準繩 大禹氏는 導山導水 ᄒ옵시고 / 周ㅅ나라 穆穆文王 誕先登岸 ᄒ옵시고 / 唐虞三代 聖帝明王 道德이 巍蕩ᄒ나 / 之山之水 아이려면 어딘다가 想像하리 / 이러므로 吾夫子도 泰山의 올나계셔 / 天下를 젹다

반면에 〈미강별곡〉에서는 경기도 연천군 마전면에 자리를 잡고 있는 미강서원 주위의 풍광을 읊으면서 그곳에 배향된 미수(眉叟) 허목(許穆, 1595~1682)을 기리고 있고, 선생의 유풍을 추모하고 칭송하는 내용이다. 한마디로 말해서 미수 허목이 문목공 정구에게 도학을 사사했다는 사실을 고려한다면,6) 작자는 〈황산별곡〉과 〈미강별곡〉을 통해서 궁극적으로 허목 미수에게 작품의 초점을 맞추려는 의도가 있었던 것으로 보인다.

〈미강별곡〉의 작자는 직간접적으로 미수 허목을 존숭하면서 위업을 선양하려는 의도가 엿보이는데, 실제로 이런 내용의 상소를 올린 역사적 사건이 있었다. 고종 20년(1883) 10월에 지방에 거주하는 진사 윤희배(尹喜培)가 문정공 허목을 문묘에 배향해 달라고 장문의 상소를 올려서 조야의 논란이 있었다.

    방외 유생 진사 윤희배(尹喜培) 등이 상소하기를, "삼가 아룁니다. 도의 큰 근원은 하늘에서 나와 사람에게 보존되어 있으니, 사람은 잠시도 도를 떠날 수 없습니다. 그러나 하늘이 어찌 곡진하게 가르쳐 명할 수 있

시니 道眼도 거록할사 / 川上에 歎息하심 道趣도 깁풀시고 / 升堂ᄒ온 **七十高弟** 邱垤인가 行潦런가 / 由孔子 百餘歲예 鄒夫子 荣花氣像 / 泰山岩岩 源泉混混 이아이(니) 仁智란가 / 自是 厥後로난 千四百年 지나도록 / 山水난 依舊ᄒ나 道學이 榛蕪러라 / 無極先生 **周茂叔**이 蓮花峯을 사랑하스 / 濂溪上에 집을 짓고 終朝臨水 對廬山을 / 千古心을 默契ᄒ샤 洙泗眞源 遡流ᄒ니 / 우리道가 다시발가 **河南夫子** 나시거다 / 洋洋하 伊川上예 楊休山立 氣像이며 / 訪花隨柳 過前川은 曾點意思 一般이오 / 龍門餘韻 이러쎄서 **紫陽夫子** 나시거다 / (중략) / 滄州로 나린 물이 海東으로 흘너나려 / 盤龜坮 놉픈 곳의 **圃隱先生** 遺躅이요 / 道東江山 바라보이 **寒暄先生** 丈屨地라 / 藍溪山川 차자가이 **一蠹先生** 나시거다 / 道峰山水 올나보니 **靜菴先生** 遊賞處요 / 紫玉山 ᄂ려가이 **晦菴先生** 九曲일세 / 淸凉山 도라드이 六六峰 거록할사 / 濯纓潭 한구비예 丹砂壁이 萬仞이요 / 東西屛 푸른 곳예 天光雲影共徘徊 / 龍雲精舍 ᄎᄌ가이 **退溪先生** 계신 곳더 / 玩樂時習 左右齋는 洙泗宮墻 依然하다 / (후략)

6) 陶山統緖, 寒岡衣鉢. (『眉叟記言』卷26·「附錄」, 〈眉泉書院 宣額文〉)
    旣長, 往師寒岡鄭先生, 遍遊名山川, 以博其趣. (같은 책, 〈神道碑銘 幷序〉, 李瀵 撰)

겠습니까. 만일 총명하고 지혜로운 자로서 타고난 성품을 극진히 할 수 있는 자가 나온다면, 하늘은 반드시 그를 명하여 스승으로 삼고 교화를 세워서 사람들로 하여금 각각 그 도를 얻게 할 것입니다. 이에 이제삼왕 (二帝三王)이 도를 가지고 서로 전했고 중도(中道)를 잡아 법칙을 세워 천하를 교화하였습니다. 그런데 우리 부자(夫子, 孔子)와 같은 분은 백성이 있었던 이래로 그렇게 훌륭한 분은 아직 없었으나, 낮은 지위에 있었기 때문에 도를 행할 수 없었습니다. 그러나 천성의 으뜸이 되고 만세의 스승이 된 것은 천지에 세워도 부끄러움이 없고 귀신에게 질정해도 의심할 것이 없다고 하겠습니다. 그래서 안자(顔子)·증자(曾子)·자사(子思)·맹자(孟子)로부터 염계주씨(濂溪周氏, 周敦頤)·횡거장씨(橫渠張氏, 張載)·하남양정(河南兩程, 程顥·程頤)·고정 주부자(考亭 朱夫子, 朱熹)에 이르기까지 도통을 전한 것이 유래가 있다고 하는 것입니다. 우리 동방에 이르러서는 문순공(文純公) 이황(李滉)이 위로 주자의 통서를 계승했고, 문목공(文穆公) 정구(鄭逑)가 직접 문순공에게 가르침을 받았는데, 문목공의 문하에서 적전(嫡傳)을 얻은 자는 선정신(先正臣) 문정공(文正公) 허목(許穆)이 바로 이분입니다.

허목은 남다른 자질을 타고났으니 헌걸차고 키가 컸으며, 이마는 오목하고 눈썹은 길어 눈을 덮었으며, 손바닥에는 '문(文)' 자 무늬가 있었고 발바닥에는 '정(井)'자 무늬가 있었으며, 기상은 담담하고 화평하였고, 용모는 이미 뭇사람 중에서 뛰어났습니다. (중략)

미강서원의 사액문에 '오직 덕이 그의 벼슬이 되고, 우뚝한 것이 그의 도였도다. 학문은 경전을 종주로 삼았고 예는 의도에 밝았도다. 아, 성균관에서 강론할 때 많은 선비가 모범으로 삼았도다.'라고 하였으며, 또 미천 서원의 사액문에 '기영(箕潁)의 맑은 모습이고 수사(洙泗)의 정맥이로다. 정사에 대해서는 황왕(皇王, 三皇五帝)의 도이고 천인(天人)에 대한 학문이었도다. 이황(李滉)의 유업을 잇고 정구(鄭逑)의 의발을 받았도다. 문장은 심오하고 넓지만 천지처럼 간이(簡易)하였도다. (중략)'라고 하겠습니다.

삼가 바라건대, 성명께서는 사운의 대의를 깊이 진념하시고 온 나라의 공변된 의논을 힘써 따르시어 문정공 허목을 문묘에 배향하라는 특명을 내리신다면, 유를 숭상하는 훌륭한 덕에 빛남이 있을 것이며 문을 숭상하는 정치에 보탬이 있을 것입니다. 신 등은 두려워하고 떨면서 간절히 바라는 심정을 가누지 못하고 삼가 죽음을 무릅쓰고 아룁니다.'[7]

이 상소문에서 윤희배는 요순 이래로 삼왕의 도를 다시 일으켜 세운 공자를 도학의 조종으로 내세우고, 이후로 내려온 도학의 전통을 서술하고 있다. 중국을 거쳐 우리나라로 이어졌던 그것은 퇴계 이황에서 문목공 정구로 이어지고 있고, 그것은 다시 미수 허목으로 이어졌다고 역설하고 있다. 이와 같은 상소 내용은 앞서 언급한 윤처사의 〈황산별곡〉에서 서술하는 내용과 거의 일치하고 있다. 게다가 〈미강별곡〉에서의 "거록홀ᄉ 宣廟朝의 우리 先生 나 계시니, 光風霽月 氣像이오 文手井足 精神일셰. 道德文章 禮學經術 退陶淵源 이어계네."이라는 구절은 상소문에서 허목 선생에 대한 면모를 그대로 요약한 내용과 다름이 아니다. 특히 가사의 '문수정족(文手井足)'이라는 어

---

7) 方外儒生, 進士尹喜培等疏曰, 伏以道之大原, 出乎天而存乎人, 人不可須臾離道也. 然天豈能諄諄然命之哉. 一有聰明叡知, 能盡其性者出, 則天必命之, 爲之師, 立之敎, 使人人得其道焉. 於是二帝三王, 以是道相傳, 執中建極, 以化天下, 若吾夫子則自生民以來, 未有盛而位在下焉, 不得行道. 然其爲千聖之宗, 萬世之師, 則可謂建天地而質鬼神也. 故曰, 顔曾思孟, 以迄于濂溪周氏橫渠張氏河南兩程子考亭朱夫子道統之傳, 有自來矣. 至于我東, 文純公臣李滉, 上紹考亭之緒. 文穆公臣鄭述, 親受業於文純, 而文穆之門, 得其嫡傳者, 曰先正臣文正公許穆是已. 穆, 天挺異姿, 頎而長, 凹井而眉長過眼, 手握文足履井, 氣像恬熙, 其狀已出類拔萃矣. (中略) 嵋江書院, 賜額文若曰, 惟德之秩, 有卓其道. 學宗典經, 禮昭儀度. 於論辟雍, 多士式型. 又眉泉書院, 賜額文若曰, 箕穎淸標, 洙泗正脈. 皇王之道, 天人之學. 陶山統緖, 寒岡衣鉢. 文章顯晦, 天簡地易. (中略) 伏願聖明, 深軫斯文之大義, 勉循擧國之公議, 文正公臣許穆, 特命躋配於文廟, 則有光於崇儒之盛德, 而有補於右文之治化矣. 臣等無任戰兢悸恐屛營祈恩之志, 謹昧死以聞, 省疏具悉. (『承政院日記』, 고종 20년(癸未年) 10月 24日條). 번역은 민족문화추진회의 『國譯 承政院日記』(http://www.minchu.or.kr)를 따랐다.

휘는 상소문에서 "손바닥에는 '문(文)' 자 무늬가 있었고, 발바닥에는 '井' 자 무늬가 있었으며(手握文 足履井)"이라는 구절에서 나온 말이다. 이런 언급은 윤희배의 상소문과 윤처사의 <미강별곡>에서만 나타나는 용어 때문이기도 하다.8)

윤희배의 상소는 <황산별곡>과 <미강별곡>의 합친 내용과 많은 부분에서 교집합을 이룬다고 말할 수 있다. 따라서 <황산별곡>과 <미강별곡>의 작자로 언급된 윤처사는 고종 20년(1883) 10월에 미수 허목을 문묘 배향해야 마땅하다는 상소를 올렸던 윤희배(尹喜培, 1827~1900)로 추측된다.

윤희배는 본관이 파평(坡平)이고 정정공(貞靖公) 윤번(尹璠)의 후손이다. 그는 아버지 윤대(尹懟, 1800~1845)와 어머니 평강채씨(平康蔡氏)의 사이에서 순조 27년(1827)에 3남 중의 막내로 태어나서 고종 37년(1900)에 별세했다. 자(字)는 기원(起元)이며 호(號)는 연사(蓮士)였다.9) 고종 13년(1876)에 50세의 늦은 나이로 식년시를 통하여 진사가 되었고 고종 33년(1896)에는 적성 군수를 지냈다. 남인 계통이었던 그는 고종 20년(1883) 10월에 허목을 문묘 배향하자는 상소를 올려서 논란을 일으켰고 마침내 조정과 유림의 반발을 사서 처벌을 받았다.10)

윤희배가 <황산별곡>과 <미강별곡>을 지은 까닭은 퇴계 이황을 비

---

8) 미수 허목이 지은 <자명비(自銘碑)>나 이익(李瀷)이 찬술한 <신도비명(神道碑銘) 병서(幷序)>에서 '문수(文手)'라는 언급은 보이지만, '문수정족(文手井足)'의 언급은 <미강별곡>에만 나타나고 있다.

9) 『파평윤씨(坡平尹氏) 정정공파(貞靖公派) 세보(世譜)』에는 '연사(蓮史)'로 기록되어 있다.

10) 윤희배에 대한 역사적 자료는 거의 남아 있지 않다. 본고에서는 파평윤씨 족보와 왕조실록 등을 추적하여 재구성한 것이다. 참고적으로 파평윤씨 정정공파 세보를 보면 다음과 같다.

1세 : 윤신달(尹莘達) --- 5세 : 관(瓘) --- 15세 : 번(璠) --- 30세 : 대(懟) --- 31세 : 희배(喜培) - 32세 : 선가(善家)

롯한 동방 도학의 전통을 밝히면서 미수 허목이 그것의 적전(嫡傳)을 잇고 있다는 것을 고취하려는 의도에서 비롯된 것으로 보인다. 그리고 윤희배의 〈황산별곡〉은 이관빈이 지은 〈황남별곡〉과는 상호텍스트성의 관계에 놓여있다고 볼 수 있다. 왜냐하면 〈황산별곡〉은 이관빈이 지은 〈황남별곡〉을 전범으로 삼아 그것의 내용을 개작하고 있기 때문이다. 〈황산별곡〉은 앞서 지어진 〈황남별곡〉과 많은 부분에서 서로 일치하고 있다. 전체 302구중에서 254구가 〈황남별곡〉의 어구와 내용에서 그대로 일치하거나 부합하고 있다. 말하자면 전체의 84퍼센트가 서로 일치하거나 부합하고 있는데, 일치하지 않는 곳은 동방도학의 계통을 서술하는 부분이다.

〈황남별곡〉에서는 공자 이래로 주희에 이르는 중국 도학의 선례를 들면서 우리나라에서 퇴계 이황 회재 이언적·율곡 이이·우암 송시열의 선례를 들어 동방 도학의 인물들을 제시하고 있다. 반면에 〈황산별곡〉에서는 중국의 도학 계통에 대한 서술이 〈황남별곡〉과 같지만, 우리나라의 도학 전통에 대한 서술에 이르러 그것과 차이가 난다. 〈황산별곡〉에서는 〈황남별곡〉과 달리 동방 도학의 전통을 포은 정몽주에서 한훤당 김굉필과 일두 정여창으로, 여기에서 다시 정암 조광조와 퇴계 이황으로 고쳐 잡고 있다. 이관빈의 〈황남별곡〉에서 동방 도학의 반열에 올랐던 이율곡과 송시열은 윤희배의 〈황산별곡〉에서 아예 제외되고 있다.

이것은 그들이 서로 다른 도학적 전통을 따르고 있었기 때문으로 보인다. 〈황남별곡〉을 지은 곡선(谷仙) 이관빈(李寬彬, 1759~?)은 덕수(德水) 이씨로써 율곡의 아우였던 이우(李瑀)의 후손이다.[11] 그는 율

---

11) 이에 관해서는 구수영의 「황남별곡의 연구」(『한국언어문학』 10집, 한국언어문학회, 1973, 338쪽)를 참조하기 바람.

곡 이이로부터 우암 송시열로 이어지는 도학적 전통을 따르는 노론 계열에 속했지만 영남 사림과 기호 사림을 망라하여 서술하고 있다. 반면에 윤희배는 퇴계 이황으로부터 한강 정구에서 미수 허목으로 이어지는 도학적 전통을 따르는 전형적인 남인 계열이었기 때문에 율곡과 우암을 제외했던 것으로 보인다.

윤희배가 <황산별곡>과 <미강별곡>을 지었지만, 전자가 그처럼 동방 도학의 전통을 밝힌 내용이라면, 후자는 그것을 잇고 있는 미수 허목에 대한 도학과 학문, 그리고 삶의 자세를 기리는 내용으로 요약된다.

3. <미강별곡>의 문예적 검토

3.1. 형태적 측면

<미강별곡>은 단형가사로써 모두 27절 54구에 지나지 않는다. 이 노래는 4음보로 되어 있고 3·4조와 4·4조라는 가사의 율격을 그대로 따르고 있다. 왜냐하면 전체의 98퍼센트는 3·4구(19구)와 4·4조(33구)가 차지하고 있고, 나머지 2·4조와 3·7조는 각각 1구씩에 지나지 않기 때문이다. 게다가 2·4조와 3·7조는 가사가 시작되고 끝나는 서사와 결사 부분에 사용되고 있다. 특히 결사에 사용되는 3·7조는 정격 양반가사에서 사용되는 시조의 종장 형식에 부합하고 있다. 따라서 이 노래는 3·4조와 4·4조가 주축을 이루는 양반가사이면서도 정격가사에 해당한다고 말할 수 있다.

<미강별곡>의 표기 형태는 국한자혼용(國漢字混用)인데, 한자 어구가 두드러지게 많다. 가사 작품의 국문 표기는 어법에 벗어난 글자들도 눈에 띈다. 그리고 이 작품의 표기법은 국어학적으로 18세기 말엽

에서 19세기의 그것을 따르고 있는 것으로 보인다.

먼저 어법에 벗어난 글자로는 다음 예문의 줄 친 부분들을 들 수 있다.

① 時節을 도라보니 花柳春風 三月 <u>힐세</u>
② 일업시 놀닐며서 翫景닌덜 <u>안니ᄒ랴</u>
③ 奇異ᄒ 이 <u>江山예</u> 億萬年 安灵所라
　　<u>夕陽예</u> 가는 風帆 商川舟楫 想像ᄒ니
④ 峨媚山 半輪影子 寒水秋月 <u>여겨로다</u>
⑤ 八景을 다 <u>보</u> 후의 遺風餘韻 景仰ᄒ니

예문 ①의 '힐세'에서의 'ㅎ'은 ㅎ종성체언이 조사에 연철되어 나타
나는 것인데, '월(月)'은 본래 ㅎ종성체언이 아니다. 그렇다면 이것은
'월(月)'을 ㅎ종성체언인 것으로 착각한 잘못된 표기라고 말할 수 있다.
②의 '안니ᄒ랴'는 '아니ᄒ랴'로 적는 것이 옳다. '안니'는 'ㄴㄴ'의 중자
음 표기인데, 어느 시대의 어법에도 맞지 않는 표기로 보인다. ③의
'강산(江山)예'와 '석양예'는 각각 '강산(江山)에'와 '석양에'로 적어야
옳은 표기이다. 본래 'ㅣ'로 끝나는 체언 뒤에서 '예'가 쓰이는데, 이들
은 모두 그것에 이끌린 유추 현상으로 보인다. ④의 '여겨로다'는 '여기
로다'가 옳다. 이것은 작자의 문법 의식이 미숙해서이거나 방언일 가
능성이 있다. ⑤의 '보'는 '본'의 잘못된 표기가 분명하다. 이처럼 짧은
단형가사에서 표기의 착오가 나타나는 것은 작자의 국문 표기의 미숙
함에서 비롯되었다고 볼 수 있지만, 다른 한편으로 근대국어에서 현대
국어로의 이행기에 나타난 혼란스러운 표기 현상의 반영으로 볼 수도
있겠다.

다음으로는 작품의 표기법을 통해서 〈미강별곡〉의 창작 시기를 추
정해 보기로 한다.

① 어와 벗임네야 嵋江山水 <u>구경가신</u>
② 時節을 도라보니 花柳春風 <u>三月힐셰</u>
③ 道德文章 禮學經術 退陶淵源 <u>이어계네</u>
④ 濟濟혼 靑衿들은 禮儀도 <u>彬彬홀사</u>
⑤ 盞가득 붓지 마라 <u>醉할싸</u> 져허ᄒ노라

　①의 '벗임'은 '벗님'으로 적어야 옳은 표기인데, 18세기 후반에 발생한 두음법칙에 이끌리어 '임'으로 적은 것이다. 마찬가지로 '가신'는 '가사이다'가 발달한 것이라는 역사적 사실을 고려하면 '가새'로 적혔어야 할 것이지만, 'ㆍ'와 'ㅏ'가 구별되지 않음에 따라 '새'를 '신'로 적은 것이다. 'ㆍ'의 음가 소실이 18세기에 완성되었다는 사실을 참고할 필요가 있다. ②의 '힐셰'는 앞서 언급한 바, ㅎ종성체언인 것으로 착각하여 '일셰'를 그렇게 적은 것이다. '일셰'는 본래 '이로소이다'가 발달한 것으로서 종결어미 '-다'가 탈락한 것이다. 따라서 '이로쇠'로 적을 것이 예상되는데 '일셰'로 적은 것은 'ㅚ(18세기 말 이전에는 이중모음으로서 '오이'로 발음)'와 'ㅔ(18세기 말 이전에는 이중모음으로서 '어이'로 발음)'가 모두 단모음화하여, 결국 'ㅚ'와 'ㅔ'의 발음이 유사해진 까닭에 서로 바꾸어 적을 수 있게 된 것이다. ③의 '이어계네'는 '-이 (바로) 여기네, -이 바로 여기로다'란 뜻일 가능성이 있다. '-이'는 주격조사로서 붙여 써야 할 것으로 보인다. ④의 '홀사'는 앞의 '거룩홀ᄉ'와 달리 '사'로 적고 있다. 이것은 이 가사 작품이 19세기의 표기법도 함께 사용하고 있다는 구체적인 사례를 입증할 수 있는 부분이다. 왜냐하면 'ㆍ'의 음가는 19세기에 소실된 것으로 확인되고 있기 때문이다. ⑤의 '할싸'는 18세기 이전이라면 '홀까, 홀싸'로 나타난다. 그리고 '져허'는 원래 '저허'인데, 이것이 '져'로 나타나는 것은 근대국어의 초기에 이미 나타나

는 현상이다. 이상의 표기 현상에 따라 〈미강별곡〉은 적어도 18세기 말~19세기의 언어를 반영하고 있는 것이라 판단할 수 있다.

3.2. 내용적 측면

〈미강별곡〉의 구성 형식은 '서사(序詞)·본사(本詞)1·본사(本詞)2·결사(結詞)'이라는 기승전결(起承轉結)의 4단으로 되어 있다. 이 노래의 도입부에 해당하는 서사는 1~5행까지이다. 셔사에서는 본사에서 형상화될 대상을 미리 암시하고 그것에 대한 단서를 제공하는 부분이다. 여기 서사에서는 화류춘풍의 삼월이라는 계절과 징파강(경기도 연천 일대의 임진강)에 자리 잡고 있는 미강서원의 일대라는 공간을 제시하고 있다. 여기에서 화자가 주목하고 있는 것은 미강에 우뚝 솟아 있는 서원의 원우들이다. 왜냐하면 화자는 다음 본사에서 그것을 통해 서원에서 배향되는 허목선생에 대한 면모를 일깨우며 형상화하고 있기 때문이다. 그것은 또한 화자가 춘삼월의 좋은 시절에 벗들과 함께 산천경개 구경삼아 미강에 배를 띄운 것도 단순한 취흥이나 유락을 즐기기 위해서가 아니라는 것을 의미하기도 한다. 다시 말해서 서사 부분에서 초점이 모아지고 있는 서원의 원우들은 본사에서 미수 허목선생을 기리며 주변에 있는 미강팔경이라는 자연물을 통해 그것에 남아 있는 선생의 유풍을 형상화하기 위한 의도적 장치라고 말할 수 있다.12)

6~11행은 서사를 잇는 본사 1로서 허목 선생을 기리고 칭송하는 내용이다. 화자는 선생에 대한 면모를 기상과 정신, 학문과 도통, 삶의 자세나 태도 등으로 요약하여 형상화하고 있다. 구체적으로 말해서 여기에서는 선생의 출생, 기상과 정신, 그리고 선생의 도덕과 문장, 예학

---

12) 미수 허목과 관련된 징파강의 문화 공간에 대해서는 이종묵의 「17세기의 문화 공간 : 미수 허목과 징파강」(『문헌과 해석』 14집, 문헌과 해석사, 2001, 10~19쪽)을 참고하기 바람.

과 경학이 모두 퇴계선생에게 연원을 두고 있다는 것을 밝히고 있는 부분이다. 9행에서는 신야(莘野)에서 은거하여 밭을 갈던 이윤(伊尹)이 은나라 탕왕을 도와서 하(夏)나라 폭군이었던 걸왕(桀王)을 축출했고, 위수(渭水)에서 낚시하던 강태공이 주나라 무왕(武王)을 도와 은나라 폭군이었던 주왕(紂王)을 징벌하였던 역사적 고사를 들어서 허목선생 이야말로 그들처럼 신야위수(莘野渭水)의 충신이었다는 것이다. 이어서 자자는 그처럼 니라를 위해 충성을 다했지만 때가 되자, 아무런 미련 없이 다시 초야로 돌아갔던 선생의 출처(出處) 정신을 부각시키고 있다. 그래서 마침내 그와 같은 면모로 말미암아 이 강산에서 후인들이 선생을 영원히 기리고 있다는 것을 강조하고 있다.

이어지는 12~23행은 본사 2인데, 여기에서는 앞서 제시되었던 선생의 유풍들이 서원 주위에 자리를 잡고 있는 미강팔경의 자연물에 그대로 투영되어 남아 있다는 것을 묘사하는 부분이다. 그래서 우뚝 솟은 '십리창벽(十里蒼壁)'은 선생의 기상(氣像)을, '일대징담(一帶澄潭)'은 선생의 맑은 흉중을, '세우어정(細雨漁艇)'은 선생을 위수(渭水)에서 낚시질하는 강태공으로 비유하고 있다. '석양풍범(夕陽風帆)'에서는 상산(商山)의 신선 모습을 상상하고 있고, '아미반륜(峨嵋半輪)'은 높고 깊은 도체(道體)가 담긴 <무이도가>의 한수추월(寒水秋月)로 비유하고 있다. '봉암천인(鳳岩千仞)'은 소소(簫韶)를 아홉 번 연주하니 봉황이 와서 춤을 추었다는 순임금의 고사를 원용해서 온 세상의 화락하고 편안한 모습을 비유하고 있다. '구포홍강(鷗浦紅錦)'은 주자가 학문에 정진하여 최상의 경지를 도달했던 것을 읊었던 <무이구곡가>의 공간인 무이산(武夷山)과 같다는 것을 말하고 있다. 그리고 이런 미강팔경을 구경하노라니 후학들의 고상하지 못한 더러움들이 모두 씻겨나가고 바른 마음이 저절로 일어난다고 일컫고 있다. 이처럼 자연물

을 학문 수련의 과정이나 도학적 차원의 투영물로 결합하는 것은 이
퇴계의 〈도산십이곡〉이나 이이의 〈고산구곡가〉와 같은 도학가류의
시가 작품에서 확인할 수 있는 하나의 형상화 방식이기도 하다.

여기에서 작자가 미강팔경을 제시하는 표현 방식은 그것의 실체적
인 자연경관보다는 그곳에 투영된 내재적 의미에 초점을 맞춰서 드러
내려고 노력하고 있다. 그래서 작자는 미강팔경을 허목선생의 기상이
나 도학 정신이 담겨있는 공간으로 파악하고 있고, 이를 위해 강태공
이나 순임금, 또는 주희와 관련된 역대 고사 등을 동원하여 그곳을 자
연경관에서 인문경관으로 전환하고 있다.

24~27행은 노래를 마무리하는 결사로서 작자로 보이는 화자가 허
목선생을 본받아서 조촐하고 청빈한 처사적 삶을 영위하겠다고 다짐
하는 부분이다. 여기에서 '이居士'는 성씨를 가리키는 '니(李) 居士'가
아니고 지시어인 '이(此) 거사'이다. 'ᄒ라'는 'ᄒ려'가 맞을 것 같다. 그
래서 '황학산(黃鶴山) 이 사람도 (허목)선생을 본받으려 하고'의 뜻으로
보인다.[13] 이어서 화자는 '기수(沂水)에서 목욕하고 무우(舞雩)에서 바
람 쐬고 노래하면서 돌아오겠다.'라는 『논어』·「선진」편의 어구를 인
용하여 자신이 세상의 부귀영화보다는 허목선생처럼 조촐하고 청빈한
삶을 분수로 알고 살겠다는 소망을 간접적으로 피력하는 내용이다. 그
리고 마지막 구절의 '盞가득 붓지마라 醉할까 져허ᄒ노라'에서처럼 화
자는 방일한 풍류적 태도를 경계하며 절제적이고 근신하는 태도를 보
이고 있다.

---

13) 작자로 추정되는 윤희배는 황학산에 실제로 살지 않았거나 일시적으로 선산 일대에
   머물렀던 것 같다. 그는 황산거사를 자처하기도 하였는데, 족보나 서책의 기록을 보면
   그는 연천 일대에 거주하던 기호남인이었을 것으로 보인다. 여기 황학산은 중국에서 시
   작된 도학이 고려말엽 포은 정몽주를 거쳐 조선조 퇴계 이황과 한강 정구로 이어지면서
   자리를 잡은 동방 도학의 인문 공간이기도 하다.

3.3. 문학사적 의의

가사 작품 중에는 역사적 인물의 학문과 덕행을 흠모하거나 칭송하는 작품들이 있다. 서원섭은 이를 추모찬송(追慕讚頌)의 가사로 보았고, 여기에는 모현찬송(慕賢讚頌)과 목민관의 선정찬송(善政讚頌)이 있다고 보았다.14) 예로서 중종 때의 유학자 회재(晦齋) 이언적(李彦廸, 1491~1553)의 유적을 찾아서 사모의 심회를 읊은 노계(蘆溪) 박인로(朴仁老, 1561~1642)의 <독락당(獨樂堂)>이나 퇴계 이황의 덕행을 우러르는 조성신(趙星臣, 1765~1835)의 <도산별곡(陶山別曲)> 등은 전자에 해당하겠다. 반면에 김해부사 권복(權馥)의 선치를 칭송하고 이별을 아쉬워하는 내용을 담은 순조(1832)때의 문도갑(文道甲)이 지은 <금릉별곡(金陵別曲)>은 후자에 해당한다. 그렇다면 미수 허목에 대한 학문과 덕행을 흠모하고 칭송하는 윤희배의 <미강별곡>은 바로 전자에 해당하는 작품이라고 말할 수 있겠다.

이처럼 조선 중기의 유학자 미수 허목이라는 역사적 인물의 위업을 칭송하고 기리는 <미강별곡>은 도학가사의 부류이다. 그리고 이 작품은 <황산별곡>과 짝을 이룬다. 이들은 모두 고종 조의 윤희배가 지은 것으로서 <황산별곡>에서는 공자 이래로 중국에서 계승된 도학의 적전(嫡傳)이 우리나라에 들어와서는 결국 퇴계 이황으로 영남 도학의 도통을 밝히고 있기 때문이다. 게다가 <미강별곡>에서는 미수 허목의 업적을 칭송하고 기리고 있는데, 이것은 <황산별곡>에서 서술하고 있는 그와 같은 동방 도학의 적전이 미수 허목으로 이어지고 있다는 게 결국 윤희배의 관점이었을 것이다.

이처럼 도학적 전통을 노래하면서 특정 인물의 도학적 위치를 부각

---

14) 서원섭, 『가사문학론』, 형설출판사, 1983, 83쪽.

시키려는 시도는 〈황산별곡〉이나 〈미강별곡〉에 앞서 권섭(1671~
1759)의 〈도통가〉나 이관빈(1759~?)의 〈황남별곡〉과 같은 이전 시대
의 가사 작품에 이미 존재하고 있었다. 18세기에 지어진 〈도통가〉는
송시열(1607~1689)과 권상하(1641~1721)의 도학자적 위치를 높이 부각
시키는 작품이다.15) 권섭의 〈도통가〉가 조선의 도학이 '이이 → 송시
열 → 권상하'로 이어지고 있음을 밝힌 가사라면,16) 윤희배의 〈미강별
곡〉은 '이황 → 정구 → 허목'으로 계승된다는 기호 남인의 학통 의식이
투영된 작품으로 파악된다.17)

한편, 〈미강별곡〉은 미강서원 일대의 미강 팔경을 시적 대상으로
삼고 있다는 점에서 한국 팔경문학의 흐름에 서 있는 가사 작품이기
도 하다. 한시에서의 팔경시는 한·중·일 삼국에 두루 나타나는 현상
으로 우리나라에서도 고려조 무신 정권기에 이미 나타나는데, 그것은
고려 말을 거쳐 조선조 말기까지 많은 작품들이 나왔다. 반면에 국문
시가가 팔경문학과 맺는 관련성은 그리 많지 않은 편이다. 다만, 경기
체가는 그 자체가 지닌 장르적 특성으로 말미암아 팔경시에 상응하는
유사성을 갖고 있었던 것으로 보인다.18) 가사가 팔경문학과 맺는 관
계는 관동팔경의 유람과 소회를 그렸던 정철의 『관동별곡』에서 사례
를 찾을 수 있을 정도이다. 이런 점에서 보자면 〈미강별곡〉은 비록 불
완전하지만 징파강의 미강팔경을 허목의 덕행과 관련지어 형상화하고
있다는 점에서 넓은 의미의 한국 팔경문학의 흐름에 서있다고 말할

---

15) 박요순, 『옥소 권섭의 시가 연구』, 탐구당, 1990, 87쪽.
16) 이상원, 「〈도통가〉와 〈황강구곡가〉 창작의 배경과 그 의미」, 『조선시대 시가사의 구도
   와 시각』, 보고사, 2004, 263쪽.
17) 허목과 관련된 기호남인(畿湖南人)의 학통의식에 대해서는 유봉학의 『조선후기 학계
   와 지식인』(신구문화사, 1998, 15~42쪽)을 참고하기 바람.
18) 안장리, 『한국의 팔경문학』, 집문당, 2002, 218~227쪽.

수 있다.

4. 맺음말

이번에 필자가 발굴하여 공개하는 <미강별곡>은 지금까지 학계에 보고된 수많은 가사 작품의 어디에도 들어있지 않았던 새로운 작품이다. 이 논문에서는 <미강별곡>이라는 새로운 가사 작품을 학계에 보고하는 형식으로 논의의 방향을 잡았다.

<미강별곡>은 이런저런 잡다한 내용을 기록해놓은 접책 형태의 서책 속에 <황산별곡>과 함께 필사되어 있었다. 기록자는 서책에다 여러 내용을 기록해놓았는데, 여기에는 김삿갓의 <작걸인(作乞人)>과 <안경(眼鏡)>이라는 한시 작품 2수가 필사되어 있었다. 그런데 그 중에서 <안경>은 형태가 불완전하지만 기존의 작품과는 내용이 전혀 다른 새로운 작품이었다.

<미강별곡>의 작자는 윤처사라는 사람이다. 이 논문에서는 <미강별곡>의 작자인 윤처사를 고종 20년(1883) 10월에 미수 허목을 문묘에 배향해 달라고 장문의 상소를 올렸던 연사(蓮士) 윤희배(尹喜培, 1827~1900)로 추정하였다. 그것은 필사된 가사 작품들의 내용이 당시에 올렸던 그의 상소문과 거의 그대로 일치하거나 부합하고 있기 때문이다. 윤희배의 상소문에 쓰인 특정 어휘와 가사작품의 어휘가 그대로 일치하기도 한다. 게다가 <미강별곡>의 표기 형태는 그가 살았던 시대와 거의 맞아떨어지고 있었다.

<미강별곡>에 대한 문예적 검토는 형태적 측면과 내용적 측면으로 나누어 살펴보았다. <미강별곡>은 형태적으로 모두 27절 54구에 지나

지 않는 단형가사로서, 4음보에다 3·4조와 4·4조의 율격을 그대로 준수하고 있는 정격 양반가사의 범주에 드는 작품이었다. 표기 형태는 국한자혼용인데, 그 중에서도 한자 어구를 많이 사용하였고 어법을 벗어나는 국문 표기들도 있었다. 국어학적으로는 18세기 말엽에서 19세기의 표기법을 따르고 있는 것으로 보았다.

〈미강별곡〉의 구성은 '서사(序詞)·본사(本詞)1·본사(本詞)2·결사(結詞)'라는 기승전결(起承轉結)의 4단 형식으로 되어 있었다. 1~5행까지의 서사에서는 화류춘풍의 삼월이라는 시간과 미강서원의 일대라는 공간을 제시하고 있었다. 여기에서 초점이 모아고 있는 서원의 원우들은 이어지는 본사에서 미수 허목선생을 기리고 주변에 있는 미강팔경이라는 자연물을 통해 그것에 남아 있는 선생의 유풍을 형상화하기 위한 의도적 장치로 보인다.

6~11행은 서사를 잇는 본사 1로서 허목 선생을 기리고 칭송하는 내용들이다. 화자는 선생에 대한 면모를 기상과 정신, 학문과 도통, 삶의 자세나 태도 등으로 요약하여 형상화하고 있었다. 이어지는 12~23행은 둘째 본사로써 앞서 제시되었던 선생의 유풍들이 서원 주위에 자리를 잡고 있는 미강팔경의 자연물에 그대로 투영되어 남아 있다는 것을 묘사하는 부분이었다. 24~27행은 노래를 마무리하는 결사로서 허목선생을 본받아서 조촐하고 청빈한 처사적 삶을 살아가리라 다짐하는 부분이다. 특히 마지막 구절의 '蓋가득 붓지마라 醉할까 져허ᄒ노라'에서처럼 화자는 방일한 풍류적 태도를 경계하며 보다 절제적이고 근신하는 태도를 보이고 있다.

한마디로 말해서 〈미강별곡〉은 조선 중기의 미수 허목에 대한 학문과 덕행을 흠모하고 칭송하는 도학가사의 일종이다. 이 작품은 동방의 도학이 '이황 → 정구 → 허목'으로 이어지고 있다는 기호남인의 학통

의식이 깊게 투영된 작품으로 파악된다. 게다가 <미강별곡>은 문학사
적으로도 미강서원의 일대에 널려있는 미강팔경을 시적 대상으로 삼
고 있다는 점에서 한국 팔경문학의 흐름에 서 있는 가사 작품이기도
하다.

君臣分義 뚤오나 萬古天下우리쇼含

道學淵源 깁퍼진 周公孔子 偉生이 아 泳性癖 尹生이 쇼오

이 山水예 잠길지어 抱琴携朋友호니

倣名죠 第一義호오면 眉江別曲 불

眉江別曲 불

眉江ㄴ 처우경 가수 십里츤 蒼壁 一世帝王壇 細雨溫帆

어와 벗을은 川이야 處世를 도와 빌니 밋 밤이여 못이여 鳳菴千

牧之用友마리오셔 花柳춘風 靑복似 凝圖近瀑 가리

灆波渡 그비를 되여 牧何院字 出救遊院 우리先生 나새

老風霜月 氣像어오 道慮文章 禮儀樞 거룩홋츤 九宮廟朝

文手井足 精神어세 退陶闡源이어게 비 菴野陽水 出處杜

陶叟 히退老호니 奇異홀이江 山예 濟는 童靑衿들은

萬鍾相將 浮雲이시 億萬年安 戔肵匹 禮儀三彬 君外

萬曆在浩□□의서 億萬年娑婆亞洲 崔□□林□□서

宮墻에攝齊호야
曆楼아올나스니 十里蒼壁□□□
眼抹호五도과서ㄴ、八景을千□□호 先生氣像宛然를
一帶澄潭吹가니 細雨에띄는漁艇 夕陽에小岺風帆
先生舊光行儀小 渭水漁翁아와오니 南川舟揖進像호고
蛾嵋山羊輪影子 壁立千仞에鳳凰울 崔浦隂陰陽陽慢邊
寒水秋月어거로다 吳庭□□□□□□ 武責紅樣依依
八萬七千이보后이 汚都邑名에길오다 薫鶴山이돗土도
遺風餘韻兮□□□ 感發良心□□□비 誦声先生さ外고
竹杖芒鞋算瓢子로 裏笠芝山에嵐墨□ 沂水春脈이젓거가
風乎詠而도라오니 □□□□□□□□ 醉覺□□□□□□□

右歌詞相遠無認記

우고 이태로의
〈농부가〉와 애국적 형상화

1. 머리말

필자는 호남 문인이었던 우고(又顧) 이태로(李泰魯, 1848~1928)의 문집 초고본인 『우고선생문집(又顧先生文集)』에서 지금까지 공개되지 않았던 새로운 가사 작품인 〈농부가〉를 발견하였다. 필자가 소장하고 있는 『우고선생문집』은 오늘날 유포된 우고의 문집인 『우고선생유고(又顧先生遺稿)』의 초고본이자 저본이다. 우고가 지은 〈농부가〉는 『우고선생문집』에 기록되어 있는데, 『우고선생유고』에 없는 것으로 미루어 편집 과정에서 제외된 것으로 보인다.

우고 이태로는 개화기와 애국계몽기를 거쳐서 일제강점기를 전남 나주에 살았던 문인으로 지금까지 거의 알려지지 않았던 인물이다. 우고가 엮은 면암 최익현에 대한 자료집인 『면암선생문집초(勉庵先生文集抄)』와 『면암집초부제가서(勉庵集抄附諸家書)』가 근래에 공개되면서 비로소 소개되었을 정도이다.[1] 이들 자료에는 면암과 관련된 잡다한 내용과 면암을 추모하는 새로운 개화가사 5수가 기록되어 있다.

---

1) 구사회, 「우고 이태로의 『면암집초』와 자료적 가치」, 『고시가연구』 20집, 한국고시가학회, 2007.8, 1~25쪽.

오늘날 전하는 <농부가>는 조선 후기 향촌 사회라는 사회문화적 공간과 결부되어 농촌의 실상을 자기 체험적으로 고백하거나 권농 내용을 읊는 가사 작품들이 대부분이었다. 여기에는 작자 층이었던 향촌 사족이 조선 후기의 정치적 경제적 몰락으로 말미암아 자영농으로 전락하면서 겪었던 현실이 반영되기도 하였다.

우고가 지은 <농부가>는 조선 후기의 향촌 사회를 거치고 일제강점기의 농촌현실을 반영하고 있다는 점에서 차별성이 있다. 그것은 부농의 유유자적한 농촌 일상이나 몰락한 향촌 사족의 생활이 아닌, 일제에 의해 국토를 강점당한 농촌 현실을 반영하며 국권 회복을 다짐하는 내용을 담고 있기 때문이다.

이 논문에서는 조선 후기의 문학적 산물이라고 할 수 있는 <농부가>가 일제강점기에 다시 나타나게 된 과정과 함께 우고 이태로의 새로운 가사 작품을 발굴하여 소개하고자 한다. 이를 위해 우고가 지었던 <농부가>의 원문을 제시하고 그것의 애국적 내용과 함께 문학사적 의미를 모색하겠다. 이에 앞서 일제강점기라는 망국의 시대에 궁벽한 시골에 살면서도 선비정신을 잃지 않았던 우고 이태로의 삶을 통해 그의 민족정신을 살펴보고자 한다.

2. 농부가류 가사와 우고 이태로의 <농부가>

17세기 후반에 김기홍(金起弘, 1635~1701)의 <농부사>를 시작으로 18세기 후기에는 김익(金熤, 1746~1809)의 <권농가>가 나왔다. 19세기에는 정학유(鄭學遊, 1786~1855)의 <농가월령가>를 비롯하여 작자를 알 수 없는 여러 종류의 <농부가>들이 나왔다. 이기원(李基遠, 1809~1890)

의 〈농가월령〉과 윤우병(尹禹炳, 1853~1930)의 〈농부가〉도 이 시3기에
지어졌다. 오늘날 전하는 연대 미상의 〈농부가〉나 『악부』와 『가집』에
실려 있는 농부가류는 대부분 이 시기를 전후로 나온 작품들로 추정된
다. 이 시기에는 〈농부가〉를 동학가사로 사용하기도 하였다.

이들 농부가류의 가사들은 조선 후기에 일어났던 사회체제의 동요
와 양반사회의 분화과정을 거치면서 나타났다고 말할 수 있다. 작자는
농본 이념이나 권농을 주조로 하는 양반 지배층, 처사로서의 소박한
삶이나 현실 생활의 어려움 등을 읊고 있는 몰락양반에서 수탈당하는
농민들에 이르기까지 여러 계층이 참여하고 있었다.[2] 하지만 그것의
주된 창작자는 역시 조선 후기의 사회 변화와 계급 분화에 따라 성립
된 향촌 사족들이라고 말할 수 있다. 게다가 19세기 이후 20세기 전반
기에 이르러서는 극히 일부에 지나지 않았지만, 민중 의식과 함께 각
성한 무명의 농민층이 새로운 창작 층으로 참여하고 있었다.

농부가류 가사의 형성은 무엇보다도 조선 후기의 사회 상황과 함께
사족(士族)의 성격 변모에 주목할 필요가 있다. 역사적으로 16세기 말
부터 17세기 초에 걸친 두 차례의 전쟁은 봉건체제를 유지하던 신분
상의 변동을 초래하였다. 전쟁을 거치면서 경제적으로 몰락한 양반이
속출하였고, 반대로 전쟁 중에 공을 세우거나 공명첩을 매수하여 양반
층으로 상승하는 양인들이 늘어났다. 게다가 오랜 붕당정치와 노론 벌
열 세력의 권력 집중이 진행되면서 여기에 편입된 양반과 그것으로부
터 소외된 양반들의 분화가 깊어졌다. 그래서 세도정치로 이어지는 영
정조 이후의 시기에는 몰락양반이 양산되었고, 이 과정에서 많은 양반
이 정치적으로나 경제적으로 농민층과 다름없는 상태로 떨어졌다.[3]

2) 이에 대해서는 조해숙의 「농부가에 나타난 후기가사의 창작의식과 장르적 성격변화」
(서울대학교 석사학위논문, 1991)를 참조하면 보다 구체적인 내용을 확인할 수 있다.

농부가류 가사들은 그와 같은 조선 후기의 사회 변화와 계급 분화에 따른 여러 층위의 향촌 사족들이 주된 창작 층으로 참여하였다. 그것은 대체로 향촌에 거주하고 있던 사족들이 농본 이념을 읊으며 농사를 권유하는 교술적인 내용을 담거나 안정적인 경제적 기반을 유지하고 있던 향반들의 자족적인 삶의 현실들을 형상화하고 있다. 부분적으로는 업농자로 전락한 양반의 자괴적인 심정을 토로하거나 현실의 어려운 처지를 담기도 하였다. 그래서 길진숙은 <농부가>의 작자를 유형화하여 부농가형, 권농가형, 중농가형으로 분류하여 세 유형의 작자층을 모두 조선 후기의 향촌 사족으로 추정하였다.4) 이 점에 대해서 조해숙은 <농부가>계열의 가사는 자료가 지닌 형식면의 다양성, 창작의식의 이질성, 작자층의 폭넓음 등의 이유로 이들을 단일한 하나의 유형으로 묶기 어렵다고 보았다.5) 김창원은 향촌 사족에 의해 창작된 이들 농부가류 가사가 신분적 전락에 따른 작가의 내적 갈등과 모색을 보여주면서도 한편으로 봉건적 질서에 기반을 둔 향촌 사회의 안정을 지향하고 있는 현상이야말로 그들의 현실처지를 반영한 것으로 규정하였다.6)

한편, 19세기 사회경제구조의 변동은 농민의 계층적 분화를 촉진하면서 향촌 내부의 빈부 격차를 심화시켰다. 이 과정에서 자영농민층의 몰락 현상이 두드러졌고 소작농이 전체의 70퍼센트를 웃도는 결과를 가져왔다. 이 시기에는 누적된 삼정의 문란으로 농민 수탈이 급증하며 농민 봉기가 전국에서 다발적으로 일어났다. 1862년 임술년 이후 1894

---

3) 강만길, 『한국근대사』, 창작과비평사, 1985, 114~123쪽.

4) 길진숙, 「조선후기 농부가류 가사 연구」, 이화여대 석사학위논문, 1990, 10~40쪽.

5) 조해숙, 위의 논문, 65쪽.

6) 김창원, 「조선후기 사족창작 농부가류 가사의 작가의식 연구」, 고려대학교 석사학위논문, 1993, 68쪽.

년 갑오농민전쟁까지 전국 70여 개 군현에서 50여 차례의 농민항쟁이 일어났다.[7] 이 시기 직후에 나온 〈경주농부가〉는 조선 말기 광무 연간에 자행되었던 경주부윤 김율난의 학정을 고발하고 있다. 이것은 관리의 탐학과 가렴주구를 형상화하면서 봉건해체기에 직면한 당대의 사회적 모순을 집약적으로 표출했던 가사 작품으로 평가할 수 있다.

개화기와 애국계몽기라는 봉건해체기에 이르러 이들 농부가류의 노래들은 분화와 변모를 거듭하면서 새로운 시가 양식으로 거듭나게 된다. 그것은 시조·가사·민요·잡가, 그리고 한 시류로 이어지는 전통 양식을 유지하면서 창가와 신체시라는 새로운 시가 양식으로도 자리를 잡았기 때문이다. 한편, 이 시기를 전후로 다수의 농부가류 노래들이 지어진 것은 일제의 국토 강점이나 관리들의 학정과 수탈 등에서 비롯된 농촌 문제에 심각한 국면에 봉착되어 있었기 때문이다. 그러나 이 시기의 창가와 신체시로 창작된 농부가류들은 새로운 형태의 시가 양식이었지만 학정과 수탈에 시달리고 토지 침탈로 피폐해진 당대의 농촌 현실을 애써 외면하는 한계점을 극복하지 못하고 있다.

> 〈가〉
> 천황지황 인황루로 신농씨가 생기나사
> 따부지어 농사흐기 우리 백성 가라치니
> 어천만년 다흐도록 장흐고도 장흐시고
> ⋯⋯ ⋯⋯
> 삼천리지 너른들에 오백년을 경작흐니
> 얼시구나 조흘시고 천부금성 이아닌가
> 우리 성상 너른 은덕 동서적전 친경흐사
> 만백성을 구너흐시니 요지일원 순지건곤

---

7) 오영교, 『조선후기 사회사 연구』, 혜안, 2005, 315쪽.

도처마다 격양가로 태평성대 길거와라

(이하 생략)

<나>

왓도다 왓도다 봄이 왓도다

지나갓든 봄철이 다시 왓도다

뫼놉고 물맑은 우리나라에

지나갓든 봄철이 다시 왓도다

압내와 뒤ㅅ개에 어름풀니고

먼山 갓가운山 눈이 논난다

풀록이 폭이마다 속닙나오고

나뭇가지 가지마다 엄이 돗난다

어화 우리 農夫들아 精神차려라

아랫들 웃들에 째느저간다

　　　…… ……

조상의 주신 것을 직혀가려면

내몸이 계르고는 할수 업도다

아참부터 저녁까지 힘써지으면

깃븜으로 조혼 열매 거두리로다

　　위의 노래는 둘 다 <농부가>이지만, <가>는 창가이고 <나>는 신체시로서 양식의 차이가 있다. <가>는 경남 김해에 살고 있던 김상훈이라는 사람이 1907년 『서우』라는 잡지에 발표했던 작품이다. 그는 4편의 <농부가>를 발표하였는데, 1910년도에 이르러 『경남일보』에 이를 다시 게재하고 있다.[8] <가>는 그것의 하나이고, 형태는 가사조의 4·4조 4음보 형태를 본떠 지은 것이다. <나>는 최남선이 발간했던 1909

---

8) 김상훈, <농부가>, 『경남일보』(1910년 2월 20일), 경남일보사.

년의 『소년』지에 실렸던 작품이다. 그에 의하면, 이 시는 전문시인이 아닌 일반인이 지은 작품으로써 작자가 농사에 대한 간절한 뜻을 담아 소년들에게 가르침을 주고자 지은 작품이다.[9] 〈나〉는 가사나 창가와 같은 정형시가 지닌 율격에서 벗어나 근대 자유시로 접근하고 있는 새로운 양식의 작품이다.

이들 작품은 경술국치 직전에 지어졌다. 주지하다시피, 이 시기는 일제 강점에 직면하여 소작농이 늘어나고 일제의 토지수탈이 심해지면서 농촌 현실이 극한적인 상태로 치닫고 있었다. 그런데 이들 〈농부가〉는 〈가〉에서처럼 당대 현실을 태평성대로 치부하거나, 〈나〉에서처럼 화자가 당대 현실을 평화로운 농촌으로 인식하면서 애써 권농을 강조하고 있다. 따라서 〈가〉와 〈나〉는 근대화 과정에서 나타난 새로운 양식의 시가 작품일지라도 문학적으로 암울하고 피폐했던 당대 현실을 핍진하게 담아내지 못하였다는 평가를 면할 수 없다.

이와는 대조적으로 농부가류 민요와 가사 작품 중에는 당시의 암담하고 절망스러웠던 농촌 현실을 핍진하게 사실적으로 형상화하여 주목된다. 오랜 역사성을 지닌 이들 민요와 가사는 애국계몽기와 일제강점기에 이르러서도 역사의식과 시대정신을 저버리지 않고 있었다.

　〈다〉
　우리 농군들은 / 땀 흘려 일해도
　피죽도 못먹는데 / 일본놈 개새끼는
　환도칼만 차고서 / 이밥만 처먹네
　　　…… ……

---

9) 최남선, 『소년』 6권(1909년 7월 1일).
　이 노래는 '畔世少年'이라는 필명으로 1909년 8월에 『서북학회월보』 제2권 15호에 이미 실렸던 작품이기도 하다.

우리 신세는 / 왜 이리 못 사누
그 죽일놈의 / 왜놈 때문이지

〈라〉
오백여년 요순세계 밭갈고 논일쿠어
제살림들 하였더니
년년세세 탐학관리 백성들의 피를 빤다
탐학관리 늘어나고 일병까지 덤벼느니
여간식량 수간두옥 간데없이 사라지고
놈들의 불지랄에 생명까지 빼앗겼네
정부대신 도적들은 역둔토와 황무지를
외국인과 협약하야 이민식민 한다하니
가긍타 이 백성은 승천입지 하올손가
······ ······
황무지가 두고보면 외국인의 개간이라
편토없는 백성의 떼 남부녀대 바다이뤄
떠나간다 떠나간다 우리 동포 떠나간다

〈다〉는 민중들 사이에서 구전되던 민요이고,[10] 〈라〉는 식자층이
지은 것으로 추정되는 가사이다.[11] 구전 가요인 〈다〉에서는 일제에
대한 적대감을 직설적으로 표출하고 있다면, 가사작품인 〈라〉에서는
부조리한 현실을 조목조목 열거하면서 비판하고 있다. 특히 〈라〉에서
는 탐학관리의 학정과 일제 세력까지 수탈에 나서는 불의의 현실을
고발하고 있다. 게다가 백성을 보호해야 할 정부 대신들까지 외국 세
력을 끌어들여서 토지를 개간하고 그것을 사유화하는 일제강점기 직

---

10) 김학길 편, 〈농부타령〉, 『계몽기시가집』, 문예출판사, 1990, 45쪽.
11) 같은 책, 〈농가〉, 150쪽.

전의 농촌 실상을 읊고 있다. 결국, 의지할 데가 없는 수많은 백성이 남부여대의 유랑을 나서는 부조리한 당대의 현실이 깊이 있게 다뤄지고 있다.

우고 이태로의 〈농부가〉는 조선 말기의 봉건체제가 붕괴되고 일제의 토지 수탈이 격화되면서 많은 농민이 소작농으로 전락한 식민지 초기의 절망적인 현실에서 지어졌다. 일찍이 일제는 문호 개방 이후로 독점적 통상무역을 통해 조선에 대한 영향력을 극대화하였고 청일전쟁과 러일전쟁을 통해서 식민통치의 기반을 마련하고 있었다. 일제는 1905년 11월에 을사늑약을 통해 우리의 외교권을 강탈하더니 마침내 1910년에는 우리나라를 병합하였다. 일제는 한국에 대한 지배권을 확보하자 토지조사사업을 획책하며 조직적인 토지수탈에 나섰다. 1906년에 일본인에 대한 토지 소유를 법률적으로 합법화하였고, 토지조사국을 설치하여 1912년에는 토지조사령을 발표하였다. 이를 근간으로 진행되던 방대한 규모의 토지조사사업은 1910년 3월부터 1918년 11월에 이르는 8년 8개월에 걸쳐 이뤄졌다. 이 과정에서 일본 회사 및 일본인 지주 등의 토지 비중이 심화되면서 상대적으로 소작농이 급증하였다.[12]

또한, 우고의 〈농부가〉는 이와 같은 일제의 토지 수탈과 함께 농토를 빼앗긴 식민지 초기의 농촌 현실을 반영하고 있다. 이 노래는 나라와 농토를 빼앗긴 농부들의 대화를 통해서 작자로 추정되는 교술적 화자가 국권 회복을 다짐하는 내용인데, 일제에 대한 강력한 저항의식을 담고 있다는 점에서 이들 애국계몽기의 구전민요나 가사 작품들과 상통하는 점이 많다. 창작 연대는 경술국치 직후인 1912년에 지어진 것으로 보인다. 왜냐하면, 문집에 기록된 〈가장(家狀)〉을 살펴보면, 농악과 〈농부가〉에 대한 언급이 임자년(1912) 기술에 들어 있고, 이어서

---

12) 최호진, 『근대 한국경제사』, 서문당, 1976, 69~79쪽 참조.

갑인년(1914)의 다른 행적으로 넘어가기 때문이다.13) 게다가 우고가
지은 <농부가>에도 1912년부터 시작된 중국의 '민국'이라는 명칭이
언급되고 있기 때문이다.

우고의 <농부가>는 일제강점기에 나온 다른 농부가류 노래들과 양
식면이나 성향 면에서 차별성이 있다. 1931년도에 나온 '박로아'라는
필명의 <농부가>나14) 1934년 정월에 나온 김소운의 <농부가>15), 그
리고 1940년도에 나온 '가람'이라는 필명의 <농부가>16)들은 일제의
강압적인 식민통치를 애써 외면하고 체제 내의 관점에서 평화로운 농
촌 모습을 그리고 있다. 그러나 우고의 <농부가>는 전래 양식인 가사
로 지어졌고 일제의 강압적인 식민통치에 대해 강력한 비판과 함께
저항적인 자세를 잃지 않고 있다.

우고의 <농부가>는 양식적으로 조선 후기 권농가형 계열의 <농부
가>에 접속되면서 일제 현실을 반영하며 국권 회복으로 다짐하고 있
다는 점에서 문학사적으로 <농부가>의 당대 사회에 대한 능동적이고
주체적인 변용 능력을 보여주는 사례이기도 하다. 따라서 우고의 <농
부가>는 조선 후기 이래로 전승된 농부가류 가사의 양식을 계승하면
서도 일제강점기에 대항하는 주체적 민족의식을 구현한 작품으로 평
가할 수 있다.

---

13) 이에 대한 언급은 필자가 소장하고 있는 『우고선생문집』(초고본)에만 있으며, 『우고선
   생유고』에는 없다. 편집 과정에서 이 부분이 삭제된 것으로 보인다.
14) 박로아, <농부가>, 『혜성』 1권, 개벽사, 1931년 09월.
15) 김소운, <농부가>, 『가정문우』 1권1호, 조선금융연합회, 1937년 1월, 6쪽.
16) 가람, <농부가>, 『만선일보』, 만선일보사, 1940. 06. 20일자.

3. 우고 이태로의 〈농부가〉와 애국적 형상화

3.1. 작품 원문

〈농부가〉

어와 農夫임덜 雨順風調 조은時節

上坪下坪 물시러고 南村北村 사람뫼와

책역보고 夏至節에 各自爲業 移秧일세

한 農夫 북을치며 한 農夫 모폭들고

츔츄며 발굴어 左旋右旋 農歌로다

農歌長短 듯기조케 어이열루 和答하니

老少同樂 조흘시고 擊壤鼓腹 上瑞로다

夏至前後 五日十日 三千里 大野 다심언네

大有登豊 조타만은 애고애고 셔럼잇네

한 農夫 거동보소 모폭들고 痛哭하네

한 農夫 셔을 차고 한 農夫 譏弄한다

酒食醉飽 極樂中에 痛哭이 무삼일고

痛哭하던 農夫 氣가믹케 우름반튼 유슘바튼

애고답답 어둡쏘다 그대지 모로난가

우리 飽食 第一알고 國事를 모로난가

이 農事를 지어노면 正供은 不知ᄒ고

莫黑非烏 저 물건이 結錢督促 졔대로 한다

萬古업난 月給事난 뉘라셔 當할소냐

애고애고 痛哭事난 兩宮事 不忍일셰

天地가 苦楚하고 日月이 無光이라

爲國忠臣 다가스니 뉘라셔 回權할게

어와農夫일덜 簔笠으로 甲冑삼고

살보가래 조흔연장 天命바더 運動하면

何處不敵이며 何事不成일가

土鼓가 戰勝鼓요 農歌가 凱奏로다
一心同力 不變하면 昌唐祚宋 어려울가
三千里 江山 그짜이요 二千萬 同胞 그 사람이라
兩宮氣體 無疾否아 兩宮氣體 無疾否아
薤髮緇衣 겨물건들 跳踉奔走 禽獸로다
忘君事讐 무삼일고 第一身도 難容이라
上下尊卑 엇다두고 彼丈夫我丈夫 一澤魚라
그러나 我國元氣 우리農夫 예 잇셧쏘다
時事을 枚擧하자면 목이메여 못다하네
無限痛哭 다시나셔 애고애고 할참에
農夫同受 秉彝性이 一時痛哭 徹天이라
人心天意 如此하니 復國回權 可期로다
이 農事 지어내셔 맹셰코 他國놈 쥬지마새
今年冬寒 不死하예 大槐不托 飽食하고
明年農事 다시지어 本國正供 하여보새
今日日力 掛西하니 밧비밧비 畢役하새
三角山 脫塵하고 五江水 復淸이라
어와 農夫임딜 今日之心 永盟하고
堯舜之君 在上하고 堯舜之民 在下하니
君臣同樂 太平世은 於千萬年 우리 朝鮮
中原消食 茫然하다 民國稱政 分明인가
黃河一淸 三百年에 大明日月 다시볼가

3.2. 우고의 생애와 민족의식

우고 이태로(1848~1928)는 19세기 후기의 봉건 해체기를 거쳐 일제 강점기를 살았던 호남의 유학자이자 문인이다.[17] 그는 유학자인 고암

---

17) '우고 이태로의 생애와 민족의식' 부문은 초고본인 『우고선생문집』(필자 소장본)과 『우

(顧菴) 이경근(李擎根)과 이천서씨를 부모로 전남 나주군 지죽면 계양
리에서 태어났다. 아버지 고암은 학문과 효행으로 이름이 높았던 유학
자로서 노사 기정진의 문하생이었고 『고암집(顧菴集)』과 『고암가훈(顧
菴家訓)』을 남겼다. 우고는 어려서 가학으로 사서삼경을 비롯한 학문
과 시문을 익히다가 19세(1879)에 말년의 노사선생에게 나아가 공부하
였다. 이때 우고는 함께 수학했던 노사의 손자 송사(松沙) 기우만(奇宇
萬, 1846~1916)을 비롯한 난와(難窩) 오계수(吳繼洙, 1843~1915)·후석
(後石) 오준선(吳駿善, 1851~1931)등과 교유하며 오래도록 인생의 고락
을 함께하였다.

유교적 전통과 행실을 중시하는 집안에서 태어난 우고는 당시 대부
분의 유자처럼 척사위정의 보수적 세계관을 고수하고 있었다. 이것은
갑오농민 당시에 장정 삼백 명을 모집하여 고을 방어에 나섰던 행적
이나 시문 곳곳에 보이는 일본과 서양을 배척하는 그의 태도에서 잘
드러난다. 1876년 병자수호조약이 체결되자 20대의 젊은 우고는 이를
비판하는 시를 짓는다.

歎與倭結和	왜와의 화친을 탄식하며
而洋而倭自東來	양놈과 왜놈이 동쪽으로부터 몰려오니
塵雨滿城城欲頹	티끌 비가 성에 가득하고 성도 퇴락하려
如何不用勉翁策	어찌 면암선생의 계책을 쓰지 않는 것일까
秖畏東人意氣摧	다만 민족 의기가 꺾이는 것이 두려울 뿐이로다.

우고는 서양과 일본으로 비롯되는 열강제국과의 조약에 대해 깊은
우려를 나타내며 그것을 망국의 조짐으로 받아들이고 있다. 그는 티끌

고선생유고(又顧先生遺稿)』(국립도서관 소장본)를 위주로 재구성한 것이다.

비가 성에 가득하고 머잖아 성도 무너질 것이라는 비유로써 서세동점의 당대 현실을 부정적으로 인식하고 있다. 여기에서 성은 말할 것도 없이 조선 왕조를 의미한다. 우고는 당시 척사위정의 기치를 내걸었던 면암 최익현의 시국책을 옹호하면서 문호개방을 걱정하고 있다. 마지막 구절에서 우고는 일본과의 조약으로 말미암아 민족자존의 의기가 꺾이면서 그것이 가져올 결과에 대해 깊은 우려를 표명하고 있다.

시에서처럼 우고는 평소에 면암에 대해 관심과 존경을 보내고 있다. 우고는 젊은 시절부터 면암의 명성을 익히 알고 있었고 마음속 깊이 추종하고 있었다. 우고는 51세였던 1898년에 포천에 유거하고 있던 면암 최익현을 직접 방문하였고 여기에서 이건초(李建初)·서상봉(徐相鳳)·이문화(李文和)·유기일(柳基一) 등과 같은 면암의 제자들을 만나서 교유하였다. 우고는 이 때 그들과 함께 <척왜사삼소(斥倭事三疏)>를 올려 7개월 동안 감옥에 구금되었다가 풀려나기도 하였다. 1906년에는 면암 최익현이 순창에서 의거를 일으키고 대마도에서 순국하자 우고는 제문을 지어 애도하였다. 그리고 그는 면암에 대한 애국정신을 기리고자 관련 자료를 수집하기 시작하여 서책으로 만들었는데, 그것이 바로 『면암선생문집초』와 『면암집초부제가서』이다.

1905년에 을사늑약으로 충정공 민영환이 자결하자 우고는 그의 영전에 나아가 조문하였고 <견혈죽제일절우벽(見血竹題一絶于壁)>이라는 추모시를 남겼다.

> 凌霜大節世無雙 　서리같은 큰 절개는 세상에 다시없고
> 十月寒風血瀉腔 　시월 찬바람에 피를 대공에 쏟다.
> 萬古忠靈靑化竹 　만고 충령이 푸르게 대나무로 변하였으니
> 天綱不墜我東方 　하늘벼리가 우리 동방에서 몰락하지 않음이라.

우고는 이 작품 말고도 다른 오언율시를 지어서 민영환의 충절을 추모하였다.[18] 한편, 그는 일제강점기와 역사적 격변기를 살아가면서 애국적인 내용을 수집하여 기록하거나 이를 시로써 형상화하였다. 경술국치를 당한 1910년 가을에 광주 거리에서 개가 일본인을 물어 죽이자 우고는 〈의구설(義狗說)〉을 지어서 의로운 개를 예찬하며 그 이후로 다시는 개고기를 먹지 않았다고 한다. 1909년 봄에 네덜란드 헤이그에서 열린 만국평화회의에 침석했던 이준 열사가 분사하였고 가을에는 안중근이 이토 히로부미를 사살하자, 우고는 면암의 영전에 나아가 이 사실을 고하였다.[19] 이외에도 우고는 중대한 역사적 사건마다 면암의 영전에 나아가서 알리고 있다.[20] 여기에서 우리는 우고가 면암을 마음속 깊이 존경하며 추종하였다는 것을 알 수 있다.

1910년 경술국치를 당한 다음 해에 우고는 돌아가신 부친의 가르침을 본받고자 '우고(又顧)'를 자호(自號)로 삼았다.[21] 우고는 도연명을 흠모하였고, '일월장림(日月長臨), 대명전기(大明正氣), 의관불개(衣冠不改), 조선유풍(朝鮮遺風)'을 좌우명으로 삼았다. 여기에서 중국과 조선의 우호적인 관계를 중시하고 우리의 전래적인 생활 문화와 전통을 지키려는 그의 보수적인 세계관이 확인된다. 우고는 경술국치 이후로 의거의 뜻을 펴지 못한 것을 일생의 한스러움으로 여겨 문을 닫고 좌정하여 일본이 있는 동쪽을 등지고 앉아서 후진을 가르쳤다고 한다. 1919년에는 선친의 저술물인 『고암가훈(顧菴家訓)』을 발간하였다. 1914년에는 나주 군수 김면수(金冕洙)가 방문하려 하자, "왜는 우리의 원수이

---

18) 物中貞貞竹, 間氣表忠竹, 義重殷孤竹, 節高漢綿竹, 歲寒見羅竹, 風惡哀麗竹, 閔公堂上竹, 天感最此竹. (『又顧先生文集』卷1, 〈感閔忠正公桂庭血竹泳煥〉).

19) 앞의 책, 「祭文」, 「設勉菴先生虛位祭文」.

20) 위의 책, 「祭文」, 「祭勉菴崔先生」.

21) '경재(敬齋)'라는 호를 사용하기도 하였다.

다. 왜에게 나아간 사람과 무엇을 논할 것인가?"라고 말하면서 그의 방문을 거절하였다. 우고는 이후로 저술활동에 전념하였고 다수의 시문 작품과 많은 문장을 남겼다. 대표적으로 『우고선생유고』(1949)·『경재집(敬齋集)』(1922)·『면암선생문집초』·『면암집초부제가서』 등을 남겼다.

이처럼 우고의 생애와 행적을 살펴보건대, 그는 쇄국에서 개항으로, 중세에서 근대로 이어지는 역사적 격변기에 밀어닥친 외세 침략의 부당한 현실과 타협하지 않고 올곧은 선비 정신을 지키면서 국권 회복을 위해 노력했던 문인이자 애국지사로 규정할 수 있다.

3.3. 우고의 〈농부가〉와 주권 의식

〈농부가〉는 모두 46절 92구로 되어 있다. 형태는 3·4조 내지 4·4조의 4음보격을 주로 사용하고 있는데, 시조 종장과 같은 결사 형식을 지키지 않고 있다는 점에서 일종의 변형가사이다. 그리고 '어와 農夫 임덜 우순풍조(雨順風調) 조은時節'를 비롯한 몇몇 어구들은 조선 후기 농부가류 가사에서 자주 쓰이는 관습적 표현의 하나이다. 표기 방식은 국한자혼용으로 어구를 세로로 적었고, 각 단위를 의식하여 구와 구의 사이에 'O'표를 삽입하여 구분하는 기표법(記標法)을 쓰고 있다.

우고의 〈농부가〉는 문집의 초고본인 『우고선생문집』권7의 「잡저」 부분에 수록되어 있다. 앞서 언급한 것처럼 창작 시기는 문집의 〈가장(家狀)〉이나 관련 기록을 통하여 짐작하건대, 경술국치 직후인 1912년에 지어졌을 것으로 보인다.

우고가 〈농부가〉를 지은 동기는 나라와 농토를 빼앗긴 우리 민족의 현실을 직시하여 국권 회복의 의지와 함께 주권의식을 고취시키기 위해서이다. 작품 내용이 일제에 강점당한 우리의 농촌 현실을 담고 있으며 투쟁을 통한 국권 회복을 다짐하고 있기 때문이다. 그런 점에서 우고의 그것은 애국가사에 해당한다.

우고의 〈농부가〉는 농악과 깊은 관련이 있다. 그는 농민들이 농악을 즐기며 흥겨워하는 모습들을 보고 일제치하에서는 농악을 하지 말아야 한다는 취지의 〈금농악(禁農樂)〉을 쓰면서 우의적으로 자신의 뜻을 〈농부가〉에 담았다. 우고에 의하면, 농악이란 바른 성정에 근본하고 있으며, 하늘의 이치와 땅의 이로움으로 말미암은 근로 활동에서 나온 것이다.[22] 그런데 나라가 망해서 농작물이 채 익기도 전에 왜놈이 세금을 거둬들이는 처지에 농악은 무슨 농악이냐는 것이다.[23] 다시 말해서 나라가 망해서 백성들의 성정이 흐트러졌고 천지의 도가 왜곡된 일제라는 부당한 체제에서 세금을 내야하는 근로활동은 이와 같은 신성한 농악에 부합하지 않는다는 것이다. 그것보다는 오히려 삿갓과 도롱이를 갑옷으로, 호미를 창검으로 삼아 왜적들을 쳐서 몰아낸 이후에 농악을 해야 한다는 것이다.[24] 그것은 〈농부가〉의 작품 중에 "어와農夫일덜 簑笠으로 甲胄삼고 살보가래 조흔연장 天命바더 運動하면 何處不敵이며 何事不成일가 土鼓가 戰勝鼓요 農歌가 凱奏로다." 라는 구절에서도 그대로 확인할 수 있다.

작자인 우고는 애국적인 내용을 극적으로 형상화하기 위해 여러 방법을 모색하고 있다. 농촌의 평화로운 정경을 제시하다가 반전시킨다

---

22) 『又顧先生文集』卷7,「雜著」, 〈禁農樂〉: 農夫, 亦有性情之本, 而用天之道因地之利, 勤勞於百畝之間, 而鳴土鼓互歌舞, 樂其樂而爲農樂也.
23) 위의 책, 같은 편, 〈禁農樂〉: "嗚呼痛哉, 此世何世, 此時何時, 農作未熟, 敵先取捨歸於實賦, 樂何樂而樂何樂, 休哉休哉."
24) 위의 책, 같은 편, 〈禁農樂〉: "痛矣痛矣, 農夫乎, 簑笠爲甲胄, 鋤錥爲劒戟, 討復後與衆樂~樂."

든가, 농부들의 대화를 통해 문제를 제기한 다음에 화자의 입을 통해 주권의식과 국권회복이라는 애국적 내용을 고취시키는 방식이 그것에 해당한다. 그래서 <농부가>에는 작자로 여겨지는 교술적 화자가 있고, 모내기 현장에서 대화를 주고받는 농부 '갑'과 농부 '을'이라는 작중 인물이 등장한다. 농부 '갑'은 나라를 빼앗긴 사실조차 망각하고 농가를 부르며 태평시절로 착각하고 있는 무지한 인물이다. 반면에 농부 '을'은 나라를 빼앗긴 망국의 슬픔을 참지 못하고 끝내 통곡하는 자각적인 인물이다. 여기에서 대화를 주고받는 이들 농부는 작품의 주제 구현을 위해 작자가 의도적으로 등장시킨 보조인물들이다. 농부 '갑'의 몽매한 행위에 대해 농부 '을'은 망국의 절망적 현실을 하소연하며 통곡한다. 이 과정에서 작자로 여겨지는 교술적 화자가 등장하여 나라를 빼앗긴 우리 민족이 취해야 할 지침을 제시하고 있다. 그것은 앞서 우고가 <금농악>에서 제시했던 내용인데, 화자의 입을 빌려 반복되고 있다. 여기에서 화자는 보조적인 역할을 하는 농부 '갑'과 '을'의 대화를 통해서 개입하며 이들 농부에게 농사를 권려하면서 국권 회복의 소망을 다짐하고 있다.

작품 구성은 '서사(序詞) - 본사(本詞)1·2 - 결사(結詞)'로 되어 있는데, '기승전결(起承轉結)의 4단 형식을 취하고 있다. '서사(1-8행)'는 전체 내용의 도입부에 해당한다. 서사에서는 본사에서 형상화할 대상을 미리 암시하고 그것에 대한 단서를 제공하는 부분이다. 그런데 우고는 본사에서 우리 민족이 처해있는 절망적인 실상을 형상화하고 그것에 대한 구체적인 극적 효과를 획득하려는 의도에서 서사 부분을 일제 현실과 반대로 제시하고 있다. 그래서 여기에서는 개화기에 나온 다른 농부가들처럼 농요를 부르며 모심기를 하는 평화로운 농촌의 모습으로 제시하고 있다. '본사 1(9-21행)'에서는 교술적 화자가 사건의 발단과 정황을 제시하고, 보조인물인 농부 '갑'과 '을'이 등장한다. 여기에서 이들 농부는 작자가 노리는 국권 회복과 주권 의식의 고취라는 주제 강화를 위해 전경화된 인물들이다. 현실에 둔감하고 역사의식이 결여된 농부 '갑'의 물음에 대답하는 형식으로 농부 '을'이 망국에 따른 주권 상실과 그것의 절망적인 현실을 토로한다. 여기에서는 '서사'에서 제시되었던 평화로운 농촌의 정경이 농부들의 대화를 통해 한순간에 반전되면서 일제치하의 비극적 현실이 부각된다. '본사2(22-44행)'에서는 작자로 보이는 교술적 화자가 일제에 대한 저항과 궐기를 호소하고, 우리 농민들에게 국권 회복을 다짐하면서 농사를 권계하는 부분이다. 마지막으로 '결사(45-46행)'에서는 작자 의식을 드러내고 있는데, 여기에서 화자는 이상적인 세계 질서로서 대명의식을 희구하고 있다.

3.4. 문학사적 평가

우고의 〈농부가〉는 일제강점기에 세상에 공개되지 못하고 비장되어 있었다. 우고가 죽고서 20여 년 가까이 흐른 다음에야 그가 꿈에 그리던 일제가 물러갔고, 1949년에 제자들과 후손들이 초고본인 『우고선생문집』을 저본으로 『우고선생유고』를 발간하였다. 그 과정에서 편집자들은 〈농부가〉의 가치를 인식하지 못하고 그것을 문집에서 누락시키는 실수를 범하였다. 그러다가 근래에 필자가 초고본인 『우고선생문집』을 입수하여 열람하다가 빠졌던 〈농부가〉를 발견할 수 있었다.[25]

문학사적으로 조선 후기의 농부가류들은 향촌 사족의 유유자적한

---

25) 우고의 〈농부가〉가 초고본인 『우고선생문집』에 수록되어 있다가 인쇄본인 『우고선생유고』에서 빠지게 된 것은 편집자의 부족한 안목에서 비롯된 것으로 보인다. 신문 양식인 〈금농악〉과 가사 작품 〈농부가〉는 우고의 민족의식이나 문학 세계와 관련하여 빼놓을 수 없는 중요한 작품이기 때문이다.

모습이나 향촌 사회의 안정을 도모하는 권농의 내용을 읊거나 농민으로 전락한 사족의 불우한 처지를 다루었다. 우고의 <농부가>도 부분적으로 농부들에게 농사라는 본업에 충실하기를 권려하는 내용을 담고 있다는 점에서 교술적인 권농형 계열의 농부가에 닿아 있다. 하지만 우고의 <농부가>는 시대적으로 국토를 강점당한 일제치하의 암담한 현실을 제시하면서 주권회복을 위해 무력적인 투쟁을 불사하자는 애국적인 내용을 형상화하고 있다는 점에서 이전의 가사와 큰 차이가 있다.

우고의 <농부가>는 애국계몽기의 다른 개화가사들과는 민족의식을 고취하거나 조국애를 읊고 있다는 점에서 상통하는 점이 많다. 당시 민족계 언론인 『대한매일신보』의 「사회등가사」나 계몽 잡지들에서는 농부가류 노래에다가 애국적인 내용을 형상화하고 있었다. 한편, 우고의 <농부가>은 일제강점기에 나온 다른 <농부가>들과 현실을 보는 태도나 관점에서 대조적이었다. 일제강점기에 신문이나 문예지에 실렸던 농부가류 노래들은 일제의 암담한 현실을 애써 외면하거나 그것을 태평성대로 왜곡시킨 친일적인 내용으로 일관하였다. 반면에 우고의 <농부가>는 일제의 국토 강점이라는 예민한 문제를 회피하거나 에둘러 표현하지 않고 억압과 불평을 그대로 담아내면서 저항적인 내용을 형상화하고 있다는 점에서 가치가 있다.

일제강점기를 전후로 하여 계몽가들은 주로 신문이나 잡지를 통해 민중을 일깨우고 계도한 방식을 취했다. 그런데 우고는 전남 나주라는 향촌에 거주하면서 그들과 다른 방향으로 당대 시국에 대하여 사회적 발언을 서슴지 않았는데, 그것은 우고가 선비의식을 지닌 유학자이자 지식인으로서의 소명의식을 가지고 있었기 때문이다. 그래서 우고는 향촌사회에서 농민을 일깨우고 계도하며 여론을 이끄는 주도적인 위치에서 전통적인 시가양식이었던 권농가 계열의 <농부가>를 통해 일제 강점이라는 모순된 당대 현실을 비판하며 민족의식을 고취시키려 했던 것으로 보인다. 여기에는 우고가 창가나 신체시와 같은 새로운 문예 양식이 아닌, 권농형 농부가류 가사라는 전통적인 시가양식을 근대로 계승하여 그것에 일제 현실을 담아내려는 주체적인 변용 의도가 있어 보인다.

우고는 일제의 국토 강점이라는 부당한 현실에 타협하지 않고 전통적인 가사 양식인 <농부가>를 통해 민족의식을 선양하는 있다는 점에서 좋은 사례로 평가를 받을 수 있다. 하지만 문제점이 없는 것은 아니다. 그것은 마지막 어구에서처럼 화자가 태평성대를 희구하면서 은근히 중원소식을 기다리며 그것에 기대고 있는 바, 근대에 이르러서도 아직 봉건사회에서나 볼 수 있는 중화의식을 탈피하지 못하는 세계관의 한계를 보인다.

4. 맺음말

이 논문은 우고 이태로(1848~1928)가 지었던 <농부가>에 대한 논의이다. 우고의 <농부가>는 일제강점기 초기인 1912년경에 창작되었을 것으로 보이는데, 일제치하에서 공개되지 못하고 비장되어 있다가 이번에 비로소 공개되는 가사 작품이다.

논의된 내용을 요약하면 다음과 같다. 우고 이태로는 개화기에서 애국계몽기와 일제강점기에 활동했던 민족지사이다. 그는 노사 기정진과 면암 최익현의 학통을 이어받아 척사위정의 보수적 세계관을 지니고 있었다. 우고는 열강들의 개항 요구를 반대하였는데, 특히 일제에 대해서 깊은 우려와 경계를 나타냈다.

우고가 나라와 농토를 빼앗긴 우리 민족의 현실을 직시하여 국권 회복의 의지와 함께 주권의식을 고취시키기 위해서 <농부가>를 지었다. 우고의 <농부가>는 농악과 밀접한 관련을 맺고 있다. 우고는 사람들이 농악을 즐기며 흥겨워하는 광경을 보고서 성정이 흐트러지고 천지의 도가 왜곡된 일제치하에서는 농악을 하지 말아야 한다면서 우의적으로 자신의 뜻을 <농부가>에 담았다.

우고의 <농부가>는 '서사(序詞) - 본사(本詞)1·2 - 결사(結詞)'로 구성되어 있는데, 작자는 애국적인 내용을 극적으로 형상화하고 있었다. 그 중에서 특이한 것은 모내기 현장에서 대화를 주고받는 농부 '갑'과 농부 '을'이라는 작중인물을 설정하고, 작자로 보이는 교술적 화자가 개입하는 것이었다.

<농부가>를 논의하기에 앞서 조선 후기 이래로 농부가류 가사의 전개 과정을 점검하면서 봉건해체기였던 개화기와 애국계몽기의 그것에 주목하였다. 이 시기의 농부가류 노래들은 분화와 변모를 거듭하면서 시조·가사·민요 등과 같은 기존의 양식에다가 창가와 신체시라는 새로운 양식으로 자리를 잡았다. 하지만 이들 창가와 신체시의 농부가류는 학정과 수탈에 시달리고 토지 침탈로 피폐해진 당대의 농촌 현실을 핍진하게 형상화하지 못하는 한계점을 지니고 있었다. 오히려 이 논문은 관리의 학정과 일제의 수탈에 시달리는 부조리한 농촌 현실을 사실적으로 형상화한 농부가류 민요나 가사 작품들에 대해서 주목하였다.

우고의 <농부가>도 국토를 강점당한 일제치하의 암담한 현실을 제시하면서 주권회복을 위해 무력적인 투쟁을 불사하자는 애국적인 내용을 형상화하고 있다는 점에서 그것들과 상통하는 점이 많았다. 우고

의 〈농부가〉는 양식적으로 조선 후기 권농가형 계열의 〈농부가〉에 접속되면서 일제 현실을 반영하며 국권 회복으로 다짐하고 있다는 점에서 문학사적으로 〈농부가〉의 당대 현실에 대한 능동적이고 주체적인 변용 능력을 보여주는 좋은 사례이기도 하다.

한편, 우고의 〈농부가〉은 일제강점기에 나온 다른 〈농부가〉들과 현실을 보는 태도나 관점에서 대조적이었다. 일제강점기에 신문이나 문예지에 실렸던 농부가류 노래들이 일제 현실을 애써 외면하거나 왜곡시켰는데, 우고의 〈농부가〉는 그것을 회피하지 않았고 민족적인 내용을 형상화하고 있다는 점에서 가치가 있다.

이처럼 우고의 〈농부가〉는 일제의 국토 강점이라는 부당한 현실에 타협하지 않고 민족의식을 선양하는 있다는 점에서 후세의 귀감이 되는 작품이다. 하지만 우고의 〈농부가〉도 작품의 결사 부분에서처럼 봉건사회에서나 볼 수 있는 중화의식을 탈피하지 못하고 있다. 내용 중에 화자는 태평성대를 희구하면서 은근히 중원 소식을 기다리며 그것에 기대고 있기 때문이다. 이것은 그의 보수적인 작가의식에서 비롯된 것으로 보인다.

又顧先生文集

辭　頌　贊　箴　銘
　　上樑文　祝文　表　詞
　　祭文
　　通文　　雜著　遊記

第七

義輔實勇人也 皇明則繼述之道 非但有光於古家心

報效之誠 亦應有感於 皇朝列聖在天之靈惟執事僉

勉㢤焉

崇禎紀 元後己丑 仲秋 鮮朝國王謹再拜

崇禎皇帝御筆 非禮勿動賜翰林㢤已

英宗大王御筆 萬古大明 千秋翰林 賜㢤已後孫

一農夫歌

너와農夫 암덜 ○ 兩順風謙 조은 時節 ○ 上坪下坪들시

더고 ○ 南村北村 사람드라 ○ 책력보고 夏至節세 ○

自爲業校狹일헤 ○ 北農夫學을치며 ○ 北農夫모곡들

고 ○喜壽며 밧굴너 ○左旋右旋農歌로다 ○農歌長短

듯기 조캐 ○써이열루和答하니 ○老少同樂 조흔시고

○伊壞鼓腹上端로다 ○夏至前後五日 十日 ○三千里

大野다심언데 ○大有登豊조와띠는 ○써고써고셔럼

잇네 ○찬農夫거동보소 ○모똑들고 痛哭하네 ○찬農

夫서을차고 ○찬農夫議弄하다 ○酒食醉飽極樂 中써

○痛哭이무삼일고 ○痛哭하 농農夫氣小먹게 ○우름

반튼有흠반튼 ○써고썽ᄉ써돔쏘다 ○그려지 모로난

小 ○우리飽食第一알 띠 ○國事를모로난小 ○써農事

를지어노면 ○正俠은不知하고 ○莫黑非烏 져물건이

○結戲督促 졔디로 찬다 ○萬古업난 月給事난 ○뉘라

셔 當한 소냐 ○싸고 새고 痛哭事난 ○兩宮事 不忍 일세

○天地가 皆震하고 ⊙日月이 無光이라 ○爲國忠君다

가스니 ○뉘라셔 回權할께 ⊙어차 農夫 섬멸 ○第 한 일은

로 甲冑 삼고 ○살보가 래 조흔 것 ○天命바더 運動다

랴 ○何虜不敵이며 ○何事不成 일가 ○土鼓가 勝戰鼓

요 ○農歌로 凱奏로다 ○一心同力 不變하면 ○昌唐祿

宋어려울가 ○三千里江山 그새 이오 ○二千萬同胞 그

사람이라 ○兩宮氣體 無疾 옵아 ○兩宮氣體 無疾 옵아

❶ 難髮緇衣 져물 것들 ○跳踉奔走 禽獸로다 ○忿事君

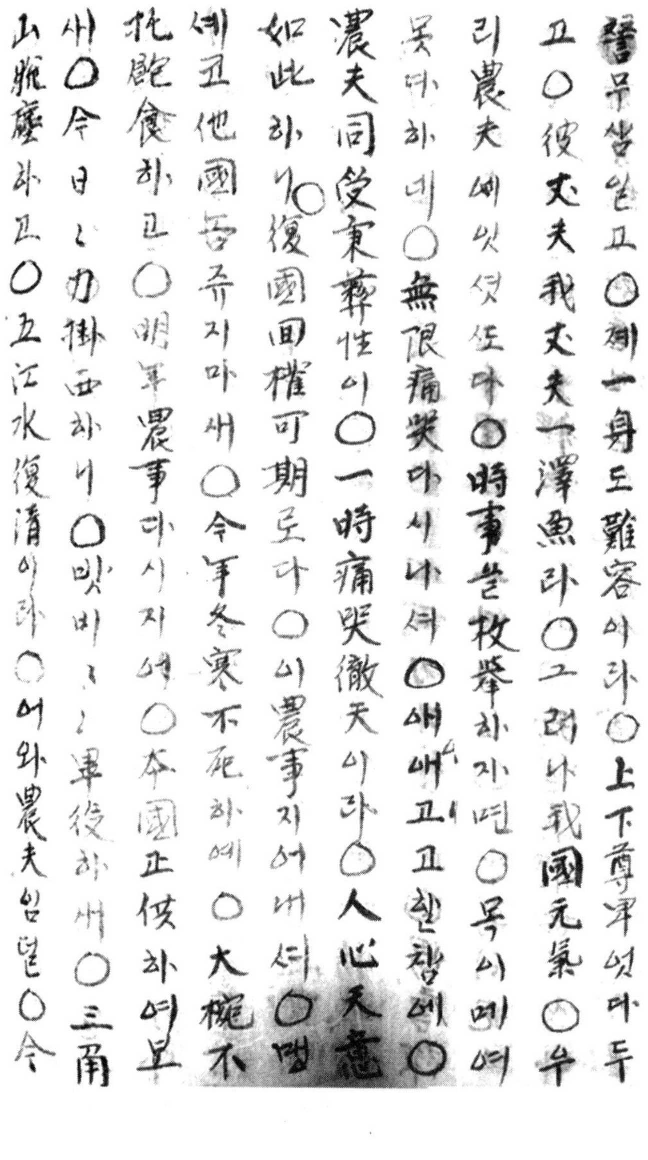

譬무삼일고○졔一身도難容이라○上下尊卑업다두
고○彼丈夫我丈夫一澤魚라○그려나我國元氣○우
리農夫세잇섯또다○時事를救擧하자면○목시메여
못다하네○無限痛哭다시나셔○애애고고찬참에○
農夫同受東葬性이○一時痛哭徹天이라○人心天意
如此하니○復國回權可期로다○이農事지어내셔○맹
셰코他國즁쥬지마새○今年冬寒不死하예○大槐不
托跎食하고○明年農事다시지어○本國正佚하여보
새○今日〻力掛西하니○밋비〻〻畢役하새○三角
山雉鳴하고○五江水復清이라○어와農夫읍뎐○今

日之心永盟하고 ○堯舜之君在上하고 ○堯舜之民在
下하니 ○君臣同樂太平世을 ○於千萬年무己朝鮮 ○
中原消息茫然하야 ○民國補政介明산가 ○黃河一清
三百年에 ○大明日月다시볼가

刊

有 X 眼鏡付送崔東斗

古者婦人之簪於小原之地而哭甚悲非為傷亡簪而不
志故也蓋傳家之物有先人手澤故尊而敬之以青氈為
傳業者亦有意為今有李碩人年及七旬眼生霧花故夫
家所傳之眼鏡常〃借明笑前秋作親家行而遺於呂川
之所揮淚而言曰世傳而余失罪無所逃余慰之曰今非

새로운 가사 작품
〈감별곡〉에 대하여

1. 머리말

　조선후기에 주로 영남지방 양반가 부녀자들 사이에서 창작되며 전승되었던 규방가사에는 우리 전통사회 여성들이 살아가면서 겪은 삶의 모습과 의식이 잘 드러난다. 그것에는 여성 특유의 섬세한 감성과 예술성이 잘 표현되어 있고, 시대 변화에 따른 여성들의 의식 변화나 가치 체계도 반영되고 있기 때문이다. 규방가사는 일명 〈두루말이〉나 〈가스〉라고 불리는데,[1] 20세기에 들어서도 창작되었고 70년대 산업화시대에 지어진 작품들도 보인다. 오늘날에도 경북 안동의 살아있는 여성노인들은 가사를 필사한 경험이나 창작한 경험이 있는 경우가 많다는 통계도 나와 있다.[2]

　규방가사는 현재 두루마리에 한글 궁서체로 쓴 6천여 필이 넘는 작품들이 전해져 오고 있다. 규방가사는 근래에도 새로운 작품이 발굴되고 있는데, 〈감별곡〉도 그것의 하나이다. 〈감별곡〉은 2천여 글자로 이뤄진 중형가사라고 할 수 있는데, 내용을 살펴보니 개화기에 지어진

1) 권영철, 『규방가사연구』, 이우출판사, 9쪽.
2) 이정옥, 「내방가사 향유자의 생애경험」, 『고시가연구』 24집, 한국고시가문학회, 2009, 197~234쪽.

작품으로 보인다. 여기에는 남존여비의 봉건사회에서 여성들만이 겪는 삶의 애환이 잘 드러나 있다. 그리고 화자는 새로운 문명사회가 다가오고 있는 것을 예견하며 그것에 따른 생활과 규범의 변화를 소망하고 있다. 이 가사작품에는 전통사회에서 근대사회로 넘어가면서 유교사회의 가부장적 관습들이 약화될 단서를 보이기도 한다.

그럼에도 불구하고 〈감별곡〉에는 아직 전통 규범에 속박되어 있었던 당대 여성들의 생활 규범이나 가치 의식과 함께, 양반가 아녀자들의 가문의식이나 남존여비의 유교적 관념들이 잘 담겨 있다. 아울러 우리는 〈감별곡〉을 통하여 봉건사회의 가부장사회에서 여성들이 유교 규범에 구속되어 타자로서 어떻게 존재했는가를 추측할 수 있다.

이 논문은 무엇보다도 〈감별곡〉이란 새로운 가사 작품을 소개하는 데 목적이 있다. 따라서 먼저 작품 전문을 제공하고 자료를 검토할 것이다. 그리고 작품의 구성과 내용을 살피고 그것의 담론 내용을 분석할 것이다.

2. 〈감별곡〉의 작품 전문

감별곡
어제밤 부든 바람 화류동풍 와년ᄒ다
우리소회 풀어늬야 감별곡 지으리라
천의의 흔변 이별 언지다시 드라오며
월ᄒ의 즐기든일 언제련가 쑴이로다
여ᄌ의 흔변 거름 원부모 이형지라
부모님 슬전이셔 동긔지졍 모와놋코

널친척 지화로셔 화슌지락 즐기다가
고법이 귀즁하야 명문이 츌가하야
슘죵지 쏜을바다 동서로 헛터진이
즈인 깁흔 부모실견 언지다시 옛다드며
다졍튼 여러 친우 홋기약이 방연하고
그리운 고향슌쳔 언지볼고 변~하다
차흡다 우리 여즈 이쳐롭긔 그지업니
이십연 긴시월을 넌쳑졈욱 자라날제
빅쳔가지 기리즌난 쳔만시로 아라든이
조물이 시기련가 쳔연의 연분인가
일조이 풍운이별 구고간장 녹여닌이
몽~히 나린봄빗 별누을 더신흔 듯
솔~히 부난바람 한숨세워 부려쥰다
그나마 우리 친구 누구~~모혀든고
덕기잇든 김서방덕 쳔연으로 츌가흐야
좌즁이 연이라
은근한 슈작이며 졍다운 그 성품을
금변이 이별하며 하월하시 다시만나
이번이 미진소회 혹욱히 풀어볼고
풍졍조흔 남서방덕 논실노 츌가흐야
조석으로 서로만나 즐기는일 기이흐다
뉴츈졍~김서방덕 닉급으로 츌가흐야
쳔성이 화슌한이 의연한 그마음이
풍부키 할양업니
슌후한 남서방덕 호촌으로 츌가흐야

부덕도 할양업고 인정도 남달나셔
나난이 축축ᄒ기 친형제나 다람업고
년~한 김서방딕 외너로 츌가ᄒ야
의연한 셩질이며 별졍적인 그 셩풍이
하로을 못보아도 숨츄을 막은다시
호방승심 ᄒ는일이 쳔고에 기스로다
온슌무비 이서방딕 으인으로 츌가하야
요료~~한 그곳틱이 겸하야 의인지심
뉴다르계 다졍ᄒ이 엇지하야 쩟칠손고
뉴슈모쥬 남서방딕 호지말노 츌가ᄒ야
쾌활ᄒ 그심졍이 풍정도 조홀시라
쳣귀령이 어긔지라 딕인졉물 슌ᄒ지덕
쩟칠일이 난감ᄒ다
이러한 우리친구 이시승의 쏘이쓰랴
심즁이 원하기럴 우리모듬 미양잇셔
꿈이 그든 찌지말고 압초불이 하야든이
셰스가 황든ᄒ 변치이 무승하야
지나간 일츈몽갓고 오난일이 ᄒ도십퍼
만일이 넘이 일은 닉급간 김서방딕
반졍ᄒ 셩일이라 일야을 겸회손이
쓸이고 밋친회포 무엇쓰로 형은할고
숨츈하류 조흔시절 불원간 남겨두고
이석ᄒ 이 족별은 어이하야 하즌말고
연화봉 꽃노릭와 스쥬강 비노름을
숨월만간 긔약헌이 오날날 헤여진후

소일진한 어이할고 구십츈광 연만화난
도쳐만 다 잇건만은 우리여ᄌ 이서름은
언지다시 이슬손가 우리 한변 홋터진후
뉴슈갓치 가는 과음 츈풍츄우 지나가서
혼앙빅발 벗구명은 시흥~~부ᄌ러라
악슈승봉 일석달난 두변잇기 더려운이
슬푸다 우리몸이 녀ᄌ된 짓 한이로다
인간이별 예로부터 비빅비쳔 잇건마은
우리들 이이별은 압기약이 모연하다
함누안간 흠누안과 간즁이송당 즁인은
녜ᄉ람의 셕별이요 연슈화월 고흐고
손의의 팔오년은 우리들의 소회로다
션봉이 놉고놉하 우리흔숨 ᄉ라잇고
ᄉ슈가 깁고깁허 별뉴을 모아온듯
여보소 녀러친구
우리비록 녀ᄌ이나 시디가 녜과달나
선풍조선 문화가 방~곳~슈입되고
슈로곳통 보든셜비 펼이하기 쑥업슨이
금신봉별 흐온후의 뉴시록 그립그던
만~젼의 음신흐고 츄월츈하 조흔써며
구고게 풍연흐고 군ᄌ계 허의어더
쌀이가는 ᄌ동츠의 날린다시 몸을시려
그리든 부모슬젼 졍드른 고향순쳔
다서몸 모혀드러 흔~담낙 즐겨보시
그러나 이런 말은 미러의 공손이ᄅ

과거을 츄억ᄒ고 지금을 혜아르이
인간의 변졉무ᄉ 싱각ᄉ록 흐슴이라
우리도 이러치만 아리칭 크난아회
간연이 다ᄎ신이 우리간후 몃히안이
우리와 ᄒ가지로 각분동셔 ᄒ게될일
긋쯧한 헛부로다
인싱이 덧업슨이 이오싱지 슈육ᄒ고
세승ᄉ 난이니 션즁강 무궁이라
그르나 우리 친구 다각기 붓탁ᄒ세
우리몸은 여ᄌ이라 남ᄌ와 달으온나
명죠의 후에로서 츌가명문 ᄒ야스니
각으로 훗터져서 시덕으로 가그들낭
사구고이효ᄒ고 봉군ᄌ 이셩ᄒ고
봉졔ᄉ 졉빈긱을 슴가ᄒ고 공경ᄒ며
더친척이비복을 화복히을 쥬로솜아
입ᄉ 쏀을 바다 즁강의 덕을 짝가
낙~도록 못본동안 히소식 젼ᄒ다가
ᄒ년ᄒ월 다시만나 지금이별 옛말슴아
히~낙~ᄒ게되며 인간이 조혼일이
나밧기 쏘이슬가 무궁졍회 만단셜화
녀손양히 놉고깁허 만권지부족이요
일속필 부족이라
무지몰각 좁은속연 엇지다 기록ᄒ리
이월초길 늣노름도 우리녀ᄌ 노름으로
천고불망 승승이라 이난 쎈들 이즐손가

이렷혼 히한亽와 이려혼 쓰리이별
흔말의 표적업시 홋터지기 어렵기의
황亽졸필 희쥬셜노 디강만 젹어두어
오날~우리회셕 쳔만년기렴ᄒ시
디어로할 말슴은 우리 칠인즁의
십시부인 호촌딕과 김셔방딕 외닉딕과
남셔방집 괴시딕온 사~농갑 년분으로
졍의가 남달나서 무쥬무셕 동낙이요
동셔동침 불상이라
이갓탄 교분으로 이별을 어이하리
두어라 새승인亽 죠변셕화 십게되이
한탄한들 무엇하며 말히션들 소용잇나
만닐 쩌나 금시극지 무험히 즐기다가
작별상의 다달나서 잘가라 잘잇거라
무지일조 할 일이로다
보시난 여러분도 고안의 불만이다
우리소회 만분이나 아라쥬소

임신연 이월 넘이닐 츌서
병신연 이월팔일 등서

3. 〈감별곡〉의 자료 검토와 창작 시기

〈감별곡〉은 본래 경북 안동에서 나왔고 규방가사의 일종이다. 규방가사는 크게 교훈적인 가사와 생활체험적인 가사로 나눌 수 있고, 교훈적인 가사는 계녀류와 도덕류로, 생활체험적인 가사는 탄식류, 송축류, 풍류류로 다시 나눌 수 있다.3) 권영철은 규방가사의 유형을 21개 유형으로 나누고 있다.4) 〈감별곡〉은 같은 마을에서 성장하다가 출가했던 아녀자 7인이 오랜만에 다시 만나 즐겁게 보내고 헤어지면서 재회를 기약하는 내용이다. 그것은 여성이 성장하여 결혼하면서 부모 형제나 친구와 이별하고 시댁에서 삼종지도의 예법을 좇아 살아야하는 그네들의 힘든 삶을 잘 담아내고 있다. 따라서 이런 내용을 고려하면 〈감별곡〉은 규방가사에서 주류를 이루고 있는 신변탄식류의 가사 작품에 속한다고 말할 수 있겠다.

주지하다시피, 조선 후기에 나타난 규방가사는 주로 영남지방 양반계급의 부녀자들 사이에서 주로 나왔고,5) 그중에서도 경북지방 내륙에서 많이 나왔다.6) 규방가사는 향유지의 분포도가 안동, 성주, 경주

---

3) 김문기, 「가사」, 『한국문학개론』(한국문학개론 편찬위원회 편), 혜진서관, 1991, 153쪽.
4) 계녀교훈류, 신변탄식류, 사친연모류, 상사소회류, 풍류소영류, 가문세덕류, 축원송도류, 제전애도류, 승지찬미류, 보은사덕류, 의인우화류, 노정기행류, 신앙권선류, 월령계절류, 노동서사류, 언어유희류, 소설내간류, 개화계몽류, 번안영사류, 남요완상류, 기타.(권영철, 『규방가사연구』, 이우출판사, 1980, 31~32쪽.)
5) 규방가사는 주로 영남지방에서 나왔다는 학설이 주류를 이룬다. 조윤제나 이명선 이래로 아래 대부분의 연구자들은 그것을 따르고 있다.
   조윤제, 『조선시가사강』, 동광당서점, 1937, 430~435쪽.
   이명선, 『조선문학사』, 조선문학사, 1948, 128쪽.
   정형용, 『국문학개론』(우리문학회 저), 일성당점, 1949, 185쪽.
   김석하, 『한국문학사』, 신아사, 1975, 255쪽.
   박성의, 『국문학통론·국문학사』, 이우출판사, 1980, 418~419쪽.
   김문기, 「가사」, 『한국문학개론』(성기옥 외), 새문사, 1992, 148쪽.
   이와 같은 주장과는 달리, 아래 논의처럼 규방가사가 영남지방 이외에서도 꾸준히 지어졌다는 보고가 있다.
   사재동, 「내방가사연구서설」, 『한국언어문학』 2집, 한국언어문학회, 1964, 127~141쪽.
   박요순, 「호남지방의 여류가사 연구」, 『국어국문학』 48집, 국어국문학회, 1970, 67~89쪽.
   김선풍, 「강릉지방 규방가사 연구」, 『한국민속학』 9집, 한국민속학회, 1977, 1~25쪽.

의 문화권으로 나뉜다.7) 그렇다면 <감별곡>은 경북 내륙의 안동문화
권에서 나온 것이며 작품 내용도 영남 남인의 집안에서 나온 것으로
보인다. 왜냐하면 <감별곡>에 나오는 안동 천전마을의 김서방댁이나
안동 의인마을의 이서방댁, 경북 영덕군 영해면 소재 호지말의 남서방
댁 등은 모두 영남 남인들의 세거지였기 때문이다. 안동시 천전마을은
의성김씨의 종택이 있는 곳으로 학봉(鶴峯) 김성일(金誠一, 1538~1593)
의 후손들이 살고 있고, 안동 의인마을은 진성이씨의 세거지로써 퇴계
이황의 후손들이 모여 사는 곳이다.

이들 지역에서는 향촌의식보다 오히려 씨족의식이 강하고 모두 가
문에 대한 자부심이 많은 집안이다. 그들은 가문에 대한 자부심이 강
한 만큼 내외를 구분하려는 유교적 전통을 고수하는 성향을 지녔다.
상대적으로 이들 집안에 속하는 여자들은 남성 위주의 가족 구조에서
정신적으로나 육체적으로 속박을 받으며 그것에 맞춰 살았다고 할 수
밖에 없다. 이들 여성은 일단 출가하면 출가외인으로 친정도 자주 가
지 못하고 있었는데 결혼한 지 이십여 년이 지난 2월 초에 모처럼 친
정에 모이게 되었고, 이들은 윷놀이하면서 그것을 잊지 못하겠다며 기
록으로 남기고자 한다. 이를 보면 그들이 겪었던 그간의 속사정을 가
히 짐작할 수 있겠다.

이 노래는 '감별곡'이란 제목과 함께 세로쓰기로 분행되어 가로 460㎝,
세로 20㎝의 두루마리 한지에 모필로 적혀 있다. 표기가 국문으로 되어
있고, 전체 글자수는 2,096자이고 237구의 중형가사이다.8)

---

6) 권영철, 앞의 책, 344~345쪽.

7) 권영철, 위의 책, 77쪽.

8) 가사는 60구를 밑도는 것을 단형가사라 한다면, 300구를 밑도는 것을 중형가사라 할
  수 있고, 그 이상의 구수율을 가진 것을 장형가사라 할 수 있다. (홍재휴, 「가사」, 『국문학
  신강』(국문학신강편찬위원 편), 새문사, 1985, 173쪽.)

작품 표기를 살펴보면 다음과 같다. '즈이(자애)'·'시월(세월)'·'익석(애석)'·'무상하야(무상하야)' 등에서처럼 '아래·'를 사용하고 있다. '쏜을바다(본을받아)'·'쑴'·'쩐들'·'꼿노래(꽃노래)'·'쌜이가는(빨리가는)'에서처럼 고어에서 주로 쓰였던 복자음, '화순지락(화순지락)'·'고향슨쳔(고향산천)'·'쳔만시(천만세)'에서처럼 복모음도 보인다. 하지만 대부분은 오늘날 쓰고 있는 근대어 표기를 사용하고 있었다. 이같은 표기 정황으로 미루어 〈감별곡〉은 근대 직전인 19세기 후기에서 20세기 초기에 지어졌을 것으로 추측된다.

게다가 작품의 150구에서 '군즈계 허의어더 쌜이가는 즈동츠의 날린다시 몸을시려'라는 구절을 주목할 필요가 있다. 여기에서 자동차에 대한 언급이 있는 것으로 미루어 이 작품은 20세기에 지어졌을 것이란 추측도 배제할 수 없다. 하지만 이어서 서술되는 '그러나 이런 말은 미리의 공손이ᄅ'라는 구절에서처럼 그것은 풋넘섞인 훗날에 대한 기대일 뿐이다. 이것은 새로운 문명시대가 다가오고 있다는 사실을 의식하며 그것을 기대하고 있다는 특징이 있다. 창작 연도는 사람들이 자동차가 있다는 것을 인지하고 있었지만, 그것이 널리 보급되기 이전에 지어진 것으로 추측된다. 그리고 작품에 나오는 '논실(論瑟)'이란 지명은 일제강점기 이전에 불렸던 지명이다. 일제강점기에는 대신에 '답곡(畓谷)'으로 개칭되어 불렸다가 20세기 말엽인 근래에 이르러서야 '논실'이라는 지명을 되찾았다. 이것에서도 이 작품은 일제 이전에 지어진 작품이라는 것을 알 수 있다.

따라서 가사의 끝에 '임신연 이월 넘이닐 출서, 병신연 이월팔일 등서'라는 언급에서처럼, '임신연'은 임신년(壬申年)의 간지로써 1892년을 말하는 것으로 추정된다. 결국 〈감별곡〉의 표기 형태나 간지 표지가 개화기인 1892년 2월 2일에 작성되어 1896년 2월 8일에 필사된 것을 알 수 있다.

4. 〈감별곡〉의 작품 구성과 담론 내용

4.1. 작품 구성

〈감별곡〉의 작품 구성은 대부분의 가사 작품에서 볼 수 있듯이 '서사' – '본사' – '결사'로 이뤄져 있다. 내용에 따라서는 '기승전결' 4단 구성의 양식을 구현하고 있는데, 그것은 '본사'가 '본사 1'·'본사 2'·'본사 3'으로 나뉘면서 내용 전환이 이뤄지고 있기 때문이다.

먼저 '서사' 부분은 1~4구의 '어졔밤 부든 바람 화류동풍 와년ㅎ다. 우리소회 풀어니야 감별곡 지으리라'가 그것에 해당한다. 〈감별곡〉의 서사에서는 작품명과 창작 동기가 제시되고 있다. 화자는 완연한 봄을 맞아 느낀 바를 서술하려고 가사 작품인 〈감별곡〉을 지어야겠다는 창작 의도를 말하고 있다. 그런데, '우리소회 풀어니야'라는 어구에서처럼 소회 대상이 어느 한 사람이 아니라 다수라는 것을 알 수 있다. 다시 논의하겠지만 본사를 보면 이들은 출가한 7명의 아녀자다. 창작자는 한 사람이겠지만 가사 내용은 일곱 명의 여성들이 정서적 공감대를 함께 이루고 있다고 말할 수 있다. 더 나아가서 이들은 봉건체제의 가부장사회에서 소회가 많았던 모든 여성의 애환을 대변한다고 할 수 있겠다.

'본사'는 5~6구인 '천의의 흔변 이별 언지다시 드라오며'에서 235~236구인 '잘가라 잘잇거라. 무지일조 할 일이로다.'까지이다. 그런데 '본사'는 내용 전개에 따라 다시 '본사1'·'본사2'·'본사3'으로 구분된다.

'본사 1'은 '천의의 흔변 이별 언지다시 드라오며'에서 '솔~히 부난

바람 한숨세워 부려쥰다'까지이다. 여기에는 우리나라 여성들이라면 누구나 겪었던 삶의 과정인, 성장하여 결혼하면서 부모형제의 곁을 떠나는 여성의 처지를 말하고 있다. 이 부분은 현재로부터 과거를 회상하는 장면이다. 화자는 결혼이 하늘의 뜻이었고 이제는 세월이 흘러 아득한 꿈만 같다고 회상한다. 어린 시절에 부모님의 슬하에서 형제와 화목하며 자라다가 삼종지도의 고법에 따라 부모 형제와 다정한 여러 친우를 떠나 출가하는 운명을 말하고 있다. 화자는 모두 성장하여 20세를 전후로 출가하였는데, 이것은 타고난 여자의 운명으로 조물주의 시기이며 여성들의 처지는 애처로움과 한숨밖에 없다는 푸념이다.

'본사 2'는 '그나마 우리 친구 누구~~모혀든고'에서 '세승ᄉ 난이니 션중강 무궁이라'까지이다. 그 내용을 세분하면 다시 두 부분으로 나뉜다. 그중에서 '본사2'의 첫째 부분은 '그나마 우리 친구 누구~~모혀든고'에서 '디인졉물 슌흐지덕 썻칠일이 난감ᄒ다'까지이다. 여성 7인이 출가한 집안의 내력과 각각의 성품을 읊고 있다. 쳔젼(안동시 천전마을 의성김씨 세거지)으로 출가한 김서방댁은 덕이 있고 은근하며 정다운 성품이고, 논실(경북 영천군 논실)로 출가한 남서방댁은 풍정이 좋다. 닝급(미상, 내급)으로 출가한 김서방댁은 천성이 화순하고 의연하고, 호촌(경북 영천군 호촌리)으로 출가한 남서방댁은 순후하고 부덕과 인정이 많다. 외닉(烏川, 경북 안동군 예안면 오천동 외내리)로 출가한 김서방댁은 의연하고, 으인(의인, 경북 안동군 의촌동 의인리)으로 출가한 이서방댁은 온순하고 다정하다. 호지말(경북 영덕군 영해면 소재)로 출가한 남서방댁은 쾌활한 성품으로 서술되고 있다. 여기에서는 이들 7명의 출가한 아녀자들이 지닌 각각의 성격과 품성을 제시하고 있다. 그렇지만 이들 아녀자는 모두 덕이 있고 온화한 성품을 지닌 전통적인 현모양처로 묘사되는 특징이 있다.

이들 7인은 모두가 같은 마을에서 태어나 함께 성장하다가 출가한 벗들로 보인다. 아직 출가외인으로 여겨지던 이 시기에 이들 여성 7인 이 어떤 연유로 꽃피는 봄날에 다시 고향에 돌아와서 꽃구경과 뱃놀 이를 하면서 서로의 우의를 다지고 있는지는 분명치 않다. 하지만 당 시에 출가한 여성들이 친정 마을에 돌아와서 집단으로 회합하고 있는 것으로 미루어 봉건사회의 변화가 진행되고 있는 것을 엿볼 수 있다. 그리고 '그나마 우리 친구 누구~~모혀든고'라는 언급에서 알 수 있 듯이 잠시 고향 친가에 와서 만난 사람이 일곱 사람이라는 것이지, 때 에 따라서는 더 많이 모일 수도 있었다는 것이다. <감별곡>의 작자는 표면에 드러나지 않고 일곱 사람이 공동으로 서술하고 있는 듯하나, 그 중의 하나가 지었을 것으로 여겨진다.

'본사 2'의 둘째 부분은 '이러한 우리 친구 이시숭의 쏘이쓰랴'에서 '셰숭스 난이니 션즁강 무궁이라'까지이다. 여기에서 이들 여성들은 쓰리고 맺힌 회포와 설움을 말하며 신세를 한탄하고 있다. 그렇지만 이들 여성들은 신세를 한탄하면서도 새로운 문명시대가 눈앞에 다가 와 있다는 것을 반기며 새로운 문물 수입과 문명의 개화를 기대하고 있는 부분이다.

여기에서 여성들은 서로 오랜만에 만나 윷놀이를 하면서 잠시 즐거 웠지만 언제 다시 모여서 화전놀이나 뱃놀이를 할 수 있을지 알 수 없 다는 것을 한탄하고 있다. 문제는 150구의 '군즉계 허의어더 쌀이가는 즉동츠의 날린다시 몸을시려'라는 구절에서부터이다. 여기에서 화자 들은 빨리 가는 자동차에 날린 듯이 몸을 싣고 그리던 고향산천, 부모 형제와 친구들의 상봉을 기대한다는 것이다. 하지만 이어서 서술되는 '그러나 이런 말은 머리의 공슨이랏'라는 구절에서처럼 그것은 풋넘섞 인 훗날에 대한 기대일 뿐이다. 하지만 이 부분은 새로운 문명시대가

다가오고 있다는 사실을 의식하며 그것을 기대하고 있는 특징이 있다. 그리고 이 가사 작품의 창작 연도는 사람들이 자동차가 있다는 것을 인지하고 있었지만, 그것이 보급되기 이전에 지어졌다는 것을 추측할 수 있다.

'본사3'은 '그르나 우리 친구 다각기 붓탁ᄒ세'에서 '이갓탄 교분으로 이별을 어이하리'까지이다. 여기에서는 이들 여성 7인이 친구로서 서로 권계하며 다짐과 각오를 새롭게 하고 있다. 먼저 이들은 모두 자부심이 있는 명문가로 출가한 몸으로써 마땅히 지켜야할 규범을 열거하고 있다. 그래서 모두 시부모를 효도로 섬기고 남편을 정성으로 받들고 제사와 손님을 삼가고 공경해야 하고 친척과 비복에 대해서는 화복해야 한다는 것이다. 그리고 각자 덕을 닦으며 서로 보지 못하는 동안 좋은 소식을 전하다가 언젠가 다시 만나자는 것이다.

이처럼 '본사3'에서 이들 여성 7인은 여성들이 봉건사회의 구속으로 고통을 겪고 있다고 하소연을 하면서도 전통적인 윤리 규범을 존숭하고 따르자는 다짐과 각오를 새롭게 하고 있다. 한 마디로 이들은 남성 중심의 전통 규범을 한탄하면서도 그것을 따르는 태도와 가치를 보이고 있다.

'결사'는 '두어라 새승인ᄉ 죠변석화 십게되이'에서 마지막 구절인 '우리소회 만분이나 아라쥬소'까지이다. 결사는 이들 여성 7인이 자신들의 이별을 체념적으로 받아들이면서 모든 독자가 그러한 여성들의 처지를 조금이라도 알아달라고 하소연하고 있다.

4.2. 담론 내용

〈감별곡〉은 개화와 더불어 새로운 서구 문물이 유입되는 시기에 지어졌다. 이 시기의 일부 선각자들은 유교적 인습에서 벗어나 자아를 각성하면서 새로운 문명사회에 눈을 떠가고 있었다. 이를 전후로 여성을 위한 교육기관이 설립되었고, 계급제도를 비롯하여 과부의 재혼 금지와 같은 그동안 봉건사회를 지탱해온 제도도 폐지되었다.[9] 우리는 이 시기를 개화기라고 일컫지만, 아직 대다수의 사람은 과거의 인습에 머물러 있었다.

이 시기에 나온 규방가사 <간별곡>에서는 조선사회 남존여비의 봉건제도 아래에서 여성들이 삼종지도라는 전통적인 규범을 따라야만 하는 고통과 원망의 내용을 담론화하고 있다. 무엇보다도 여성은 성장하여 결혼하면서 출가외인이라는 전통적 규범에 따라 부모형제나 친구들과 헤어져서 다시는 마음대로 만나지 못하는 이별의 고통을 담론 주제로 삼고 있다. 그런데 <감별곡>에 나타나는 여성들은 이 시대에 이르러 새로운 근대 문물이 유입되고 있다는 것을 어느 정도 인식하고 있었다. 이들은 자신들을 억압해온 전통 규범들이 그것에 의해 변모될 것이라는 실낱같은 희망을 품고 있었다. 하지만 그들은 아직 남존여비의 유교적 인습에서 벗어나지 못하고 전통적인 가치 규범에 머물러 있었다. 이것은 당시 대다수의 여성이 전통적인 유교적 인습에 놓여 있었던 것과 거의 마찬가지이다.

> 천의의 흔변 이별 언지다시 드라오며
> 월흐의 즐기든일 언제련가 쑴이로다
> 여즈의 흔변 거름 원부모 이형지라
> 부모님 슬젼이셔 동긔지졍 모와놋코
> 널친쳑 지화로셔 화슌지락 즐기다가

---

9) 여성학교재편찬위원회 편, 『여성학의 이론과 실제』, 동국대학교 출판부, 1986, 92~100쪽.

고법이 귀중하야 명문이 츌가하야
슴종지 쏜을바다 동서로 헛터진이
즈이 깁혼 부모실견 언지다시 옛다드며
다정튼 여러 친우 홋기약이 방연하고
그리운 고향순천 언지볼고 변~하다
차흡다 우리 여즈 이쳐롭긔 그지업닉
이십연 긴신월을 넌쳑점욱 자라날제
빅천가지 기리즌난 천만시로 아라든이
조물이 시기련가 천견의 연분인가
일조이 풍운이별 구고간장 녹여닉이
몽~히 나린봄빗 별누을 더신혼 듯
솔~히 부난바람 한슘세워 부려쥰다

〈감별곡〉의 본사가 시작되는 부분이다. 여기에서 화자는 봉건사회
에서 주체가 되지 못하고 타자로서 살아갈 수밖에 없는 여성들의 고
충과 한탄을 말하고 있다. 조선조는 유교적 이념에 입각하여 세운 봉
건국가로서 남성 중심의 사회였다. 봉건국가는 그것을 유지하기 위한
이념이나 체제가 남성 위주로 구축되었고 상대적으로 여성은 그것의
주변부를 맴돌았을 뿐이다. 먼저 여기에서 문제가 되는 것은 봉건사회
에서 여성이 삼종지도의 고법에 따라 출가한다는 것은 결혼이라기보
다는 시집을 간다는 것이다. 결혼이란 여성에게 자연히 자신을 낳아주
고 키워준 부모를 비롯하여 슬하에서 함께 성장한 혈육들, 그리고 동
네에서 함께 성장한 친구들과 다시는 마음대로 만나지 못하는 출가외
인으로 머물게 한다. 그것은 아무리 명문지가로 출가하더라도 예외는
아니다. 봉건사회에서 모든 여성은 20세 전후가 되면 누구나 시집가서
낭군을 따라 새로운 생활을 하면서 부모형제나 친구들과 이별을 하게

된다. <감별곡>에서의 화자는 그것을 여자의 운명이자 조물주의 시기
로 받아들이며 체념하면서 한탄하고 있다.

> 슴츈하류 조혼시절 불원간 남겨두고
> 익석혼 이 죽별은 어이하야 하쥰말고
> 연화봉 꼿노리와 ᄉ쥬강 비노름을
> 슴월만간 긔약헌이 오날날 헤여진후
> 소일진한 어이할고 구십츈광 연만화난
> 도쳐만 다 잇건만은 우리여ᄌ 이서름은
> 언지다시 이슬손가 우리 한번 홋터진후
> 뉴슈갓치 가는 과음 츈풍츄우 지나가서
> 혼앙빅발 벗구명은 시홍〜〜부ᄌ리라
> 악슈승봉 일석달난 두변잇기 더려운이
> 슬푸다 우리몸이 녀ᄌ된 것 한이로다
> 인간이별 예로부터 비빅비쳔 잇건마은
> 우리들 이이별은 압기약이 모연하다

  같은 마을에서 태어나 함께 자랐던 여성 7인이 출가하여 헤어졌다
가 40대 중년 여성이 되어서 다시 만났다. 이들은 꽃구경과 뱃놀이를
하고 마지막으로 윷놀이하면서 오늘을 잊지 못하겠다고 토로하였다.
위에서 화자는 자신을 비롯한 여자들의 처지를 한탄하면서 이제 헤어
지면 언제 다시 만날지 아득하다고 말한다. 화자는 남자가 아닌, 여자
로 태어난 것을 원망하고 있는데, 앞으로 새로운 문명이 들어오고 발
전하면서 세상이 달라질 것임을 어렴풋이 느끼고 있었던 것 같다.

> 여보소 녀러친구
> 우리비록 녀ᄌ이나 시디가 녜과달나

　　선풍조선 문화가 방~곳~슈입되고
　　슈로곳통 보든셜비 펼어하기 쑉업슨이
　　금신봉별 ㅎ온후의 뉴시록 그립그던
　　만~젼의 음신ㅎ고 츄월춘하 조혼씨며
　　구고게 풍연ㅎ고 군ㅈ계 허의어더
　　쌜이가는 ㅈ동ㅊ의 날린다시 몸을시려
　　그리든 부모슬젼 졍드른 고향순쳔
　　다서몸 모혀드러 혼~담낙 즐겨보시
　　그러나 이런 말은 미리의 공손이ㄹ

　화자는 친구들에게 우리가 비록 여자로 태어나서 출가외인으로 만나고 싶어도 만나지 못하는 운명에 처했지만, 앞으로는 달라질 것으로 보고 있다. 시대가 옛날과 달라지고 있으며 곳곳에 수로와 교통이 편리하게 만들어지고 있고, 편리한 우편과 빠른 자동차도 이용할 수 있을 것으로 내다보고 있기 때문이다. 이런 문명의 개화와 더불어서 화자는 앞으로 시부모께도 여유로우며 남편에게 허락을 얻어 빠른 자동차를 타고 친정부모와 고향 산천을 대면하고 친구들의 상봉을 기약하고 있다. 이것은 현실이 아니고 미래의 추측일 뿐이다. 그렇지만 여기에서 화자는 새로운 문물이 수입되고 문명이 개화하면서 지금까지 여자를 억압하고 구속했던 봉건 제도도 머잖아 변하고 새로운 시대를 기대하고 있다.

　　우리몸은 여ㅈ이라 남ㅈ와 달으온나
　　명죠의 후예로서 츌가명문 ㅎ야스니
　　각으로 훗터져셔 시덕으로 가그들낭
　　사구고이효ㅎ고 봉군ㅈ 이셩ㅎ고

봉졔스 졉빈깈을 슴가ᄒ고 공경ᄒ며
더친쳑이비복을 화복히을 쥬로슴아
입스 쏀을 바다 중강의 덕을 짝가
낙~도록 못본동안 히소식 견ᄒ다가
ᄒ년ᄒ월 다시만나 지금이별 옛말슴아
히~낙~ᄒ게되며 인간이 조혼일이
나밧기 쏘이슬가

　　앞서 화자는 문명의 새로운 세상을 기대하다가 여기에서 다시 전통 규범을 준수하고 따르려는 태도와 가치를 보이고 있다. 화자는 자신들이 훌륭한 조상의 후예이자 명문가로 출가한 신분이라는 사실을 강조하며 봉건적 자부심을 드러내고 있다. 각기 시댁으로 돌아가더라도 여자로서 시부모를 효도로 섬기고 남편을 정성으로 받들어야 한다(事舅姑以孝, 奉君子以誠)는 유교적 가르침에 충실할 것을 다짐하고 있다. 그리고 제사를 삼가 정성스럽게 지내야 하고 손님을 공경스럽게 접대해야 한다고 말하고 있다(奉祭祀, 接賓客). 이것은 양반 집안의 일상생활에서 법도의 시작이자 마지막이라 할 정도로 중요한 덕목이다. 나아가서 양반 집안의 며느리로서 친척들이나 비복들을 화목으로 상대하는 것도 중요한 덕목의 하나라고 역설하고 있다.

　　이들 덕목은 조선 시대 양반 집안의 아녀자들이라면 마땅히 준수하고 지켜야할 유교적 덕목의 사항들이었다. 양반집 아녀자로서 마땅히 지켜야 할 그와 같은 덕목들을 잘 지키고 덕을 닦으며 때를 기다려 만나면 이보다 더 좋은 일은 있을 수 없다는 것을 강조하고 있다. 이 대목에서는 봉건사회에서 양반가 아녀자가 지녀야할 자부심이 극대화되고 있다. 하지만 봉건사회에서 여성들의 존재가 얼마나 취약한 존재였는가는 다음에 이어지는 대목에 이르러서 다시금 확인된다.

두어라 새승인수 죠변셕화 십게되이
한탄한들 무엇하며 말희션들 소용잇나
만닐 쎠나 금시극지 무험히 즐기다가
작별상의 다달나서 잘가라 잘잇거라
무지일조 할 일이로다
보시난 여러분도 고안의 불만이다
우리소회 만분이나 아라쥬소

　이것은 작품의 내용을 마무리하는 결사 부분이다. 정리하자면 〈감별곡〉은 처음에 가부장 중심의 봉건사회에서 여성들의 소회를 풀어보겠다는 창작 동기를 시작으로 성장하여 출가하면서 겪고 있는 여성들의 회포와 설움을 말하고 있다. 그러다가 서구 문물이 들어오면서 새로운 문명시대가 눈앞에 다가오고 사실을 의식하며 그것을 기대하고 있다. 하지만 이들은 명문 집안으로 출가한 아녀자가 지녀야 할 자부심을 내세우면서 전통적 규범을 마땅히 지켜야 한다고 다짐하며 각오를 말하고 있다. 그러다가 위처럼 작품을 마무리하는 결사 부분에서는 다시금 체념하면서 자신들의 처지를 하소연하며 담론을 마무리하고 있다.

　이처럼 〈감별곡〉은 남존여비의 유교 사회에서 여성들이 남성들에 의해 타자화되어 힘든 삶을 영위하는 내용을 담론화하고 있다. 작품에서 여성으로 여겨지는 화자는 그것에 대한 불만과 한스러움을 표출하며 부분적으로 새로운 문명사회를 자각하며 그것의 변화를 소망하고 있다. 그런데 다시 가문에 대한 자긍심을 드러내며 전통적 규범을 고수하려는 분열된 모습을 보이기도 한다. 이것은 〈감별곡〉만의 특징이 아니라, 탄식가류의 규방가사에서 나타나는 '혼돈, 착종, 어그러짐, 중첩' 현상으로 파악된다.[10)]

5. 맺음말

이번에 새로 발굴하여 소개하는 <감별곡>은 19세기 말엽의 봉건사회에서 근대로 이행하는 개화기에 경북 안동의 향촌에서 양반 집안의 아녀자들이 자신들의 처지를 하소연하며 지은 규방가사이다.

<감별곡>은 같은 마을에서 성장하다가 출가했던 아녀자 7인이 오랜만에 다시 만나 즐겁게 시간을 보내고 헤어지면서 재회를 기약하는 신변탄식류의 가사작품에 해당한다. 이 작품은 표기법이나 어휘 사용과 같은 이런저런 정황으로 미루어 근대 직전인 19세기 후기에서 20세기 초기에 지어졌을 것으로 추측된다. 그런데 작품의 마지막에 간기가 기록되어 있는데 개화기인 1892년 2월 2일에 작성되어 1896년 2월 8일에 필사된 것을 확인할 수 있었다.

<감별곡>의 작품 구성은 대부분의 가사 작품에서 볼 수 있듯이 '서사' - '본사' - '결사'로 이뤄져 있는데, 내용에 따라서는 '기승전결' 4단 구성의 양식을 구현하고 있었다. 그것은 '본사'가 '본사 1'·'본사 2'·'본사 3'으로 나뉘면서 내용 전환이 이뤄지고 있었기 때문이다.

<감별곡>은 아녀자 7명이 모처럼 만나서 우리나라 여성들이라면 누구나 겪었던 출가하여 친정의 부모형제나 친구들과 마음대로 만나지 못하고 지내야 하는 원망과 한스러움을 주제로 삼고 있다. 작품에서 눈에 띄는 것은 그것이 개화기에 지어져서인지, 여성들이 자신들의 설움과 신세를 한탄하면서도 새로운 문명시대가 눈앞에 다가오고 있다는 것을 반기면서 그것에 희망을 품고 있다는 점이다. 하지만 이들은 남성중심의 전통 규범을 한탄하면서도 그것을 존숭하자면서 그들

---

10) 신경숙, 「규방가사, 그 탄식 시편을 읽는 방법」, 『한국문학사의 전개과정과 문학담당층』 (국제어문학회 편), 국학자료원, 2002, 89~112쪽.

의 다짐과 각오를 새롭게 하고 있다. 따라서 문명개화의 낌새를 실감
하면서도 아직 남존여비의 유교적 인습에서 벗어나지 못하고 전통적
인 가치 규범에 머물러 있었다고 말할 수 있겠다.

　한 마디로 〈감별곡〉은 조선사회 남존여비의 봉건제도 아래에서 여
성들이 삼종지도라는 전통적인 규범을 따라야만 하는 고통과 원망의
내용을 담론화한 작품이다. 그래서 〈감별곡〉은 봉건사회에서 사회적
주체가 되지 못하고 타자로서 살아갈 수밖에 없는 여성들의 고충과
한탄을 담고 있는 작품이다. 주지하다시피, 조선조는 유교적 이념에
입각하여 세운 봉건국가로서 남성 중심의 사회였고, 여성은 남성 위주
로 구축된 이념이나 체제를 위해 그것의 주변부를 맴돌았을 뿐이다.

감별곡

어제밤 부든 바람

화류 동풍 박연 흔드

우리호 회포 어니야

감별곡 지으리라

젼이 이들면 이별

변희다시 드라오며

월호이 슐기들일

언제 련가 싸님이 로다

연주의 뜻 편지까지를
원부 노의 형제라
북도를 슬젼 이셔
동거 이젼 못 보듯고
별회 이회로써
회슌 지락 슬기다가
고협 이긔 중하야
낭은 비록 간회라
슬졍 지별 죵다

년화 졍웅 흐한나슬 졔
빅쳔 강긔 기리즌다
쳥산이 즁즁허고 록라듯혜
주금은이시가리가
쳔쳔 여연 별한야가
일로여 홍은 이별
구리강즁 눅여디이
동ᄉ 틸나린 룡및
별누을 ᄯᆞ시 흐듯

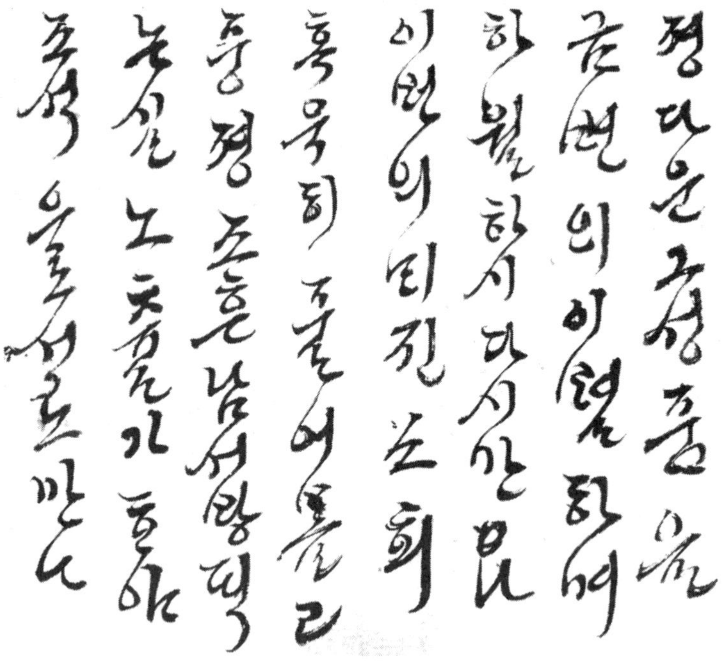

춘기눈일 기이 ᄒᆞ노라

뉴튼졍 김셔방ᄯᅵ

ᄂᆡ ᄎᆞᆫ ᄒᆞ로 ᄎᆞᆯ가 ᄒᆞ로水

쳔ᄉᆡᆼ이 화슌 ᄒᆞ니

의연 한 ᄀᆞᆫ 음이

풍무긔 ᄒᆞᆯ 양 볼ᄯᅵ

슌후한 남겨 양 ᄯᅵ

ᄒᆞ로 으로 文行지 ᄒᆞ水

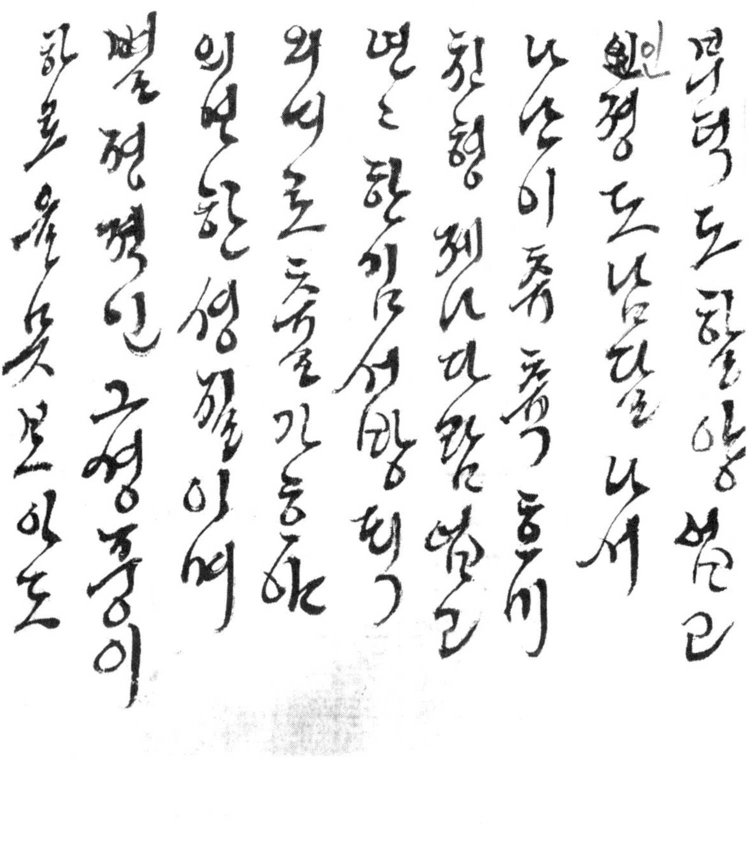

슬ㄱ허우 난따람

한슴 씨위무리준다

근심 우리 친구

누구누 모해는고

머기잇는 갓써랑되

천천으로 흘긔 ᄒ안

화흥 이년 이라

은은한 슈쟉 이셔

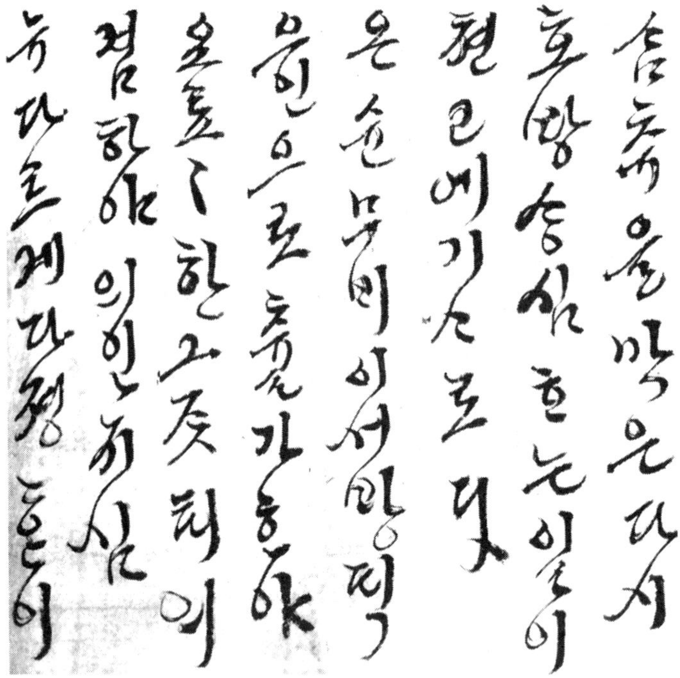

엇지 하야 셧길 소리

뉵츅 뭇춤 남녀탕퇴

효긔밑 노흘 가흐야

회활흐흐 스삼졍의

풍졍노도 흣시빗

쳣가졍이 어져뎌랴

지인졍뭇 슌흐긔뎍

셧쳘 일이 낭갑흐다

이러한 우리 친구

이저용의 또이쓸년고
삼종의 위한 기러
우회 뜻을 띠양 잇셔
움이 그디셔 키말리
싱시 그는 면시까고 전
알고불이 하야도 이
셰수가 황도호
면치 이무종 하야

희나간 일 츈 몽갓ᄎ
온 일 이흐도 싦데
받일의 념이 일오
니춘간 갑서 방ᄯ
반졍호 졍일이랑
일아을 겸 회ᄎ이이
쓸 일이 밋지 회ᄎ고
무엇 쓸 헹은 ᄒᆞᆯ
이슴츈환흉 드ᄃ시졀ᄱ을 흰ᄒ님
의셩흠 이욱 쁠은 져 돌로
여이 화야 ᄒᆞᆫ 말고

연화동 꼿노리와
송기강 뒤 노름호
솝쓸 박안 거얏던이
술날 췌여 잣흐
슐잔 진한 어이할고
구름 츈광연 만 화도
동진맛다 잇건만은
우리여즌 이 름오
연희 다지 이슬 혼가

우리 한편 둘희 진후
늬슈 갓지 가노관음
둠 궁 둉우 끼니 갓슈
혼양 빅발 멋 구명오
지흥 쁴 즌 회 힛
싹 슈 슈 둥 일 셔 말 난
두편 잇기 더러 우이
슐 후 다 우리 몸이
복 후 희 것 한 이 로 다

인간 이별 얼로 붓터

비릭 비친 잇 겻가오

우리 돌이 이별 는

알기 약이 돌연 하며

함누안간 듬듬 누안과

강릉이 송강 즁인 호는

베ㅅ잠의 젹별 이오

현슈 회월 고호리

손의의 할 오 연오

우리 돌의 소희 롱

현봉이 홈 리 놈ㅎ

우리 ᄒ고ᄂ슘 소리 잇고

소슈가 깁고 깁허

별유을 몰은 듯

셰물을 ᄯᅥ혀ᄂ

우리비록 별이오

시지강게라 갓ᄐᄂ

션풍츄월 본화ᄭᅡᆺ

방즈긋즈슈얼히리

슈로못됴ᄂ셜메

펼이학기 ᄯᅩ얼ᄉᆞ이

ᄒᆞᄆᆞᆯᄆᆯ ᄒᆞᄂᄒᆞᄂ의

능지롱 그립 그전

깐 젼이 윤신호고

으름 월춘회 죵흔侶며

구로제 즁연 호고

빨이가는 조돌롯의

군존제해 의해려

쓸펀닥시 뚤을시려

구리는부로 풍슬젼

졍등 고향 손완

닥셔롬 뜨려드리

흔ᄂ담ᄯᅳ 즐겨보히

그런ᄉ 이런 밤은

어리이 공순이로

과거를 추억ᄒᆞᆯ리

지금을 혜ᄒᆞ로ᄒᆞ

인간의편 협무죵

셩강ᄉ록ᄒᆞᆫ 슘쉬ᄒᆞᄯᅡ

우리도이리 ᄒᆡ안

아리쳥 ᄀᆞᆫ아회

가연이다 흔ᄉᆞ이

우리간 후 엿 희망이

우리 와흔가지오

각 도 동서을 계획일

굿 엿한 헛 프로 쩻다

인성이 엿업스이

의오셩 別 슈 으를고

셰 죵 손이니

션 동 강 무궁 이랑

그룰 우리 卽구

다각씨 기뜻 딱호세

우리 붕우는 며주이랑

남조와 닷으온나

명조의 후에 룡

듯딜가 명년눈 호여슈

각우로 듯허 져세

시직을 가소들랑

가구리의소들랑

봉군 즌이병 호라

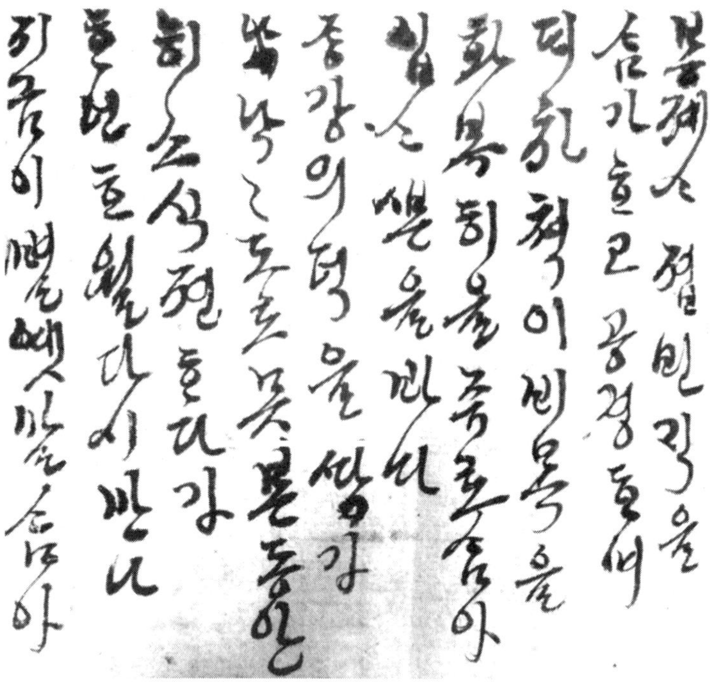

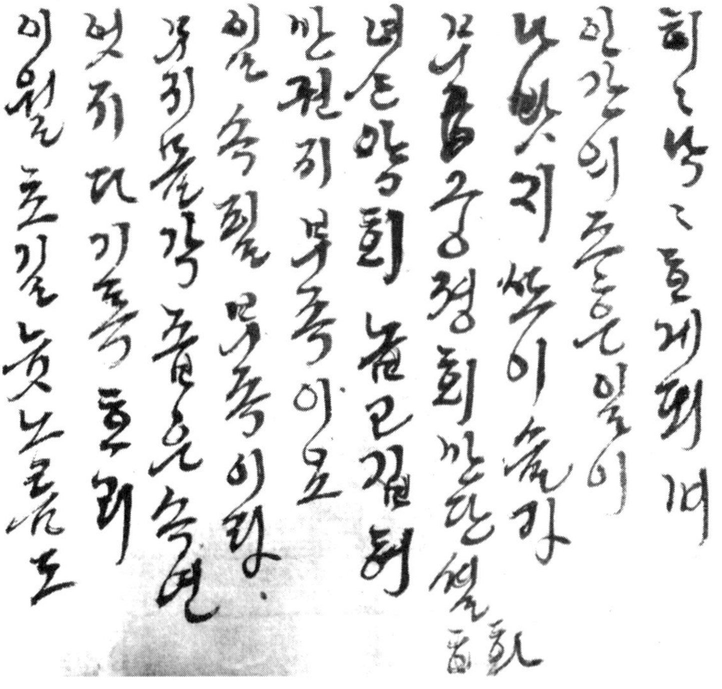

우리 녀자 노릇을

철리 부죵 숭숭이라

어난 썬들 이룰 속가

이럿 흐희 한 소의

이려 흔 쓰리 이며

흔 ᄯᆞᆯ의 요져 업서

흣디 끼기 어렵기 어

황혼 츌림 회쥬 셜노

대강만 젹어 두어

은ᄒᆞᆯᄂᆞ 우리 화셕 져녜만
년기렴 ᄒᆞᆯ 피여로 할
가솜은 우리 칠인즁의
ᄊᆞ시 진힌 ᄒᆞ혼직 화갑
셰량찍 외여직라 ᄂᆞᆷ셔
짱칩 라시찍은 ᄉᆞᄉ 동
갑년 늘은으로 졍외ᅡ ᄂᆞᆷ
달 셔 ᄯᅩ 즁 무름동녹
이오 동셔동 힘 불샹
이랑 이갓탄 묘본으로
이별 ᄒᆞᄂᆞ 셔이 ᄒᆞᄂᆞ의

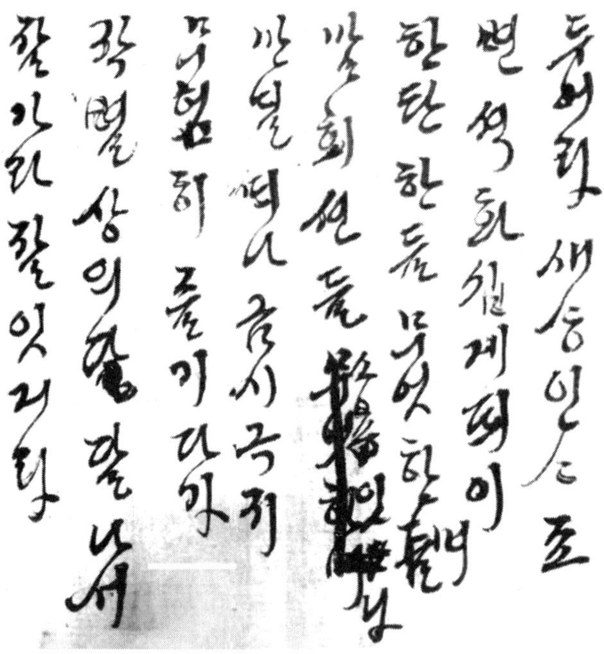

무지일도 할일이로다

봄간여러분도 모로앙

의를짯이다

우리아 회만 분이

아더즈오

밋신면이꼐 벗이오 슐머

명신연이월 팔일 등셔

내방가사 〈유향가〉의
발굴과 담론 내용

1. 머리말

가사는 시조와 더불어 조선 시대를 대표했던 시가 양식이다. 이들은 조선 시대를 관통하여 분량에서 다른 시가를 압도하고 있다. 지금까지 발굴된 시조 작품이 5,500여수를 넘었고, 가사도 2,500수를 넘고 있기 때문이다. 요즘에도 새로운 시조나 가사작품들이 이따금 발굴되고 있는데, 시조보다는 가사가 많다. 가사 중에서도 규방가사가 압도적으로 많다. 근래에 발굴된 가사들은 19세기 후반에서 20세기 초기에 지어진 것들이 많다. 물론 이전의 작품들이 발굴되기도 한다.

대부분의 연구자는 가사가 고려 말엽이나 조선 초기에 나타나서 조선 말엽이나 일제강점기까지 존속했다고 본다. 그렇다면 가사가 늦어도 일제시기를 끝으로 소멸하였을 것으로 생각할 수 있다. 하지만 그렇지 않다. 가사 중에서도 규방가사는 근대 시기를 거쳐 현재까지 아녀자들에 의해 지속적으로 창작되고 있는 것을 확인할 수 있다.

특히 조선 후기의 규방가사는 주로 영남지방 양반 계급의 부녀자들 사이에서 주로 나왔고,[1] 그 중에서도 경북지방 내륙에서 많이 나온 것

---

1) 규방가사는 주로 영남지방에서 나왔다는 학설이 주류를 이룬다.

으로 알려졌다.[2] 규방가사는 일제강점기와 6·25 전쟁, 그리고 1970년 대 산업화 시대를 거쳐 21세기인 현재까지도 강한 전승력을 가지고 창작되고 있다.[3] 이번에 새로 발굴한 〈유향가〉도 경북 내륙지방에서 나온 자료이다. 이 자료를 통해 20세기 후반에도 가사 작품이 지속적으로 창작되고 있었다는 것을 함께 알 수 있다.

이 논문에서는 지금까지 알려지지 않았던 새로운 가사 작품인 〈유향가〉를 소개하고 그것의 원문과 함께 개략적으로나마 작품의 면모를 살피고자 한다.

2. 〈유향가〉의 원문과 자료 검토

2.1. 작품 원문

유향가라
어와 친향 친족드라 이니 말삼 드러보소
우리 제덕 상상하니 인동장씨 별녹견니

조윤제, 『조선시가사강』, 동광당서점, 1937, 430~435쪽.
이명선, 『조선문학사』, 조선문학사, 1948, 128쪽.
정형용, 『국문학개론』(우리문학회 저), 일성당서점, 1949, 185쪽.
김석하, 『한국문학사』, 신아사, 1975, 255쪽.
박성의, 『국문학통론·국문학사』, 이우출판사, 1980, 418~419쪽.
이와 같은 주장과는 달리, 아래 논의처럼 규방가사가 영남지방 이외에서도 꾸준히 지어졌다는 보고가 있다.
사재동, 「내방가사연구서설」, 『한국언어문학』 2집, 한국언어문학회 1964, 127~141쪽.
박요순, 「호남지방의 여류가사 연구」, 『국어국문학』 48집, 국어국문학회, 1970, 67~89쪽.
김선풍, 「강릉지방 규방가사 연구」, 『한국민속학』 9집, 한국민속학회, 1977, 1~25쪽.
2) 권영철, 앞의 책, 344~345쪽.
3) 이정옥, 「가사의 향유 방식과 현대적 변용 문제」, 『고시가연구』 22집, 한국고시가문학회, 2008.8, 259~282쪽.

연복군의 후예로다
면현달사로 학문장문장 계 : 승 : 하시드니
우리 몸이 밋쳐나서 문운이 불힝한지
우리갓한 자격으로 여자몸이 도여난니
남남자로 나섯던덜 이호래병 현공을
양두지 아니시고 심지 : 소욕이며
이북의 보은바를 임에기로 힛으련만
가련하다 우리 몸이 여자로 티여난니
부몬님의 깁푼 자애 남어가 다름업시
사랑으로 기르실제 술비짓고 밥짓기와
방직하고 침선하기 니춘편과 열여편을
무불통지 하연후에 이리락고 하난거시
괴사지간 쏀이로다
규문안의 안잣으니 문명이 바이없고
정와만천 격으로서 광활함을 엇지아리
홀 : 광음 여류하니 연지이팔 넘어간다
고법이 귀이하여 자유힝 원부모라
타문에 출가할제 써날일을 싱각하
쁜쩌러진 주빙이라 낫기삼친 고기갓치
예 : 막진 그 형상 얼눌을 귀하소 할고
할 일업서 교자문 들어가니 부몬임이 하신말삼
시금절세 하신 말삼 구가의 들어가서
효양구고 일을 삼고 무이부기 하라하며
군자을 늘 살펴서 수양묵견 하란말슴
명심퓌복 하여두고 시딕문귀 들어가니
구고의 티산은혜 군자경권정이
하회갓치 깁혼지라
일신은 반석이요 취시난지 한니라

남의 집을 너집삼아 홍황을 지닐적의
유시혹 싱각하면 고향산천 여연하다
춘풍도리 꼿필적디와 추우오동 연낙시의
삼 : 오 : 작반하야 히 : 낙 : 노든일이
어젠듯하건 구산갓혼 광음이라 오십연전 이리로다
조용함을 승지하여 취경을 단겨노코
니 얼골을 빈처보 눈갓혼 곱든얼골
검버슷이 동 : 나고 감틔갓이 검든머리
상설이 헌날인다 어엿부든 너얼고리
엇지이리 도연난고 한탄붉 하든차의
어제앗침 동장남계 시와까치 우짓드니
조혼소식 전희와내 비달부가 들어오며
일봉서을 전하고 급 : 이 쎨보니
친정장질 섯찰이라 양곳안부 기록한후
별지가 드럿기로 급 : 히 씌여보니
제가 하마 회갑이라 오라은 청첩일시
이 소문을 반겨듯고 가고십푼 마음이야
불꼿갓치 나건만은 열로정사 하난거시
사리에 당연키로 아히들을 불너노코
가불가을 이논하니 노르시다 오시난계
무방한 일이오나 글역이 가감할
염여되미 불소할지 가량하여 하옵서
저 등산은 염여마라 그만 힘이 업을야
졸에 힝장차려 정유장의 나섯다가
창장의 올나가니 살갓바른 차가
산을 넘고 물을 건너
수빅이 문경쌍을 순식간의 당도하니
삼북면 디상이의 우리집을 차자가니

질아들 군형제와 여러 친지 모다 나와
혹선혹구 들어가니 풍산가신 우리 형임
전일의 오섯도다 당상의 올나가니
구십당년 형임계서 손을 잡고 반기시면
별후전곳 다못하고 반가움이 극진하니
우슴끗히 눈물이라 잔우리 쏘한 자손이라
갓치가서 참비하자 각처의 다니며서
선영하의 참비하고 재사의서 유숙하고
다심이 싱각하니 집씨난지 일망이라
집에 인난 잔여소니 남에 드문 효성으로
동:촉:그마압이 얼마나 기다릴고
귀심이 여시하야 일각 삼추라
명일에 쩌날넉고 힝장을 정돈하니
가일썩 문호썩과 오호썩 여러분이
일제히 모여 안자 산산하야 하는 마리
이리 한본 가시면은 언제 다시 오실익가
무사완안 할지라도 보귀너무 관심말소
이룻타시 외로하고 잇튼날 동정할제
악수상별 하난정이 엇드만 하엿슬고
만단숙회 소사난다 동구박을 나갈적의
한거름에 머뭇::두거름에 도라보면
쥬제방황 하노라니 희는 임의 반일이라
덕고기을 올나서:향산을 다시보니
조호심회 발어의라 누수가 방:하야
옷깃에 사못친다
옛날에 공자쎠서 노국을 쩌나실쩌 지:라
오형야씨 이른말삼 흐션나니 우리들도 오날날의
더듸기여 서로다만 형임하신 맗이

명연춘절 도라와서 만물이 방창하야
곳가지 어새지 : 고 녹음방성할 쩌의
다시 와서 놀자하나 십지안타 그말이여
우리 나이 칠팔십이 하물면 분여힝지
출입이 용이할가
이오생지슈유하고 탄광음지여류로다
병오연 시월달이 고향왓든 이실이라
석별가을 노릐하며 두어줄 기록하면
갑진 시월 달긋

2.2. 자료 검토

〈유향가〉는 가로 318㎝, 세로 25㎝의 두루마리 한지에 모필로 기록
되어 있었다. 매행은 10~14자로 되어 있고 글자 수는 1,793자이다.
4·4조가 두드러지고 전체 183구로 된 중형가사이다.

가사 제목은 모두(冒頭)에 '유향가'로 적혀있다. 작품의 마지막에 '병
오년 시월 달에 고향왔든 이실이라'고 적혀 있는 것으로 미루어 출가
했던 여자가 오랜만에 친정을 다녀와서 지은 규방가사라는 것을 알
수 있다. 〈유향가(遊鄕歌)〉란 가사 이름이 붙여진 까닭이 바로 그것이
다. 작품 앞부분에서 작자로 보이는 화자는 자신이 인동장씨(仁同 張
氏) 연복군(延福君)의 후예라고 밝히고 있다. 작품 끝에서는 '이실'이가
적는다고 말한다. 그런데 '이실'이라는 것은 경상도 지방에서 출가한
딸을 부를 때 이름 대신에 부르는 호칭으로 일종의 존대 의미를 함축
하고 있다. 즉, 이실은 이씨 집안에 시집간 딸의 이름을 함부로 부를
수 없어 남편의 성인 이씨에 '실(室)'자를 붙인 것이다. 지금도 경상도
지방에서는 시집간 딸을 부를 때 사위의 성 뒤에 '실'자를 붙여서 '이
실이', '강실이', '석실이' 등등으로 부르고 있다. 따라서 〈유향가〉의 작

자는 장씨 부인으로 이씨에게 출가한 여자가 되겠다.

인동장씨 연복군(延福君)은 조선전기 성종 임금 때에 예조참의 겸 오위도총부 도총관을 역임했던 송설헌(松雪軒) 장말손(張末孫, 1431~1486)이다.4) 장씨 부인의 친정은 경북 문경군 삼북면 되상리(대상리)이다.5)

가사 표기는 국문이고 오늘날 표기에 가깝다. 하지만 오늘날 표기와 다른 '아래 아(ㆍ)'가 사용되고 있고, 'ㅆ''ㅅ'과 같은 복자음, 분철보다는 소리 나는 대로 적은 연철도 자주 보인다. 창작 시기는 병오년 10월이라고 끝에 밝히고 있다.6) 병오년은 1906년과 1966년이 있다. '불힝한지(불행한지)', '힛으련만(했으련만)', '시덕(시댁)', '싱각하니(생각하니)' 등에서처럼 '아래 아(ㆍ)'를 종종 사용되고 있다. 그래서 <유향가>는 1904년에 지어졌지 않을까 생각할 수도 있다. 문자 '아래 아(ㆍ)'는 근대 시기까지 계속 사용되다가 1933년 한글 맞춤법 통일안에서 공식적으로 사라졌기 때문이다. 하지만 '아래 아(ㆍ)'는 공식적인 문서에서는 사라졌지만 일반인들 사이에는 이후에도 계속 사용된 흔적이 여러 자료에서 보인다.

　　<예문 1>
　어와 세상 사람드랴 낭자가 드러보쇼 낭자가 드려보면 불상ᄒ고 흔심ᄒ

---

4) 『國朝文科榜目』(서울대학교 규장각 한국학연구원[奎106]).
　　『韓國系行譜(地)』(보고사, 1992.)
5) 규방가사의 공간적 위치는 주로 영남지방이며, 그 중에서도 경북지방인데, 안동문화권, 경주문화권, 성주문화권으로 나뉜다고 한다. 그렇다면 <유향가>는 안동, 청송, 영양, 봉화, 영주, 예천, 상주, 의성, 군위, 문경 등을 포함하는 안동문화권에 속한다. (권영철, 『규방가사연구』, 이우문화사, 1980, 77쪽 참조.)
6) 작품 끝에는 '갑진 시월 달숯'으로 적고 있다. 갑진년은 병오년보다 2년 앞서기 때문에 창작 시기가 서로 맞지 않는다. 끝에 뜬공없이 갑진년이라고 적고 있는데, 이 점에 대해서는 다시 논의할 필요가 있다.

나 고상도 만체만은 나중에은 시[서]쾌ᄒ고 경ᄉ로다 충주 단원 님도학
이 과기 보로 셔울 가셔 사관을 정히 노코 과기날을 기다릴 제 과기 선부
쏘 들온다. 셔로 반기 인ᄉᄒ고 셩명거주 무르오니 경상북도 안동 사난
김씨로다. 〈님낭자가〉7)

　〈예문 2〉
　번화ᄒ니 불문까지 쳔진이라 고국떠나 반삭만에 창주에 이르니 암야
삼경에 총검이 셔리 차고 원산에 포셩이 은은ᄒ다 잠만 깨면 총을 미고
총만 노면 잠을 자니 창검에 피난ᄒ고 미인에 굼쥬러셔 밍호 갓튼 남아
이쳔… 〈춘풍감회록〉8)

　〈예문 1〉은 가사에서 소설로의 이행 과정을 추적할 수 있는 〈님낭
자가〉라는 가사 작품이다. 필사 시기는 1941년 9월 9일에 이뤄졌다.
이 가사는 임 낭자라는 여인의 파란만장한 삶을 노래한 열녀가사인데,
사대부가 여인의 이야기를 담은 규방가사이자, 지켜야 할 유교적 덕목
을 칭송하는 교훈적 계녀가사이다. 여기에서도 'ㅅ'의 합용병서가 확인
되고 '아래 아(·)'가 폭넓게 사용되고 있다. 〈예문 2〉는 일제강점기에
일본군에 징용되어 중국의 여러 지역을 전전했던 김중욱의 〈춘풍감회
록〉의 일부이다.9) 창작 시기는 1947년도인데, 여기에서도 '·' 및 합용
병서의 표기를 확인할 수 있다. 이것은 언어 표기가 보수적이어서 규
정이 바뀌어도 실제는 일정 기간이 지나도 쉽게 바뀌지 않고 이전의
표기 방식을 고수하는 성향을 지니고 있기 때문이다.
　〈유향가〉는 오늘날 표기에 가깝다. 그리고 내용 중에 작자의 나이

7) 〈님낭자가〉(구사회 소장본).
8) 백두현, 「일본군에 강제 징병된 김중욱의 〈춘풍감회록〉에 대하여」, 『영남학』 제9호, 경
　　북대학교 영남문화연구원, 435쪽.
9) 백두현, 위의 논문, 419~470쪽.

가 칠팔십에 해당한다고 말하고 있다. 이것은 작자가 젊은 시절에 사용했던 근대계몽기의 표기 방식이 혼용하여 사용된 것으로 보인다. 어휘에서도 비달부(배달부), 정유장(정류장), 창장(차장) 등처럼 근대 이후에 나타난 것들이 사용되고 있다.

주목할 것은 가사 작품 중에 화자가 색칠한 차를 올라타고 수백 리 떨어진 친정에 가는 장면이 있다. 참고로 1911년도에 우리나라 자동차 보유 대수는 3대밖에 없었는데, 황실용 2대와 총독부용 1대뿐이었다. 따라서 <유향가>의 창작 시기는 1960년대로 보인다.

게다가 대상리(大上里)라는 지명도 근대 시기에 접어들면서 나온 것이다. 작품에 등장하는 화자의 친정은 경북 문경시 삼북면 대상리(大上里)이다. 행정상으로 문경 삼북면은 현재 산북면(山北面)이다. 그곳 주민들은 지금도 산북면이라는 지명 대신에 이따금 삼북면이라고 부르기도 한다. 대상리는 본래 상주군 산북면의 지역으로서 아랫한두리, 또는 도촌(道村), 대도리(大道里)라 부르다가 1895년에 문경군에 편입되었다가 1914년에 지상리(知上里), 지보리(知保里), 서중리(書中里), 대하리(大下里) 일부가 병합되어 대상리(大上里)가 되었다.10) 한 마디로 대상리라는 지명도 행정상으로 1914년 이후에 나온 것이다.

이것으로 미루어 보건대, 병오년은 1906년이 아니라, 1966년인 것으로 판단된다. 따라서 <유향가>는 1960년대에 창작되었다는 것인데, 이것은 20세기 후반에도 영남지방 아녀자들 사이에서 규방가사가 창작되고 있었다는 것을 말해준다.11)

---

10) http://blog.naver.com/lys0002/70140732461

11) 오늘날에도 경북 안동의 살아있는 여성노인들은 가사를 필사한 경험이나 창작한 경험이 있는 경우가 많다는 통계도 나와 있다. (이정옥, 「내방가사 향유자의 생애 경험」, 『고시가연구』 24집, 한국고시가문학회, 2009, 197~234쪽.)

3. 〈유향가〉의 구성과 담론 내용

대부분의 가사 작품들은 '서사' - '본사' - '결사'로 이어지는 구성 방식을 취하고 있다. 내용상으로는 '기승전결'의 4단 구성을 구현하고 있다. 그런데 이번에 발굴된 〈유향가〉는 내용상으로 '기승전결'의 4단 구성을 취택하고 있지만, '서사' - '본사' - '결사'의 구분이 분명하지 않다. 〈유향가〉는 가사 작품임이 분명하다. 하지만 그것은 가사의 소멸 시기에 지어졌던 바, 가사가 갖추어야 할 온전한 형태를 보이지 못하고 최소한의 잔존 형식만을 유지하고 있다.

〈유향가〉는 내용상으로 별다른 문제가 없지만 구성상으로 '서사'와 '결사' 부분이 애매하다. 그래도 굳이 나누자면 '서사'·'본사1'·'본사2'·'결사'로 구분되는데, '기승전결'의 각각이 그것에 해당한다.

〈유향가〉의 '서사' 부분은 도입부인 1~19구이다. 서사에서는 대개 가요명이나 창작 동기가 나타난다. 〈유향가〉는 '유향가라'라고 가요명을 제시하고 노랫말을 제시하고 있다.

> 유향가라
> 어와 친향 친족드라 이니 말삼 드러보소
> 우리 제덕 상상하니 인동장씨 별녹견니
> 연복군의 후예로다
> 면현달사로 학문장문장 계 : 승 : 하시드니
> 우리 몸이 밋쳐나서 문운이 불힝한지
> 우리갓한 자격으로 여자몸이 도여난니

규방 가사에서 '~들아 이내 말을 들어보소'로 시작하는 경우가 많은데, 이것은 일종의 양식적 특징에 가깝다. 규방가사에서 그만큼 많다는 뜻이다. 서사에서는 작자로 보이는 화자가 등장하고 호소 대상이 드러난다. 호소 대상은 고향 친족들이다. 화자는 친족들에게 자신들이 어질고 뛰어난 선비였던 인동 장씨 연복군의 학문과 문장을 계승한 후예라는 것을 환기하며 가문에 대한 자부심을 드러낸다. 그런데 여기에서 화자가 호소하려는 대상은 인동장씨의 남자들이 아니라 여자라는 것을 밝히고 있다. 물론 서사에서 인동장씨의 친족 여자들을 호소 대상으로 하고 있지만, 넓게는 같은 처지에 놓인 일반 여성을 포괄한나고 하겠다.

'본사1'은 제20구인 '부몬님의 깁푼 자애'에서 제76구의 '엇지이리 도연난고'까지이다. 여기에서 화자는 자라서 고법에 따라 청춘에 다른 가문에 출가하였고 여자로서 유교 규범을 지키다가 늙어버렸다는 한스러움을 토로하고 있다.

> 부몬님의 깁푼 자애 남여가 다름업시
> 사랑으로 기르실제 술비짓고 밥짓기와
> 방직하고 침선하기 니춘편과 열여편을
> 무불통지 하연후에 이리락고 하난거시
> 괴사지간 뿐이로다
> 규문안의 안잣으니 문명이 바이업고
> 정와만천 격으로서 광활함을 엇지아리
> 홀: 광음 여류하니 연지이팔 넘어간다
> 고법이 귀이하여 자유힝 원부모라
> 타문에 출가할제 쩌날일을 싱각하
> 싣쩌러진 주빙이라 낫기삼친 고기갓치
> …… ……
> 어젠듯하건 구산갓흔 광음이라

오십연전 이리로다
조용함을 승지하여 취경을 단겨노코
닌 얼골을 빈처보 눈갓흔 곱든얼골
검버슷이 동ː나고 감티갓이 검든머리
상설이 헌날인다 어엿부든 닌얼고리
엇지이리 도연난고 한탄붉 하든차의

'본사1'에서 화자는 여자이지만 남녀가 다름없이 부모님의 사랑을
받으며 자랐다고 술회하고 있다. 그렇지만 여전히 여자로서 밥을 짓고
길쌈이나 바느질을 하면서 집안 생활만 하다 보니 정작 화자 자신은
우물 안의 개구리처럼 시야가 좁고 세상의 변화 추이를 따라가지 못
한다고 한탄하고 있다. 화자는 꽃다운 16세를 지나면서 고법에 따라
다른 집안으로 출가하여 규범을 지키며 살았다고 술회한다. 여기에서
결혼은 끈 떨어진 줄이며 낚시를 삼킨 물고기로 비유되고 있다. 그러
다가 어느덧 출가한 지 오십 년이 지났고 화자는 자신의 늙은 모습에
탄식을 금치 못하고 있다. 이처럼 '본사1'은 여자로서 자신의 처지와
신세를 한탄하는 내용이다.

'본사2'는 내용상의 전환이 일어나는 부분으로 제77구인 '한탄붉 하
든 차의'에서 제136구인 '일각 삼추라'까지이다.

친정장질 섯찰이라 양곳안부 기록한후
별지가 드럿기로 급ː히 씌여보니
제가 하마 회갑이라 오라은 청첩일시
　　……　……
졸에 힝장차려 정유장의 나섯다가
창장의 올나가니 살갓바른 차가

산을 넘고 물을 건너
수빅이 문경땅을 순식간의 당도하너
삼북면 디상이의 우리집을 차자가니
⋯⋯⋯⋯
우슴슷히 눈물이라 잔우리 쏘한 자손이라
갓치가서 참비하자 각처의 다니며서
선영하의 참비하고 재사의서 유숙하고
다심이 싱각하니 집쩌난지 일망이라

　화자가 여자로서 신세를 한탄하고 있는 상황에서 새로운 소식이 전
해진다. '친정장질 섯찰이라~제가 하마 회갑이라 오라은 청첩일시'에
서 알 수 있듯이, 회갑을 맞이하는 친정 장조카의 편지가 배달되고 화
자는 자식들과 상의한다. 자식들은 칠순이 넘어 친정에 가려는 노모를
걱정하지만 화자는 행장을 차려 길을 나선다. 화자는 정류장에 가서
자동차를 타고 수백 리나 되는 친정인 경북 문경군 삼북면 대상리에
다다른다. 그는 친정에서 형제와 조카들을 비롯하여 친척들을 만나고
풍산으로 출가했던 구순의 손위 언니까지 상봉하고 즐거운 시간을 보
낸다. 여기에서 눈에 띄는 것은 이들 여자가 자신들도 똑같은 인동장
씨의 자손이라는 것을 강조하면서 선영에 함께 가서 참배하는 모습이
다. 이전의 다른 규방가사들과 달리, 여자들이 친정에 와서 선영에 참
배하는 모습은 시대의 변화와 함께 여권 신장의 모습을 감지할 수 있
는 대목이다.
　'결사'는 제137구인 '명일에 써날넉고'에서 마지막 구인 '갑진 시월
달쯧'까지이다. 여기에서는 화자가 친정을 나와서 다시 집으로 돌아가
는 장면을 담고 있는 부분이다.

덕고기을 올나서 : 향산을 다시보니
조호심회 발어의라 누수가 방 : 하야
옷깃에 사못친다
옛날에 공자쎄서 노국을 쩌나실쩌 지 : 라
오형야찌 이른말삼 흐션나니 우리들도 오날날의
더듸기여 서로다만 형임하신 말이
명연춘절 도라와서 만물이 방창하야
쏫가지 어새지 : 고 녹음방성할 쩌의
다시 와서 놀자하나 십지안타 그말이여
우리 나이 칠팔십이 하물면 분여힝지
출입이 용이할가
익오생지슈유하고 탄광음지여류로다

이곳 결사에서는 친정의 여자들이 헤어지면서 아쉬운 발걸음을 돌리며 눈물을 흘리고 있다. 이들 여자가 화창한 다음 봄에 다시 만날 것을 기약하지만 모두 칠팔십에 이른 나이인지라 그것이 용이하지 않다는 것을 모두 알고 있다. 마지막으로 화자는 자신의 인생과 세월이 너무 빨리 흘러가는 것을 탄식하면서 친정에 다녀와서 가사를 지었다고 밝히면서 끝을 맺고 있다.

한 마디로, 〈유향가〉는 작자로 판단되는 칠순이 넘은 여성 화자가 젊은 나이에 출가하였다가 늙어서 편지를 받고 친정에 다녀오는 사연을 담고 있는 규방가사이다. 내용이 여성의 일생을 담론화하고 있다는 점에서 신변탄식류의 다른 규방가사들과 다를 게 없는 전형성을 보이고 있다.[12] 그래서 〈유향가〉에서는 여자로 태어난 운명과 성장 과정,

---

12) 규방가사는 크게 교훈적인 가사와 생활체험적인 가사로 나눌 수 있다. 교훈적인 가사는 계녀류와 도덕류로, 생활체험적인 가사는 탄식류, 송축류, 풍류류로 다시 구분된다. (김문기, 「가사」, 『한국문학개론』(한국문학개론 편찬위원회 편, 혜진서관, 1991, 153쪽.) 반면에

출가하여 자식을 낳고 남편을 공경하면서 시부모를 모시고 살았던 내력이 서술된다. 전통사회에서 여성들이 걸어왔던 삶이 현장이 그대로 압축되어 형상화된다.

하지만 <유향가>에서는 기존의 규방가사와 차이를 보인다. 기존의 규방가사에서 남존여비나 여필종부의 사회 체제에서 억압받는 여성 화자의 탄식이 두드러지지만 <유향가>에서는 그것이 많이 약화되고 있다. 화자는 이제 여성들도 남자들과 다를 게 없는 인동장씨 집안의 후예라는 자부심을 품고 있다. 물론 화자는 출가하여 아직도 전통적인 규범을 따르고 있지만, 이제는 더 이상의 남존여비나 여필종부처럼 차별적 규범에 얽매이지 않는다. 그것은 이 가사 작품의 창작 시기가 시대 변화와 더불어 남녀가 모두 똑같은 자손이라는 여권이 신장된 근대 시기에 지어졌기 때문이다. 이것은 남존여비나 여필종부의 전통 규범에서 벗어나 남녀평등의 근대 의식이 반영되고 있기 때문이다.

4. 맺음말

<유향가(遊鄕歌)>는 아직 학계에 보고되지 않았던 새로운 가사 작품이다. 이 논문에서는 먼저 작품을 소개하고 그것의 원문과 함께 개략적인 면모를 살펴보았다.

<유향가>는 두루마리 한지에 국문으로 기록된 신변탄식류의 규방가사이다. 작자는 인동장씨(仁同 張氏) 연복군(延福君) 장말손(張末孫, 1431~1486)의 후예인 출가한 여성이다. <유향가>라는 가사명은 출가했던 여자가 오랜만에 친정에 가서 즐거운 시간을 보내고 돌아와서

권영철은 규방가사의 유형을 계녀교훈류, 신변탄식류 등 21개 유형으로 나누고 있다. (권영철, 앞의 책, 31~32쪽.)

지었기 때문에 그렇게 붙여진 이름으로 보인다. 창작 시기는 약간의 혼선이 있지만, 산업화 직전인 1960년대에 지어진 것으로 보인다. 이 작품을 통해 근래에 이르기까지 영남 아녀자들 사이에서 규방가사가 창작되어 존속하고 있었다는 것을 확인할 수 있다.

〈유향가〉는 내용상으로 '기승전결'의 4단 구성을 취택하고 있지만, '서사' – '본사' – '결사'의 구분이 분명하지 않다. 그것은 가사의 소멸시기에 그것의 온전한 형태를 갖추지 못하고 최소한의 잔존 형식만을 유지하고 있었다.

〈유향가〉는 여성 화자가 젊은 나이에 출가하였다가 늙어서 편지를 받고 친정에 다녀오는 사연을 담고 있는 전형적인 규방가사이다. 담론 내용도 다른 규방가사들과 다를 게 없는 전형성을 보이고 있다. 하지만 〈유향가〉는 규방가사이지만 이전의 그것들과는 사뭇 다른 면모를 보이고 있다. 〈유향가〉에서는 시대의 변화와 함께 기존의 규방가사에서 보이는 남존여비나 여필종부와 같은 전통적인 가치 규범이 약화되는 대신에 성장한 여권 의식을 확인할 수 있다.

유 향 가 라

어와친한 친중으라 이뇌 발삼
둘려보소 우리제력 상상 하니
이흥진씨별 늑견니면 북군
의 흑쎼로라면한 갈사로다
운장붐 잡게 송 하시고
니 우리붐이 밋쳐나서 붐우
이붐 힝한자 우리 갓한자격
으로 여자붐이 곳여난넘남
남자로 나섯런덜 이 호 래병
현공을 알우 하지 아니시고
남지 소옹 이며 이박의 보옹
바룸임에 리로 힝 으련만
가련 하다 우리 붐이 여자로
희버난뉘 봄몸 남의 깁흔장애

회여나뉘 봉돌 님의 김 흗자에
남여가 달음업시 사랑으로
기로침세 술비 깃 밤쪽
위방직하고 침선하기 뉘추
편가 벌여 편을 못붓 동지
하면 후에 이리타 교화를 저서
리 사지간 붓이롯타 규문 안와
안잣으니 문법이 바이 업네 다정방
만 젼격으셰 당 활한을 잇지
아의 훌 양을 여록 하니 먼지
이착 범어 간다 고법이 귀이하다
여자 응림 원붓 모라타 보에
출가할 제 써 날 일을 섬갓하
실 서 려원 즉 빙이라 낫기 삼친
고기 갓치 예 맛친 그형 상 일을
을 뒤하소 할 갓 할 일 엄서 교잣닌
┊ | ㅏ ᅵ틀 우~금기 하니 합남니 흔

셔려련진즉방이라닛기샹즈

그기갓치예~맛진그현샹열놀

울뒤하쇼할지할일업서교잣벼

룬어가니붓못임이하신말샴시뇌

젼셰하산말샴 구가외룰너가셔

호양구즈일울 쌈리뭇이북제

하라하며 군자울놀 살펴셔

수앙묵견 하란밧 슘멩샴

휘볏하예 룻리시뎡봉귀룰

어가니 구즈의 휘산은혜 군자

졍권령이하 회갓치긴능지

타일산은반셕이오 취리난지

한너타남의집을 뇌집삼아

홍항울지늘 젹의 유지흐즈

셩깟하며 고향산쳔 여변하다

춘루동도리곳펼젼외 추우오등

흐호니의쌈~~오~~젹반하야

셩경혼 이 사람 사쳐

쳔부의 도의 곳편 젼의 츄우오동

연복지의 상 오 졍반 하야

히 복 노든 일이 어젼듯하건

구순 맛한 광음이라 노심여 젼이리

효다 조흉한 을 송지 하여 쳐졍

올란 겨노고 뇌열 골 올니빈 쳐보

눈빗갓흔 굽튼 일즉 겸버슷

이흐 나디 강희 갓이 겁든 뻬리

샹순이 현넛인라 어여스붓근

뇌열린리 엇자이리 로 빈난리 한

탄붗리 하든 차의 어졔 잇든 챤 듕쟝

남계 시외까치 우쳣드니 조흔 소식

젼희 읫내 빈랄 복가돌어오며

일봉 셩온 졍하 로 이 띄븨

쳔견 짓질 셔찰이라 양긋 안

부기 글 한 후 뻘지가 돌닛기록

흐여 녀 보 제가 하마 회가뇨

천졈장졀셩찰미라 양곳안

북긔룩 한후 뺄지가 둘넛기도

금~히뛰여봐ᄉ 졔가하ᄅ 되가남

이타올ᄂ은 쳥졍 일시이 초목흘

벽젼국ᄂ가곳 삼풍 마음 이야볼

옷갓희나젼만은 열로졍사하ᅥ

거시살희에맛연 키로아희틀을불

넌곳ᄀ가 별가들이눈하니 눌시

다보시난졔뭇뺑닫안이오나귿

억어가가ᄂ헌 떠남며 되미불초할

지가탕하여 하옴셔 거근상은엄

셔마라그만하니 연밤틀야 출에헝

장차뎌졍유장여나산라가 창쟝의

톨나가나 쌀갓발르차가산을

념긔뭘흘건녀슈빗이몸걸짱

울흐셕간여랑조하니 참북빈

위샹아이 우리집을 차자나가

욜 흐속 식간의 랑도 하니 참 보시다

위 상 아의 우리 집을 쳐 자 나가

실 나 를 근 뎡 제의 여 터 진 지 보라

나 뭇 흑 천 뚝 구 들 어 가 나 풍 산

가 선 우 티 평 안 젼 일 이 유 셨 드라

랑 창 의 출 나 가 나 구 십 닷 넌 쳐 일 엇

계 서 슘 을 잡 고 반 기 시 면 별 후

젼 골 라 뜻 하 고 수 반 갑 읍 이 궂 진

하 니 우 슘 웃 히 눈 물 이 타 잔

우 티 요 한 자 손 이 라 갓 치 가 서

참 비 하 자 갓 쳐 의 라 니 며 서 신

변 하 외 참 려 하 고 제 사 의 서

유 슘 하 고 다 시 님 이 성 각 하 나 집

쪄 나 크 기 일 망 이 라 집 에 이 나 잔

여 숙 니 나 은 에 드 꿈 이 효 성 으로

둥 〃 흑 〃 그 마 암 이 일 마 나 기

 ﹀ ﹀ ﹀ 나 셔 하 야 일 갈

유숭 하디 다시난 이심간 ㅎ니
져남지 일망아타 잠에 이난잔
머슴니 나고 에르몸 호성으로
듕듕 그마 안이 얼마 나기
라뛸디 지심이 여서 하야 일각
삼추라 병일에 써날 고 향
장을 정듣 하나 가일 물로
과 오르실 써러 봄이 일
제히 몸 안자 신신 하야 하는
마틔 이리 한 분 가치 면은 엇제
라치 오철 가 사 안 할
지라로 붓가너무 간신말 이듯
타치 로 하디 사흔날 듕정할
제 수 참별 하난 정이 드바
한 출 만 후 리 소사난다
듕구 백옳 나 젹 의 한
금 메몯 두 거듭에

한여ㅅ출리만단츙회 소사난다

동구밖을 나아갈적의 한기

큰길에메두ㅅ 주거들에 두라

보편 쥬제방황하노라니 힘은

임의 반일이 타력라 기운은

나셔ㅅ 항ㅏ안으로 다시보니 죠ㅊ

삼회 밧어와라 누수가 밤ㅅ하ㅏ

옷기ㅅ에 산ㅅ못쳐라 옛날에ㅇ

자매셔 누구를 써 내잘셔 지ㅏ라

온형 아�써 이른 밤잠셔 나나우

리들로 오나ㅏ날ㅏ의 ㅏ되 기여신로

자면 향이안 하ㅏ선 비을 이병면 ㅇ큰넘

로ㅏ 뫼셔 묵을 이방창하야 몌가지

어째지ㅏ 그놋운 방성 할떼이다

시뵁 셔을 자하ㅏ 심자안ㅏ라ㅏ그

발ㅎ이떠 우라나이철 할ㅏ선 시뵁ㄴ

아물ㅎ면 분ㅎ 행기 출이ㅏ네

자꾀서 노국을 써 내절쩌 지라

오형 안쩌 이른 발싼션 나우

틔들도 노날날의 머리 기써시로

다만 헝이언 하신 빌이 병면 츠챰

죠타 못써 목이 방 챵 하야 맛 가지

어채지ᄅ 놈은 방셩 할쩐짜

시봉셔 놀자 하나 심지 안한고

말이여 우리나 이질 짤 심뼈

하믈며 붓셔 헝지 츌이뼈

옹이 할가 외오 싱지 슈웁하고

탄강 읎지 여록 로다

병오년 시월 닷일 그향 왓드

이실이다 셩별 가울 노리하

써 두어 줄기록 하면

갑자 치월 달 ㅅ

한글가사 필사본 〈님낭자가〉에 대하여[*]

1. 머리말

〈님낭자가〉는 '임낭자'라는 여인의 파란만장한 삶을 노래한 열녀 가사이다. 사대부가 여인의 이야기를 담은 규방가사이자, 지켜야 할 유교적 덕목을 칭송하는 교훈적 계녀가사이다. 또한, 사건이 있고 이야기가 있는 서사구조의 소설체 가사로, 기존의 가사 목록에서 보이지 않는 새로운 작품이다.

수년 전 필자는 이 자료의 원전을 입수하였으며, 최근 자료를 입력·주석하고 논문으로 작성하는 과정에서 같은 문헌자료를 대상으로 한 연구결과를 접하게 되었다. 〈님낭자가랴〉의 문학적 관점에서 서사적 사건 구성상의 특징과 의미를 고찰한 논문으로[1], 일부 필자가 언급하고자 하였던 내용과 중복되어 연구 방향을 달리하였다.

이에 이 논문에서는 선행연구와 중복되지 않는 구체적인 서지사항 및 표기·음운·문법·어휘 등의 국어학적 특징들을 중심으로 살펴보고자 한다. 자료가 개화기 시대를 잘 반영하고 있고, 경상도 지역의 방

---

[*] 이 글은 김영(선문대학교)과 저자가 공동 연구·작성한 글임을 밝힙니다.

1) 유기옥, 「〈님낭자가랴〉의 서사적 사건 구성 양상과 의미」, 『溫知論叢』 제30집, 온지학회, 2011 참조.

언 요소도 내포하고 있어 당시의 문자생활을 고찰하기에 용이한 문헌이기 때문이다. 아울러 내용의 이해를 위해 줄거리와 입력·주석한 판독문도 함께 수록하고자 한다.

2. 서지 사항

<님낭지가랴>는 두루마리 한글필사본으로, 크기는 가로 791㎝, 세로 26㎝이다. 본문은 무려 352행에 달하는 장편이다. 매 행은 17자에서 23자로 불규칙적이다. 글자 수는 모두 7,000여 자이다. 모두 14장의 한지를 이어 붙였다.

첫 장은 한지 두 장을 덧붙여서 두껍게 만들었다. 사진에서 보이는 바와 같이 둥글게 돌돌 말면, 겉표지처럼 "님낭자가"이라고 제목이 적혀 있다. 미관과 보존을 함께 고려한 것으로 판단된다. 두루마리를 펼치면 첫 행에 '님낭자가'라는 제목이 다시 쓰여 있고, 다음 행에는 '님지은 김□□이라' 라는 원소장자에 대한 정보가 담겨 있다. 그러나 이름 부분이 지워져 김씨인 사람이 소장했었다는 정도만 파악할 수 있다.

끝에 '신亽 구월 즁양일 등셔랴'라는 필사 기록이 있는데, 본문에 그 시기를 구체적으로 고증할 수 있는 단서가 확인된다. 바로 '우포'라는 어휘이다. 제153행~155행에 "지금 세상 갓티오만 우포로 부치시만 삼 일이면 볼 거시나 긋쩌 세월은 셔울 편지 흔 번 흐면 이십 일이 걸인도다" 라는 구절이 나온다. 우리나라 최초의 우표는 1884년 4월 우정총국이 설치된 이후, 그 해 11월 18일에 발행된 문위우표이다. 때문에 '우포'라는 어휘의 출현은 그 이후에야 가능한 일이다. 1884년 이후 신사년에 해당하는 연도는 1941년이므로 <님낭자가랴>의 필사 시기는

1941년 9월 9일로 추정할 수 있겠다. 현재 이 자료는 필자(구사회)가 소장하고 있다.

자료의 전반적인 상태는 양호하나, 하단 부분이 닳은 관계로 일부 글자가 없어진 것도 있다. 잘못 쓴 글자는 먹칠한 뒤 바로 써서 수정하였다. 빠진 글자에 대해서는 'O'표시를 하고 해당 글자를 보충해 써넣었다. 서체는 고졸한 민체이다.

두루마리 겉에 '米坪里', '宋致文'이라는 기록이 있는데, 후대 소장하였던 사람의 소재지와 이름으로 판단된다. '米坪里'라는 한문 지명을 쓰고 있는 곳은 경북 김천시 구성면 미평리이다. 이곳 미평리는 약 400년간 대대로 이어져 온 은진 송씨 집성촌이다. '宋致文'에 대한 자세한 정보는 알 수 없고, 미평리에 살았던 은진 송씨가의 사람 중에 하나로만 추정된다.

서론에서 언급한 바와 같이 소설체의 성격을 지니는 가사이다. 그래서 내용 중에는 인물들 간의 대화도 확인된다. 전체적으로 서사성이 강한 작품인지라 4음보의 율격체를 유지하진 못하고 있다.

그러나 작품의 서두와 말미는 대부분 가사작품에서 보이는 고정형식으로 꾸며져 있다. 즉, '어와 세상 사람드라 낭자가 드러보쇼~'로 시작하여 '이 가ᄉ 보기더면 고상 ᄭᅳᆺ터 영화 보고 영화 ᄭᅳᆺ터 경ᄉ로다 어와 세상 사람드라 이 가ᄉ 보실 적에 열여라고 츙용ᄒᆞ쇼'로 끝마치고 있다.

내용은 임낭자라는 여인의 파란만장한 삶의 일대기를 적고 있다. 임낭자의 고난과 역경은 어린 시절 부모님을 여읜 이후부터 시작된다. 혼인한 이후에도 온갖 간계와 모략으로 시댁에서 쫓겨나 타지에서 10년의 세월을 아이를 키우며 힘들게 살아간다. 그러다가 마침내 모든 가족이 다시 만나 행복하게 살게 된다는 이야기이다.

3. 국어학적 특징

<넘낭자가라>의 필사 시기는 1941년으로, 1933년 한글맞춤법통일안이 제정·공표된 이후이다. 그러나 이와 상관없이 표기·음운·문법 형태는 개화기2) 때의 양상의 띠고 있다. 개화기의 표기와 음운체계는 일부 현상들을 제외하고는 후기 근대국어의 모습을 거의 그대로 이어받고 있다.3) 때문에 <넘낭자가라>에서도 후기 근대국어의 모습이 확인된다.

이러한 문자 표기를 통해서 간략하게나마 필사자에 대해 유추해 볼 수 있다. 근대와 현대의 과도기에 걸쳐 있었던 사람이고, 1941년 필사 당시에는 이미 상당한 연령층에 있었던 사람으로 추정된다. 즉, 이미 19세기 말기에서 20세기 초기의 전통적 표기법을 유지했던 시기에 한글을 배우며 자랐고, 그 언어습관이 장성한 뒤에도 그대로 유지됐다고 할 수 있다. 그리고 익숙한 표기 습관을 그대로 투영시켜 필사하였을 것이다. 이처럼 시기는 1940년대로 뒤떨어지지만, 표기가 옛 고어의 모습을 담고 있는 예는 종종 확인된다. 일례로 <넘낭자가라>보다 6년 뒤인 1947년 일제 강점기에 강제 징용되었던 군인이 쓴 가사인 <춘풍감회록>에서도 'ㆍ' 및 합용병서의 표기 등이 확인된다.4)

1940년대에도 전통적 표기법과 현대 한글맞춤법이 서로 공존한 채, 필사·유통·향유되었다는 사실을 보여주는 것으로써, 당시의 국어생활 연구에 중요한 자료로도 활용될 수 있다.

또한 <넘낭자가라>는 후기 근대국어의 계보를 잇는 표기·음운 형

---

2) 개화기는 1894년의 갑오경장을 기점으로 하여 1890년부터 1910년까지이다.
3) 정승철, 「개화기 국어 음운」, 『국어의 시대별 변천 연구』 4, 국립국어연구원, 1999, 7쪽.
4) 백두현, 「일본군에 강제 징병된 김중욱의 <춘풍감회록>에 대하여」, 『영남학』 제9호, 경북대학교 영남문화연구원, 2006.

태를 보여줌과 동시에 방언적 요소도 많이 가지고 있다. 특히 경상도
지역의 언어 특징이 작품 전반에 걸쳐 나타나는데, 경상도 지역에서
창작되어 유통되었던 자료로 판단된다. 그러한 특징이 드러나는 바를
간단히 살펴보면 다음과 같다.

표기 특징으로는 첫째, 시기가 1941년임에도 불구하고 '·'가 사용
되었다.

> 불상ㅎ고(불상하고)5), 한심ㅎ나(한심하나), 경亽로다(경사로다), 굿쩌
> (그때), ㅎ날(한날), ㅎ시(한시), ㅎ님혹亽(한림학사), 졀식(절색), 아연ㅎ
> 야(아연하야), 힝인(행인), 쎄바리고(빼버리고), ㅈ부(자부), 구몰ㅎ고(구
> 몰하고), 권권ㅎ니(권권하니), ㅊㅊ로(차차로), 황ㅊ(황차) 등.

동사 'ㅎ다'의 어간은 'ㅎ-'의 표기가 우세하다. ·>ㅏ 변화를 겪은
'하-'는 단 1차례('너 부친 일홈은 뉘랴 하노')만 발견된다.

둘째, 어두된소리 표기는 합용병서와 각자병서가 혼재되어 쓰였다.
합용병서는 'ㅅ'계만 확인된다. 'ㅺ', 'ㅼ', 'ㅽ', 'ㅾ'으로, 활용 예는 '쓥고',
'쑤고', '쏨', '쏫퇴', '짜랴간들', '쏸님', '쌍을', '쏘흔', '쎄여', '짝을', '쏫기난',
'쎄거주며' 등이다. 각자병서는 'ㅆ'만 쓰였다. 활용 예는 '싸고', '써셔',
'쏙내을', '쏙으로', '씨기' 등이다. 각자병서의 '쏙내', '쏙', '씨기'는 '속내',
'속', '시켜'가 경음화한 것으로, 경상방언의 특징 가운데 하나이다.

셋째, 종성 표기는 근대국어 표기와 같은 7종성법의 체계를 유지하
고 있다. 음운 특징으로는 첫째, 'ㄱ' 구개음화 현상이 실현되었다. 그
예는 '질(길)', '신힝질(신행길)', '지다리고(기다리고)', '지다린다(기다린

다)', '지푼 밤에(깊은 밤에)' 등이다. '지푼 밤'의 경우 ㅡ>ㅜ의 원순모음화도 실현되었다.

둘째, 전설고모음화 현상이 보인다. 치찰음과 'ㄹ' 뒤에서 'ㅡ'가 'ㅣ'로 변하는 것으로, '무신(무슨)', '압가심(앞가슴)', '씨고(쓰고)', '씰더(쓸데)', '씨니(쓰니)', '이을 씬다(애를 쓴다)', '업시나(없으나)', '질기ᄒ고(즐겨하고)' 등이 그러하다. 현대국어에서는 용언 어간에만 한정되어 있으나[6] 이 자료에서는 용언 어간뿐만 아니라 형태소의 경계에서도 나타난다.

셋째, 원래의 'ㅕ'를 'ㅣ'로 표기한 단모음화 현상도 보인다. '가지가다(가져가다)', '갈치주게(가르쳐주게)', '단이오시오(다녀오시오)', '다리간다(데려간다)', '씨기(시켜)' 등이다.

넷째, 부사어의 기능을 갖는 '-게'가 '-기'로 표기된 경우도 있다. '가기 더면(가게 되면)', '되기 더면(되게 되면)', '오기 더면(오게 되면)', '보기 더면(보게 되면)', '황낙ᄒ기(황낙하게)' 등으로, 'ㅔ>ㅣ'의 진행이 완료된 상황을 보여주고 있다.

다섯째, 'ㅡ'와 'ㅓ'가 잘 구별되지 않은 모음중화도 보이는데, '거선(것은)', '거설(것을)', '져성(저승)', '이성(이승)', '금시관(검시관)' 등이 그 예이다.

문법 특징으로는 첫째, 소유격 조사 '-의'는 '-우', '-으'로 실현된 예가 보인다. '나무 집(남의 집)', '나무 ᄒ인(남의 하인)', '아무씨으(아무씨의)'가 그러하다.

둘째, 보조사 "-까지"에 해당하는 '-가정'과 '-가정'이 사용되었다. '오날가정', '어디가정'으로 각 1차례씩 실현되었다.

---

6) 정승철, 위의 논문, 48쪽.

셋째, 여격조사 '-에게로'는 '-흔트로'로 실현되었다. '자식흔트로', '아들흔트로', '져흔트로'가 그러하다.

넷째, 어미에 나타나는 특징으로는 가정적 조건을 나타내는 연결어미 '-면'이 '-만'으로 실현되었다. '가만(가면)', '갓트만(같으면)', '나만(나면)', '만니오만(만나면)', '엄치ㅎ시만(엄치하시면)', '갈치만(가르치면)' 등이 이에 해당된다. 목적을 나타내는 연결어미 '-러'는 '과거 보로(보러)', '버실ㅎ로(벼슬하러)'와 같이 '-로'로 실현되었다. 의문법 종결어미로는 '-노'가 쓰였다. '너 부친 일홈은 뉘랴 하노?', '그려ㅎ면 엇지ㅎ야 여게 사노?'에서 보이듯 의문사와 함께 사용되었다. 이상에서 보이는 문법적 특징들은 모두 경상지역 방언에서 나타나는 현상들이다.

어휘 특징에서 첫째, 조어법상 합성동사는 중세국어와 마찬가지로 동사어간(V1)+동사어간(V2) 형식으로[7] 실현되었다. '드다보니(들여다 보니)', '들온다(들어온다)'가 이에 해당한다. 역시, 경상도 지역에서 보이는 어휘들이다.

둘째, 개화기나 일제강점기 때 생겨난 새 어휘들이 보인다. 체신 관련 어휘 '우포'는 1884년 우정총국 설치 이후 생겨난 어휘이며, 관직 관련 어휘 '시찰관'은 1894년 대한제국 시기 內部에 두었던 관직으로, 그 이전에는 사용하지 않았던 어휘이다. 법률 관련 어휘 '진역(懲役)'은 죄인을 가두고 노동을 시키는 형벌을 가리키는 말로 일제 강점기 이전의 자료에서는 보이지 않던 단어이다.

이 밖에 '고상(고생)', '각중에(갑자기)', '자시(자세히)', '가믈신디(까무러친데)' 과기(과거) 등도 경상도 지역의 방언이다. 일부 정확한 의미를 알 수 없는 어휘도 보인다. 예를 들면 '히스리고', '지잔키'가 그러하다.

---

7) 이상규, 「경북방언의 특징」, 『경북방언사전』, 태학사, 2000, 540쪽.

주인이 아히나 어른 지잔키 디접ᄒ니 亽부가 자졔랴
살인은 히亽리고 김동지와 집에 가셔 더옥ː츙찬ᄒ며

'지잔키'의 의미는 '계신듯이' 정도의 의미인 듯하나, 확실한 의미는
알 수가 없다. '히亽리고' 역시 정확한 뜻을 알 수가 없다.

4. 줄거리 내용

작품의 내용은 다음과 같다.

(1) 숙종 대왕 직위 시절 충주 단원에 사는 임도학은 과거를 치르고자
서울에 올라가 한 사관에 묵는다. 그곳에서 경북 안동 사는 선비
김기준을 만난다.

(2) 서로 통성명을 하니 동갑이고 부인들도 동갑에 임산부로 산달도
같은지라 둘 다 아들을 낳으면 결의형제하고, 아들과 딸을 낳으면
면약혼인하기로 약속한다.

(3) 두 사람 모두 과거 급제하여 한림학사에 제수된다. 후에 김기준은
아들을 낳고, 임도학은 딸을 낳아, 아이들이 16살이 되면 혼인을
시키기로 약속한다.

(4) 불행히도 임도학 부부가 일찍 죽고, 두 남매만 남겨진다. 임 낭자
는 16살이 되어 혼례를 치르기만 기다리나, 안동 김한림댁에서 혼
인을 파의하고 다른 혼처를 구한다는 소식을 듣고 걱정한다.

(5) 그러던 차에 김한림댁 아들이 16살이 되던 해에 과거를 보러 가는
길에 충주를 지나다가 비를 피하려고 우연히 임낭자의 집에서 하
루를 묵게 된다.

(6) 임낭자는 김공자가 김한림댁의 자제임을 알고 직접 김공자를 만나
부모님들이 면약혼인하기로 하였던 약속을 김한림댁에서 파의하

였다며 그 이유를 묻는다.

(7) 임낭자를 본 김공자는 본인의 마음이 우선이라며 과거보고 내려가
는 길에 들려 혼인을 하기로 약속하고 그 징표를 써준다.

(8) 그 사이 임낭자의 외삼촌 권공달은 금 삼천 냥을 받고, 임낭자를
이방 아들과 혼인시키려고 이방집으로 보낸다. 그러나 임낭자는
식음을 전폐하며 김공자를 기다린다.

(9) 김공자는 과거에 급제하고 약속을 지키기 위해 임낭자 집을 찾아
간다. 그간의 내막을 알게 된 김공자는 관아에 찾아가 본관에게 사
건의 경위를 이야기하고 이방을 하옥시킨다.

(10) 임낭자는 다시 집으로 돌아오고 김공자와 혼례를 치른 뒤, 함께
안동으로 가 시부모를 모시며 평안하게 지낸다.

(11) 어느 날, 패물장사 노파가 찾아와 시부모에게 과거 임낭자의 행실
이 부정하고 이방 아들에게 시집까지 갔었다며 말한다. 이에 노부
부는 자세한 사정을 알고자 서울에 있는 아들 김공자에게 편지를
보낸다.

(12) 그러나 원한을 품은 이방이 편지 심부름 간 하인이 색주가에서
술에 취해 잠든 사이, 사람을 시켜 임낭자가 종놈과 바람이 나서
우세를 당할 지경이라는 내용을 쓴 편지로 바꿔치기 한다.

(13) 편지를 받고 김공자는 일을 마치면 본인이 직접 집으로 돌아와
처리하겠다는 답장을 쓴다. 심부름꾼 하인은 되돌아가는 길에 또
그 색주가에 들러 술에 취해 잠이 든다. 그사이 김공자의 편지는
또다시 이방에 의해 원래부터 부정하다는 소문이 있었던 사람이었
는데, 결국은 변이 났다는 내용의 편지로 바뀌게 된다.

(14) 이방이 바꿔 쓴 편지를 받아본 노부부는 음행한 며느리를 곁에
둘 수 없다며 친정 동생 집에 다녀오라는 구실을 만들어 임낭자를
내쫓는다. 쫓겨난 임낭자는 복중에 태아가 있고 또, 억울한 누명이
나 벗고 죽어야겠다는 마음을 먹고 낮에는 숨고 밤에는 길을 걸어
춘천에 다다른다.

(15) 산기가 있던 임낭자는 새막에서 고생 끝에 아이를 낳고 정신을 잃는다. 그 동네에 사는 김동지가 청룡이 여의주를 물고 승천하는 길몽을 꾸고 밖을 나왔다가 새막에서 임낭자와 아이를 발견한다. 김동지의 도움으로 살아난 임낭자 모자는 그의 수양딸이 되어 함께 산다.

(16) 임낭자는 편안한 생활을 하나, 남편과 친정 동생 생각에 눈물로 세월을 보내고, 친정 동생 역시 누이 임낭자의 소식을 알 수 없어 애타한다.

(17) 집으로 돌아온 김공자는 서로의 편지가 이방의 농간으로 바꿔치기 된 사실을 알고, 이방을 금옥으로 지킨다.

(18) 10년의 세월이 흘러 임낭자의 아들 김몽길이 서당에서 상놈의 자식이라 당하는 서러움을 토로한다. 이에 임낭자는 김몽길의 신분과 가족사항을 사실대로 일러준다.

(19) 하루는 김몽길이 소를 타고 서당 앞을 지나가는 초군들을 보고 호령하자, 마침 거기에 타고 있던 초군 한 명이 뛰어내리다가 그만 목이 부러져 죽고 만다. 이 때문에 김몽길은 살인범으로 내몰리고, 1년이 되도록 사건이 해결되지 않자, 장계를 올리고 김공자가 시찰관으로 춘천에 온다.

(20) 김몽길을 대면한 김공자는 사건의 경위를 듣고, 자신 아들임을 알게 되며, 임낭자와도 해후한다. 김몽길은 살인죄명에서 풀려나고, 김동지는 그동안 빼앗긴 세간을 되찾는다.

(21) 김공자는 부인과 아들을 만난 소식을 본가 안동에 전하고, 임낭자는 동생과 재회하고, 함께 안동으로 돌아가 시부모님과도 해후한다. 시부모는 이 모든 게 자신들의 탓이라며 자책한다. 김공자 부부를 비롯한 모든 가족은 행복하게 오래오래 잘 산다.

5. 맺음말 : 작품의 자료적 가치와 함께

새 자료 한글필사본 〈님낭자가랴〉는 사대부가 여인 임낭자의 삶을 노래한 소설체 형식의 가사이다. 두루마리 본으로 크기는 가로 791㎝, 세로 26㎝이며, 본문은 352행, 글자 수는 7,000여 자에 달하는 장편가사이다.

끝에 '신ᄉ 구월 ᄉᆼ양일 등셔랴'라는 필사 기록이 있는데, 본문에 나오는 '우포'라는 어휘를 통해서 구체적인 시기를 가늠할 수 있다. 추정되는 필사 시기는 1884년 우정총국 설립 이후에 해당하는 신사년, 즉 1941년 9월 9일이다.

〈님낭자가랴〉는 문학적으로 가사의 성격과 서사구조의 소설 성격을 동시에 가지고 있는 독창적인 작품이며, 국어학적으로는 경상도 지역 방언의 요소를 풍부히 내포하고 있어 문자생활 연구에도 일조할 수 있는 중요한 자료이다. 특히, 필사 시기가 1941년임에도 불구하고 개화기 때의 표기, 음운, 문법적 특징들을 그대로 내포하고 있어, 당시의 국어생활 연구에 의미 있는 자료이다.

작품에 나타나는 국어학적 특징으로는 첫째, 표기 형태는 후기 근대 국어의 계보를 잇는 개화기 때의 모습이 확인되었다. 예컨대, 'ㆍ'의 사용, 'ㅅ'계의 어두된소리 합용병서 표기, 7종성법의 체계 유지 등이다.

둘째 음운 특징으로는 'ㄱ' 구개음화 현상, 원순모음화, 전설고모음화, 단모음화, 모음중화, 부사어의 기능을 갖는 '-게'>'-기'의 표기 등이 확인되었다. 모두 경상도 지역의 방언 특징들이다.

셋째, 문법 특징으로는 소유격 조사 '-우', '-으', 보조사 '-가졍'과 '-가졍', 여격조사 '-흔트로', 가정적 조건을 나타내는 연결어미 '-만', 목적격 연결어미 '-로', 의문법 종결어미로는 '-노'가 쓰였다.

넷째, 어휘 특징으로는 시기를 반영하는 신조어 '우포', '시찰관', '진역' 등이, 지역을 반영하는 방언 '고상', '각중에', '자시', '가믈신디', '과기' 등이 사용되었다.

이처럼 작품 전반에 걸쳐 경상 방언의 특징이 두드러지게 나타나는데, 이는 작품의 공간적 배경이 되고 있는 안동과도 상관관계가 있으리라 판단된다.

문학적인 측면과 아울러 국어학적 관점에서도 논의될 만한 가치 있는 언어자료이므로, 더욱 더 넓고 심도 있는 연구의 영역에서 활용될 수 있기를 기대한다.

【부록】원문 판독 및 주석

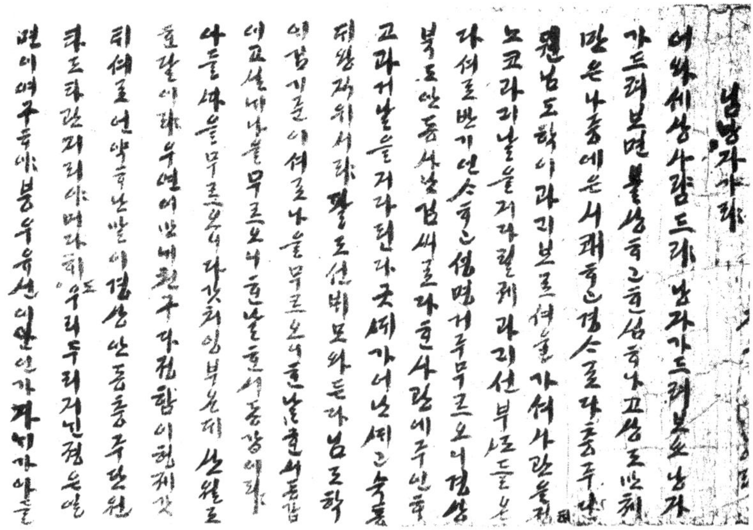

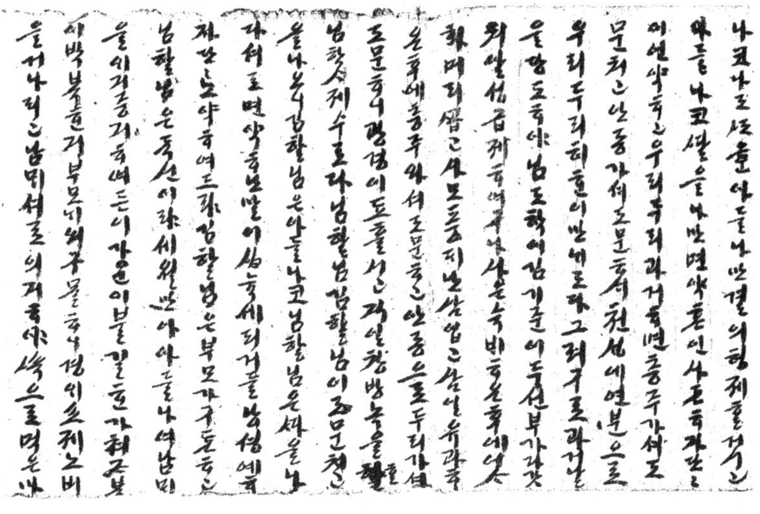

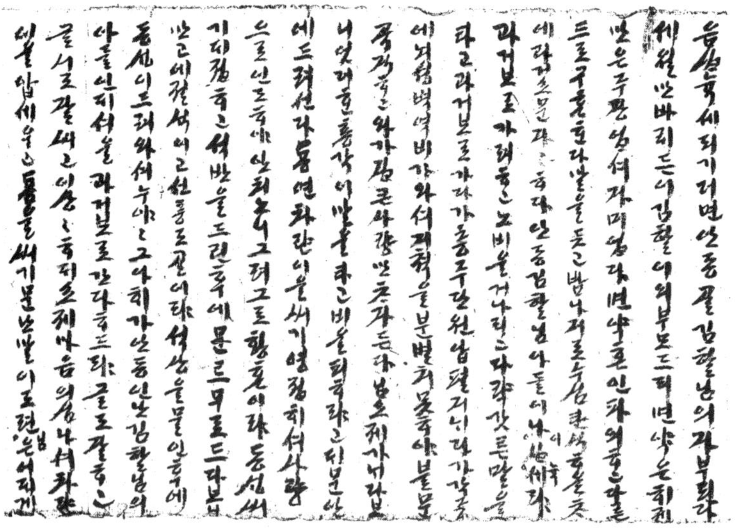

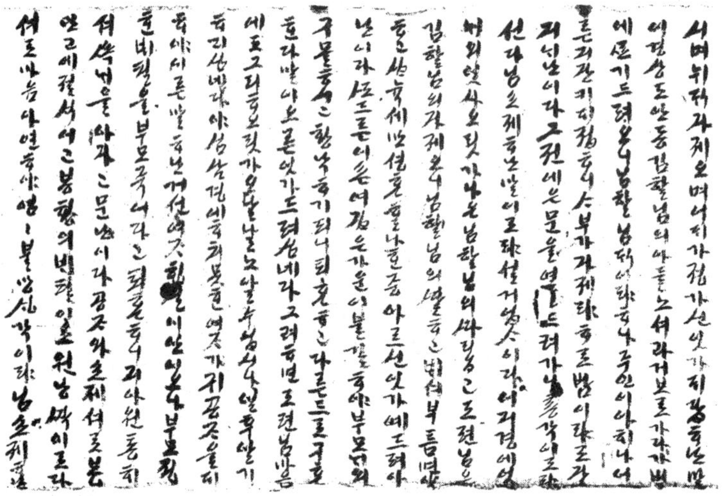

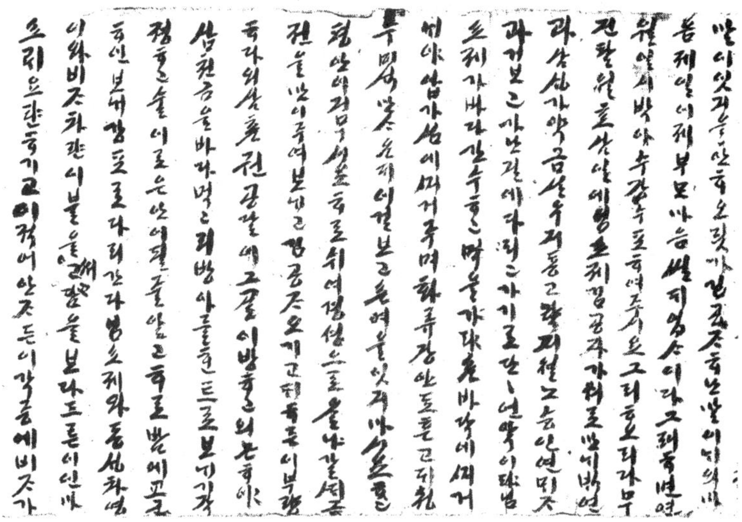

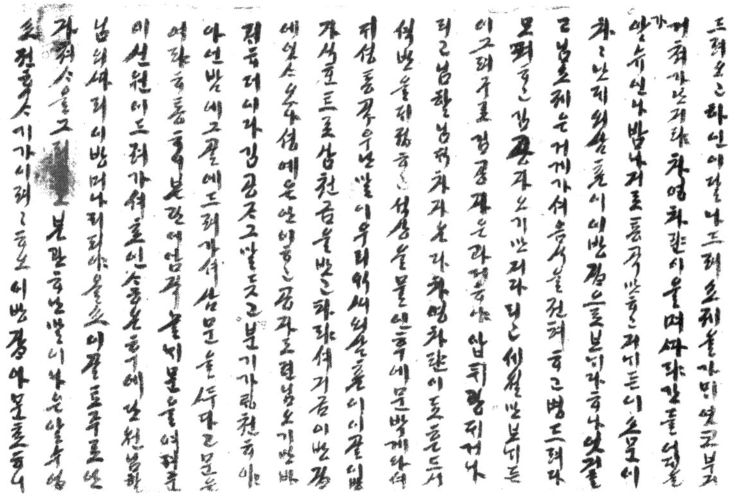

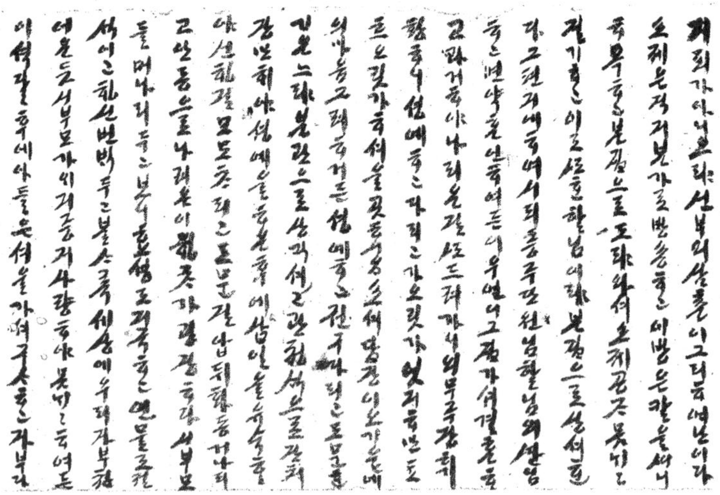

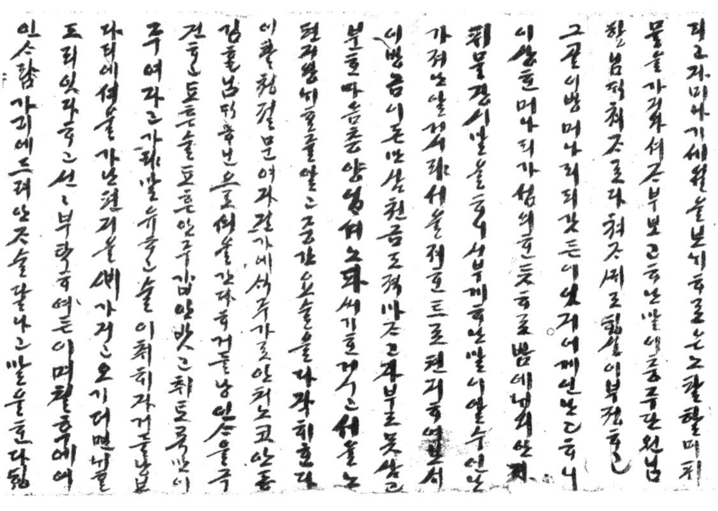

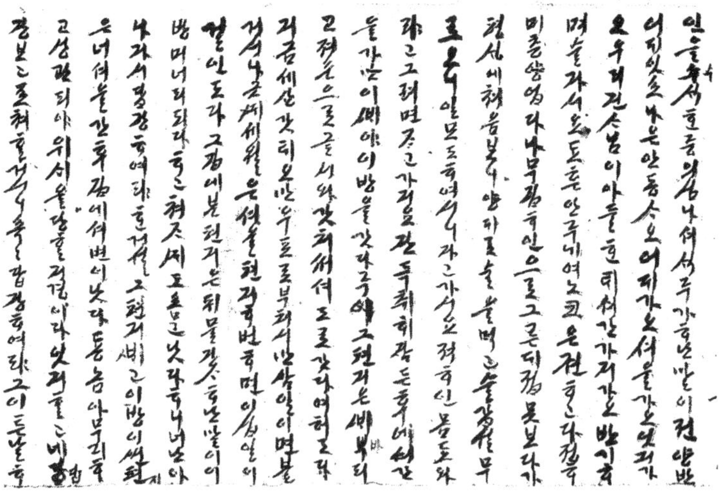

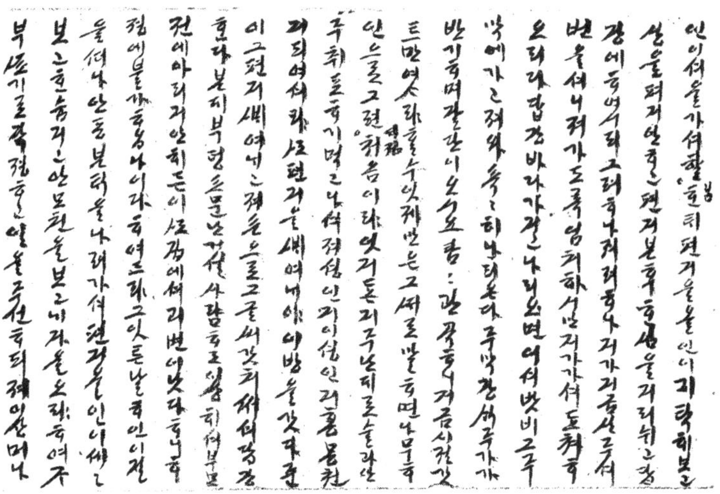

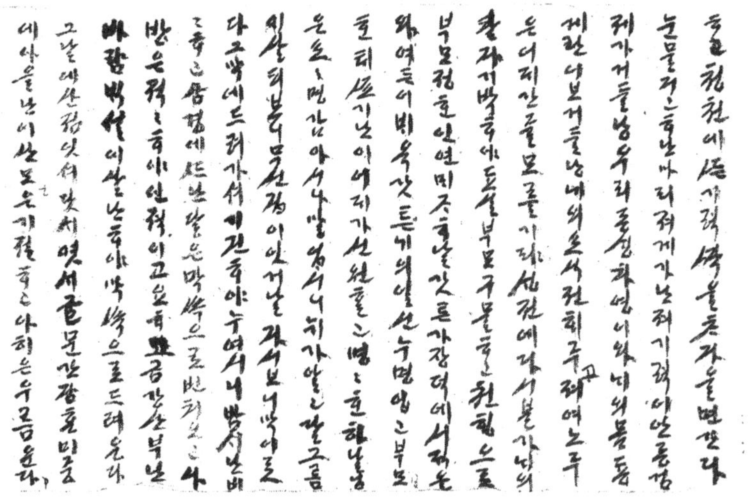

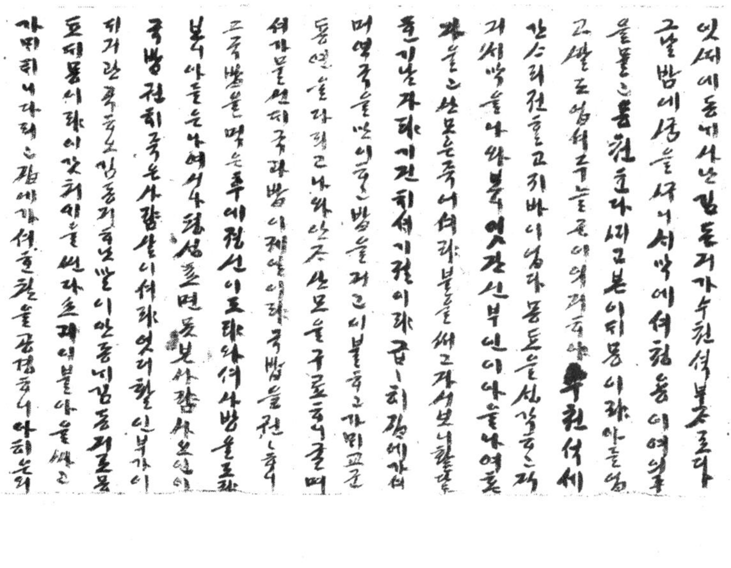

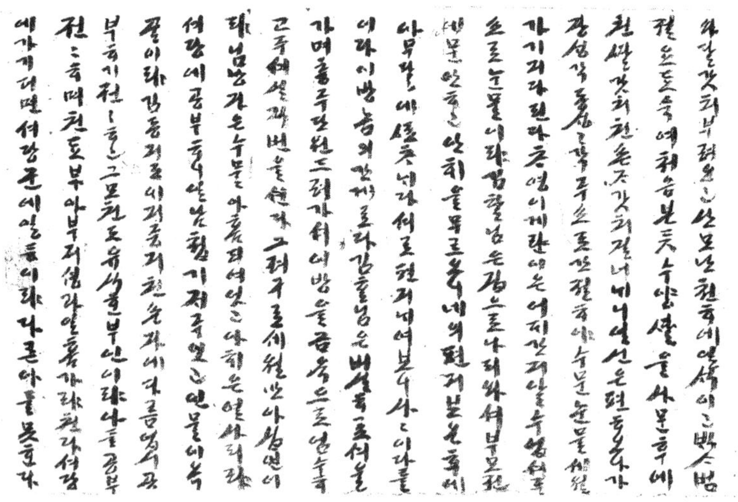

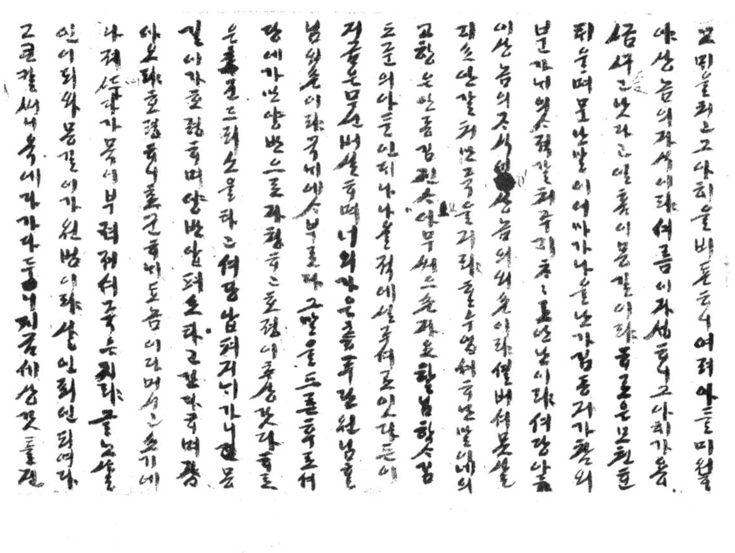

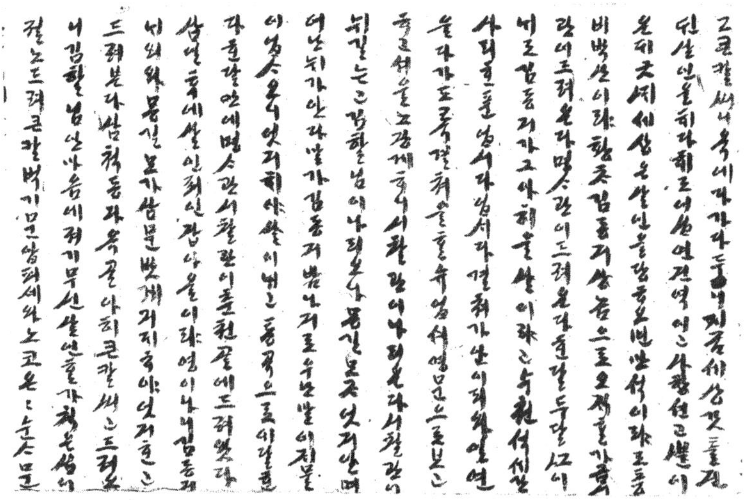

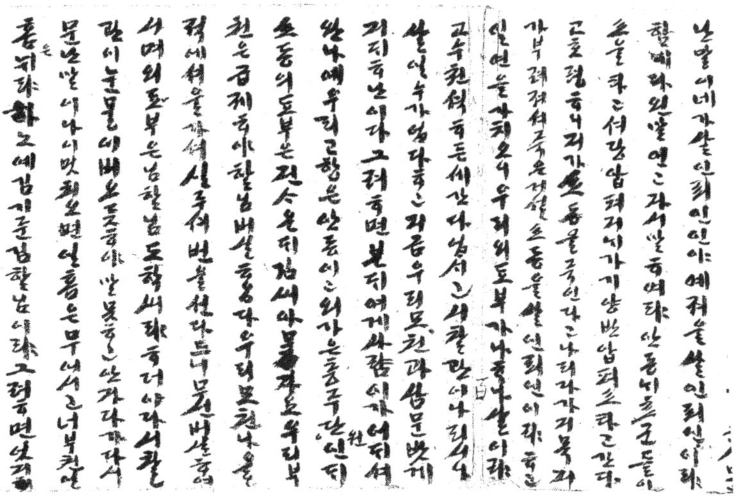

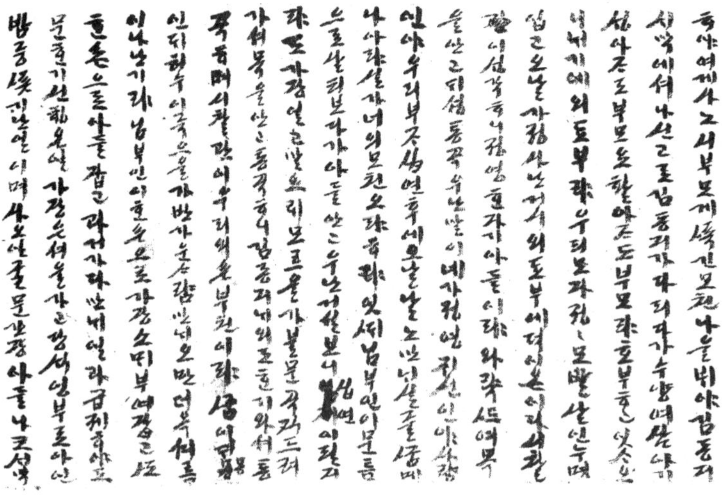

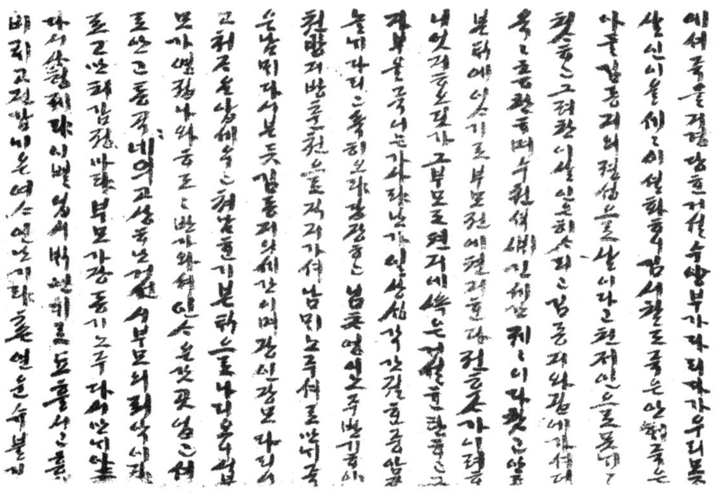

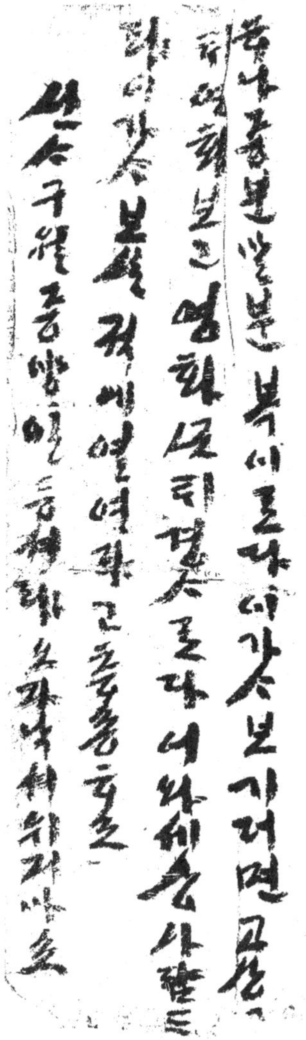

아래의 원문은 원본을 보고 필자가 입력 주석한 것이다. 독자의 편의를 위해 원문의 판독문을 세로쓰기에서 가로쓰기로 바꾸었으며, 입력은 현대 한글맞춤법 표기에 따랐다. ( ) 안의 한자는 원문의 이해를 돕고자 필자가 임의로 넣었다. 오기로 판단되는 글자는 [ ]로 표기하여 바로잡았다.

님낭자가라

님지은 김□□□[1]이라.

어와 세상 사람드라 낭자가(娘子歌) 드러보쇼 낭자가(娘子歌) 드려보면 불상ᄒ고 흔심(寒心)ᄒ나[2] 고상[3]도 만체만은 나중에은 시[서]쾌(舒快)ᄒ고 경스로다. 충주(忠州) 단원 님도학이 과기 보로 셔울 가셔 사관(舍館)[4]을 정히 노코 과기날[5]을 기다릴 제 과기 선부 쏘 들온다. 셔로 반기[6] 인ᄉᄒ고 셩명거주(姓名居住) 무르오니 경상북도 안동(安東) 사난 김씨(金氏)로다. 흔 사관에 주인ᄒ고[7] 과거날을 지다린다[8]. 굿쩌가 어난 쩌고 숙동[종]더[대]왕(肅宗大王)[9] 직위시랴 팔도 선비 모와든다. 님도학이 김기준이 셔로 나[10]을 무르오니 흔날 흔시 동갑이고 실너[11] 나을 무르오니 흔날 흔시 동갑이랴. 아들

---

1) 훼손되어 판독이 불가능한 글자는 □로 표기한다.
2) 흔심ᄒ다 : 한심(寒心)하다, 가엾고 딱하다.
3) 고상 : 고생.
4) 사관(舍館) : 객지에 얼마동안 머물러있기 위하여 남의 집에 숙식을 붙이는 집.
5) 과기날 : 과거날.
6) 반기 : 반가이. 반갑게.
7) 주인ᄒ다 : 머물러 잘 수 있는 집을 정하다.
8) 지다리다 : 기다리다.
9) 숙종 : 조선의 제19대 왕(1674~1720 재위).
10) 나 : 나이

짜12)을 무르오니 다 갓치 잉부(孕婦)온디 산월(産月)도 흔달이랴. 우연이 만
니 친구 다정함이 형제 갓티 셔로 언약ᄒᆞ난 말이 경상 안동 충주 단원 **타도
타관**(他道他官)13) 지리야 머다 히도 우리 두리 지닌 정은 일**면**(一面)이 여
구(如舊)ᄒᆞ야14) 붕우유신(朋友有信) 이 안인가. 자니가 아들 **나코** 나도 쏘흔
아들 나만 결의형제(結義兄弟)15)홀 거시고 **아들** 나코 ᄯᆞᆯ을 나만 면약혼인
(面約婚姻) 사돈ᄒᆞ자. 단 : 이 언약ᄒᆞ고 우리 두리 과거ᄒᆞ면 충주 가셔 도문
(到門)치고16) 안동 가셔 도문ᄒᆞ시 천성(天成)에 연분(緣分)으로 우리 두리
히흔이 만니도다. 그려구로17) 과거날을 당도ᄒᆞ야 님도학이 김기준이 두 션
부가 다 갓치 알성급제(謁聖及第)18)ᄒᆞ여구나. 사은숙비(謝恩肅拜)19)ᄒᆞᆫ
후에 어ᄉᆞ**화**(御賜花) 머리 꼽고 사모풍ᄃᆡ(紗帽風帶) 난삼(襴衫)20) 입고 삼
일유과(三日遊街)21) ᄒᆞᆫ 후에 충주 와셔 도문ᄒᆞ고 안동으로 두리 가셔 도
문ᄒᆞ니 광경이 됴홀시고 직일 창방녹22)을 홀**님**학ᄉᆞ 제수(除授)로다. 님할님
김할님이 도문치고 올나오니 김할님은 아ᄃᆞᆯ 나코 님할님은 ᄯᆞᆯ을 나다. 셔로
면약(面約)ᄒᆞᆫ 말이 십뉵 세 되거들낭 셩예(成禮)23)ᄒᆞ자 단 : 노약ᄒᆞ여드랴.

---

11) 실니 : 실내(室內). 남의 아내를 이르는 말.
12) ᄯᆞ : 딸.
13) 타도타관(他道他官) : 다른 도와 다른 고을.
14) 일면(一面)이 여구(如舊)하다 : 처음 만났으나 안 지 오래된 친구처럼 친밀하여.
15) 결의형제(結義兄弟) : 의리로써 형제 관계를 맺음.
16) 도문치다 : 도문(到門)치다. 과거에 급제하여 홍패(紅牌)를 받아서 집에 돌아오다.
17) 그려구로 : 그러구러. 그럭저럭. 그렇게.
18) 알성급제(謁聖及第) : 조선시대 임금이 성균관의 문묘(文廟)에 참배하고 나서 보이던
    과거시험에 합격하던 일.
19) 사은숙비(謝恩肅拜) : 임금의 은혜를 사례하여 경건하게 절하던 일.
20) 난삼(襴衫) : 조선 시대에, 생원이나 진사에 합격하였을 때에 입던 예복. 녹색이나 검은
    빛의 단령(團領)에 각기 같은 빛의 선을 둘렀다.
21) 삼일유과 : 삼일유가(三日遊街). 과거에 급제한 사람이 사흘 동안 시험관과 선배 급제
    자와 친척을 방문하던 일.
22) 창방(唱榜) : 과거에 합격한 사람에게 증서를 주는 것. 문무과는 홍색지에 이름을 쓴
    것을, 생원, 진사는 흰 종이에 이름을 쓴 것을 준다.
23) 셩예 : 성예(成禮). 혼인의 예식을 치름.

김할님은 부모가 구돈(俱存)ㅎ고 닙할님은 독신(獨身)이랴. 세월 만아 아들
나여 남미을 인지중지 ㅎ여든이 가운(家運)이 불길흔가 쳐즈 복이 박복흔지
부모 너외 구몰(俱沒)ㅎ니[24] 졍이 쇼졔 노비을 거나리고 남미 셔로 의지ㅎ
야 쏙으로 먹은 마음 십뉵 세 되기더면 안동골 김할님의 자부(子婦) 된다.
세월만 바리든이 김할이의 부모드리 면약은 희졔만은 주장[25] 업셔 자미 업
다. 면약혼인(面約婚姻) 파의(罷意)ㅎ고[26] 다른 드로 구혼(求婚)ㅎ다 말을
듯고 밤나지로 수심탄식(愁心歎息)ㅎ올 츳에 과거 쇼문 자ː하다 안동 김할
님 아들이 나이 십뉵 세랴. 과거 보로 가려 ㅎ고 노비을 거나리고 나략갓
튼[27] 말을 타고 과거 보로 가다가 충주 단원 압펼 지니다가 각중에[28] 뇌셩벽
역(雷聲霹靂) 비가 와서 지쳑(咫尺)을 분별치 못ㅎ야 불문곡직(不問曲直)ㅎ
고 와가(瓦家)집 큰 사량만 츳자든다. 닙쇼졔가 너다보니 엇더흔 총각이 말
을 타고 비을 피ㅎ랴고 디문 안에 드러선다. 동연[29] 차랸이을 씨기[30] 영졉히
셔 사랑으로 인도ㅎ야 안치오니 그려그로 황혼이랴. 동싱 씨기 디졉ㅎ고 석
반(夕飯)을 드린 후에 문트무로 드다보니[31] 만고(萬古)에 절식(絕色)이고
션풍도골(仙風道骨)[32]이랴. 석상을 물인 후에 동싱[33]이 드려와셔,

  "누야[34]ː그 아희가 안동 인난 김할님의 아들인디 셔울 과거 보로 간다 ㅎ
드랴 글도 잘ㅎ고 글시도 잘 씨고 이상ː ㅎ디."
쇼졔 마음 의심나셔 차랸이을 압세우고 동을 씨기 문난 말이,

---

24) 구몰ㅎ다ː구몰(俱沒)하다. 부모 모두가 세상을 떠나다.
25) 주장ː책임지고 맡아보거나 실행하는 사람.
26) 파의ㅎ다ː파의(罷意)하다. 하려고 마음먹었던 뜻을 버리다.
27) 다략갓다ː다락같다. 덩치나 규모가 크고 높다.
28) 각중에ː느닷없이. 갑자기.
29) 동연ː종년. 계집종을 비속하게 이르는 말.
30) 씨기다ː시키다.
31) 드다보다ː들여다보다.
32) 션풍도골(仙風道骨)ː신선의 풍채와 도인의 골격이란 뜻으로, 남달리 뛰어나고 고아
   (高雅)한 풍채를 이르는 말.
33) 동싱ː동생.
34) 누야ː누나.

"도련님은 어디 게시며 뉘 딕 자제오며 어디가졍35) 가신잇가?"

디답ᄒ난 말이,

"경상도 안동 김할님의 아들노셔 과거 보로 가다가 비에 쏘기 드려오니 님할님 딕이랴 ᄒ나 주인이 아히나 어른 지잔키36) 디졉ᄒ니 스부가 자제랴. ᄒ로밤이랴도 잘 지니난이다."

그전에은 문을 열고 드려가니 총각이 도랴션다.

님쇼졔 ᄒ난 말이,

"도랴셜 거 업ᄉ이다. 이 지경에 엇지 니외 잇사오릿가? 나은 님할님의 짜리웁고 도련님은 김할님의 자제오니 님할님의 ᄯᆞᆯᄒ고 비셔(配婿) 부름 면약ᄒ고 십뉵 세만 셩혼(成婚)홀 나흔37) 줄 아르신잇가?"

"예 드려 아난이다."

"ᄯᅩ 드른이 숀여38)집은 가운(家運)이 불길ᄒ야 부모 니외 구몰(俱沒)ᄒ시고 황낙ᄒ기39) 되니 퇴혼(退婚)ᄒ고 다른 드로 구혼혼다 말이 오른잇가?"

"드려심네."

"그려ᄒ면 도련님 마음에도 그리ᄒ오릿가? 오날날노 알 수 업시나 일후 알기 ᄒ지심네라. 야심 삼경(三更)에 ᄒ치 못혼 여ᄌᆞ가 귀공ᄌᆞ을 디ᄒ야 이른 말 ᄒ난 거션 여ᄌᆞ 힝실이 안이오나 부모 졍혼 비필을 부모 죽어다고 퇴혼(退婚)ᄒ니 지아 원통히셔 쏙니40)을 아자고 문난이다."

공ᄌᆞ와 쇼졔 셔로 보니 만고에 절식이고 봉황(鳳凰)의 비필이요 원낭(鴛鴦) 짝이로다. 셔로 마음 아연(啞然)ᄒ야41) 염 : 불망(念念不忘)42) 싱각이랴 님쇼졔 ᄒ난 말이,

---

35) -가졍 : -까지.

36) 지잔키 : '계신 듯이'로 추측됨.

37) 낳 : 나이.

38) 숀여 : 소녀.

39) 황낙ᄒ다 : 황락(荒落)하다. 거칠고 쓸쓸하다.

40) 쏙니 : 속내. 속마음이나 속사정.

41) 아연ᄒ다 : 아연(啞然)하다. 놀라서 어안이 벙벙하다.

42) 염염불망(念念不忘) : 자꾸 생각나서 잊지 못함.

"잇지을 안흐오릿가?"

김공ᄌ 흐난 말이,

"니의 마음 제일이제 부모 마음 씰더 업스이다."

"그려흐면 연월일시(年月日時) 박아 수장수포(手章手票)흐여 주시오."

"그리흐오리다."

무진(戊辰) 팔월(八月) 초삼일(初三日)에 님쇼제 김공자가 셔로 만니 빅연(百年)과 삼싱가약(三生佳約)⁴³⁾ 금실우지(琴瑟友之)⁴⁴⁾ 동고략지(鐘鼓樂之)⁴⁵⁾ 월노승(月老繩)⁴⁶⁾ 인연 빗ᄌ 파거 보고 가난 질⁴⁷⁾에 다리고 가기로 단: 언약이랴. 님쇼제가 바다 간수흐고 먹을 가랴 숀바닥에 찌거니냐 압가심⁴⁸⁾에 찌거주며,

"화류장안(花柳長安) 됴흔 고더 청누미식(靑樓美色) 만스온더 이걸 보고 손여을 잇지 마시요."

흐고,

"**평**안이 지무시오⁴⁹⁾."

흐로 쉬여 경셩으로 올나갈 씨 금전을 만이 주여 보니고 김공ᄌ 오기 고더 흐든이 부량(不良)흐다 외삼춘 권공달이 그 골⁵⁰⁾ 이방흐고 의논흐야 삼쳔금을 바다먹고 리방 아들흔트로⁵¹⁾ 보니기 작졍흐고 술이로은 안이될 줄 알고 흐로밤에 교군(轎軍)⁵²⁾ 흐인 보니 강포로 다리간다.⁵³⁾ 님쇼제와 동성 차

---

43) 삼싱가약(三生佳約): 삼생을 두고 끊어지지 않을 아름다운 언약.

44) 금실우지(琴瑟友之): 비파와 거문고의 음조가 서로 잘 어울려 즐거운 분위기를 자아내듯이, 부부 사이가 좋은 것을 말함.

45) 동고락지(鐘鼓樂之): 부부 사이의 화목한 정을 이르는 말.

46) 월노승(月老繩): 월하노인(月下老人)이 가지고 다니며 남녀의 인연을 맺어 준다고 하는 주머니의 붉은 끈.

47) 질: 길.

48) 압가심: 앞가슴.

49) 지무시다: 주무시다.

50) 골: 고을

51) -흔트로: -한테로. -에게로.

52) 교군(轎軍): 가마.

영이와 비ᄌ(婢子) 차란이 블을 써고 고담을 보다 드른이 인마 쇼리 요란ᄒ
기 고이적어54) 안ᄌ든이 각증에 비ᄌ(婢子)가 드려오고 하인이 달나드려 쇼
제을 가미 엿코 부지거쳐(不知居處) 가난지라. 차영 차란이 울며 싸라간들
어더을가 알 슈 인나. 밤나지로 통곡만 ᄒ고 지닌든이 소문이 차ᄂ난더 외삼
촌이 이방집으로 보닌다 ᄒ나 엇지ᄒᆯ고? 님소제은 거게 가셔 음식을 전펴ᄒ
고55) 병드려다 모괴ᄒ고56) 김공자 오기만 지다리고 세월만 보닌든이 그려구
로 김공자은 과거ᄒ야 압뒤 광더 거나리고 님할님딕 차자온다. 차영 차란이
됴혼 드시 셕반을 더접ᄒ고 석상을 물인 후에 문 박게 와셔 **더성통곡**(大聲痛
哭) 우난 말이,

"우리 익씨57) 외삼촌이 이 골58) 이방 **자식ᄒ흔트로** 삼천 금을 밧고 파랴셔
지금 이방집에 잇스오나 성예(成禮)은 안이ᄒ고 공자 도련님 오기만 **바러** ᄒ
더이다."

김공ᄌ 그 말 듯고 분기(憤氣)가 팅천(撑天)ᄒ야59) **아인** 밤에 그 골에 드
려가셔 삼문(三門)60)을 쑤다리고61),

"문을 여랴!"

ᄒ통ᄒ니 본관이 암작62) 놀니 문을 여혀준이 신원이 드려가 셔로 인ᄉᄒ온
후에,

"단원 님할님의 짜리 이방 머나리63) 되야 올쇼? 이 골 토주(土主)64)로 안

---

53) 다리가다 : 데려가다
54) 고이적다 : 괴이쩍다. 이상한 느낌이 있다.
55) 전펴ᄒ다 : 전폐(全廢)하다. 아주 그만두다.
56) 모괴ᄒ다 : 모계(謀計)하다. 계교를 꾸미다.
57) 익씨 : 애기씨. 아기씨.
58) 골 : 고을.
59) 팅천ᄒ다 : 탱천(撑天)하다. 분하거나 의로운 기개가 북받쳐 오르다.
60) 삼문(三門) : 대궐이나 관아 앞에 있는 세 문.
61) 쑤다리다 : 두드리다.
62) 암작 : 깜짝.
63) 머나리 : 며느리.
64) 토주(土主) : 토주관(土主官). 백성이 자기 고을 원을 이르던 말.

자 쳐스을 그리ᄒ오?"

본관 ᄒ난 말이,

"나은 알 수 업쇼."

"전후 스기가 이려:ᄒ오."

이방 잡아 문쵸ᄒ니,

"지 죄가 아니오랴 신부의 삼촌이 그리ᄒ여난이다."

쇼제은 직지 본가로 방송(放送)ᄒ고[65] 이방은 칼을 씨니 ᄒ옥ᄒ고 본집으로 도랴 와셔 쇼제 공즈 못너:질기ᄒ고 이도 쪼흔 할님이랴. 본집으로 상셔 (上書)ᄒ다. 그 편지에 ᄒ여시되,

충주 단원 님할님의 짠님ᄒ고 면약혼인(面約婚姻) ᄒ여든이 우연이 그 집 가셔 결혼ᄒ고 과거ᄒ야 나리온 질 쏘 드려가니 외무주장(外無主張)[66] 휘황 ᄒ니 셩예ᄒ고 다리고 가오릿가? 엇지ᄒ만 됴ᄒ오릿가? ᄒ셔(下書)을 곳 후 읍쇼셔.

답장이 오기을,

네의 마음 그려 ᄒ거든 셩예ᄒ고 권구(眷口)[67] 다리고 도문 흐기 온느랴. 본관으로 상긱(上客)[68] 셔고 관청식(官廳色)[69]으로 잔치 장만히야 셩예을 ᄒ온 후에 삼 일을 유숙(留宿)ᄒ야 신힝질[70] 모도 츠리고 도문질 압뒤 화동 (花童) 거나리고 안동으로 나려온이 힝츠가 굉장ᄒ다.

시부모들 머나리 두고 보니 효셩도 지극ᄒ고 인물도 졀식이고 힝신번빅 두고 볼스록 세상에 우리 자부(子婦) 쳥이 온듯 시부모가 이지중지 사랑ᄒ야 못너:ᄒ여든이 셕달 후에 아들은 셔울 가셔 구스(求仕)ᄒ고[71] 자부 다리고

---

65) 방송ᄒ다:방송(放送)하다. 잡았던 것을 놓아서 보내주다.

66) 외무주장(外無主將):집안에 살림을 맡아 할 만한 남자가 없음.

67) 권구(眷口):한집안의 식구.

68) 상긱(上客):혼인 때에 가족 중에서 신랑이나 신부를 데리고 가는 사람.

69) 관청식(官廳色):조선시대에 수령(守令)의 음식물을 맡아보던 구실아치.

70) 신힝질:신행길(新行-). 혼행길. 결혼할 때 또는 결혼 후 인차 신랑, 신부가 신부집이나 신랑집으로 떠나는 길.

71) 구스ᄒ다:구사(求仕)하다. 벼슬을 구하다.

자미 나기 세월을 보니 ㅎ로은 노팔 할미 픠물72)을 가지 와셔 즈부 보고 ㅎ
난 말이,

"충주 단원 님할님딕 쳐즈로다. 쳐즈 씨로 힝실이 부정ㅎ고 그 골 이방 머
나리 되 갓든이 엇지 어게 잇난고?"
ㅎ니 이상ㅎ 머나리가 섭의(涉疑)ㅎ73) 듯 ㅎ로밤에 니외 안자 픠믈장시 말
을 ㅎ니 시부게 ㅎ난 말이,

"알 수 인난가?"

"져는 알거시랴. 셔울 져흔트로 편지ㅎ여 보시."

이방놈이 돈만 삼쳔 금 도젹 마즈고 자부(子婦)도 못 삼고 **분**ㅎ 마음 충양
업셔 노파 씨기74) ㅎ 거시고 셔울노 **편**지 왕니홀 줄 알고 중간 요술을다 작
희(作害)ㅎ다75). **이**팔쳥 졀문 여자 질가에 식주가(色酒家)로 안치 노코,

"안동 김홀님딕 ㅎ닌으로 셔울 간다 ㅎ거들낭 인스을 극진ㅎ고 묘흔 술 묘
흔 안주 갑 안 밧고 취토록 만이 **주**여 자고 가랴 말유ㅎ고 술이 취희 자거들
낭 **보**다리76)에 셔울 가난 편지을 쎼가지고 오기더면 너 홀 **도**리 잇다."
ㅎ고 신:부탁ㅎ여든이 며칠 후에 어인 스람 가기에 드려 안즈 술 달나고 말
을 ㅎ다. 힝인을 수식ㅎ 중 의심 나셔 식주가 ㅎ난 말이,

"젼양반 **어**딕 잇쇼?"

"나은 안동 스오."

"어딕 가오?"

"셔울 가오."

"엇지 가오?"

"우리 진스님이 아들흔티 셔간(書簡) 가지 가요."

---

72) 픠물 : 패물(佩物). 사람의 몸치장으로 차는, 귀금속 따위로 만든 장식물. 가락지, 팔찌,
   귀고리, 목걸이 등.
73) 섭의ㅎ다 : 섭의(涉疑)하다. 의심스럽다. 확실하지가 아니하여 믿지 못할 만한 데가 있다.
74) 씨기다 : 시키다.
75) 작희ㅎ다 : 작해(作害)하다. 해를 주거나 끼치거나 하다.
76) 보다리 : 보따리.

반기ᄒ**며**,

"술 자시오."

됴흔 안주 너여노코 은권ᄒ고 다정ᄒ**미** 층양 업다. 나무 집 ᄒ인으로 그른 디졉 못 보다가 **평성**에 처음 보니 양디로 술을 먹고 술갑설 무르오니,

"일모(日暮)도 ᄒ여시니 자고 가시오."

져 하인 몸 됴와랴고,

"그려면 ᄌ고 가지요."

퓌믈쟝ᄉ ᄒ난 말이 이방 머너리 되다 ᄒ고 쳐ᄌ 씐도 쇼문 낫다 ᄒ니 너 난 아나? 자시 답쟝ᄒ여랴.

ᄒ 거설 그 편지 씌고 이방이 씐 편지은,

너 셔울 간 후 집에셔 변이 낫다. 둉놈 아무기ᄒ고 상관(相關)되야 위싀[77] 을 당홀 지경이다. 엇지홀고? 네 답쟝 보고 죠쳐홀 거시니 속:답쟝ᄒ여랴.

그 이튼날 ᄒ인이 셔울 가셔 할님ᄒ티 편지을 올인이 긔탁(開坼)[78]히 보고 상을 펴지 안코 편지 본 후 흔심을 지리 쉬고 답쟝에 ᄒ여시되,

그려ᄒ나 져려ᄒ나 지가 지금 실주셔 **변**을 셔니 져 가도록 엄치(嚴治)ᄒ시 만 지가 가셔 됴쳐ᄒ**오**리다.

답쟝 바다가지고 나리오면 어셔 밧비 그 **주막**에 가고져와 속:나리온다. 주 막쟝 싁주가가 **반기**ᄒ며,

"잘 단이오시오?"

탐:관곡ᄒ니[79] 지금 시절 갓트**만**[80] 여ᄉ(如事)랴 홀 수 잇제만은 그 씐로 말ᄒ면 나무 ᄒ인으로 그런 디졉 처음이랴. 엇지 돈지 주난 디로 술과 안**주** 취포(醉飽)ᄒ기[81] 먹고 나셔 져셩[82]인지 이셩인지 홍몽천지(鴻濛天地)[83]

---

77) 위싀:우세. 남에게셔 비웃음을 당함.

78) 긔탁:개탁(開坼). 봉한 편지나 서류를 뜯어 봄.

79) 관곡ᄒ다:관곡(款曲)하다. 매우 정답고 친절하다.

80) -만:-면. 경상 방언.

81) 취포ᄒ다:취포(醉飽)하다. 잔뜩 취하고 배부르다.

82) 져셩:저승. 사람이 죽은 뒤에 그 혼이 가서 산다고 하는 세상.

83) 홍몽천지(鴻濛天地):천지가 개벽할 때에 사물의 구별이 판연하지 않은 판. 여기서는

되여셔라. 쏘 편지을 쎄여 니야 이방을 갓다준이 그 편지 쎄여너고 져 손으로 그 글씨갓치 써셔 답장흔다.

본디 부덩 쇼문 난 거설 사람 흐도 이상히셔 부모젼에 아리지 안히든이 쏘 집에셔 괴변(怪變)이 낫다 흐니 흐졍(下情)[84]에 블가흐옵나이다.

흐여드랴.

그 잇튼날 흐인이 질을 쎠나 안동 본틱을 나려 가셔 편지 올인이 세: 이 보고 흔슘지고[85] 안모친을 보고 니자(內子)[86]을 오랴 흐여 즈부 쫏기로 작졍흐고 일을 주선흐되,

"져 이상 머나리을 차마 말 못흐고 무고이 쏘 칠 수 업시니 엇지홀고?"

안노인 흐난 말이,

"박졀흐기 말흐 수 업고 추우은 나고 친졍 동싱이 혼거로 수십 이 밧게 산디 의복 히주고 오랴 흐고 오날밤에 흐인을 단속히야 교즈 타이시 외가 간다 흐고 중노 가셔 바리고 오랴 흡시다. 요량히셔 홀랴"

그날 밤에 동을 불너 이려: 흐고 보너어랴. 남낭자은 그 일을 엇지 알고? 시부모 씨긴 디로 가난지랴. 십 이을 가여든이 가미 노코 업드리 우난 말이,

"싯익씨: 우리 싯익씨 어디 가기로 우리 딕만 못흐오릿가?"

낭즈가 암작 놀너,

"왼 말인야?"

"익씨은 몰나지요. 음힝(淫行)으로 부졍흐다고 쫏난 질이로쇼이다. 져들이 흐기 짜랴가셔 보호을 흐기심네다."

"니가 죄가 잇기 쫏기난기랴. 뉘을 원망홀고? 죽으나 사나 니 혼자 갈기랴. 너난 도라가거랴."

혼즈 나셔 갈나 흐니 구시월 세단풍(細丹楓)에 찬바람은 숄: 불고 셔리은 오셰 마즈 눈이로다. 단식 잉부(孕婦) 비을 불너 촌보(寸步)을 갈 수 업고

야심 삼경 지푼[87] 밤에 지척(咫尺)을 엇지 알며 어디을 향ᄒ올가 죽어보가 사랴볼가 죽즈 ᄒ니 누명을 닙고 죽어 귀신도 더렵도다.

복중(腹中)에 드난 아은 아들인지 쌀이 될지 알 수 업시나 스랴나셔 가장(家長) 보고 누명이나 벗고 죽난 거시 올타 하고 날 시도록 거름[88] 거려 날이 시니 사방에 사람이랴 갈 고지 바이업다[89]. 산골작에 수머다가 셕양판에 또 나섯다 혹시 욕을 볼가 머리은 살발ᄒ고[90] 전신(全身)에 다 흑칠ᄒ고 의복은 다 쩌너고[91] 논드리이며 밧들[92]이나 천방지축(天方地軸) 가다 보니 일모도궁(日暮途窮)[93] 져무려다 비은 고파 기진(氣盡)ᄒ고 춥기은 엇지 그리 추워든고. 그려구로[94] 이틀이랴. 강원도 춘천 땅을 드려섯다. 쇼ː낙목(蕭蕭 落木)[95] 쩌려져서 만학천봉(萬壑千峰)[96] 싸이엇고 동산에 도든 달을 구만장천(九萬長天)[97] 쳐량ᄒ고 청천(靑天)에 쁜 기력[98] 짝을 츠자 울면 간다. 눈물 지고 ᄒ난 마리,

"져게 가난 져 기력이 안동 검제[99] 가거들낭 우리 동싱 차영이와 너의 몸동 계[차]란이 보거들낭 너의 쇼식 전희주고 져여 노주은 어디 간 줄 모를기랴. 싱전에 다시 볼가. 너의 팔자 기박ᄒ야[100] 됴실부모(早失父母) 구몰(俱沒)ᄒ고 천힝으로 부모 정흔 인연 미즈 ᄒ날 갓튼 가장 덕에 시딕을 와여든

---

87) 지푸다ː깊다.
88) 거름ː걸음.
89) 바이업다ː바이없다. 어찌할 도리나 방법이 전혀 없다.
90) 살발ᄒ다ː산발(散髮)하다. 머리를 풀어 헤치다.
91) 쩌너다ː쩨내다. 찢거나 배어 가르다.
92) 밧들ː밭들. 밭으로 된 들판.
93) 일모도궁(日暮途窮)ː날은 저물고 갈 길은 막혀 있음.
94) 그려구로ː그러구러. 그럭저럭 일이 진행되는 모양.
95) 쇼ː낙목ː소소낙목(蕭蕭落木)ː쓸쓸히 나뭇잎이 떨어짐.
96) 만학천봉(萬壑千峰)ː첩첩히 겹쳐진 깊은 골짜기와 수많은 산봉우리.
97) 구만장천(九萬長天)ː구만리장천(九萬里長天). 아주 높고 먼 하늘.
98) 기력ː기러기.
99) 검제ː'검재'를 의미함. 현재 안동시 서후면 금계리에 해당된다. '금계(金溪)'는 순수 우리말로 '검재'라 함.
100) 기박ᄒ다ː기박(奇薄)하다. 팔자, 운수 따위가 사납고 복이 없다.

이 비옥(白玉) 갓튼 너의 일신(一身) 누명 입고 부모혼티 쑈기난이[101] 어디가 신원(伸寃)홀고? 명: 혼 하날님은 쇼: 명감(昭昭明鑑)[102] 아시나 말 업시니 뉘가 알고?"

달그름이 살피보니 무신[103] 집이 잇거날 자시[104] 보니 막(幕)이로다. 그 막에 드려가셔 기진(氣盡)ᄒ야 누여시니 밤시난 비: ᄒ고[105] 삼경(三更)에 쓰난 달은 막 쏙으로 빈치오고[106] 사방은 적: 인적이 고요ᄒ고 금강산 부난 **바람** 빅셜(白雪)이 살난(散亂)ᄒ야 막 쏙으로 드려온다. 그날에 산졈(産漸)[107] 잇셔 닷시 엿시 굴문 간장 혼미 중에 아을 난이 산모은 기절ᄒ고 아히은 우름 운다.

잇찌에 동늬 사난 김돈지[金同知]가 수천 셕 부즈로다. 그날 밤에 꿈을 ᄭᅮ니 시막[108]에셔 청용(靑龍)이 여의주(如意珠)을 물고 등천(登天)혼다. 끼고 본이 디몽(大夢)이랴. 아들 업고 쌀도 업셔 두 늘근이 의지ᄒ야 수천 셕 세간 사리 전홀 고지 바이업다. 몽됴(夢兆)을 싱각ᄒ고 직지 시막을 나와 보니 엇잔 신부인이 아을 나여 혼자 울고 산모은 죽어셔랴. 블을 쩌고 자시 보니 활달ᄒ기 남자랴. 기진(氣盡)ᄒ셔 기절이랴. 급: 히 집에 가셔 **머역국**[109]을 만이 ᄒ고 밥을 지고 이불ᄒ고 가미 교군 동연[110]을 다리고 나와 안즈 산모을 구료(求療)ᄒ니 굴며셔 가믈신디[111] 국과 밥이 제일이랴. 국밥을 권: (勸勸)ᄒ니 그 국밥을 먹은 후에 정신이 도랴와셔 사방을 도랴보니 아들은 나여시

---

101) 쑈기다 : 쫓기다.
102) 쇼쇼명감 : 소소명감(昭昭明鑑). 사리가 밝아
103) 무신 : 무슨.
104) 자시 : 자세히.
105) 비비ᄒ다 : 비비(霏霏)하다. 부슬부슬 내리는 비나 눈의 모양이 배고 가늘다.
106) 빈치오다 : 비치다. 비치게 하다.
107) 산졈(産漸) : 해산할 기미. 산기(産氣).
108) 시막 : 새막(-幕). 새들을 쫓기 위한 목적으로 논밭 가에 지은 막.
109) 머역국 : 미역국.
110) 동연 : 종년.
111) 가믈시다 : 자물시다. 까무러치다.

나 평싱 쵸면(初面) 못 본 사람 사오 인이 국밥 권히 죽은 사람 살이셔랴.

"엇더할 인부가 이디지 관곡ᄒ오?"

김동지 ᄒ난 말이,

"안동니 김동지로 몽됴 디몽(大夢)이랴. 이갓치 익을 씬다."

쇼기 이불 아을 싸고 가미 터니 다리고 집에 가셔 흔칠[漆]을 공경ᄒ니 아히은 외와달갓치 부려(富麗)ᄒ고 산모난 천ᄒ에 일싴(一色)이고 빅亽범절(百事凡節) 요됴숙여(窈窕淑女)112) 처음 본 듯 수양딸을 사문 후에 **친딸**갓치 친손ᄌ 갓치 질너너니 일신(一身)은 편ᄒ오나 가**장**(家長) 싱각 동싱 : 각쥬쇼(晝宵)로 간절ᄒ야 수문 눈물 셰월 가기 지다린다. 츳영이 게란113)이은 어디 간지 알 수 업셔 쥬쇼로 눈물이랴. 김할님은 집으로 나리와셔 부모전에 문안ᄒ고 안히을 무르오니,

"네의 편지 보온 후에 아무 달에 쏫츳니다."

셔로 편지 너여 보니 사 : 이 다 틀이다. 이방놈의 간게(奸計)로다. 김홀님은 버실ᄒ로 셔울 가며 충주(忠州) 단원 드려가셔 이방을 금옥(禁獄)으로 엄수(嚴囚)ᄒ고 주셔(注書)114) 실직(實職) 번을 선다.

그려구로 셰월 만아 십 연이랴. 님낭자은 수물 아홉 되여 잇고 아히은 열 사리랴. 셔당에 공부ᄒ니 일남첩기(一覽輒記)115) 지주 잇고 인물이 옥골(玉骨)이랴. 김동지도 익지중지(愛之重之) 친손자(親孫子)에 다름업시 공**부**ᄒ기 권 : ᄒ고 그 모친도 유식(有識)호 부인이랴. 아들 공부 **권** : ᄒ며 친됴부(親祖父) 아부지 셩과 일홈 가랴친다. 셔당에 가기더면 셔당군에 일등이랴. 다른 아들 못ᄒ다고 미을 치고 그 아히을 비됸(非尊)ᄒ니 여려 아들 미워ᄒ야 상놈의 자식이랴. 셔름116)이 자셩(自盛)ᄒ니 그 아히가 용쑴 꾸고 낫다고

---

112) 요됴숙여 : 요조숙녀(窈窕淑女). 말과 행동이 품위가 있으며 얌전하고 정숙한 여자.

113) 앞부분에서는 '차란'으로 썼음.

114) 注書 : 조선시대 승정원의 정7품의 벼슬 또는 그 직에 있는 사람. 實職 : 실무를 보는 문무관의 벼슬

115) 일람첩기(一覽輒記) : 한 번 보면 다 기억한다는 뜻으로, 총명하고 기억력이 좋음을 이르는 말.

일홈이 몽길(蒙吉)이랴. 흐로은 모친흔티 울며 문난 말이,

"어마가 나을 난가? 김동지가 참 **외분가?** 니의 스젹 갈치주기 츠 : 로 안난
이랴. 셔당 아들이 상놈의 즛식이고 상놈의 외손이랴 셜버셔 못살긔쇼! 안
갈치만 죽을지랴!"

홀수업셔 흐난 말이,

"네의 고향은 안동(安東) 김진스(金進仕) 아무씨으 손자요, 할님학스(翰林
學士) 김도준의 아들인디 나 나올 젹에 실주셔(實注書)로 잇다든이 지금은
무신 버실흐며 너 외가은 충주(忠州) 단원 님홀님 외손(外孫)이랴. 국녀에
스부로다."

그 말을 드른 후로 셔당에 가만 양반으로 자칭(自稱)흐고 호령이 추상(秋
霜)[117]갓다. 흐로은 초군(樵軍)[118]드리 소을 타고 셔당 압펴 지닉가니 몽길
(蒙吉)이가 호령흐며,

"양반 압펴 쇼 타고 간다!"

흐며 잡아오랴 호령흐니 쵸군 흐너 됴놈이 다 머시고 쇼 기[119]에 **나려** 쓰다
가 목이 부려져셔 죽은지랴. 글노[120] 살인(殺人)이 되와 몽길이가 원범(原犯)
이랴 살인죄인(殺人罪人) 되여다고 클 칼 씨니 옥에다 가다두니 지금 세상
갓트진디 살인을 흐다 흐도 이십 연 진역(懲役)이고 사형선고 뿐이온디 긋쩌
세상은 살인을 당흐오면 만석이랴도 풍비박산(風飛雹散)[121]이랴. 황츠(況
且)[122] 김동지 상놈으로 오직홀가 금시관(檢屍官)[123]이 드려온다 명스관(明
査官)[124]이 드려온다 흔 달 두 달 쓰이너도 김동지가 그 아히을 살이랴고 수

---

116) 셔름 : 설움.
117) 추상(秋霜) : 가을서리가 초목을 시들게 한다는 데로부터 '위엄이 도도하여 무서운것'
    을 비유하여 이르는 말.
118) 초군(樵軍) : 나무꾼
119) 기 : 귀.
120) 그것으로 인해
121) 풍비박산(風飛雹散) : 사방으로 날아 흩어짐.
122) 황차(況且) : 하물며
123) 검시관(檢屍官) : 검시(檢屍)하는 관리

천 석 세간사리 흔 푼 업시 다 업시다. 결쳐(決處)125)가 안이 되와 일 연을 다 가도록 결쳐을 홀 슈 업셔 명문(明文)으로 보고ᄒ고 셔울노 장계(狀啓)126) ᄒ니 시찰관(視察官)127)이 나리온다. 시찰관이 뉘길는고. 김할님이 나리오나 몽길 모즈 엇지 알며 어너 뉘가 안단 말가. 김동지 밤나지로 우난 말이,

"지물이 업소오니 엇지히야 살이너[닐]고?"

통곡(痛哭)으로 이달흔다. 흔 달만에 명수관 시찰관이 춘천골에 드려왓다. **삼일 후에** 살인 죄인 잡아올이랴 영이 나니 김동지 **너외와** 몽길모가 삼문(三門) 밧게 지디ᄒ야 엇지ᄒ고 드려본다. 삼척동자(三尺童子) 옥골(玉骨) 아히 큰 칼 씨고 드려오니 김할님안 마음에 져기 무신 살인홀가 칙은심(惻隱心)이 **절**노 드려 큰 칼 벅기 문 압펴 세와노코 온ː순ᄉ 문난 말이,

"네가 살인 죄인인야?"

"예, 져을 살인죄인이랴 **함네다.**"

"윈말인고 자시 말ᄒ여라."

"안동너 쵸군(樵軍)들이 쇼을 타고 셔당 압펴 지너가기 양반 압펴 쇼 타고 간다고 호령ᄒ니 지가 쇼동(小童)을 죽인다고 나리다가 지 목 지가 부려져셔 죽은 거셜 쇼동을 살인죄인이랴 ᄒ고 **일** 연을 가치오니 우리 외됴부(外祖父)가 나 ᄒ나 살이랴고 수천 석 ᄒ든 세간 다 업시고 시찰관이 나리시나 살일 수가 업다 ᄒ고 지금 우리 모친과 삼문 밧게 지디ᄒ난이다."

"그려ᄒ면 본디 여게 사람이가? 어디셔 왓난?"

"예, 우리 고향은 안동이고 외가은 충주 단원인디 쇼동의 됴부(祖父)은 진ᄉ온디 김씨 아무 자요, 우리 부친은 급제ᄒ야 할님 버실 ᄒ옵다. 우리 모친

124) 명사관(明査官) : 조선시대 감사(監司)가 파견한 임시관원. 범죄 등 중대사건을 자세히 조사하게 하기 위하여, 각 도의 감사가 특별히 보냈다.

125) 결쳐(決處) : 결정하여 조처함. 죄인에 대한 형벌을 집행하던 일.

126) 장계(狀啓) : 왕명을 받고 지방에 나가 있는 신하가 자기 관하(管下)의 중요한 일을 왕에게 보고하던 일. 또는 그런 문서.

127) 시찰관(視察官) : 조선 후기에, 내부(內部)에 속한 주임관 벼슬. 대신관방의 참서관의 아래이며, 정원이 네 명이다.

나올 적에 셔울 가셔 실주셔 번을 선다 드니 무신 버실 ᄒ여시며 외됴부은
님할님 도학씨랴 ᄒ더이다."

시찰관이 눈물이 비 오듯ᄒ야 말 못ᄒ고 안자다가 다시 문난 말이,

"나이 멋치오면 일홈은 무어시고 너 부친 일홈은 뉘랴 하노?"

"예, 김기준 김할님이랴."

"그려ᄒ면 엇지ᄒ야 여게 사노?"

"시부모게 쪽긴 모친 나을 비야 김동지 시막에셔 나신 고로 김동지가 다리
다가 수양여(收養女) 삼아기 싱아ᄌ(生兒子)도 부모요, 활아ᄌ(活兒子)도
부모랴. 호부(呼父)ᄒ고 잇ᄉ오니 너기에 외됴부랴 우리 모다 정 : 모발[頂踵
毛髮]128) 살인 누명 입고 오날가정129) 사난 거시 외됴부에 덕이온이다."

시찰관이 싱각ᄒ니 정영흔130) 자기 아들이랴. 와략 쓰여 목을 안고 디셩통곡
우난 말이,

"네가 정영 귀신인야? 사람인야? 우리 부ᄌ 십 연 후에 오날날노 만너실
줄 쑴메나 아랴실가! 너의 모친 오랴 ᄒ랴."

잇쩌 님부인이 문틈으로 살피보다가 아들 안고 우난 거설 보니 십 연이 될
지랴도 가장(家長) 얼고 말쇼리 모르올가 불문곡직(不問曲直) 드려가셔 목
을 안고 통곡ᄒ니 김동지 너외도 흔기131) 와셔 통곡ᄒ며 시찰관이 우리 외숀
부친이랴 쑴이 디몽인디 허수이 죽으올가 반가운 스럼 만너오만 더옥 셔름
이나 난기랴. 님부인이 흔 손으로 가장 소미 부여잡고 쪼 흔 숀으로 아들 잡
고 과거 가다 만너 일과 급제ᄒ야 도문(到門)흔기 신힝(新行) 온 일 가장은
셔울 가고 당싴 잉부(孕婦)로 아인 밤중 쫏기난 일이며 사오 일 굴문 간쟝
(肝腸) 아들 나코 시막에셔 죽을 지경 당흔 거설 수양부가 다리다가 우리 모
ᄌ 살인 이을 세 : 셜화ᄒ니 김시찰도 죽은 안히 죽은 아들 김동지의 정성으
로 살이다고 친지인으로 못니 : 치ᄉ하고 그려찬이 살인은 히ᄉ리고132) 김동

---

128) 정종모발(頂踵毛髮) : 이마와 발뒤꿈치와 털과 터럭이라는 뜻으로, 온몸을 이르는 말.

129) -가정 : -까정. -까지.

130) 정영ᄒ다 : 정녕(丁寧)하다. 틀림없다. 확실하다.

131) 흔기 : 함께.

지와 집에 가셔 더옥 : 충찬ᄒ며 수천 셕 쎄긴 세간 제 : 이 다 찻고 안동 **본틱**
에 이스기로 부모젼에 편지ᄒᆫ다. 젼후ᄉ가 이려ᄒ니 엇지ᄒ오릿가? 그 부모
도 편지에 쏙은 거셜 흔탄ᄒ고 그 **자부**을 죽어는가 사라난가 일상 싱각 간졀
ᄒᆫ 중 암작 놀닉 다리고 쇽히 오랴 답장ᄒ고 님츠영이 노주 반기ᄒ야 **천방지**
방(天方地方)133) 춘천으로 직지 가셔 남민 노주 셔로 만녀 죽은 남민 다시
본 듯 김동지의 세간에며 장인 장모 다리시고 쳐즈은 압세우고 쳐남 흔기 본
틱(本宅)으로 나리오니 시부**모**가 영접나와 ᄒ도 : 반가와셔 인ᄉ은 갓 곳 업
고 셔로 안고 통곡 :

"네의 고상ᄒ난 거션 시부모의 **죄**악이랴. **죠**고만치 감졍마랴."

부모 가장 동기 노주 다시 만녀 아들 **다시** 사형졔랴. 이별 업시 빅연희로
(百年偕老) 됴흘시고 흥□비리(興盡悲來) 고진감너(苦盡甘來)은 여ᄉ 인난
지랴. 춘연(初年) 운슈 불지ᄒ나 중분 말분 복이로다.

이 가ᄉ 보기더면 고상 끗티 영화 보고 영화 끗티 경ᄉ로다. 어와 세상 사
람드랴 이 가ᄉ 보실 적에 열여(烈女)랴고 충숑ᄒ쇼. 신ᄉ 구월 중양일 등셔
랴 오자낙셔 위지 마쇼.

---

132) 히ᄉ리다 : 미상.

133) 천방지방(天方地方) : 너무 바빠서 이리저리 분주히 돌아치는 상태를 이르는 말. 천방
지축(天方地軸).

새로운 고시조 작품의 발굴과 검토

1. 머리말

시조만큼 우리 조상들이 오랜 기간에 걸쳐 향유했던 시가는 없다. 그것은 고려 말엽에 이미 형식을 갖추고 있었고, 조선 시대에는 모든 사람이 가창할 정도였다. 근대 이후로 시조는 음악보다는 문학으로 존재 방식을 바꿔서 자리를 잡았지만, 아직도 끈질긴 생명력을 유지하고 있다.

시조의 전승 방법도 구전에서 문자로 정착되는 과정을 거치고 있다. 특히 조선후기부터 근대 시기로 이어지는 시기에는 여러 시조집이 나왔고, 근대 이후로 학자들이 본격적으로 시조를 수집하거나 정리하였다. 1960년대에는 정병욱이 2,376수를,[1] 1970~80년도에는 심재완이 3,335수를[2] 정리하여 주석서를 출간하였다. 그 이후로 박을수는 5,492수를 수집하고 체계화시켰고,[3] 이제는 5,763수에 이르고 있다.[4] 한편,

---

1) 정병욱, 『시조문학사전』, 신구문화사, 1966.
2) 심재완, 『교본 역대시조전서』, 세종문화사, 1972.
  _____, 『정본 시조사전』, 일조각, 1984.
3) 박을수, 『한국시조대사전(上下)』, 아세아문화사, 1992.
4) 박을수, 『한국시조대사전(별책 보유)』, 아세아문화사, 2007.

다른 연구자들도 부수적으로 새로운 시조작품을 발굴하여 학계에 보고하고 있는 바, 머잖아 시조는 6,000여 수에 이를 전망이다.

필자는 몇 년 전에 고시조집인 『고금명작가』를 발굴하여 학계에 보고한 바가 있었다.[5] 그것에 수록된 78수에서 9수는 당시 학계에 보고되지 않았던 새로운 작품이었다. 그러다가 필자는 근래에 한지 두루마리에 55수가 기록된 새로운 시조 자료를 다시 입수하였다.[6] 그것에는 12잡가의 하나인 <평양가>와 <선유가>를 제외한 53수의 고시조가 필사되어 있었다. 이 중에는 학계에 보고되지 않은 새로운 작품 5수를 확인할 수 있었다. 그리고 학계에 보고된 작품이지만 이본 가치가 있는 작품 8수가 있었다.

따라서 이 자료에는 몇몇 새로운 시조 작품들이 포함되어 있는 바, 발굴적 측면에서 점검하고 검토할 필요가 있다. 먼저 자료를 검토하고 시조 작품을 분석하도록 한다. 마지막으로 이들 작품을 부록으로 첨부하여 제공하도록 하겠다.

2. 발굴 자료의 검토

자료는 202×25.5cm 크기의 두루마리 한지에 기록되어 있다. 그것에는 원형(○) 표시 아래에 모두 55수의 시작품이 모필로 필사되어 있었다.[7] 이들은 시조 작품이었고 마지막 부분에 12잡가 중의 <평양가>와

---

5) 구사회·박재연, 「새로 발굴한 고시조집 『고금명작가』연구」, 『시조학논총』 21집, 2004. 7, 46~76쪽.

　　　　　　　, 「새로 발굴한 고시조집 『고금명작가』의 재검토」, 『한국문학연구』 27집, 2004.12, 205~232쪽.

6) 편의상 『시조집』(구사회 본)으로 부르기로 한다.

7) 그런데 (51)번에는 하나의 원형(○) 표지 아래에 두 개의 시조 작품이 함께 기록되어

<선유가>가 기록되어 있었다.

<평양가>와 <선유가>는 19세기 말엽에서 20세기 초·중반에 서민들 사이에서 많이 불린 12잡가이다. 잡가는 시대적으로 조선 말기에서 1930년대까지 성홍했던 노래이며 시가 장르의 하나이다.[8] 그것에는 우리말 사용이 많고, 표현 내용에서도 인간의 희로애락을 솔직 담백하게 드러내고 있다. 12잡가의 하나인 <평양가>와 <선유가>가 들어 있는 것으로 미루어 이 자료는 19세기 말엽에서 20세기 초기에 나온 것을 추측할 수 있다. 게다가 자료에는 잡가 <선소리>의 시조화, 시조가 판소리 단가인 <운담풍경(雲淡風輕)>의 일부로 전화되는 것이 확인되고 있다. 이것은 이 자료가 그 시기에 필사되어 나왔을 가능성을 말해준다.

작자명과 작품을 실은 시조집을 살펴보자. 자료의 시조 53수 중에서 19수는 역사적으로 실재했던 인물이 지은 것이다. 이들 시조 작품은 기록된 시조집들이 서로 겹치지만 분량상으로 『악학습령(樂學拾零)』(20수), 『청구영언(靑丘永言)』(11수), 『해동가요(海東歌謠)』(5수), 『악부(樂府)』(8수) 등의 순서이다. 그리고 작자로는 기녀였던 황진이(黃眞伊)의 작품을 비롯하여 김상헌(金尙憲), 이정보(李鼎輔), 정충신(鄭忠信)의 시조가 보인다. 작가 중에는 실학자 김육(金堉)의 시조도 있고, 김천택(金天澤)과 가까웠던 가객 김유기(金裕器)의 시조 작품도 들어 있다. 시기적으로는 여말선초의 이존오나 정도전의 작품이 보이고, 개화기 전후의 홍선대원군 이하응(李昰應, 1820~1898)의 시조가 실려 있다.

있다. 필사자의 착오로 보인다. 왜냐하면 앞의 작품은 박을수의 『한국시조대사전』에서는 <1108>번에, 뒤의 작품은 <3646>번과 같은 시조이기 때문이다.(박을수, 앞의 책.)

8) 정재호, 「잡가」, 『한국문학개론』(한국문학개론 편찬위원회), 1991, 184쪽.

【5】

不親이면 無別이요 無別이면 不相思라

相思不見 相思懷은 不如無情 不相思라

自古로 英雄豪傑이 일노白髮.(1913)[9]

이것은 『가곡원류(歌曲源流)』(一石本)이나 『시가요곡(詩歌謠曲)』에
실려 있고 홍선대원군이 지은 작품으로 알려졌다. 화자는 영웅호걸도
이별 때문에 늙는다고 한탄하고 있다. 1910년도에 원세순(元世洵)이
편찬한 『속악부인(續樂府引)』에는 <별리한(別離恨)>이라는 이름으로
한역되어 있다. 이것이 홍선대원군의 작품이 맞는다면, 이 자료는 개
화기 전후까지 내려온다는 것을 확인할 수 있다.

표기법을 통해 이 자료의 필사 시기를 추정할 수 있다. 자료를 보면
먼저 'ㆍ'가 아직 많이 사용되고 있다. 'ㆍ'는 20세기 초까지 사용되었고
1933년에 이르러서야 폐지되었다. 그리고 '쯧슨'ㆍ'쏀이로다'ㆍ'꼿피거
든'ㆍ'쑬여시'ㆍ'쑤르록'ㆍ'락시쩐' 등에서처럼 'ㅅ'계 합용병서가 많이
쓰이고 있다. '꼿피거든'에서처럼 음절말자음이 'ㄱ, ㄴ, ㄹ, ㅁ, ㅂ, ㅅ, ㅇ'
에 국한되었던 것도 19세기에 아주 일반적인 현상이었다.[10] 그리고
'쏀'은 19세기 자료에서 근대국어의 모습이기도 하다.[11] 이러한 'ㅅ'계
합용병서 표기는 1896년 4월에 나온 독립신문 창간사에서도 많이 쓰
인 근대국어 특징의 하나이다.

ㅓ > ㅡ의 변화도 19세기 후반에 나타나는 하나의 현상이다.[12] '솔리

---

9) 이하 작품 말미에 괄호로 묶은 일련의 번호는 굳이 밝히지 않더라도 모두 박을수의
『한국시조대사전』을 따른 것임.

10) 송민, 「19세기 천주교 자료의 국어학적 고찰」, 『국어국문학』 72-73집, 국어국문학회,
1976, 293쪽.

11) 민현식, 「19세기 국어에 대한 종합적 검토」, 『국어국문학』 149집, 국어국문학회, 44쪽.

12) 민현식, 위의 논문, 41쪽.

읍시'(19번), '늠노는데(30), '간곳읍고'(35번) 등에서 찾을 수 있다. '어졔런들'(18)', '힝기로운'(26) 등의 'ㅣ'역행동화도 19세기에 광범위했던 현상이다. 이들 기록은 19세기 이전에 나타난 표기법이나 음운 현상이 없는 것이 아니나 전체적으로 19세기 후반의 표기법이다.

3. 시조 작품의 분석

자료를 살펴보면 몇 가지 특징이 있다. 첫째, 전체 55수 가운데 3수는 아직 학계에 보고되지 않은 새로운 고시조 작품이다. 둘째, 평시조가 확장되어 사설시조로 바뀌는 작품이 1수가 있다. 셋째, 시조가 잡가나 판소리 단가와 양식 변화를 가져온 작품 2수가 있다. 넷째, 새로운 시조 작품은 아니지만 이본적 가치의 시조 작품 8수가 있다.

3.1. 새로운 고시조 작품

【7】
莘野에 耕田홈은 伊尹에 경윤이요
三顧에 草廬홈은 孔明에 王任才라
三代後 正大人物은 武候런가 ᄒ노라

【42】
偶然히 朋友을 만나 萬端說話ᄒ 然後에
金樽美酒로 玉盤佳肴 盛備로다
玉郎아 잔 가득 술 부어라 취코놀게

【47】
雲雨양터 初夢이 다졍ᄒ다 이 사랑에 연분 비헐데도 견여웁다

너는 죽어 곳치되고 나는 죽어 나비되여 三春이 다진토록 써나숫지
마즌든니
人間이 말리 만고 조물좃차 시긔ᄒ니신 情이 未洽ᄒ여 이달을사 이별
이야
광풍에 놀닌 봉졉이 가다가 돌치는 듯

위의 세 시조는 아직 학계에 보고되지 않았거나 시조 자료집에 없
는 새로운 작품이다.[13] [7]은 삼국시대 촉한의 재상이었던 무후(武候)
를 찬양하는 시조이다. 무후는 제갈량(諸葛亮)의 시호이다. [42]는 벗
과 담론하고 좋은 술과 안주를 마련하여 취하도록 즐긴다는 취락적인
시조 작품이다. [47]에서는 남녀의 사랑과 이별을 노래하고 있다. 아직
학계에 보고되지 않은 사설시조이다. 이것은 평시조였다가 텍스트가
확장되면서 사설시조로 바뀌었을 것으로 보인다. 여기에서 '너는 죽어
곳치되고 나는 죽어 나비되여'나 '조물좃차 시긔ᄒ니'와 같은 구절은
당시 유행하던 가사·민요·잡가·판소리에서 자유롭게 넘나들며 쓰인
관용구이기도 하다.

3.2. 텍스트 확장의 시조 작품

먼저 이번에 나온 자료에는 평시조가 사설시조로 확장되어 바뀌는
경우가 있다. 사설시조인 [26]은 이전에 부르던 평시조(3495)가 확장된
것이다. 확장의 방법으로는 '①평시조의 어느 구절을 부연적으로 대치
하는 경우, ②평시조의 어느 부분과 관계가 있는 새로운 정보를 첨가
하는 경우, ③평시조의 어느 부분과 대등한 어구를 열거하는 방법, ④
평시조의 중심 단어에 대한 수식을 가하여 부연하는 방법' 등이 많이

---

13) 박을수, 앞의 책, 1992·2007.

쓰인다.14) 이 자료집에서는 ①의 방법이 쓰인 것으로 보인다.

【26】
자네집이 조흔 술이 낫다흐니 날 한번 쳥흐여 술맛슬 뵈소
나도 너집 草堂압헤 힝기로운 곳피거든 자네 한번 쳥흐여
花柳구경시큼세
곳피자 술잇고 나비와 춤춘니 쉬고놀세

자늬 집의 술 닉거든 두듸 날 부르시소
草堂에 곳 피여든 나도 자늬 請흐옴식
百年덧 시름 업슬 일을 議論코져 흐노라 (3495)

전자는 이번 자료에 기록된 사설시조이고, 후자는 이미 알려진 평시
조이다. 비교해보면, 이들은 서로 같은 의미구조를 지니고 있다. 자료
집에서 나온 사설시조 【26】은 이미 존재하던 평시조의 초장과 중장에
어구 표현을 덧붙여 확장하고 있다. 평시조의 '곳 피여든'이 사설시조
에서는 '힝기로운 곳피거든'으로, '나도 자늬 請흐옴식'가 '자네 한번
쳥흐여 花柳구경시큼세'로 바뀌는 것에서 알 수 있듯이 이것은 평시
조의 어느 구절을 부연하여 대치하는 경우이다. 반면에 사설시조의 종
장은 평시조의 종장 전체를 다른 표현으로 대치하고 있다.

3.3. 양식 변화의 시조 작품

이들 발굴 작품 중에는 잡가나 판소리 단가의 일부를 떼어 시조로
전환된 경우가 있다. 또한, 시조 작품이 잡가나 판소리 단가의 생성 과
정에서 포섭되어 양식 변화를 가져온 경우도 있다. 시가의 장르적 교

---

14) 신은경, 『고전시 다시 읽기』, 보고사, 1997, 146쪽.

섭에 대해서는 통시적·공시적 차원에서의 만횡청이 민요나 잡가 등
과 맺는 관계를 논의하면서 환기한 바 있었다.15) 그리고 박애경은 19
세기의 문화적 환경, 그 안에서 배태된 연행의 관습과 구술성을 주목
하면서 시조와 잡가가 맺는 양상이 특정한 모티프 혹은 진술 방식의
공유라는 차원을 넘어 담론을 생성하는 기반의 공유, 더 나아가 이질
적인 문화권 간의 접촉이라는 의미를 지니고 있다고 보았다.16)

아래 <보기 1>은 잡가의 일종인 <선소리> 중의 '잦은산타령'이고,
【6】은 이번에 새로 찾아낸 자료에 기록되어 있는 시조 작품이다.

> <보기 1>
> 청산의 저 노송은 너는 어이 누웠느냐 풍설을 못 이겨서
> 꺾어져서 누웠느냐, 에헤
> 바람이 불랴는지 그지간 사단을 뉘 안단 말이요
> 나무 중동이 거드럭거리고
> 억수 장마 지랴는지 만수산에 구름만 모여든다, 에헤
> (중략)
> 좌우 산천 바라보니 청산은 만첩이요 녹수는 구곡이라
> 미록은 쌍유 송죽간이요 일출 동방 불로초라
> 그곳에 운학이 장유하니 선경일시 분명하다, 에헤
> 만물초 구경하고 개잿령 올라 보니
> 금강산 일만이천봉이 분명하다, 에헤
> 일락 서산 해는 뚝 떨어지고 황혼이 되었는데
> 동령 구름 속에 달이 뭉게 두렷이 저기 솟아온다, 에헤
> (이하 생략)17)

---

15) 조규익, 『만횡청류의 미학』, 박이정, 2009, 11~201쪽.
16) 박애경, 「조선후기 시조와 잡가의 교섭 양상과 그 연행적 기반」, 『한국어문학연구』 41
　집, 2003, 271~291쪽.
17) http://kr.blog.yahoo.com/yena0428/1462958

【6】
靑山은 萬疊이요 綠水은 九曲이라
美鹿雙游 松竹間이요 日出東方 不老草라
이곳에 雲鶴이 長游ᄒ니 놀고갈가

　<선소리>는 '산타령(山打令)'이라고도 하며 서서 부르는 노래의 뜻에서 나왔다. 그것은 노래와 발림, 그리고 춤으로 구성된 판마당 소리의 하나이며 현재도 전해지고 있다. 고도의 음악성과 대중성을 동시에 지니고 있는 이 <선소리>는 '놀량-앞산타령-뒷산타령-잦은산타령'의 순서로 이어진다.

　그런데 여기에서 <보기 1>의 밑줄 친 '잦은산타령'의 일부를 떼어서 【6】의 시조로 전화(轉化)시킨 것을 확인할 수 있다. 물론 이것은 시조가 민요나 잡가로 수용되는 반대의 경우를 상정할 수도 있다. 어찌되었든 【6】은 형태적으로 시조 형식에 들어맞고 있으며 내용상으로 문제될 것이 없다. 【6】은 기존의 시조집에 없는 새로운 작품이다. 그리고 여기에서 흥미로운 것은 이를 통해 조선 말기의 잡가와 시조가 교섭하며 서로 넘나드는 현상을 확인할 수 있는 사례이다.

　다음은 시조가 판소리 단가의 일부로 수용된 경우이다. <보기 2>는 판소리를 부르기 전에 목을 풀기 위하여 부르는 단가이고, 【20】은 자료에 필사된 시조 작품이다.

　<보기 2>
　　운담풍경근오천(雲淡風輕近午天) 소거(小車)에 술을 싣고
　　방화수류과전천(傍花隨柳過前川) 십리사정(十里沙汀) 내려가니,
　　넘노나니 황봉백접(黃蜂白蝶) 쭈루루 풍덩 옥파창랑(玉波滄浪) 떠오나니 도화(桃花)로다.

붉은 꽃 푸른 잎은 산영행수(山影行水)를 그림허고
나는 나비 우는 새는 춘광춘흥(春光春興)을 자랑 헌다.
어데 메로 가겠어라.
한 곳을 점점 내려가니 언덕 위에 초동(樵童)이요
석벽 하(石壁 下)에 어옹(漁翁)이라.
새벽 별 가을 달빛 강심(江心)에 거꾸러져
(이하 생략)18)

【20】
雲淡風輕 近午天에 小車에다 술을 실고
芳花隨流ᄒ여 前川으로 니려간니
어디셔 부르는 벗임네는 學少年인가

먼저 <보기 2>는 판소리 단가인 <운담풍경(雲淡風輕)>이다. 이 단가
는 <죽장망혜>·<만고강산>과 함께 봄날의 산천경치를 즐기는 것을
내용으로 삼고 있다. <운담풍경>이라는 단가 명칭은 가사의 첫머리에
'운담풍경근오천(雲淡風輕近午天)'이라는 시구에서 나왔는데, 이 구절
은 본디 중국 송나라 정호(鄭顥)의 <춘일우성(春日偶成)>의 시구를 차
용한 것이다.19) <운담풍경>은 일제강점기에 활동했던 판소리 명창 강
태홍(姜太弘, 1893~1957)과 김초향(金楚香, 1900~?)이 즐겨 불렀다.
　하지만 이것은 일제강점기에 갑자기 생겨난 것이 아니고 이전 시기
부터 내려오던 민요나 시조를 고쳐서 판소리 단가로 만든 것이다. 왜
냐하면 <운담풍경>은 그것에 앞서 오희상(吳憙常)이 1852년에 편찬한
가곡집인 『현학금보(玄鶴琴譜)』에 수록되고 있었기 때문이다.20) 그것

---

18) http://blog.daum.net/jsh925/7858372
19) http://zhidao.baidu.com/question/299667212.html
　<春日偶成> : 雲淡風輕近午天, 傍花隨柳過前川, 時人不識余心樂, 將謂偸閑學少年.

에서 <운담풍경>은 계면(界面) 이수대엽(二數大葉) 남창(男娼)으로 불
리고 있었다.[21]

　위의 【20】을 <보기 3>과 비교해보자.

　<보기 3>
　雲淡風輕 近午天에 小車에 술을 싯고
　訪花 隨流ᄒ야 前川을 지나 가니
　사롬이 알 리 업쓴이 혼자 논들 엇덜이

　<보기 3>은 조선 후기에 활동했던 삼주(三洲) 이정보(李鼎輔, 1693~
1766)의 시조 작품으로 【20】의 선행 작품이다. 따라서 일제강점기에 지
어진 판소리 단가인 <운담풍경>은 전승되던 이정보의 시조 일부를 가
져다가 판소리 단가를 생성시키고 있다는 것을 알 수 있다. 여기에서
판소리 단가가 시조 양식을 채택하여 양식을 변화시키는 것을 확인할
수 있다. 여기에서 【20】은 새로운 시조 작품이 아닌, <보기 3>의 이본
가치가 있는 작품이다.

　한편, 19세기 말엽에서 20세기 초엽에 작성된 것으로 보이는 이 발
굴 자료에서는 시조가 잡가 또는 판소리 단가와 교섭하면서 양식 변
화를 가져오고 있다는 점에 주모할 필요가 있다. 먼저 이번 발굴 자료
는 본디 읽기 위한 것이 아닌, 가창하려고 작성된 것이었다. 그리고 시
조와 잡가, 판소리 단가 등이 함께 기록되었다는 점에 유의할 필요가
있다. 이를 통해 짐작할 수 있는 것은 기록자로 보이는 창자가 시조와
잡가, 그리고 판소리 단가 중에서 어느 특정 양식이 아니라 모두를 공

---

20) 권오성, 「『玄鶴琴譜』解題」, 『한국음악학자료총서』 34집, 국립국악원, 1999, 60쪽.

21) 『玄鶴琴譜』와 관련된 가창 방식에 대해서는 신경숙의 다음 논문을 참조하기 바란다.
　　(신경숙, 『조선후기 시가사와 가곡 연행』, 고려대학교 민족문화연구원, 2011, 13~85쪽.)

유해서 불렀을 것이라는 점이다.

이 과정에서 이들 양식이 교섭되고 착종하면서 양식의 변화를 가져왔을 가능성이 많다. 또한, 이러한 양식의 변화는 전근대에서 근대로 넘어오는 19세기 말기에서 20세기 초기에 더욱 두드러졌다. 이 시기의 시조·가사·잡가·민요·판소리 등은 각각 독자적으로 가창되면서도 서로 착종되며 교섭되고 있었다. 뒤이어 그것에 창가나 찬송가, 서구 가요가 밀려오면서 기존의 노래 양식들이 변선 과정을 거치게 된다. 한 마디로 단정하기가 어렵지만 이 과정에서 시조는 다른 노래 양식과 교섭하면서 양식적 다양성을 갖게 되었지만, 한편으로 가창 기반을 상실하는 처지로 내몰렸을 가능성이 있다.

3.4. 이본 가치의 시조 작품

자료에는 이본적 가치가 있는 시조 8수가 있다. 이들 시조 작품은 초·중·종장에서 하나 이상이 바뀐 것인데, 주로 종장에서 바뀌고 있다. 이들 작품을 제시하면 다음과 같다.

【14】
忠臣는 滿朝廷이요 孝子烈女는 家∶在라
和兄弟 樂妻子와 朋友有信 ㅎ올이다
우리도 養志聖孝을 曾子갓치.

작자 미상의 작품이다. 이 자료에 필사된 시조는 초장과 중장이 『한국시조대사전』과 같다. 하지만 종장인 '至今에 雙傳키 어렵거든 大舜曾子'(4240)과 달라지고 있다.

【17】
山아 뭇논니 古今事을 네 알이라
晋代 英雄 豪傑드리 누구누구 지나든고
日後에 묻는니 잇거든 나도한게.

이는 삼관(三貫) 임중환(林重桓, ?~?)의 시조 작품이다. 오늘날 그의
시조가 27수나 전해지고 있다. 중장과 종장이 『한국시조대사전』의 ‘英
雄 豪傑 몃몃치며 絶代佳人 누구런고, 져 山이 問而不答ㅎ고 聽而不
聞’(2040)과 달라지고 있다.

【20】
雲淡風輕 近午天에 小車에다 술을 싣고
芳花隨流ㅎ여 前川으로 니려간니
어듸셔 부르는 벗임네는 學少年인가

이는 『해동가요』에 기록된 이정보(1693~1766)의 작품에서 종장이
변형된 것으로 보인다. 종장의 ‘사롬이 알 리 업쓴이 혼자 논들 엿덜
이’가 ‘어듸셔 부르는 벗임네는 學少年인가’로 바뀌고 있기 때문이다.

【25】
待人難이라 出門 重~ㅎ니
月掛山頭 杜鵑啼破ㅎ고 夜五更이라
紗窓前 獨坐ㅎ여 明月夜 長嘆息이노다.

작자 미상의 작품으로 초장 일부가 다르다. 그리고 ‘아마도 자나지
중에 대인난인가’(1174)에서 달라지고 있다.

【32】
너졍은 靑山이요 님에 情은 綠水로다
綠水는 흘을만졍 靑山이야 變홀손야
至今에 山불변 水自류 ᄒ니 그를 슬어.

작자를 알 수 없다. 『근화악부』에도 실려 있다. 초장과 중장은 거의
같다. 다만 종장이 '녹수도 청산 못 니저 밤새도록 우러 녠다'(827)와
다르다.

【37】
十年을 경영ᄒ여 草堂 한간 지엿드니
半間는 淸風이요 ᄯ 半間은 明月이라
아마도 淸風明月은 너 사랑인가.

이것은 조선 중기의 성리학자인 김장생(金長生, 1548~1631)의 시조
작품으로 보인다. 『악학습령』이나 『청구영언(진본)』에 실려 있는 작품
과는22) 의미 구조가 변하지 않고 표현이 대치되고 있다.

【45】
梨花桃花杏花 芳草들아 一年春光 限을 마소
너의는 그리ᄒ여도 與天地로 無窮이라
人生이 不得 更少年넌니 안니놀고.

작자 미상으로 『영산가』에 실려 있다. 초장은 서로 거의 같고, 중장과
종장이 바뀌고 있다. 『영산가』의 '녀난 명연 삼월이면 드시 피어 올여니

---

22) 박을수, 앞의 책, 2570번.

와 인싱 한 번 도라가면 귓불귀라'(5683)에서 대치된 것으로 보인다.

【30】
너집을 차질 양이면 뭇지안고 못찻느니
村名은 梨花村이요 당호는 菊花당이로셔
庭邊에 鶴이 놀고 난봉공작이 늠노는데 시비에 청삽사리 遠客을 반기
  ᄂ 듯
日後에 문는이 잇거든 鸚鵡드러 물으면 자연알 듯.

  작자를 알 수 없는 사설시조이다. 이것은 박을수의 『한국시조대사
전』에 실려 있는 832번 작품과 동일한 작품으로 여겨지고, 의미 구조
도 달라지지 않았다. 일부에서 어휘나 어순이 도치되거나 대치되고 있
을 뿐이다.

4. 맺음말

  이 논문은 필자가 근래에 발굴한 시조 자료에 대한 논의이다. 자료
에는 고시조 53수 이외에도 12잡가인 <평양가>와 <선유가>가 두루마
리 한지에 함께 실려 있었다.
  먼저 이 자료는 'ㅅ'계 합용병서, 음절말자음, 'ㅣ'모음 역행동화 등
의 사례를 통해 19세기 후기의 표기법을 사용하고 있었다. 작자가 확
인되는 것은 전체 53수에서 19수였다. 눈에 띄는 것은 그것에 흥선대
원군이 지은 시조가 포함되어 있었다는 점이다. 따라서 이 자료의 필
사 시기는 빨라도 19세기 후기 이후로 보인다. 필자는 그것을 19세기
말엽이나 20세기 초기로 보았다.

이어서 시조 작품을 분석해보았다. 자료에 실려 있는 시조 작품 중의 3수는 기존에 전혀 알려지지 않은 새로운 작품이었다. 그리고 평시조에서 사설시조로 텍스트가 확장되는 1수, 잡가인 <선소리>의 '잦은 산타령' 일부가 시조로 바뀐 작품이 있었다. 반대로 시조가 판소리 단가 <운담풍경(雲淡風輕)>의 일부로 전화(轉化)하는 사례가 있었다. 이들 중에서 평시조가 사설시조로 텍스트가 확장된 경우, 잡가 일부가 시조 양식으로 변화한 1수는 새로운 시조 작품으로 판단된다. 따라서 이번 자료에서 발굴된 새로운 시조 작품은 모두 5수이다(새로운 작품은 부록에 '●'으로 표지하였음). 한편, 시조의 일부가 바뀌거나 어구 표현이 대치(代置)되는 이본적 가치의 작품도 8수가 있었다.

이번에 나온 자료는 새로운 시조 작품 5수의 발굴 이외에도 조선말기의 잡가나 민요, 또는 판소리 단가가 시조와 서로 교섭하면서 양식의 변화를 가져온 경우를 확인할 수 있었다.이러한 양식의 변화는 전근대에서 근대로 넘어오는 19세기 말기에서 20세기 초기에 시조·가사·잡가·민요·판소리 등이 가창되면서도 서로 착종되며 교섭하고 있었기 때문이다. 게다가 뒤이어 창가나 찬송가, 서구 가요가 밀려오면서 기존의 노래 양식들은 많은 변전 과정을 겪게 된다. 한 마디로 단정하기가 어렵지만 이 과정에서 시조는 다른 노래 양식과 교섭하면서 양식적 다양성을 갖게 되지만, 한편으로 가창 기반을 상실하는 처지로 내몰렸을 가능성도 있다.

【부록】 고시조 원본

(새로 발굴한 시조는 작품 앞에 ●표시를 했음.)

○ 積雪이다진호 두 봄노ᄅ 울때 든 故鴻得意天涵空
이오 臥游焦心水動流나 童子야 ...

○ 三月三日李白桃紅九月九日黃菊丹楓 新春에
庭湖에달이 뜨다 童子 白玉盃 金樽에술이 있고
...

○ 春風花柳繁華時에 벗더부 ... 信陵孟嘗平原
客三千人을다 맛어 어ᄂᄂ 水門下食

● 蛾眉山月半輪秋에 赤壁江上無限景은 李謫仙
春信豪傑風游 ...

○ 不親이면 눈別이오 別이면 不想思라 古로英雄豪傑이
藕東波가 눈고 後에 英雄이나 ... 不想思 不見想思

○ 青山은萬疊이오綠水는九曲이라 鹿 ... 松杉聞

일노 日出東方不老草라 나무에 雲鶴이 노㈜노니 늬노깔가

○草野에 耕田ㅎ고 言은 伊尹에 졍승이보고
明山에 王佐才라 三代後ㅣ 大人物은 武候란가ㅎ노라 漢

○仙人橋 나린물이 紫霞洞으로흐르노니 半千年 玉葉에
물上태 분이 곳과 아래 나古國興亡을 물어노호이보

○空山에 寂寞혼듸 슬피우는 져杜鵑아 蜀國興亡이
어제오늘아니여늘

○明燭達夜호니 千秋에도 高節이요 獨行千里호니 萬
노生안이며 든로 今에되 내게 우러곱이여 노선느니

○古木에 도火義兵요 上山에 節義로다 武侯傳에
江村에 日首호니곳이 漢天모두 滿江船子를 북지

○汪村에 日首호니곳이 漢天모두 滿江船子를 북지
어告袍호는다 밤줒만이라 영에 산졍 꿈을철머라

○回頭山점의 안겨앗뒤 굽이보니 南业萬里

어제 보던 이시로되라 간 임이 졍녕 게시며 ᄯᅩᆯ 쳘가 ᄒᆞ노라

○金風이 부는 밤에 ᄯᅩ 무엇 일다지것다 實天明月夜에 길에
기우리 런긔 우리 客이야 잡 못 ᄒᆞ것고라

○忠臣은 滿朝廷이오 孝子烈女는 家~在라 和兄弟原
妻子와 朋友有信을 이다 우리도 養盡誠孝을 ᄒᆞ오리라

○잠ᄭᅢᆫ시 주다 말ᄋᆞᆯ ᄭᅩᆺ 天鵬시 웃ᄯᅮᆯ나라 九萬里長天에 비도
발고나 ᄯᅩ 도다 ᄉᆞᄆᆞᄃᆞ 날반飛鵬도 ᄂᆞᄆᆞ 서ᄂᆞᆯ

○親舊가 남에 이그리 有情ᄒᆞ고 ᄯᅢ는 밧갓고
못 보면 그리ᄒᆞ랴 마ᄃᆞ 有情ᄒᆞᆫ 情은 ᄉᆞ情이라실가

○山아 무듯네 古今事을 네알이라 晋代英雄高豪傑
드리 누구 누구 지나든고 日後에 문ᄂᆞ니 이거든 다 한게

○青春少年들아 白髮보고 웃들마라 공변된 하ᄂᆞᆯ 밋헤
드리 누구누구 지나든고

　　뒈는꼿이야 理도업스며 우리도 少年 行樂이어어

○世上의 五柳村에 道慶士에 몸이 되여 줄 돕닌거돕고
　　술솔리 닙서라 ㅎ 는라 너 臼鶴이 제지음흐에 두돗노

○雲淡風輕 近午天에 小車에다 술을실고 芽花隨流

　　흐써 奇川으로 바러 간니서 보르는 빗이밤에 는 浮少年이라

○西山에 외 天地라도거이업다 梨花日白호니 任意覺

　　에서로 船이아니오 누를꼴그며밤시도록

○青月山 里碧溪水야 ㅤ明月이滿空山호니 一渡蒼海言니
　　다시노기넙어라

○天地는萬物之逆旅요 光陰은百代之過客이라 夢浮生인이안이요
　　해엷이니 滄海之一粟이라두써라此事을

○조흔지오 술이요 즐거운지 술이라 즐거운이 발아

헝해나져물게라每日이니날갓트면무음소름

○ 待人難이라出門坐々호니月掛山頭杜鵑啼破을
고夜五更이라紗窓寄獨坐호때明月夜長嘆息호나

○ 자네집의조흔술이잇다호니발한번쳥호써술맛슨
뵈슌도되집草堂밧해히기로눈桃李거든사긔한번쳥

○ 高花柳구경시큼의자술먹고나비와춤춘니쉬나눌써
三更써슬믄취호五更樓에올나보니져山이子規

○ 魚或眠져호고碧天秋月는半入山半掛天에나져건너
一葉漁夫들아簫湘八景이어씌디더씨쉬든듯고

○ 黃山水들아들께梨白花을써거들고陶淵明차질여구
玉柳村차자간니萬中에슐듯눈노러는細雨歸醺이라

○ 菊花야너는써이高三月東風다바리고後千寒天혼저

너만ᄒᆞᆯ노뢰엇ᄂᆞᆫ애바마도 淸霜佳節을믜 셜인가

○ᄂᆡ집을차ᄌᆞ랴앙이면 뭇지말고 ᄒᆞ엿ᄂᆞ니 村名ᄋᆞᆫ梨花
村이오 菊花당이로며 律바쎄 鶴이놀고 ᄯᅡ라난봄 곳쟁이
눕ᄂᆞᆫᄃᆡ 시비ᄲᅢ 쳥삼사리 遠客을반기ᄂᆞ듯 月後쎄문
눈이잇거든 鴻鵠드러 무ᄅᆞ라면 자ᄂᆡ발ᄯᆞᆺ

○ᄲᅩᆺ치진다ᄒᆞ고 새들아우지마라 ᄇᆞ람이헷날린이
ᄯᅩᆺᄲᅦ라시안이로다가로라 헛것ᄂᆞᆫ봄을 시ᄅᆡ무삼

○ᄂᆡ졍을靑山이로넘ᄲᅦ情ᄋᆞᆫ綠水로다 綠水ᄂᆞᆫ흘ᄅᆞᆯ
山이아ᄌᆞ손ᄯᆞ今쎄山불면水自流흘ᄉᆡ 綠水ᄂᆞᆫ흘ᄅᆞᆯ을
靑山이풀ᄅᆞ다 흘ᄅᆞᆯ든雪中쎄도풀ᄅᆞᆯ손아 綠水ᄂᆞᆫ흘ᄅᆞᆯ을

○말업슨靑山이오 ᄯᅢ업슨 老長이로라 生涯ᄂᆞᆫ金三尺이오
ᄯᅢ업슨 풀ᄅᆞᆫ이 老長이로라 生涯ᄂᆞᆫ金三尺이오 西亭江上月이ᄉᆞᆯ

녀시밝灯ᄂᆞᆫㄱ 東閣에雪中梅더러고玩月長辭

○ 草堂에困히드ᄌᆞᆷ 鶴에소리놀ᄭᆡ여 鶴은곳
고드리ᄂᆞᆫ水聲이라 童子야싀…드ᄇᆡ라ᄭᅴ예
宮간곳음 銀

○ 달大將삼고 (곤中織女로先鋒삼아靑天에진을치고銀
河水건너갈졔 太乙아行軍을지촉ᄒᆞ여ᄌᆞ졍결잡게

○ 十年을經營ᄒᆞᄱᅨ草堂한간지엇드니 ᄒᆞᆫ간은淸風이오
半間은明月이라 江山은ᄃᆞ릴듸업서 淸風이오

○ 天皇氏一만팔신진을놀 堯舜에瀧掃건니 漢唐宋風
雨에기우러진거슬 堯ᄉᆞᆫᄯᅳ듸重修ᄒᆞ니
江湖에期約두고十年을분주러니 못ᄐᆞ른白鷗

○ 景星出慶雲與ᄒᆞᆫ日月이光化로다三皇禮樂이오
의손듸헐녓ᄂᆞ니와우리도星辰이皇에至重ᄒᆞ시미감고갈ᄲᅥ더

○五帝의文物이라四海로太平ᄒᆞ니萬姓同樂
구름이눈心ᄒᆞᆫ말이야마도虛嘆ᄒᆞ다中天에ᄠᅥ있어
ᄂᆡ임의로단이면되구러에光明ᄒᆞᆫ日月을가리ᄂᆞ구산

○偶然히明友을만나萬端說話로狀後에金樽美酒
로盤佳肴盛備ᄒᆞ고玉笛아잔가두술부어라취코놀게

○山中에눈曆日(ᄒᆞᆯ이節)가ᄂᆞ줄을못닛든가
입도다夜節이면丹楓물벌秋節이라ᄠᅥ져건너靑松
綠竹에白雪이자ᄌᆞ니춘節인가

○만햬쳔봄운섬쵀에두어앉빗ᄒᆞ늘바삼섨산분사밤을여
기졋기심빗ᄃᆞ니문젼에학탄신란비오랑사락

○李花桃花杏花芳草들아一年春光限을마ᄂᆞᆯ더ᄫᅵᄂᆞᆫ
그리ᄒᆞᆯ여도吳天에窮이라人生ᄋᆞᆯ更少年ᄂᆞᆫ이ᆝ뇨

○ 한풍셜류한속이조민덕장으려고핫츔의에진을치되

左靑龍관운장右白虎장익덕南朱雀趙子龍世

玄武馬趙그가운디黃한슈이黃金갑옷두구

졋게스고八尺長釰눈우의번듯들어거치챳근는日光

불갈의고함셩은天地震動할제曹操배百萬兵

大兵이제여미살아갈이아마도三십天下彷 中에

신지천모사고품명현방임인가

○ 雲雨양딘初夢의다졍훈다시샤랑에넌분비헐데長短

며음다너는즁써샷치될라나는즁써나비되며三春

이다진토록떠나소거마즈든니人間이말리만고조물

곳차시기훈니신情이未合훈에달을사이별이야

狂風써놀닌봄졀이가다가돌치는듯

○ 白鷗는 ᄒᆞᆫ나 大同江上飛去ᄒᆞ고 長松은 落落 靑有碧

上顚ᄅᆞᆯ라 大야 돔두点ᄒᆞ 山ᄭᅢ 夕陽은 비치엿고 長녕

一面으로 水ᄭᅢ 一葉 魚艇을 ᄭᅳᄉ어 大醉ᄒᆞ고 작이나 ᄒᆞ

波ᄒᆞᆫ 錦繡 凌羅島로 任去來ᄒᆞ게

○ 大丈夫功成身退之後 林泉에 草堂 짓고 萬卷書

附外에 ᄡᅡᆺ고 奴僕ᄉᆞ겨 밧갈여 千金駿馬 솔질ᄒᆞ고

보라ᄆᆡ 기들여두고 絶代佳人 겻ᄒᆡ 두고 金樽에 술을녹

ᄒᆞ고 碧梧桐 거문고 시ᄉᆞᆯ언져 두오뭄부ᄭᅢ 엿고 南風

詩를 諸孟子에 ᄡᅥ 屛襴燭 月에 누엇슨니 耳目之所好

와 心志之所 ᄎᆡ이 이뿐인가

○ 젝갈냥은 천중쳔금호고 편안젹ᄃᆞᆨ은 의젹범안

ᄒᆞ다 밋가션 겁다 화을도 죠은 각ᄭᅢ 조민 덕을살

○ 우단말가아도 츈베을 졈젼커든 한슈 젼 후지라

○ 달이 낫갓치 발근 밤베 물구가 노갈 비기아 샬니 물무름
소고길 누두르록 불 구갈졔 노식 불젼 흥네 흐든 츠네
임의마 춤 졔 군너 一틈 굿은 姜太公의 조티로다 又玉을 너네

가고 빈틔 홀노 짓셔 연노 주夕陽베 물찬 졔비만 오락가락

○ 북소러둥너는 젼긔 너다 듯니 써면 꼬天山 地山白雲
之一味之 名山 니노 諸佛笑 利那 刹 이라마도 遠近 니 聞

鐘聲 울니다 잇나 부다
　　　　　　　　평양가

○ 갈가 보갈 리 갈가 모다 친 밤 불다 못 먹근 부모 慈悲
다니 발 흘니 임을 싸라 림과 두러 갈이 갈 가부다 분

붓는다 물 이 불 붓는다 평양 셩어 불니 붓난다

평양 셩니 불니 불 부트면 널 쳔 집이 힝여 붏갈 셰라

월션이집이불리불붓드면육방관속니최졔굴

이라가셰ᄂᄂ놀너불가셰월션이집이놀리놀며

불가셰월션이나와소ᄆᆨ울잡고가셰ᄂᄂ수디어뎌드러

월가셰놋소ᄂᄂ노리놋소구으즁렴소ᄆᆨ놀이놋소

구리셔러진다헤ᄂ즁렴소ᄆᆨ둥이둥쇼뎔ᄡᅥ진다상쳔

즁쳔다풀나울너뎌셰못시당사셜노갈이가잠쳐곰

션뷰가

○ 가셰ᄂ자네가셰가셰ᄂ놀너울가셰ᄆᆨ굴라곰놀너

불가셰지두던기여라등뎌뎡지로놀너울가셰안

집이며뒷집비라가구객집기집티둘운쟝부

간잡다녹인다봉삼워게삼월호얏도봉ᄂ도라

불오소에나나에월션이돈빗소가든님은이져

[1]
積雪이 다진토록 봄소식을 몰낫드니
歸鴻得意 天濶空이요 臥游生心 水動流라
동자야 잔가득 술부어라 新春맛게.

[2]
三月三日 李白桃紅 九月九日 黃菊丹楓
金罇에 술이 잇고 洞庭湖에 달리로다
童子 白玉盃 竹葉酒 가지고 玩月長醉.

[3]
春風花柳 繁華時에 슷죽다 우난 져 슷죽다 시야
門下食客 三千人을 다못 먹여 네 우는야
至今에 信陵孟嘗平原春信 豪傑風游을 네 알손야.

[4]
蛾眉山月 半輪秋에 赤壁江上 無限景을
李謫仙 蘇東坡가 놀고남게 두운 뜻슨
日後에 英雄이 나는더로 이여놀게.

[5]
不親이면 無別이요 無別이면 不相思라
相思不見 相思懷은 不如無情 不相思라
自古로 英雄豪傑이 일노白髮.

●[6]
靑山은 萬疊이요 綠水은 九曲이라
美鹿雙游 松竹間이요 日出東方 不老草라

이곳에 雲鶴이 長游ᄒ니 놀고갈가.

● 【7】
莘野에 耕田홈은 伊尹에 경윤이요
三顧에 草廬홈은 孔明에 王任才라
三代後 正大人物은 武候런가 ᄒ노라.

【8】
仙人橋 나린 물이 紫霞洞으로 홀으느니
半千年 王業에 물로리 ᄲᆞᆫ이로다
아ᄒᆡ야 古國興亡을 물어 무엇ᄒᆞ리요.

【9】
空山이 寂寞ᄒᆞᆫ데 슬퍼우는 져 杜鵑아
蜀國 興亡이 어졔 오날 안이여든
至今에 ᄃᆡ나게 우러 남이 이을 ᄯᅳ느니.

【10】
明燭達夜ᄒ니 千秋에도 高節이요
獨行千里ᄒ니 萬古에도 大義로다
世上에 節義兼傳커든 漢壽亭候신가.

【11】
江村에 日暮ᄒ니 곳:이 어부로다
滿江船子들은 북치어 告祀혼다
밤중만이 리일성에 산경유을 혈이라.

【12】

白頭山 놉픠안져 압뒤들 굽어보니

南北萬里에 옛 生覺이 시로의라

간임이 정영 게시면 눈물질가 ᄒ노라.

【13】

金風이 부는 밤에 나무입 다지겟다

寒天明月夜에 길어기 우리런게

千里에 집쩌는 客이야 잠못일워 ᄒ노라.

【14】

忠臣는 滿朝廷이요 孝子烈女는 家:在라

和兄弟 樂妻子와 朋友有信 ᄒ올이다

우리도 養志聖孝을 曾子갓치.

【15】

감셩시 죽다말고 大鵬시 웃들마라

九萬里 長天에 너도 날고 나도ᄂ다

아마도 일반 飛鳥ᄂ 너나 너나.

【16】

親舊가 남이연만 어이글리 有情ᄒ고

보며는 반갑고 못보면 그리의라

아마도 有情無情은 사귈타신가.

【17】

山아 뭇ᄂ니 古今事을 네 알이라

晋代 英雄豪傑드리 누구누구 지나든고

日後에 문느니 잇거든 나도한게.

【18】
靑春少年들아 白髮보고 웃들마라
공변된 하날 밋혜 넨들 미양 졀믈손야
우리도 少年行樂이 어졔런들.

【19】
세상이 五柳村에 道處士에 몸이 되어
줄읍는 거문고을 솔리웁시 타는라니
白鶴이 졔 지음ᄒ여 우즐. :

【20】
雲淡風輕 近午天에 小車에다 술을 실고
芳花隨流ᄒ여 前川으로 너려간니
어디셔 부르는 벗임네는 學少年인가.

【21】
西山에 日暮ᄒ니 天地라도 가이 업다
梨花月白흔데 任生覺이 시로외라
杜鵑아 너는 누를 놀여 밤시도록.

【22】
靑山裏 碧溪水야 슈이 가물 ᄌ랑마라
一渡蒼海ᄒ면 다시 오기 얼여외라
明月이 滿空山ᄒ니 놀고갈가.

【23】
天地는 萬物之逆旅요 光陰은 百代之過客이라

世事을 헤알이니 渺蒼海之 一粟이라
두어라 若夢浮生인니 안이놀고.

【24】

조흔지 오날이요 질거운지 오날이라
즐거운 이날이 힝헤나 져물게라
每日이 이 날 갓트면 무슨 스름.

【25】

待人難이라 出門 重：ㅎ니
月掛山頭 杜鵑啼破ㅎ고 夜五更이라
紗窓前 獨坐ㅎ여 明月夜 長嘆息이노다.

● 【26】

자네집이 조흔 술이낫다ㅎ니 날 한번 청ㅎ여 술맛슬 뵈소
나도 니집 草堂압헤 힝기로운 쏫피거든 자네 한번 청ㅎ여 花柳구경시큼세
쏫피자 술잇고 나비와 춤춘니 쉬고놀세.

【27】

三更에 술을 취코 五更樓에 올라보니
연져 빅구는 或規魚 或眠져ㅎ고 碧天秋月는 半入山半掛天이라
져건너 一葉漁夫들아 簫湘八景이 이에셔 더 엇던튼고.

【28】

黃山水 돌아들제 梨花白을 썩거쥐고
陶淵明차질여구 五柳村차자간니
葛巾에 술듯는 소리은 細雨聲인가.

【29】

菊花야 너는 어이ᄒ여 三月東風 다바리고

落木寒天흔데 너만 홀노 피였는야

아마도 淸霜佳節은 너뿐인가.

【30】

너집을 차질 양이면 뭇지안고 못찻ᄂ니

村名은 梨花村이요 당호는 菊花당이로셔

庭邊에 鶴이 놀고 난봉공작이 늠노는데 시비에 청삽사리 遠客을 반기는 듯

日後에 문는이 잇거든 鸚鵡드러 물으면 자연알 듯.

【31】

쏫치 진다 ᄒ고시들아 우지마라

바람이 횟날인니 쏫에 타시 안이로다

가로라 휘젓는 봄을 싀의 무삼.

【32】

너졍은 靑山이요 님에 情은 綠水로다

綠水는 흘을만졍 靑山이야 變홀손야

至今에 山불변 水自류 ᄒ니 그를 슬어.

【33】

靑山이 풀으다흔들 雪中에도 풀을손야

綠水은 흘을망졍 풀은 빗츤 長이로다

지금에 山色辨水長靑ᄒ니 그을 죰.

【34】

世事은 金三尺이요 生涯는 酒一盃라

西亭江上月이 쑬여시 발갓슨니
東閣에 雪中梅다리고 玩月長醉.

【35】
草堂에 困히든 좀 鶴에 소리 놀나씨니
鶴은 丁寧 간곳읍고 드리는니 水聲이라
童子야 락시쩌 들여라 고기락게.

【36】
달로 大將삼고 牽牛織女로 先鋒삼아
靑天에 진을 치고 銀河水 건너갈 졔
太乙아 行軍을 직츅ᄒ여라 장경셩잡게.

【37】
十年을 경영ᄒ여 草堂 한간 지엿든니
半間는 淸風이요 쏘 半間은 明月이라
아마도 淸風明月은 니 사랑인가.

【38】
天皇氏 지으신 집을 堯舜에라 灑掃런니
漢唐宋 風雨에 기우런지 오리도다
우리도 聖主에 앗는니 重修홀가.

【39】
江湖에 期約을 두고 十年을 분쥬러니
못로는 白鷗는 더듸온다 헐연이라
우리도 聖恩이 至重ᄒ시미 갑고갈여.

【40】

景星出 慶雲興ᄒ니 日月이 光化로다

三皇禮樂이요 五帝의 文物이라

四海로 太平酒 비져 萬姓同醉.

【41】

구름이 無心탄 말이 아마도 虛嘆ᄒ다

中天에 떠잇셔셔 임의로 단이면서

구틔여 光明헌 日月을 갈여무삼.

●【42】

偶然히 朋友을 만나 萬端說話혼 然後에

金樽美酒로 玉盤佳肴 盛備로다

玉郞아 잔 가득 슐 부어라 취코놀게.

【43】

山中에 無曆日ᄒ니 節가ᄂᆞᆫ줄 몰낫더니

꽂피면 春節입도 다 度節이요 丹楓물면 秋節이라

져 건너 靑松綠竹에 白雪이 자ː슨니 冬節인가.

【44】

만학천봉 운심처에 두어 일앙 밧츨갈아

삼신산 불사약을 여기져기 심엇든니

문젼에 학탄 신관이 오락가락.

【45】

梨花桃花杏花 芳草들아 一年春光 限을 마소

너의는 그리ᄒ여도 與天地로 無窮이라

人生이 不得 更少年넌니 안니놀고.

【46】

한종실 유항슉이 조밍덕 잡으려고 한즁에 진을 치되

左靑龍 관운장 右白虎 장익덕 南朱雀 趙子龍 北玄武 馬超 그 가운디 황한승이 黃金갑옷에 봉투구 젓게스고 八尺長劍을 눈우의 번듯들어 긔치창금은 日光을 갈이고 함성은 天地을 震動헐졔 曹操에 百萬大兵이 졔어이 살아갈이

아마도 三分天下 紛∶中에 신디헌 모사는 공명션셩임인가.

●【47】

雲雨양디 初夢이 다졍ᄒ다 이 사랑에 연분 비헐데도 젼여웁다

너는 죽어 꼿치되고 나는 죽어 나비되여 三春이 다진토록 쩌나ᄉ지 마즈든니 人間이 말리 만고 조물좃차 시긔ᄒ니 신情이 未洽ᄒ여 익달을사 이별이야

광풍에 놀닌 봉졉이 가다가 돌치는 듯.

【48】

白鷗은 片〜大同江上 飛ᄒ고 長松은 落〜靑有 碧上翠라

大야동두 点〜山에 夕陽은 빗치엿고 長셩一面 용∶水에 一葉漁艇 홀이즈어

大醉코 작이슈波ᄒ여 錦繡 綾羅島로 任去來ᄒ게.

【49】

大丈夫 功成 新退之後 林天에 草堂짓구 萬卷書冊 싸아놋고

奴屬식켜 밭갈이구 千金駿馬 솔질ᄒ고

보라미 깃들여두고 絶代佳人 겻티두고

金쥰에 주슉ᄒ고 碧梧桐 거문고 시줄언져 물읍우에 놋고

南風詩을 話答ᄒ여 康衢烟月에 누엇슨니

耳目之所好와 心志之所樂이 이 쭌인가.

【50】
졔갈양은 칠종칠금ᄒ고 연인 장익덕은 의셕엄안 ᄒ다말가
션겁다 화용도 좁은 길에 조밍덕을 살우단말가
아마도 충의을 겸젼커든 한슈졍후신가.

【51】
달이 낫가치 발근 밤에 울구가는 길어기야
셜이울 물읍스고 길누 쑤르록 울구갈졔
소식을 젼ᄒ여 ᄒ든츠에 임이 마춤 겨근너.

【52】
一片石은 姜太公에 조디로다
文王은 어디가고 빈디 홀노 짓연는구
夕陽에 물찬 졔비만 오락가락.

【53】
북소리 둥: 나는 졀이 머다든니 어드면고
天山地山 白雲之下 一聲之名山이요 諸佛之大刹이라
아마도 遠近에 聞鐘聲ᄒ니 다 왓나부다.

【54】
평양가
갈가보다 갈리 갈가보다 자친밥을 다 못먹고 부모동성 다 이별ᄒ고 임을 싸
라 림과 두리 갈이 갈가부다
불붓는다 불이 불붓는다 평양셩니 불리 불붓는다
평양셩니 불이 불붓트면 월션집이 힝여 불갈셰라
월션이 집이 불리 불붓트면 육방관속이 죄졔홀이라
가셰: 놀너을 가셰 월션이 집이 놀리 놀여을 가셰

월션이 나와 소미을 잡고 가세 : 다 어셔 드러을 가세
놋소 : 노리놋소구요 죽렴소미 놀이놋소구려
쩌러진다 혜 : 죽렴소미 동이 동쩔어진다
상침즁침 다골나 울니여 셰모시 당사실노 갈이 가감 쳐줌셰.

[55]
션유가
가세 : 자네 가셰
가셰 : 놀너을 가셰
빈를 타고 놀너을 가셰
지두덩기여라 둥덩덩지로 놀너을 가셰
압집이며 뒷집이라 가구각집 기집이들은 장부간장 다 녹인다
봉삼월 게삼월 호양도 봉 : 도라을 오소에나
나에 월션이 돈밧소 가든임은 이겨.

제2부

고전시가의
새로 읽기

〈공무도하가〉의
가요적 성격과 디아스포라

1. 머리말

한국문학사에서 〈공무도하가〉는 〈구지가〉나 〈황조가〉와 더불어 가장 이른 시기에 출현했던 고대가요의 하나이다. 그동안 이들 가요에 대한 논의들은 나름대로 성과를 거두었다. 논란이 없었던 것은 아니지만 〈구지가〉와 〈황조가〉에 대한 논의는 많은 부문에 걸쳐 합의점에 이르렀다. 반면에 〈공무도하가〉에 대해서는 창작 시기와 국적 여부, 지리적 공간이나 가요의 성격 등과 같은 여러 문제를 두고 연구자들이 의견을 달리하고 있다.

이처럼 연구자들이 〈공무도하가〉에 대하여 합의점에 이르지 못한 것은 다음 몇 가지로 정리할 수 있다. 첫째, 가요에 대한 단서를 제공하고 있는 배경설화의 기록과 관련이 깊다. 〈구지가〉나 〈황조가〉에 비해 〈공무도하가〉는 작자나 창작 시기, 가요를 둘러싸고 있는 지리적 공간이나 가요의 성격 등이 모호하여 여러 해석이 가능하였기 때문이다.

둘째, 〈공무도하가〉의 관련 자료에서 보이는 기록상의 변용과 관련이 있다. 〈구지가〉나 〈황조가〉는 전적으로 『삼국유사』나 『삼국사기』

라는 단일 기록에 의존하고 있다. 반면에 <공무도하가>는 후한 시대 채옹의 『금조』나 진나라 최표의 『고금주』를 비롯한 중국의 여러 기록과 조선 후기 한치윤(韓致奫, 1765~1814)의 『해동역사(海東繹史)』를 비롯한 10여 개의 국내 기록이 서로 차이를 두고 뒤섞여 있기 때문이다. 후대로 내려올수록 <공무도하가>의 기술은 기록자에 따라 첨삭이 이뤄지면서 내용이 조금씩 변용되었기 때문이다.

셋째, 논의 과정에서 지나친 신비화나 초역사적인 해석이 작용하였기 때문이다. <공무도하가>와 관련된 이야기를 하나의 신화로 파악하면서 백수광부가 현실적인 인간이 아닌 주신이고 그의 아내도 하천의 요정인 악신이라는 정병욱의 해석을 그것의 대표적인 사례로 꼽을 수 있다.[1] 이것은 작품에 대한 초역사적인 연구로써 그것이 지닌 장점에도 불구하고 후대 연구들이 그것의 자장 안에 갇히는 부담으로 작용하였기 때문이다.

따라서 이 논문에서는 <공무도하가>에 대한 지나친 신비화나 초역사적인 해석을 지양하고 당대의 사회적 현실과 관련하여 작품을 해석하고자 한다. 이 과정에서도 기존의 논의처럼 많은 부분이 추론으로도 작용하겠지만 <공무도하가>에 대한 현실주의적 시각을 회복하고자 노력할 것이다. 그 까닭은 <공무도하가>의 형성시기가 이미 역사시대였고 가요 자체가 당대의 사회적 현실을 날카롭게 반영하고 있었던 작품으로 여겨지기 때문이다.

2. <공무도하가>의 관련 기록 검토

<공무도하가>와 관련된 자료들을 찾다 보면 먼저 역대의 많은 기록

---

1) 정병욱, 「주신의 최후」, 『자유문학』 42호, 자유문학사, 153~160쪽.

에 놀라게 된다. 지금부터 2천여 년 이전에 지어졌을 이 노래가 중국에서는 200여 개의 관련 기록이나 언급이 중복하여 『사고전서』에 수록되고 있고, 국내에서는 10여 개의 문헌 자료가 여기저기에 흩어져 있기 때문이다. 이들 자료는 기원후 2세기 후반인 후한(後漢)시대 채옹(蔡邕, 132~192)의 『금조(琴操)』에서 보이고, 다시 한 세기를 지나 서진(西晉)의 혜제(惠帝, 290~306) 때 편찬된 최표(崔豹)의 『고금주(古今注)』에 기록된 이후로 여러 문헌에 수록되었다. 우리나라에서는 조선 중기 차천로를 비롯하여 정약용, 박제가, 유득공, 한치윤 등이 관련 기록을 남기고 있다. 하지만 우리나라는 중국의 자료를 인용하거나 참조하였기 때문에 남다른 특이점이 보이지 않는다.

〈공무도하가〉에 대한 중국의 자료는 채옹의 『금조』와 최표의 『고금주』가 대표적인 자료로 꼽힌다.

〈가〉

공후인은 조선 진졸 곽리자고가 지은 것이다. 자고가 새벽에 일어나 배를 끌어 씻는데, 한 미친 사내가 머리를 풀어헤치고 호리병을 든 채로 강을 건너는 것이었다. 그의 아내가 뒤쫓으며 만류했으나 이루지 못하고 사내는 물에 빠져 죽고 말았다. 그러자 아내는 하늘을 우러러 부르짖으며 공후를 타면서 노래를 불렀다. "임이여, 강을 건너지 마오. 임께서 기어이 강을 건너시다가, 강에 빠져 죽으시니, 그대를 어찌할거나."라고 하였다. 노래를 마치고 아내도 스스로 강에 몸을 던져 죽었다. 자고는 듣고서 이를 슬퍼하여 비파를 끌어 연주하였고 공후인을 지어서 그 소리를 본떴는데, 이른바 〈공무도하곡〉이다.

(箜篌引者 朝鮮津卒霍里子高所作也 子高晨起 刺船以濯 有一狂夫 被髮提壺 涉河而渡 其妻追止之不及 墮河而死 乃號天噓唏 鼓箜篌而 歌曰 公無渡河 公竟渡河 墮河而死 當奈公何 曲終 自投河而死 子高聞

而悲之 乃援琴而鼓之 作箜篌引 以象其聲 所謂公無渡河曲也.)[2]

<나>

공후인은 조선 진졸 곽리자고의 처 여옥이 지은 것이다. 자고가 새벽에 일어나 배를 젓고 있는데, 머리가 하얗게 센 광부 한 사람이 머리를 풀어헤치고 호리병을 들고서 어지러이 흐르는 강물을 건너고 있었다. 그의 아내가 뒤따르며 부르짖으며 제지하려고 하였으나 이루지 못하고 마침내 물에 빠져죽었다. 이에 아내는 공후를 끌어 연주하면서 공무도하의 노래를 지었는데 소리가 매우 구슬펐다. 노래가 끝나자 스스로 물에 몸을 던져 죽었다. 곽리자고가 돌아와 사연과 소리를 아내 여옥에게 말하니 여옥이 슬퍼하면서 공후를 끌어당겨 그 소리를 본받으니 듣는 사람마다 눈물을 흘리지 않음이 없었다. 여옥이 그 곡을 이웃에 사는 여용에게 전하니 일컬어 「공후인」이라 하였다.

(箜篌引 朝鮮津卒霍里子高妻麗玉所作也 子高晨起 刺船而櫂(濯) 有一白首狂夫 被髮提壺 亂流而渡 其妻隨呼止之不及 遂墮河水死 於是 援箜篌而鼓之 作公無渡河之歌 聲甚悽愴 曲終 自投河而死 霍里子高還 以其聲語妻麗玉 玉傷之 乃引箜篌而寫其聲 聞者莫不墮淚飲泣焉 麗玉以其聲 傳隣女麗容 名曰箜篌引焉.)[3]

<가>는 <공무도하가>의 선행 자료인 채옹의 『금조』이고, <나>는 최표의 『고금주』에 수록된 기록이다. 중국의 많은 자료는 이들 중의 하나를 차용하거나 절충하고 있다. 이들 기록을 살펴보면 전자는 곽리자고를, 후자는 곽리자고의 아내인 여옥을 가요의 작자로 보고 있다. 누가 보더라도 기술물에서 가요의 본래 작자는 (백수)광부의 처가 분명하다. 그래도 백수광부의 아내가 첫 번째 작자라면 곽리자고의 아내

---

2) 『琴操』 卷上, 「箜篌引」條.

3) 『古今注』 卷中, 「음악」第3.

인 여옥이 두 번째 작자라는 주장은 납득이 간다.[4] 그런데 이들 기록
이 그것을 외면하고 굳이 곽리자고나 그의 처인 여옥을 작자로 규정
하고 있는 것은 가요의 전승적 측면에 주목한 것으로 보인다.

필자가 보기엔 〈공무도하가〉의 관련 기록은 가요의 생성담에 후대
의 전승담이 결합한 것으로 보인다. 〈공무도하가〉는 처음 민요에서
전승되는 노래가 있었고 전승 과정에 악부로 채택되어 채옹의 『금조』
에 먼저 수록되었고, 이후로 1세기를 더 지나 다시 최표의 『고금주』
등에 수록되는 적층적인 성격을 지니고 있었던 것으로 파악된다.

위의 기록들을 가요의 생성과 전승의 관점에서 짚어볼 필요가 있다.
〈가〉에서는 광부와 그의 아내, 그것을 목격한 곽리자고가 등장한다.
반면에 후대 기록인 〈나〉에서는 그것에 곽리자고의 아내인 여옥, 그
의 이웃집 여자인 여용이 등장하고 있으며, 이들은 가요의 전승이나
확산에 일정한 역할을 하고 있었던 것을 암시하고 있다. 〈가〉에서는
주로 가요의 발생과 노래 내용에 초점을 맞추었다면, 〈나〉에서는 그
것에다가 곽리자고가 그것을 목격하고 소리를 본떠 공후인을 지었다
든가 자신의 아내인 여옥에게 노래를 전했다는 후일의 전승담이 강화
되는 특징이 있다. 특히 후자의 기록은 가요의 전승 과정에 주목하여
악부로 채택되는 과정에 대한 단서를 제공하고 있는 것으로 보인다.
이것을 백수광부와 그 처를 주인공으로 하는 비극적인 사건을 담은
단순설화에서 후대에 곽리자고와 여옥의 개입에 의한 공후인 악곡의
설명설화로 변이된 이후에 채록되었다고 추정하기도 한다.[5]

수록자에 따라 기록의 차이도 있다. 때에 따라서는 화소에서도 다소
간의 차이를 보인다. 〈가〉에서는 단순히 '광부(狂夫)'라고 지칭한 것이

---

4) 조동일, 『한국문학통사1』, 지식산업사, 2006, 106쪽.
5) 김학성, 「공후인의 신고찰」, 『한국고전시가의 연구』, 원광대학교 출판국, 1980, 287쪽.

<나>에서는 '백수광부(白首狂夫)'로 덧붙여지고 있다. 그동안 대다수의 논자는 '백수광부'를 머리가 센 미친 노인으로 본다든가 무격적 존재로 파악해 왔는데, 근래에 김영수는 그것을 미치광이가 아니라 아내의 남편에 대한 겸칭이나 범칭으로 파악하였다.[6]

이러한 관점은 백수광부를 샤먼과 같은 신령스런 존재로 파악하면서 노래 내용을 신비화시켰던 기존의 편협성을 벗어나는 새로운 해석으로 보인다. 게다가 머리를 풀어헤치고 호리병을 든 백수광부라는 미치광이의 형상을 묘사한 것이 아니라, 중화 중심적 사고에 기인한 주변의 이민족이나 야만족 등 평범한 하층민의 모습을 묘사한 것이고 호리(壺) 또한 술병이 아니라 강을 건너기 위한 보조기구라는 것이다.[7]

또한 당 현종 시기에 편찬된 『초학기』를 보면 백수광부의 존재가 결코 신령스런 존재가 아니라는 단서가 포착된다.

> 孔衍琴操曰 箜篌引者 朝鮮津卒霍里子高所作也 有一征夫 被髮提壺
> 涉河而渡 其妻追止之不及 墜河而死 乃號天噓唏 鼓箜篌而歌曰 公無
> 渡河 公竟渡河 墮河而死 當奈公何 曲終 投河而死 子高援琴作其歌 故
> 曰箜篌引操 曰朝鮮里子高爾[8]

위의 『초학기』에서는 동진(東晋, 317~322)시기 공연(孔衍)이 편찬했던 『금조(琴操)』의 내용을 거의 그대로 옮기고 있다.[9] 다만 눈에 띄는 것은 '광부(狂夫)'가 '정부(征夫)'로 바뀌고 있다는 사실이다.[10] 여기에

---

6) 김영수, 「<公無渡河歌> 新解釋 - '白首狂夫'의 정체와 '被髮提壺'의 의미를 중심으로-」, 『한국시가연구』3집, 한국시가학회, 1998, 5~47쪽.

7) 김영수, 위의 논문, 5~47쪽.

8) 『初學記』卷16, 「箜篌」第4.

9) 孔衍, 『琴操』. 箜篌引者 朝鮮津卒霍里子高所作也 有一狂夫 被髮提壺 涉河而渡 其 妻追止之不及 墮河而死 乃號天噓唏 鼓箜篌而歌曰 公無渡河 公竟渡河 公渡河而死 當奈何 曲終 投河而死 子高援琴作歌 故曰箜篌引.

서 잠시 생각하고 넘어가야 할 문제는 당나라 시기의 유서(類書)인『초학기』의 찬술자인 서견이 공연의『금조(琴操)』를 취택하여 '광부(狂夫)'를 '정부(征夫)'로 옮겼는지, 아니면 공연의 그것을 충실히 옮긴 어휘가 본래 '광부(狂夫)'가 아니라 '정부(征夫)'였는지 확실하지가 않다. 전자라면 서견의 주체적 해석이 작용하였고, 후자라면『금조(琴操)』의 다른 이본에 '정부(征夫)'로 기록되고 있었을 가능성도 있기 때문이다. 하여튼 이 기록에서는 '광부(狂夫)'를 '정부(征夫)'로 파악하고 있다는 점에서 주목할 필요가 있다.『초학기』를 비롯한 몇몇 기록에서는 백수광부를 무당과 같은 신적인 존재로 보지 않고 전쟁터에 끌려간 장정이나 객지를 떠도는 유이민 정도로 파악하였다는 것을 암시하고 있다.

우리나라에서는 조선 중기에 이르러서야 차천로(1556~1615)가『고금주』의 기록을 인용하고 있다. 그 이후로 이형상·박지원·이덕무·유득공·박제가·정약용·한치윤 등과 같은 여러 문인이 중국의 기록을 인용하거나 참조하였다.11) 그래서 이들의 기록은 중국의 자료와 대동소이하다. 주목되는 것은 차천로가『오산설림초고(五山說林草藁)』에서 이 노래의 공간적 배경을 대동강으로 보고 있고,12) 한치윤은 한나라 때 낙랑군(樂浪郡)의 조선현(朝鮮縣)에서 불러진 노래로 추정하고 있었다는 점이다.13) 한치윤은 그것을 기자조선의 가요로 보았다.14)

---

10)『설부』권99,「공후인」에서도 '征夫'로 기술하고 있다.

11) 이들이 받아들인 원전의 계열은 이형상·박지원·유득공은『금조』계통의 문헌을, 차천로·이덕무·한치윤은『고금주』계통의 문헌이었던 것으로 보았다. (성기옥,「공무도하가 연구」, 서울대학교 박사학위논문, 1988, 10쪽.)

12)『五山說林草藁』, 崔豹古今注, 箜篌引,朝鮮津卒, 霍里子高妻麗玉所作也. 子高晨起, 刺般而櫂. 有一白首狂夫, 被髮提壺, 亂流而渡, 其妻隨呼止之不及. 遂墮河水死. 於是援箜篌而鼓之. 作公無渡河之歌, 聲甚悽愴, 曲終自投河而死. 霍里子高, 還以其聲語妻麗玉, 玉傷之, 乃引箜篌而寫其聲, 聞者莫不墮淚飮泣焉. 麗玉以其聲, 傳隣女麗容. 名曰箜篌引焉. 按<u>朝鮮津, 卽今大同江也</u>. 而李白公無渡河, 黃河西來決崑崙, 咆哮萬里觸龍門, 雖曰詩人之語, 使事失實, 不可法也.

한편, 구한말의 박준우는 곽리자고의 처 여옥이가 한강 양화도에서 사람이 빠져죽는 것을 보고『공후인』을 지었던 바, 그것의 공간을 한강으로 파악하고 있다.15) 이들 한국 측 기록들은 가요의 생성 공간을 모두 한국 내 영토로 비정하려는 태도의 특징이 있다.

3. 〈공무도하가〉의 가요적 성격과 디아스포라

〈공무도하가〉의 가요적 성격을 검토해 보면 명확하지는 않지만 기술물을 통해서 몇몇 단서를 유추할 수 있다. 오늘날 남아 있는 〈공무도하가〉에 대한 가장 오래된 기록물은 후한(後漢) 채옹(蔡邕, 132~192)의『금조(琴操)』이고, 그것이 서진(西晋) 혜제(惠帝, 290~306) 때의『고금주(古今注)』에 기록되면서 이후로 여러 문헌에 수록되었다. 따라서 이 노래는 적어도『금조(琴操)』가 편찬된 2세기인 192년 이전에 문헌에 수록되었다는 것을 알 수 있다.

이 노래는 공후라는 악기와 관련이 깊다. 공후는 수공후, 와공후, 봉수공후로 구분되는데, 이 중에서 수공후와 봉수공후는 중국 본토의 악기가 아닌 서역과 인도에서 유입된 것이었다.16) 그런데, '공후인'의 공후는 와공후이고 당시에 누구나 쉽게 접할 수 있는 우리 조선 고유의 평범하고 대중적인 지터류의 악기였다.17) 이런 와공후가 한무제 시기

---

13)『해동역사』22권,「악지」, 〈악가(樂歌)와 악무(樂舞)〉.

14)『해동역사』47권,「예문지」6조.

15) 霍里子高妻麗玉, 楊花渡見人沒, 作箜篌引, 彈公無渡河曲云. (박준우,『陽川郡邑誌』, 1899, 서울대학교 규장각 소장본).

16) 한명희,「상대 한국 음악 교류의 편린들 ①(공후와 해금)」,『한국음악연구』35집, 한국국악학회, 31쪽.

17) 조석연,「'공무도하가' 반주악기 공후의 기원과 형태 연구 - 사료를 중심으로-」,『음악과

(기원전 141-87)에 널리 보급되었다는 점에서 〈공무도하가〉는 이 시기와 관련이 깊다.

문학사적으로 이 시기에 기록될 만한 일은 악부의 성립이다. 악부는 한고조에서 비롯되어 악부령의 관을 두었고, 한무제에 이르러서 악부의 관서를 두었다. 특히 한무제는 무력으로 천하를 넓히고 수문정책을 수립하고 제도를 정비하여 민심을 수습하고자 하였다. 그것의 하나가 음악을 관장하는 악부를 두고 조종의 위업을 찬양하는 '교묘가사'를 지어 종묘 제례에 사용하였다. 그리고 천자의 위업을 송축하던 '연사가사'를 지어 군신간의 연회에서 협악하였다. 그뿐만 아니라, 이 시기에 민심을 파악하고자 각 지방의 민요를 채집하여 입악하였던 '상화가사'라는 것이 있었는데, 〈공후인〉이 바로 그것에 해당한다.

〈공후인〉이 상화가사였다는 것은 이 시기에 민간에서 부르던 노래를 채집하여 악부로 올렸다는 말이고, 그것의 '인(引)'이란 명칭에서 알 수 있듯이 〈공후인〉은 하나의 完結된 악부명이다. 악부로 채택하기 이전에 민가에서 소박하게 부르던 노래가 있었는데, 그것이 〈공무도하가〉이다. 이 당시에 민요를 채집하여 악부로 올렸던 것은 다름 아닌 『시경』의 「국풍」처럼 민풍을 살피기 위해서였다. 이 점에 착안하자면 〈공무도하가〉는 오늘날 생각하는 것처럼 주술적이거나 신령스런 내용의 노래가 아니었다. 그렇다고 백수광부가 이른 새벽부터 술에 취해 술병을 들고 물에 빠져 죽은 노래는 더욱 아니었을 것이다. 게다가 〈공무도하가〉가 사람들 사이에서 전승되며 유행하다가 민간악부인 〈공후인〉으로 채택되었다는 사실에서도 노래에 담긴 사연은 예사롭지 않았던 것으로 보인다. 따라서 이 노래가 악부로 채택되는 데에는 당시 사람들 사이에서 널리 애창되었고 신령스럽거나 주술적 사연보

다는 당대 민중들이 깊이 동감하는 사연의 사회적 현실 문제가 함께
내포되어 있었기 때문으로 보인다.

   곽리자고의 목격과 증언을 통해 전해지는 이 노래는 그 자신이 조
선진졸이라는 데에서도 암시되듯이, <공무도하가>는 확실하지 않지
만 강을 끼고 살아가는 조선인들의 거주 공간에서 발생한 것으로 보
인다. 그런데, <공무도하가>의 사연과 함께 노래를 듣고 눈물을 흘리
지 않은 이가 없었다는 점에서[18] 이 노래는 단순한 미치광이가 물에
빠져죽은 개인적인 사건에서 기인하지는 않았던 것으로 여겨진다. 게
다가 <공후인>을 정위의 음악으로 지칭하며 망국지음이라고 한 것은
그것의 음조가 애절한 까닭도 있었겠지만,[19] 다른 한편으로 그것은 본
디 망한 나라의 음악으로 규정되었기 때문이다. 따라서 여기에는 백수
광부의 죽음을 둘러싸고 애달픈 사연과 감정을 모두가 공유할 수밖에
없었던 고조선의 심각한 사회적 문제가 개입되어 있었던 것으로 추측
된다.

   고조선은 기원전 4세기경부터 요동의 지배를 두고 중국의 연(燕)나
라와 충돌하였고, 이어서 천하를 통일한 진(秦), 그것을 다시 통일하였
던 한(漢)나라와 오랜 기간에 걸쳐서 정복전쟁을 수행하였다. <공무도
하가>는 중국과 그처럼 잦았던 정복 전쟁의 산물로 보인다. 이 시기에
<공무도하가>의 성립과 관련하여 사회적으로 주목되는 사건은 다음
두 가지로 압축된다. 첫째, 요동을 두고 중국과 각축을 벌이던 고조선
은 기원전 300년경에 연나라 진개(秦開)의 침략으로 이천 여리의 땅을
잃었다. 둘째, 기원전 108년에 왕검성이 함락되면서 고조선은 멸망하

---

18) 崔豹, 앞의 책, '聞者莫不墮淚飮泣焉.'
19) 『樂府雜錄』(사고전서본)839권, '箜篌乃鄭衛音之權輿也. 以亡國之音, 故號空國之侯,
    亦曰坎侯. 古樂府, 有公無渡河之曲, 昔有白首翁, 溺於死, 歌以哀之, 妻麗玉善箜篌, 撰
    此曲,以寄哀情.'

였고, 한나라는 고조선의 강역에 사군을 설치하여 통치하였다. 여기에서 전자도 이 노래의 성격과 맞는다. 하지만 그것은 악부로 정착되는데 수백 년의 시차가 생긴다는 점에서 관련성이 떨어진다. 따라서 〈공무도하가〉는 후자와 관련이 깊을 것으로 보인다.

고조선은 중국과의 전쟁으로 영토를 빼앗기고 멸망하는 과정을 겪게 된다. 이 과정에서 나라를 잃고 떠도는 수많은 유랑민이나 전쟁 포로가 발생하고, 더 나아가 피정복민족인 고조선에 대한 사민 정책이 뒤따랐을 것으로 생각된다. 정복전쟁이 끝나면 정복자는 정복지에 대한 지배권을 강화하려고 으레 피정복민족을 먼 곳으로 추방하거나 자국의 필요성에 의해 주민을 강제로 이주 조치를 취하기 마련이다. 이를 '사민(徙民)'이라고도 하는데, 대체로 대외적으로 이뤄지는 경우와 대내적으로 이뤄지는 경우가 있었다. 전자는 정복국가가 정복된 나라의 주민들을 원주거지로부터 타국으로 옮겨 분산시키는 것이었고, 후자는 영토를 개척하고 그곳에 자국민을 정책적으로 이주시키거나 반역의 위험을 줄이기 위해 주민을 다른 지역으로 강제적으로 이주시키는 것이었다. 신라가 가야를 정복하고서 그곳 주민들을 대대적으로 강제 이주시켰다든지, 1937년에 소련이 연해주에 거주하던 한국인을 중앙아시아로 강제 이주시킨 것이 전자의 사례이다. 반면에 고려조에 윤관이 9성을 쌓은 뒤 많은 사람을 북방 이주시킨 것이나 조선 초기에 4군 6진을 개척하면서 국내 지역의 사람들을 정책적으로 그곳으로 이주시킨 것은 후자의 대표적인 사례이다.

오늘날 학계에서 고조선의 역사에 대한 정론을 마련하지 못한 상황에서 한나라가 고조선을 멸망시키고 주민을 강제로 이주시켰다는 기록은 역사적으로 너무 유원하여 확인되지 않는다. 다만, 당시 고조선의 멸망과 함께 있었던 유민의 강제 이주에 대한 직접적인 내용은 아니지만 본디 고조선의 강역에 존재하였던 조선현에 대한 기록과 함께 주민 이주와 관련된 기록이 보인다.[20] 그리고 고구려 광개토왕 9년에는 연나라 모용성이 내습하여 두 성을 함락시키고 칠백여 리의 땅을 강점하고 고구려 주민 5천여 가구를 자기네 땅으로 이주시킨 바도 있다.[21] 이처럼 정치적 필요성으로 주민의 주거지를 옮기는 것은 역사 기록에서 자주 확인된다.

국가들이 정복 전쟁을 수행하면서 자신들의 정치적인 목적과 이해득실로 상대국의 주민에 대한 강제 이주가 뒤따르기 마련이었다. 이와 같은 정황을 고려한다면, 기원전 108년에 한나라가 고조선을 무너뜨리면서 많은 주민들을 자국이나 다른 지역으로 이주시켰을 것으로 여겨진다. 따라서 <공무도하가>는 고조선이 한나라와 정복전쟁을 치르면서 멸망에서 한사군으로 이어지는 시기에 삶의 터전을 잃고 유랑했던 고조선 유이민의 애환이 담긴 노래로 보인다. 왜냐하면 <공무도하가>는 조선 유민이 전쟁이나 망국으로 타의에 의해 어쩔 수 없이 옮겨졌거나 수자리로 전쟁터에 나갔다가 고조선의 멸망과 함께 조국으로 돌아가지 못한 절망적인 현실에서 나온 노래로 여겨지기 때문이다.

당시에 어떤 사내가 물에 빠져죽자 그의 아내도 슬픔을 노래하며 뒤따라서 투신한 사건이 있었다. 이것은 단순한 자살이 아니라 당시에 사회적으로 매우 민감한 문제를 안고 있었던 충격적 사건이었고 그것을 담은 가요가 생성되었다. 필자는 그것을 고조선의 멸망으로 중국에 강제 이주된 조선 유이민의 자살 사건으로 보고자 하였다. 백수광부는

---

20) 『讀史方輿記要』, '朝鮮城在府北四十里, 漢樂浪郡屬縣也. 在今朝鮮境內 後魏主燾延和初, 徙朝鮮民於肥如, 置朝鮮縣, 並置北平郡, 此高齊移郡新昌, 並朝鮮縣入焉.'

21) 『三國史記』卷18, 「高句麗本紀」第6 <廣開土王>條. 九年 春正月, 王遣使入燕朝貢, 二月, 燕王盛以我王禮慢, 自將兵三萬襲之, 以驃騎大將軍慕容熙爲前鋒, 拔新城南蘇二城, 拓地七百餘里, 徙五千餘戶而還.

위험을 무릅쓰고 목숨을 담보한 도강을 시도한 것은 강 너머 저쪽에 어디엔가 반드시 돌아가야 할 대상이 있었는데, 그곳으로 돌아가지 못하는 사회적 현실이 있었던 것으로 보인다. 당시에 그와 같은 조선 유이민의 사연을 담았던 우리말 민요가 조선인들 사이에 널리 유포되며 전승되고 있었던 것으로 보인다. 이후에 이것은 악부로 채택되어 가창되었다.

이처럼 민족 집단이 특정한 이유로 그들의 고향을 떠나 다른 지역이나 국가로 흩어지게 되는 민족 이산을 디아스포라라고 일컫는다.[22] 디아스포라 문학이란 특정 민족이 자신이 살던 삶의 터전을 떠나 다른 국가나 지역으로 흩어지면서 발생한 제반 문제를 형상화하는 일명, '이산문학'이라고 하겠다. 한 마디로 말해서, 〈공무도하가〉는 고조선의 패망에 따른 조선 유이민의 슬픔과 절망이 담긴 이산문학의 일종이라고 하겠다.

4. 문학사적 의의

우리나라 시가 문학사에서 한역의 역사는 길다. 15세기 훈민정음이 반포되기 이전에는 우리말 노래를 그대로 적을 수단이 없어 한문으로 번역하거나 한자의 음과 뜻을 빌어 기록할 수밖에 없었다. 그래서 신라 시대에 한자의 음과 뜻을 빌어 향가를 향찰로 표기하기도 하였지만 대체로 우리 가요는 구전되면서 한역되는 과정을 밟았다.

〈공무도하가〉·〈구지가〉·〈황조가〉와 같은 고대가요들이 일찌감치 한역된 형태로 오늘에 전하고, 고려 초기 균여가 지었던 향가 작품

---

22) 윤인진, 『코리안 디아스포라』, 고려대학교 출판부, 2005, 4~5쪽.

인 <보현시원가>는 최행귀에 의해 한역되기도 하였다. 고려 말엽에 이르러 고려가요는 이제현이나 민사평에 의해 <소악부>로 한역되었다. 고려 말엽에 발생한 시조 작품은 내려오면서 한역이 시도되다가 조선 후기에 이르러서는 시조, 가사, 잡가, 민요 등 여러 양식의 시가 작품들이 한역되었다.

<공무도하가>는 한국 문학사에서 구체적 형태를 띠고 나타난 최초의 노래이다. 비록 이 노래는 우리말 가사가 전하지 않고 한역을 통해서 작품을 파악해야 하는 어쩔 수 없는 한계가 있다. 하지만 <공무도하가>는 처음에 우리말로 불리다가 중국의 악부로 정착된 바, 한국문학사에서 처음으로 한역되었던 작품이자 한중 시가 교섭의 시발점이 되었다.

<공무도하가>는 지금까지 인식됐던 신화적이거나 주술적이라기보다는 오히려 그것을 탈피하여 당대의 사회 현실을 담은 가요로 여겨진다. 같은 고대가요에 속하는 <구지가>는 주술적인 성격의 노래이고, <황조가>는 고구려 유리왕의 사랑이나 부족 사이의 갈등을 노래한 것이다. 반면에 <공무도하가>는 고조선 백성들의 고단한 삶의 애환을 담은 현실주의적 성격이 강한 작품이다. 어쩌면 이 노래는 고조선이 망하고 그 유민이 겪었을 우리나라에서 가장 오래된 디아스포라 문학, 즉 이산문학의 작품일 것으로 추측된다.

5. 맺음말

지금까지 고대가요인 <공무도하가>에 대한 논의들은 많은 부분에서 실증보다는 추론에 의존해서 진행됐다고 말할 수 있겠고, 이 논문도 예외가 아니다. 여기에는 〈공무도하가〉를 둘러싼 기술물이나 그것을 명확하게 밝혀줄 역사 기록들이 없었기 때문이다. 그럼에도 불구하고, 이 논문은 〈공무도하가〉에 대한 신비화나 초역사적인 해석을 지양하고 고조선 당대의 사회적 현실과 관련하여 작품을 해석하고자 하였다.

먼저 〈공무도하가〉의 관련 기록을 검토해 보았다. 이 노래는 처음에 우리말로 전승되는 민요가 있었다. 이것은 전승되는 과정에 악부로 채택되어 채옹의 『금조』에 수록되었고, 이후로 최표의 『고금주』 등에 변용되면서 수록되는 적층적인 성격을 지니고 있었던 것으로 파악하였다. 여기에서 채옹의 그것은 생성담에, 최표의 그것은 전승담이 강화되는 특색이 있었던 것으로 보인다. 특히, 『초학기』를 비롯한 몇몇 기록에서는 백수광부를 무당과 같은 신적인 존재로 보지 않고 전쟁터로 끌려간 장정이나 객지를 떠도는 유이민으로 보는 기록이 보인다.

〈공무도하가〉의 가요적 성격을 검토해 보면, 명확하지는 않지만 기술물을 통해서 몇몇 단서를 유추할 수 있었다. 이 노래는 적어도 192년 이전에 채옹의 『금조』에 수록되었고, 이미 민간에서 유전하다가 민간 악부였던 상화가사로 채록된 것이었다. 노래 내용도 신령스럽거나 주술적 사연보다는 당대 민중들 사여에서 깊이 동감하는 내용의 사회적 현실 문제가 내포되어 있었던 것으로 보인다. 〈공무도하가〉는 확실하지는 않지만 강을 끼고 살아가는 조선인들의 거주 공간에서 발생한 노래였고, 여기에는 백수광부의 죽음을 둘러싼 애달픈 사연과 감정을 조선인 모두가 공유할 수밖에 없었던 고조선의 심각한 사회적 문제가 개입되어 있었던 것으로 추측된다. 이 논문에서는 그것을 고조선의 멸망과 함께 삶의 터전을 읽고 유랑했던 고조선 유민의 애환이 담긴 노래로 추정하였다. 따라서 〈공무도하가〉는 고조선의 패망에 따른 조선 유민의 슬픔과 절망이 담긴 디아스포라의 문학적 성격을 지닌 작품이다.

이 노래가 지닌 문학사적 의의로 두 가지를 꼽았다. 첫째는 <공무도하가>는 한국문학사에서 구체적 형태를 띠고 나타난 최초의 노래로써 처음에 우리말로 불리다가 중국의 악부로 정착되는 과정에 처음으로 한역되었던 작품으로 한중 시가 교섭의 시발점이 된 노래였다. 둘째로, <공무도하가>는 당대의 사회 현실을 담은 가요로써 고조선 백성들의 고단한 삶의 애환을 담은 현실주의적 성격이 강한 작품이었다. 어쩌면 이 노래는 고조선이 망하고 그 유민이 겪었을 우리나라에서 가장 오래된 디아스포라 문학, 즉 이산문학의 작품일 것으로 보았다.

한마디로 말해서 <공무도하가>는 신령스런 차원의 노래라기보다는 민중들이 겪었던 당대 사회적 현실의 한 단면을 보여주는 노래일 가능성이 높다.

〈헌화가〉의
'자포암호'와 성기신앙

1. 머리말

『삼국유사』에 실려 있는 기록물들을 들여다보면 이 책의 성격 자체를 명확히 규정하는 데 많은 어려움이 뒤따른다. 여기에는 역사와 불교, 정치와 사회에서 민속학이나 국문학 등에 이르는 여러 분야의 내용들이 담겨 있기 때문이다. 게다가 그것들은 과연 어디에서 어디까지가 역사적 사실이고 신화적 윤색인지조차 분명하지 않다.

이것은 향가 14수와 이를 둘러싸고 있는 다른 기술물에서도 마찬가지인데, 특히 「기이」편의 '수로부인조'에 실려 있는 이야기나 〈헌화가〉에서 더욱 그러하다. 성덕왕 때 수로부인이 강릉태수로 부임하는 남편 순정공을 따라 동행하면서 겪고 있는 사건들은 첨단 과학의 시대에 살고 있는 우리 현대인들에게 매우 흥미로우면서도 난해하고, 세속적이면서도 신이하기 이를 데 없다. 그것은 합리성으로 무장한 현대인들의 분석적 틀로써는 이해하기 어려운 고도의 문화적 코드와 이념체계를 지녔기 때문이다.

〈헌화가〉와 관련된 난해하고 신이한 내용은 많은 연구자의 지적 호기심을 자극하여 관련 논문이 70여 편을 웃돌고 있으며 가요 해독까지는 거의 100여 편에 이른다. 이제는 바야흐로 <헌화가>와 수로부인 조의 기술물만으로도 그것에 대한 연구사를 따로 서술해야 할 정도의 논의가 축적되었다.

그렇지만 <헌화가>와 기술물에 대한 논의들은 어느 하나도 확정된 것이 없으며 현재진행형이라고 말할 수 있다. 지금까지의 논의들은 연구자들이 수로부인조에 실려 있는 설화와 향가에 대한 다양한 분석적 견해를 내놓기는 했으나 어느 하나도 제대로 합일된 견해를 도출하지 못했기 때문이다. 근래에는 『삼국유사』에 실려 있는 다른 향가 작품들보다 <헌화가>와 관련된 논의들이 많아지고 있지만, 논쟁거리는 해소되지 않았고 어쩌면 앞으로도 영원히 그럴지 모른다. 이 논문도 예외는 아닐 것이며, 다만 좀 더 새로운 논의의 시각이 제공되기를 바랄 뿐이다.

먼저 필자는 <헌화가>에 대한 기존의 논의를 점검하면서 그것에 대한 반성하는 검토가 필요하다고 보았다. 왜냐하면, 지금까지 <헌화가>에 대한 여러 해독과 많은 문예 분석들이 있었지만 아직도 제대로 파악되지 못한 사안들이 남아있기 때문이다. 필자는 그것이 '자호암호(紫布岩乎)'의 해석에 있다고 보았다. '자포암호'는 가요에 들어있는 하나의 어휘에 지나지 않지만, 전체적으로 가요의 성격을 규정할 수 있는 결정적 단서를 제공하고 있기 때문이다.

이 논문에서 다루려는 <헌화가>는 서사문맥을 배제한 채 가요를 해석하거나, 아니면 서사문맥을 위주로 가요를 다루지는 않을 것이다. <헌화가>도 다른 향가 작품들처럼 기술물과 함께 자리를 잡고 있는 바, 가요와 기술물의 유기적 맥락 속에서 그것을 다루도록 하겠다. 마지막으로 논의 과정에서 구축된 <헌화가>의 내용을 바탕으로 <해가>, 그리고 <해가>와 관련이 있을 것으로 보이는 <구지가>를 놓고 이들

의 상호관련성을 모색하도록 하겠다. 이런 과정에서 〈헌화가〉의 가요
적 성격도 저절로 드러날 것이다.

2. '자포암호'와 〈헌화가〉의 다시읽기

『삼국유사』·「기이」편의 '수로부인조'에 실려 있는 〈헌화가〉는 소
창진평(小倉進平, 1929)에서부터 양희철(1996)에 이르기까지 무려 30여
명의 학자에 의해 해독되었다. 이 논문에서는 '수로부인조'에 기록된
〈헌화가〉와 함께 현대역을 먼저 제시하고 필요에 따라 이에 대한 어
학적 검토를 병행하도록 하겠다. 〈헌화가〉의 원문과 현대역은 다음과
같다.

> 紫布岩乎過希   자줏빛 바위 끝에
> 執音乎手母牛放敎遺   잡으온 암소 놓게 하시고,
> 吾肹不喩慚伊賜等   나를 아니 부끄려 하시면
> 花肹折叱可獻乎理音如 꽃을 꺾어 받자오리이다.

〈헌화가〉에 대한 현대역은 마침 향가 해독에 대한 어학적 성과와
문학적 평가를 종합한 임기중(林基中)의 논의가 있기에 이를 선택하였
다.[1] 필자가 작품 전체에 대한 향찰 해독을 시도하지 않은 것은 이미
양희철이 지적한 것처럼 〈헌화가〉는 기존의 해독만으로도 큰 맥락을
잡는 데 문제가 없기 때문이다. 다만 양희철은 작품론을 전개하는 데
있어서의 문제점을 '자포(紫布)'의 의미와 어형 문제, '과희(過希)'에 나

---

1) 林基中, 「향가해독과 문학적 평가」, 『고전시가의 실증적 연구』, 동국대학교 출판부,
   1992, 137~182쪽.

타난 '과(過)'의 정자(正字)와 의미의 문제, '모우(母牛)'의 해독 문제, '견(遣)'이 '고'로 읽히는 근거 정도로 보았다.[2] 말하자면 <헌화가>는 역대 제가의 해독만으로도 가요의 맥락이 충분히 파악되며 서로 대동소이하다는 의미로 받아들여도 무리가 없을 것으로 보인다. 해독자에 따라 다소의 차이가 있지만 기존의 해독들이 가요의 내용과 성격을 뒤집어버릴 정도로 차이가 있는 것은 아니라는 것이다.

　그러나 이 논문에서 필자는 제1구의 '자포(紫布)'에 대한 보다 정밀한 검토가 필요하다고 본다. 지금까지 대다수의 해독자는 '자포(紫布)'를 자색(紫色)의 의미로 보고 있는데, 일부에서는 'ᄌᆞ본(지붕)'이나[3] 옷감인 '질비(紫花布)'로[4], 또는 '둘비(진달래)'로[5] 해석하기도 하였다.

　양주동(梁柱東)은 그의 저서 『고가연구(古歌研究)』에서 '자(紫)'를 훈독(訓讀) '딛배'로 읽고 '붉'이라는 뜻으로 파악하였다. 그리고 '자(紫)'의 근훈(近訓)은 'ᄌᆞ디'이나 모두 고훈(古訓)이 아니라며 그것을 『계림유사(鷄林類事)』에 기록된 '자왈질배(紫曰質背)'에서 찾고 있다.[6] 그리고 '포(布)'는 음차(音借) 혹은 훈차(訓借)로써 '자(紫)'의 고훈(古訓)의 말음첨기(末音添記)로 보았다. 그래서 '자포(紫布)'를 '딛배'로 읽었다.[7] 김완진(金完鎭)은 '지뵈'로 해독했지만 양주동과 마찬가지인 '자주빛'으로 해석하였다.[8] 여기에서 필자는 일단, '자포암호'를 양주동이 해독한 '딛배바회'를 따르기로 한다.

---

2) 양희철, 『삼국유사 향가연구』, 태학사, 1997, 307쪽.

3) 李鐸, 『國語學論攷』, 정음사, 1958, 235쪽.

4) 洪在烋, 「獻花歌新釋」, 『韓國詩歌研究』(權寧徹·金文基 外), 9~10쪽.

5) 南豊鉉, 『借字表記法研究』, 서울대학교 박사학위논문, 1981, 53~54쪽,

6) '紫布'에 대한 제가의 해독이 다양한데, 신태현은 그것을 'ᄌᆞ디'로 해독하기도 하였다. (신태현, 「노인헌화가의 질의」, 『동아일보』 1940.3.10.)

7) 梁柱東, 『增訂 古歌研究』, 일조각, 1965, 196~201쪽.

8) 金完鎭, 『鄕歌解讀法研究』, 서울대학교 출판부, 68~70쪽.

　그런데 필자가 보기에 그것은 단순한 '자줏빛 바위'가 아니라 '자지
바위(좆바위)'이다. 남자 성기인 '자지'를 뜻하는 어휘가 고대 한어나 우
리 고어에 관한 문헌에 나타나 있지 않지만 필자는 여기에서 '자(紫)'
가 남자 성기인 양물을 빗대어 일컬어졌던 어휘로 생각된다. 이 어휘
가 남자 성기를 빗대어 사용되었다는 것은 다음 예문에서도 미루어
짐작할 수 있다.

　　자초(紫草)란 자초(茈草)이다. 일명 자례(茈례), 자요(紫芺), 자란(紫
　　丹), 자혈(紫血) 또는 아함초(鴉含草)라고 하며 비단을 물들이는 것이다.
　　'자디(紫的)'라고 말하는 것은 중국말이다. 우리나라에서는 이 말이 잘못
　　전해져서 마침내 '자디(紫的)'를 '자지(紫芝)'로 부르고, 바뀌어 지초(芝
　　草)라고 부르는 것은 어찌 잘못이 아니겠는가? 9)

　예문에서 자초(紫草)란 본래 풀이름이며 비단을 물들이는 데 쓰이
고, '紫'의 어휘도 주로 그것과 관련되어 생성되었다는 것을 알 수 있
다. 다만 중국말 '자디(紫的)'가 우리나라에서 와전되어 '자지(紫芝)'로
불린다는 정약용의 지적인데, 이 말은 중국에서 남자 성기를 뜻하는
'자디(紫的)'가 우리나라에서 잘못 전해져 '자지(紫芝)'로 바뀌었다는
것이다.10) 이것은 남자 성기를 뜻하는 '자지'의 유래를 밝히는 언급이
다. 오늘날에도 중국에서는 속어나 통속소설에서 '자적(紫的)'을 남자
성기와 함께 사용하는 경우가 빈번하다.11) '자(紫)'가 남자 성기를 뜻

---

9) 정약용, 『雅言覺非』卷一.
　　紫草者 茈草也. 一名茈례, 一名紫芺, 一名紫丹, 一名紫血, 又名鴉含草, 以染紬帛. 謂
　　之紫的者 華語也. 吾東訛傳, 遂以紫的呼爲紫芝, 轉呼爲芝草, 豈不謬哉.
10) '자디'가 '자지'로 바뀐 것은 여기에 구개음화가 작용한 것으로 보인다.
11) 오늘날에도 중국의 통속소설이나 성인용품 쇼핑몰에서 陽物을 묘사하거나 지칭할 때
　　'紅色'이나 '赤色'과 같은 수식어를 사용하지 않고 주로 '紫色'을 사용한다. '紫色的 陽

하는 속어로 쓰이는 것은 그것이 발기한 남근처럼 검붉은 색을 띠고 있기 때문으로 짐작된다.

지금까지 대다수의 연구자는 이와 같은 '자포암호'를 '자줏빛 바위' 정도로 해석하면서 그것에 대해 별다른 주목을 하지 않았다. 이것은 연구자들이 '자포암호'이라는 어휘가 지닌 진정한 의미를 제대로 파악하지 못한 것이다. 하지만 필자는 '자포암호'를 '자지바위(좆바위)'라는 성석(性石)으로 해석하는데, 필자는 이것이 <헌화가>의 가요적 성격을 제대로 파악할 수 있는 중요한 단서가 된다고 본다. 이르자면 <헌화가>는 지나가던 노인이 수로부인의 미모에 반하여 사랑을 구애하는 서정가요가 아니라, 남근석 아래에서 그것이 표상하는 생식과 생명력을 얻으려는 모종의 주술 의례에서 부른 제의가요였다. 아울러 <헌화가>에는 자지바위라는 성석이 지닌 생식과 생명력을 통해 풍요와 다산을 기원했던 신라인의 성기신앙을 짐작할 수 있는 중요 정보가 담겨 있다고 하겠다.

3. <헌화가>의 제의적 성격과 성기신앙

『삼국유사』·「기이」편의 '수로부인조'는 명칭에서처럼, 그것이 수로부인을 중심으로 진행되는 이야기라는 것을 알 수 있다. 여기에는 수로부인이 남편인 순정공을 따라 동행하는 도중에 신이한 사건들이 발생하고 그 현장에서 <헌화가>와 <해가>라는 노래가 불린다. 이들 노래는 모두 수로부인과 밀접한 관련을 맺고 있는데, 과연 이들 노래가 어떤 성격의 가요였느냐는 것이다.

物', '紫色的性器', '紫色淫魔'과 같은 사례가 그 예이다.(http://www.sohu.com/)

〈헌화가〉와 〈해가〉가 본래는 서로 다른 성격의 가요인데 수로부인
의 행적에 초점을 맞추다보니 함께 수록된 것인지, 아니면 수로부인을
중심으로 벌어졌던 제의와 같은 특정 공간에서 그녀가 모종의 역할과
기능을 수행하는 과정에서 불렀던 같은 성격의 노래였느냐는 점이다.
대부분의 연구자는 〈해가〉가 용과 관련된 수로의 신비체험, 대상에
대한 환기와 위협의 표현 어법을 사용하고 있다는 점에서 그것을 특
정 의례에서 사용되었던 전형적인 주술가요로 단정하고 있다.

문제는 〈헌화가〉의 실체이다. 이 노래가 〈해가〉처럼 특정한 신성
공간에서 부른 제의와 관련된 노래인지, 아니면 노인네가 미모의 수로
부인에게 꽃을 꺾어다 바치면서 부른 노래인가라는 점이다. 수로부인
조에 대한 전체적인 문맥보다 가요 부분에 초점을 맞추다 보면 〈헌화
가〉는 대체로 사랑을 추구하는 노래로 규정된다.12) 반면에 수로부인
조 전체 문맥을 토대로 〈헌화가〉와 〈해가〉를 긴밀한 유기적인 구조망
에서 파악하려는 관점도 있다.13) 이것은 전체 문맥에서 특정 부분만을
떼어서 확대 해석하는 한계를 넘어서는 장점을 지니고 있다. 하지만
여기에서도 해석을 둘러싸고 그것을 갑자기 고도의 상징화된 가뭄과
관련된 제의로 파악하여 기우제로 단정하는 논의의 비약이 보인다.

그런 의미에서 이 논문의 '자포암호'에 대한 해독은 〈헌화가〉에 대

---

12) 김종우 『향가문학연구』, 이우출판사, 1975, 30~3쪽.
　　윤영옥, 『신라시가의 연구』, 형설출판사, 1980, 164~176쪽.
　　강등학, 「헌화가의 심층」, 『새국어교육』 33·4집, 한국국어교육학회, 1981, 76~94쪽.
　　김광순, 「헌화가 설화에 관한 일고찰」, 『한국시가연구』(권영철·김문기 외), 형설출판
　　사, 1981, 11~15쪽.
　　최성호, 『신라가요연구』, 문현각, 1984, 70~79쪽.
13) 김학성, 『한국고전시가의 연구』, 원광대학교 출판국, 1980, 341~348쪽.
　　최 철, 『향가의 문학적 연구』, 새문사, 1983, 181~185쪽.
　　김문태, 『삼국유사의 시가와 서사문맥 연구』, 태학사, 1995, 71~94쪽.
　　홍기삼, 『불교문연구』, 집문당, 1997, 107~124쪽.

한 구체적이고 새로운 단서를 제공해 줄 것으로 보인다. 여기에 '자포암호'와 기술물의 암소나 꽃이 맺고 있는 상호관련성을 파악한다면 <헌화가>의 가요적 성격은 더욱 분명하게 드러나게 될 것이다.

　동서양을 막론하고 고대인들은 성(性)을 생산과 풍요의 원천으로 생각해왔고 자연스럽게 일상생활 속에서 성기나 성행위에 의해 상징되는 생식 원리를 숭배하는 신앙 태도를 보이고 있었다. 우리나라에서도 청동기 시대의 생활상을 보여주는 울산 대곡리의 반구대 암각화나 섬진강 하구인 남해와 여수지역의 암각화 등에는 남근을 드러낸 모습들이 보이는데, 이것도 풍어와 풍농을 기원하는 성기 숭배의 사례로 짐작된다.

　이러한 풍습은 삼국시대를 거쳐 후대로 이어졌다. 신라 시대의 무덤에서 나온 토우 중에는 남녀의 알몸이나 성행위 하는 모습이 있다. 이것들은 공통으로 성기를 과장하여 노출하고 있는데, 모두 앞선 시기의 암각화와 같이 주술적 행위로써 다산과 풍요를 기원하는 내용이다.14) 그리고 1976년 경주 안압지 발굴조사에서 발견된 소나무로 만들어진 남근은 아들을 낳고자 기원하는 성신앙적 도구이다.15) 이런 사례들을 살펴볼 때, <헌화가>가 지어진 신라 성덕왕 시대에는 성기와 유사한 암석이나 지형과 연관되는 상징적 자연물에 대한 신앙 형태가 이미 폭넓게 자리를 잡고 있었던 것으로 보인다.

　그렇다면 <헌화가>는 남자 성기와 모양이 유사한 남근석에서 모종의 무속 의례를 벌이며 불렀던 노래임이 틀림없다. 말하자면 <헌화가>는 남근석인 자지바위가 표상하는 생식과 생명력을 통해서 다산과 풍요를 위한 제의, 특히 아들을 기원하는 제의에서 부른 주술가요였을 것으로 보인다. 남근석인 자지바위가 사람들에게 고대로부터 오늘날

---

14) 김태수, 『성기숭배, 민속과 예술의 현장』, 민속원, 2005, 19쪽 참조.
15) 김태수, 위의 책, 20쪽 참조.

까지 주로 아들 낳기를 기원하는 주된 의례 대상이었다는 점에서 그
렇고, 여기에 노옹이 끌고 온 암소는 제의에 바쳐질 남근석의 생명력
을 수태할 수 있는 여성성을 상징하는 것이었기 때문이다. 그래서 노
래에서 '나를 아니 부끄러워하시면'은 생명 수태를 위해서 양물의 자
지바위로 상징되는 남성성과 암소로 상징되는 여성성의 모의적인 결
합행위를 허락해달라는 청탁의 말에 다름이 아니다.

'자포암호'와 '꽃'이 맺고 있는 상호 체계도 살펴볼 필요가 있다. 기
술물에서 수로부인은 사람이 도저히 이를 수 없는 천 길 절벽 위의 철
쭉꽃을 꺾어 달라고 요구하고 있다. 문제는 꽃이 피어 있는 바위가, 다
름 아닌 천 길 절벽의 자지바위라는 사실이다. 여기에서 등장하는 바
위와 꽃은 단순한 자연물로서의 표상이 아니라, 무속 제의와 같은 특
정 공간에서 자리를 잡고 생성된 상징물들이라는 점이다. 앞서 논의했
던 남근석이 그렇고 무속 제의에서 꽃은 단순한 사물이 아니라 접신
(接神)의 매개적 상징물로서 생명력의 결정체이다. 예로써 제주도의
기자의례인 불도맞이에서 꽃은 잉태를 원하는 여성을 잉태시키고 출
산하는 기능을 수행하고 있다. 수로부인조에서 견우노옹이 꽃을 꺾어
여성에게 바치는 것도 불도맞이에서처럼 잉태를 기원하는 여성에게
꽃의 주술성을 상징적으로 보여주는 것이다.[16]

한마디로 말해서 〈헌화가〉는 남근석 아래의 무속 제의에서 아들 낳
기를 소망하는 수로부인을 위해 불렀던 노래로 보인다. 수로부인조에
서 노인이 암소를 끌고 나타난 것은 천길 바위 아래에서의 제의를 올
리는 과정에서 자지바위로 상징되는 양물과 암소로 상징되는 여성성
의 모의적인 남녀 결합 행위로 보인다. 그리고 천길 바위 위에 핀 꽃

---

16) 이와 관련하여 현승환의 「헌화가 배경설화의 기자의례적 성격」(『한국시가연구』 12집,
2002, 27~53쪽)을 참조하기 바람.

(척촉화)은 무속에서 접신의 매개체로써 생명의 잉태를 가져다주는 주술적 상관물에 다름이 아니다. 기술물에는 그 어디에도 수로부인이 아들을 낳으려는 소망을 직접으로 표출하고 있지는 않다. 하지만 이와 같은 맥락에서 기술물에 담긴 내용을 자세히 살펴보면 그것에는 남근 석을 대상으로 다산과 풍요를 기원하는 제의, 특히 득남을 기원하는 성기신앙이 자리를 잡고 있었다는 것을 알 수 있다.

4. '수로부인조'의 쟁점과 재검토

수로부인조는 그것이 담고 있는 난해한 내용으로 말미암아 아직도 해결되지 못한 쟁점들이 남아있다. 그것에 대한 주요 쟁점으로는 '수로부인(水路夫人)'의 실체라든가 '꽃(躑躅花)'의 상징적 의미, '주선(晝饍)'의 용례와 의미, '노옹(老翁)'과 '자우(牸牛)'의 의미, '바위(紫布岩乎)'의 실체 등을 들 수 있다.[17]

이 쟁점들은 <헌화가>를 세속적인 애정의 세계를 읊은 서정가요, 주술적 제의와 관련된 무속적 노래, 또는 불교 수행과 관련된 선승의 노래로 보는 해석에 따라 어느 정도 일정한 해석의 방향성을 지닌다.[18] <헌화가>를 세속적인 서정가요로 본다면 이 노래는 용모가 뛰어난 수로와 그녀에게 매혹된 인물들 사이에서 벌어졌던 애정 행각의 노래로 귀결된다.[19] 반면에 주술적 제의와 관련된 무속적 노래로 본

---

17) 경우에 따라서는 오히려 <헌화가>에 나오는 '放'의 의미에 중점을 두고 이 노래를 정치 사회적 측면에서 순정공으로 대표되는 중앙세력과 해룡으로 상징되는 지방 세력, 그리고 노인으로 대표되는 민중세력이 벌이는 함수관계로 파악하기도 한다. (신영명, 「<헌 화가의 민본주의적 성격」, 『어문론집』 37권, 민족어문학회, 1998, 63~81쪽.)

18) 이 점에 대해서는 성기옥의 「<헌화가>와 신라인의 미의식」(『한국 고전시가 작품론1』, 집문당, 1992, 55~72쪽)」으로 미룬다.

다면 수로와 노옹은 신격적인 존재로 파악된다. 이 점은 꽃에서도 마찬가지이다. 전자의 경우에 꽃은 비범한 용모와 자색을 지닌 수로부인의 마음을 빼앗은 자연물의 하나가 되고, 후자의 경우에는 꽃이 신성성을 지닌 주술적 매개체에 가깝다.

이 논문에서는 앞서 수로부인조에 실린 사건과 내용이 수로를 둘러싼 일련의 주술적 무속 제의와 관계가 있다고 보았다. 〈해가〉는 말할 것도 없고 〈헌화가〉도 그것의 연장선에 있는 주술적 제의요로 보인다. 바위(자포암호)도 단순한 사물이 아니라 풍요와 다산을 가져다주며 아들을 점지해주는 신령한 존재로서의 성석(性石)이라는 점을 앞에서 밝혔다. 노인이 수로에게 바친 꽃도 애정 행각의 꽃이 아니라 무속 제의에서 자식의 잉태를 가져다주는 주술적 매개체로 보았다. 암소(牸牛)는 제의에서 남근석과 짝을 이뤄 생명력을 수태할 수 있는 여성성을 상징하는 매개물로 짐작된다. '주선(晝饍)'은 단순한 점심이 아니라 모종의 어떤 행위로 보인다. 이 점에 관해서는 그것이 일반인들의 점심을 뜻하는 어휘가 아니라 신에게 바치는 제례의식 때의 제물로 파악한 김광순의 논의를 따르기로 한다.[20]

문제는 기술물의 중심인물인 수로부인과 그녀의 주변에 존재하며 사건이 생길 때마다 문제의 해결사로 등장하는 노옹과 노인의 실체가 과연 무엇인가 하는 점이다. 이것에 대한 해답은 수로와 노옹(노인)이 지닌 인물의 성격과 기능에 있다고 본다. 노옹과 노인이 동일인물인가 아닌가는 그리 중요하지 않다. 두 노인이 지닌 인물의 성격이나 기능은 거의 같기 때문이다.

---

19) 최성호, 앞의 책, 70~79쪽.

20) 金光淳, 「獻花歌說話에 關한 一考察」, 『韓國詩歌研究』(백강서수생박사 환갑기념논총), 형설출판사, 1981, 3~9쪽.

수로부인조(水路夫人條)의 중심인물은 말할 것도 없이 수로부인이다. 모든 서사가 수로부인을 중심으로 진행되기 때문이다. 반면에 노옹과 노인은 수로부인에게 천 길 절벽 위에 피어있는 꽃을 꺾어다 주거나 그녀가 해룡에게 납치되자 구출할 수 있는 지혜를 제공하는 보조인물이다. 말하자면 서사의 중심인물이 수로부인이고 노옹과 노인은 주변인물이라는 것이다. 하지만 서사를 둘러싸고 벌어지는 사건의 진행 과정에서의 기능과 역할은 오히려 전복되고 있다. 수로부인조는 수로부인을 둘러싸고 일어나는 신이의 사건들을 서술하고 있는 것이지, 수로 자체가 신이한 능력을 소유한 것은 아니다.

기술물에서 수로는 그녀의 신상에 무언가 문제가 있었고, 그것을 해결해야 할 주술적 의례가 필요했던 것으로 보인다. 말하자면 수로는 자신을 위해 누군가의 조력으로 주술의례가 필요했지, 그녀가 남을 위해 주술의례를 집행하는 것은 아니었다. 오히려 천길 벼랑의 꽃을 꺾어다 수로에게 바친 노옹이 샤먼적 존재이고, <헌화가>야말로 노옹이 수로에게 공수를 내리면서 불렀던 제의가요로 보인다. 수로부인은 기술물에서 서사상의 중심인물이지만 의례 과정에서는 자신의 신상 문제를 해결하고 소망을 이루려는 수동적인 존재로서 제의를 주관하는 샤먼적 존재로 규정하기에는 곤란하다. 오히려 수로의 주변에서 조력자로서 제의에 관여하여 문제를 해결하는 노옹이나 노인이 샤먼적 존재로 파악된다.

5. 〈헌화가〉와 〈해가〉, 그리고 〈구지가〉의 성기신앙

〈헌화가〉와 〈해가〉는 수로부인이 남편인 순정공을 따라 동행하면서 일어났던 신이한 사건들을 해결하는 과정에서 불렀던 노래이다. 〈구지가〉는 가락국에서 수로왕(首露王)을 맞이하면서 부른 노래이다. 〈구지가〉가 지닌 주술적 성격은 〈해가〉와 깊은 관련이 있다. 그동안 〈헌화가〉의 가요적 성격을 모색한 대부분의 논의는 작품 자체에 대한 면밀한 논증 과정보다는 그것을 〈해가〉에 맞춰서 주술 가요로 규정하거나 아니면 무관하게 여겨왔다.

필자는 〈헌화가〉에 대한 논의를 전개하면서 그것이 남근석에 소망을 기원하는 주술가요라는 점에 주목하였다. 그리고 〈헌화가〉는 수로부인조에 실린 〈해가〉와 함께 가요의 성격이 서로 비슷하거나 상통하는 측면이 많다는 것을 확인할 수 있었다. 결국, 일연이 '수로부인조'에서 〈헌화가〉와 〈해가〉를 함께 기술한 까닭도 수로와 관련된 이들 노래가 같은 제의적 성격을 지닌 노래였기 때문으로 보인다.

앞서 논의한바, 〈헌화가〉는 남자 성기와 모양이 유사한 남근석에서 모종의 무속 의례를 거행하며 부른 주술 가요였다. 천 길 바위 아래에서 노옹이 암소를 끌고 나타난 것은 제의 과정에서 양물의 남근석으로 상징되는 남성성과 암소로 상징되는 여성성의 모의적인 남녀 결합 행위이다. 여기에서 암소는 남근석의 생명력을 수태할 수 있는 여성성을 상징하는 것으로 보이기 때문이다. 또한, 천길 바위 위에 핀 꽃(척촉화)은 단순한 자연물이 아니라, 무속에서 접신(接神)의 매개체로써 생명 잉태를 가져다주는 주술적 상관물에 다름이 아니다. 따라서 〈헌화가〉에는 남근석을 대상으로 다산과 풍요를 위한 제의, 특히 아들을 기원하는 주술적 성격의 성기신앙이 자리를 잡고 있었던 것으로 보인다.

〈해가〉는 〈헌화가〉와 짝을 이루는 노래이다. 수로부인조에는 수로를 둘러싸고 두 개의 사건이 있었고 이를 해결하는 과정에서 〈헌화가〉와 〈해가〉를 불렀다. 수로 일행이 남근석 아래의 의례에서 〈헌화

가>를, 다시 이틀 후에 임해정에서 거행한 모종의 의례에서 <해가>를
불렀다. 기술물을 보면 임해정에서 주선을 하는 도중에 갑자기 해룡이
나타나서 수로부인을 끌고 바다 속으로 들어가 버렸다. 그리고 마침내
수로를 구출하기 위한 노인의 비책에 따라 사람들이 막대기로 언덕을
치면서 다음과 같이 노래를 불렀다.

龜乎龜乎出水路	거북아 거북아 수로를 내놓아라.
掠人婦女罪何極	남의 아내를 뺏어간 죄 얼마나 크냐
汝若悖逆不出獻	네 만약 거역하여 내놓지 않으면
入網捕掠燔之喫	그물을 넣어 잡아 구워 먹으리

　<해가>에 대한 논의들을 살펴보면 각론에서 의견이 분분하지만, 그
것이 <구지가>와 같은 위협적 주술가요라는 총론에서는 대체로 일치
한다. 또한 이 노래는 당시에 처음 가창된 것이 아니라 이미 오랜 전부
터 전승되던 <구지가>류의 주술가요라는 것도 짐작할 수 있다. 왜냐
하면 신라 성덕왕(702~737) 재위 시절에 불렀던 이 노래를 훨씬 이전
에 불렀던 다음의 <구지가>와 비교해보면, 내용이 서로 비슷하고 구
조도 같다는 것을 확인할 수 있기 때문이다.

龜何龜何	거북아, 거북아
首其現也	머리를 내어라
若不現也	내어 놓지 않으면
燔灼而喫也[21]	구워서 먹으리.

　<구지가>는 가락국의 시조인 김수로왕을 맞이하며 불렀기 때문에

---

21) 『삼국유사』 권2, 「가락국기」, <구지가>.

〈영신군가〉로도 일컬어진다. 이 노래는 무엇보다도 '호칭＋명령＋가정＋위협'으로 전개되는 전형적인 주술가요의 구조를 지니고 있다.[22] 게다가 이 노래는 민요 형태인 2음보의 반복 형태라고 말할 수 있는데, 이것은 〈해가〉에 와서도 그대로 유지되고 있다. 〈해가〉는 이전부터 전승되던 이와 같은 〈구지가〉류의 선형 반복과 변형 확대의 결과물로 보인다. 〈해가〉에서 '거북아 거북아 수로를 내놓아라(龜乎龜乎出水路)'는 〈구지가〉의 '거북아 거북아 머리를 내어라(龜何龜何 首其現也)'의 선형 반복에 해당한다. 다만 '머리(首)'라는 호칭 대상이 '수로(水路)'로 바뀌고 있을 뿐이다. 이것은 〈구지가〉 이전부터 전승되던 원형은 '거북아, 거북아, ○○을 내놓아라!'의 형태였다는 것을 알 수 있다. 〈해가〉의 '네 만약 거역하여 내놓지 않으면(汝若悖逆不出獻) / 그물을 넣어 잡아 구워 먹으리(入網捕掠燔之喫)'는 〈구지가〉의 '내어 놓지 않으면(若不現也) / 구워서 먹으리.(燔灼而喫也)'의 반복 답습과 변형 확대에 지나지 않는다. 따라서 〈구지가〉와 〈해가〉는 같은 가요의 양식에 속하며, 후자는 전자의 전승임이 분명하다. 역사적으로 주술가요란 대체로 반복해서 가창되며 형태가 달라져도 그 구조는 그대로 유지되고 있기 때문이다. 다만, 이들 노래가 사회문화적 배경이 달라지면서 각각의 놓인 현실에 따라 수로왕을 맞이하는 노래나 수로부인을 구출하는 노래로 달라졌을 뿐이다.

그렇지만 노래 자체가 생성되는 과정에서 자리를 잡은 이들의 원형 상징은 그대로 남아 있기 마련이다. 그것은 바로 〈구지가〉와 〈해가〉에 내재하여 있는 다산과 풍요를 기원하는 성기 숭배의 상징물이다. 그동안 〈구지가〉는 원시 제의와 관련되거나 사회적 변모 과정에 초점이 맞춰지는 등, 여러 측면에서 논의되어 왔다.[23] 〈구지가〉에 대한 논

---

22) 성기옥, 「구지가의 작품적 성격과 그 해석(2)」, 『배달말』 제12집, 1987, 123~157쪽.

의에서 거북과 거북의 머리가 과연 무엇을 상징하였는지 아직도 해석
상의 쟁점으로 남아 있다. 거북의 정체를 두고 상징적 의미도 논자에
따라 다르지만 대체로 제의의 희생물·성(性)과의 관련·토템 동물로
귀결된다.[24] 거북의 머리에 대한 논자들의 해석은 거북의 머리와 군
왕 또는 우두머리의 상징적 표현으로 정리된다.[25]

이 논문에서는 논의의 성격상 <구지가>에 대한 정병욱과 김균태의
논의에 주목하고자 한다. 이들은 <구지가>를 성기신앙과 관련지어 논
의한 대표적인 사례에 해당하기 때문이다. 정교수에 의하면 '거북의
머리와 목'은 남자의 성기를, '구워먹겠다((燔灼而喫也)'는 여자의 성기
를 은유한 것으로 파악하여 이 노래가 원시인들의 강렬한 성욕을 표
현한 것으로 보았다.[26] 김균태는 <구지가>의 거북은 김해지역의 기자
나 풍요를 기원하기 위한 성기 숭배 신앙을 배경으로 하는 토템으로
구간을 비롯한 선주민에게 있어서는 원시 신앙의 대상이었지만, <구
지가>는 그것을 부정하게 하고 새로운 신앙 대상이라고 할 수 있는 천
신을 숭배하도록 요구한 노래로 보았다.[27]

<구지가>처럼 성기신앙이 내재되어 있는 것은 <해가>에서도 마찬
가지이다. <해가>는 오랜 전부터 전승된 가요이지만 노래 속에 내재

---

23) <구지가>에 대한 논의들을 대별하여 황패강은 1) 무격적 주술적 원시적 신앙에서 파생
   한 제의와의 관련 2) 농경사회의 노동과의 관련 3) 사회적 추이와 정치적 의의와의 관련
   으로 파악하였다. (황패강, 「귀하가고」, 『국어국문학』 29호, 1965, 309~336쪽)
   김승찬은 제의적 측면·발생학적 측면·정신분석학적 측면·토템적 측면·사회사적 측
   면·민간신앙적 측면·수렵경제적 측면·한문화 영향적 측면 등으로 파악하였다. (김승
   찬, 「구지가고」, 『한국상고문학연구』, 제일문화사, 1978, 23~8쪽.)

24) 성기옥, 앞의 논문, 128~130쪽.

25) 성기옥, 같은 논문, 136~140쪽.

26) 정병욱, <구지가>, 『한국시가문학대계』 V, (언어·문학사下), 고대민족문화연구소, 1967,
   769쪽.

27) 김균태, 「<구지가>연구 – 수로신화의 기능을 중심으로–」, 『국어교육』 92집, 1996, 53쪽.

하여 있는 상징체계는 변함이 없다. 〈구지가〉나 〈해가〉가 후대로 전
승되는 과정에서 사회문화적 배경이 전복되며 비록 삶의 자리가 변모
되더라도 노래 자체가 지닌 애초의 상징체계는 화석처럼 남아 있기
마련이다. 수로왕을 맞이하며 부른 〈구지가〉와 수로부인을 구출하기
위해 부른 〈해가〉에서의 거북과 거북의 머리가 지닌 의미 체계가 서
로 다르더라도 그것들이 처음에 생성되면서 자리를 잡았던 원형 상징
은 생명력이었을 것이다.

　모든 생명의 시작은 남성과 여성의 성적 결합에서 시작된다. 〈헌화
가〉에서 자지바위로 상징되는 양물과 암소로 상징되는 여성성이라는
모의적인 남녀 결합 행위를 통해서 다산과 풍요를 기원하는 의례를
올렸듯이, 〈해가〉에서도 남성의 양물로 상징되는 거북의 목과 여성성
을 상징하는 '구워먹는다'라는 모의적인 남녀 결합 행위에서처럼 노래
에는 성기신앙이 내재하여 있다.[28] 다만 〈해가〉와 〈구지가〉는 둘 다
그 이전부터 구전되던 고정된 주술가요였는데 비해, 〈헌화가〉는 무속
제의의 과정에서 수로를 위해 축원하던 샤먼 노인이 즉흥적으로 불렀
던 주술요로 보인다.

　결론적으로 말해서 〈헌화가〉와 〈해가〉, 그리고 〈구지가〉는 다산과
풍요를 기원하는 주술적 성격을 지니고 있는데, 여기에는 양물로 상징
되는 남성성과 그것을 받아들여 수태할 수 있는 여성성의 모의적인
결합 행위라는 성기신앙의 상징체계가 내재하여 있다고 말할 수 있다.

---

28) 오늘날에도 남자 성기의 끝부분을 '귀두(龜頭)'로 지칭하는 언급은 성기의 형태나 성적
　　기능을 전제로 한 유사성의 명명이다.

6. 맺음말

이 논문은 〈헌화가〉에 대한 반성적 검토에서 비롯되었다. 지금까지 〈헌화가〉에 대한 여러 해독과 많은 문예 분석들이 있었지만 아직도 제대로 파악되지 못한 사안들이 남아있었다. 필자는 그것이 '자포암호(紫布岩乎)'의 해석에 있다고 보았다. '자포암호'는 노랫말에 들어있는 한 어휘에 지나지 않지만, 전체적으로 가요의 성격을 규정할 수 있는 결정적 단서를 제공하고 있기 때문이다.

여기에는 근세 자료로써 8세기의 텍스트 의미를 유추하는 한계가 있지만, 이 논문은 '자포암호'를 남근과 관련된 '자지바위(좃바위)'로 해석하면서 〈헌화가〉에 대한 기존의 논의를 뛰어넘는 가요적 함의를 읽어낼 수 있었다.

필자는 〈헌화가〉를 남자 성기와 모양이 유사한 남근석에서 모종의 무속 의례를 벌이며 불렀던 노래로 보았다. 말하자면 〈헌화가〉는 남근석인 자지바위가 표상하는 생식과 생명력을 통해서 다산과 풍요를 기원하는 제의, 특히 아들을 기원하는 제의에서 불렀던 주술가요이다. 노인이 암소를 끌고 나타난 것도 천길 바위 아래에서 제의를 올리는 과정 중에 자지바위로 상징되는 양물과 암소로 상징되는 여성성의 모의적인 남녀 결합 행위로 보았다. 그리고 천길 바위 위에 핀 꽃(척촉화)은 이른바, 무속에서 접신의 매개체로서 생명의 잉태를 가져다주는 주술적 상관물에 다름이 아니다.

수로부인조에는 그 어디에도 수로부인이 아들을 낳으려는 소망을 직접적으로 표출하고 있지는 않다. 하지만 이와 같은 맥락에서 기술물에 담긴 내용을 자세히 살펴보면 그것에는 남근석을 대상으로 다산과 풍요를 위한 제의, 특히 득남을 기원하는 성기신앙이 자리를 잡고 있었다는 것을 알 수 있다.

필자는 〈헌화가〉가 수로부인조에 실린 〈해가〉와 함께 가요의 성격
이 서로 비슷하거나 상통하는 측면이 많다는 것을 확인하였다. 〈헌화
가〉는 〈해가〉나 〈구지가〉와 더불어 다산과 풍요를 기원하는 주술적
성격을 지니고 있었다. 이들 가요에는 모두 양물로 상징되는 남성성과
그것을 받아들여 수태할 수 있는 여성성의 모의적인 결합 행위라는
성기신앙의 상징체계가 내재되어 있었다. 다만, 〈헌화가〉는 무속 제
의의 과정에서 수로를 위해 축원하던 샤먼 노인이 불렀던 즉흥적인
주술 노래인 데 반해서, 〈해가〉와 〈구지가〉는 둘 다 그 이전부터 구
전되던 고정된 주술가요였다는 특징이 있다.

〈모죽지랑가〉의 가요적 성격과 동성애 코드

1. 머리말

〈모죽지랑가〉는 신라 제32대 효소왕(孝昭王, 687~702, 재위 692~792) 때에 화랑인 득오곡이 죽지랑을 사모하여 지었다는 향가 작품이다. 〈모죽지랑가〉는 죽지랑이 김유신과 함께 삼국통일의 주역이라는 점에서 그렇고, 〈찬기파랑가〉와 함께 화랑과 관련된 향가 작품으로 짝을 이루고 있다는 점에서 일찍부터 주목을 받아왔다.

이 노래는 죽지랑이 역사적 실존 인물이라는 점에서 가요의 성격이나 의미를 쉽게 파악할 것으로 생각되기 쉽다. 하지만 실제는 그렇지 않다. 노래를 둘러싼 기술물이 그렇고, 그것과 함께 노래를 검토하더라도 가요적 의미를 파악하기가 쉽지 않다. 오히려 기술물이 없고 가요만 있었다면 그것을 파악하기가 보다 쉬웠을지도 모른다.

이처럼 〈모죽지랑가〉는 기술물에서 보이는 사건의 실상이 난해하여 가요 해석에 어려움이 있다. 그래서인지 가요의 창작 시기도 죽지랑이 생존한 시기에 지어졌는지, 아니면 그의 사후에 지어진 것인지도 분명치 않다. 가요적 성격을 '사모시'로 보기도 하고 '추모시'로 파악하기도 한다. 그리고 이 노래가 화랑도를 둘러싼 갈등이나 권력 투쟁을 담고 있다고 하여 그것에 따른 역사적 해석이 필요하기도 하다. 한편, 『삼국유사』에서처럼 가요의 창작 연대를 효소왕 시기로 귀결 짓는 것은 죽지랑의 실제적 삶과 비교하여 애당초 무리인지도 모른다.

그동안 연구자들은 〈모죽지랑가〉에 대해서 논의를 거듭해왔고 이제는 연구사를 따로 써야할 정도로 연구물이 축적되었다.[1] 그렇다고 〈모죽지랑가〉에 대한 연구가 종결된 것은 아니다. 〈모죽지랑가〉에 대한 많은 논의가 있었지만 앞으로도 얼마든지 새로운 사실이나 해석이 제시될 수 있기 때문이다.[2]

이 논문에서는 기존의 시각과 달리하여 〈모죽지랑가〉의 배경이 되는 기술물과 관련 기록물들을 비교하고 검토하면서 그것의 가요적 실체를 새롭게 파악하도록 노력하겠다. 특히 이 논문에서는 그동안 〈모죽지랑가〉에서 간과되었던 사실들을 동성애 코드(약호)와 관련하여 규명하고자 한다.

2. 〈모죽지랑가〉의 기술물과 가요적 성격

〈모죽지랑가〉는 『삼국유사』권2·「紀異」제2편의 「효소왕대 죽지랑」조에 실려 있다. 죽지랑에 관한 사연이 「기이」편에 실려 있는 바, 그를 둘러싼 이야기는 신이하다. 그렇다고 내용 전체가 그저 기이하거나 황당한 것만은 아니다. 찬술자인 일연의 불교적 세계관에 입각한 신이사관에서 비롯된 그것에는 역사적 사실과 진실이 혼융되어 있다. 예로써

---

1) 이창식, 「모죽지랑가」, 『새로읽는 향가문학』(임기중 외),아세아문화사, 1998, 93~97쪽.
2) 최근에 이뤄진 논의 중에서 눈여겨볼 만한 논의는 죽지랑의 인물 형상의 변모가 이전의 시가와는 달리, 서정 주체의 세계관까지 변화시켰다고 보면서 〈모죽지랑가〉가 후대 작품에 영향력을 끼쳐 미의식·세계관의 변모를 이끌어냈다고 보았다.(서철원, 『향가의 역사와 문화사』, 지식과 교양사, 2011, 125~147쪽.)

같은 「기이」편에 있는 「경덕왕 충담사 표훈대덕」조에 실려 있는 혜공왕의 출생과 성장 과정은 기이하기도 하지만, 그것에는 혜공왕의 동성애적 취향이 약호화되어 있다. 같은 「무왕」조에 실려 있는 <서동요>는 선화공주가 서동서방과 성행위하는 장면을 비유적으로 표현한 것으로 추측된다.3) 이런 점에서 기이편에 실려 있는 기술물들의 내용은 사실과 상상이 혼재되어 있고, 아울러 성속(聖俗)을 넘나들고 있다는 것을 명심할 필요가 있다. 그것은 <모죽지랑가>도 마찬가지이다.

<모죽지랑가>는 기술물이 중심이고 노래는 다만 부수적으로 첨가되어 있어서 그것이 없어도 기술물의 전승에는 하등의 지장이 없다.4) 반대로 이 말은 노래는 배경설화의 이해 없이는 시가 자족적으로 존재하기 어렵다고 말할 수 있다.5) 결국 <모죽지랑가>의 가요적 성격이나 가요 구조를 제대로 파악하기 위해서는 『삼국유사』권2의 「효소왕대 죽지랑」조를 먼저 면밀하게 검토할 필요가 있겠다. 전문과 가요 해독은 다음과 같다.6)

　　　　<가>

　　　第三十二, 孝昭王代, 竹曼郎之徒. 有得烏(一云谷)級干. 隷名於風流黃券. 追日仕進. 隔旬日不見. 郎喚其母, 問爾子何在. 母曰. 幢典牟梁益宣阿干, 以我子差富山城倉直, 馳去, 行急未暇告辭於郎. 郎曰. 汝子若私事適彼, 則不須尋訪. 今以公事進去, 須歸享矣. 乃以舌餅一合, 酒一

3) 정우영, 「<서동요> 해독의 쟁점에 대한 검토」, 『국어국문학』 147집, 국어국문학회, 2007, 286쪽.
4) 임기중, 『신라가요와 기술물의 연구』, 이우출판사, 1981, 257쪽.
5) 홍기삼, 『향가설화문학』, 민음사, 1997, 72쪽.
6) 『三國遺事』 卷第2, 「紀異」, 「孝昭王代 竹旨郎」條. 방점은 崔南善의 『三國遺事』(서문문화사, 1988)를, 가요 해독은 여러 이설을 종합한 임기중의 『우리의 옛노래』(현암사, 1993.)를 따랐다.

舡, 率左人(鄕云皆叱知, 言奴僕也)而行. 郎徒百三十七人, 亦具儀侍從. 到富山城. 問闇人. 得烏失奚在. 人曰. 今在益宣田. 隨例赴役. 郎歸田, 以所將酒餠饗之. 請暇於益宣. 將欲偕還. 益宣固禁不許. 時有使吏侃珍, 管收推火郡. 能節租三十石. 輸送城中. 美郎之重士風味. 鄙宣暗塞不通. 乃以所領三十石, 贈益宣助請. 猶不許. 又以珍節舍知騎馬鞍具貽之. 乃許. 朝廷花主聞之. 遣使取益宣, 將洗浴其垢醜. 宣逃隱. 掠其長子而去. 時仲冬極寒之日. 浴洗於城內池中. 仍合凍死. 大王聞之. 勅牟梁里人從官者, 竝合黜遣. 更不接公署. 不著黑衣. 若爲僧者. 不合入鐘鼓寺中. 勅史上侃珍子孫, 爲枰定戶孫. 標異之. 時圓測法師是海東高德. 以牟梁里人故, 不授僧職.

〈나〉

初述宗公爲朔州都督使. 將歸理所. 時三韓兵亂. 以騎兵三千護送之. 行至竹旨嶺. 有一居士, 平理其嶺路. 公見之歎美. 居士亦善公之威勢赫甚. 相感於心, 公赴州理. 隔一朔. 夢見居士入于房中. 室家同夢. 驚怪尤甚. 翌日使人問其居士安否. 人曰. 居士死有日矣. 使來還告., 其死與夢同日矣. 公曰. 殆居士言誕於吾家爾. 更發卒修葬於嶺上北峯. 造石彌勒一軀, 安於塚前. 妻氏自夢之日有娠. 旣誕, 因名竹旨. 壯而出仕, 與庾信公爲副帥. 統三韓, 眞德, 太宗, 文武, 神文, 四代爲冢宰. 安定厥邦.

〈다〉

初, 得烏谷, 慕郎而作歌曰.

去隱春皆理米	간봄 그리매
毛冬居叱沙哭屋尸以憂音	모든 것사 우리 시름
阿冬音乃叱好支賜烏隱	아롬 나토샤온
皃史年數就音墮支行齊	즈싀 살쯈 디니져
目煙廻於尸七史伊衣	눈 돌칠 亽싀예
逢烏支惡知作乎下是	맛보기 엇디 지소리

郎也慕理尸心未 行乎尸道尸　　　郎이여 그릴 ᄆᅀᆞᄆᆡ 녀올길
蓬次叱巷中宿尸夜音有叱下是　　다봊 ᄆᆞ술히 잘밤 이시리

『삼국유사』권2의 「효소왕대 죽지랑」조에는 죽지랑과 관련된 세 개
의 기술물이 나온다.[7] 여기에 실려 있는 설화는 삽입서사 없이 중심서
사에 의해서만 이야기가 전개되고 있고, 시종 죽지 한 사람에 연관되
는 이야기를 전개하기 위해서 인물 다수가 출몰할 뿐이다. 즉 모든 사
건이 죽지랑에 집중되면서 단순 설화의 양상을 보여주고 있다.[8] 첫째
서사 단락인 <가>에서는 역사적 실존인물이자 중심인물인 죽지랑이
신라 32대 효소왕 재위 기간에 자신의 낭도였던 득오를 둘러싸고 익
선과 벌인 갈등 내용이다. 둘째 서사 단락 <나>에서는 길을 닦던 거사
가 죽어 다시 죽지랑으로 태어난다는 이야기이다. 셋째 단락인 <다>
는 향가 작품으로 죽지랑을 사모하는 득오의 노래이다. <가>는 화랑
의 우두머리였던 주인공 죽지랑의 현세담이고, <나>는 출생을 둘러싼
신이한 전생담이다. 반면에 <모죽지랑가>가 기록되어 있는 <다>는
<가>의 서사를 보족하는 기술물처럼 보인다. 그래서 <모죽지랑가>는
중심서사인 <가>와 <나>, 특히 <가>를 배제하고서는 그것의 가요적
성격이나 내용을 제대로 파악할 수 없다고 판단할 수 있다. 하지만
<다>를 <가>에 이어서 기술하지 않고 굳이 죽지랑의 전생담인 <나>
의 뒤에 기술하고 있는 것은 서술자인 일연이 <가>와 <다>를 동시대
사건이 아닌, 처음부터 시차를 두고 벌어졌던 각각의 사건으로 파악하
였던 것으로 읽어진다.

---

7) <나>의 말미에 나오는 죽지랑의 생애와 업적에 대한 설명적 진술을 분리하여 네 개의
기술물로 구분하기도 한다.(이승남, 「삼국유사 효소왕대 죽지랑조의 서사적 의미소통과
<모죽지랑가>」, 『한국사상과 문화』 54집, 한국사상 문화학회, 2010, 13쪽.)
8) 홍기삼, 앞의 책, 76~77쪽.

하여튼 『삼국유사』의 「紀異」편에 수록된 「효소왕대 죽지랑」조는 '〈화랑 죽지랑(현생담) – 죽지랑의 출생(전생담) – 노래〉'의 순서로 서술되어 있다. 본래 '전생담 – 현생담 – 노래'의 순서이어야 하는데, 찬술자는 그것을 현생담과 전생담의 순서로 바꿔놓았다고 말할 수 있다. 그것의 서사 내용도 그렇고, 죽지랑의 전생과 출생 과정에서 득오를 둘러싼 죽지랑과 익선의 갈등, 그리고 죽지랑에 대한 득오의 노래 순서로 이어지는 것이 마땅하기 때문이다. 그래서 「효소왕대 죽지랑」조는 찬술자인 일연이 시간상의 선후를 무시하고 질서 없이 편집, 구성해 놓은 기록물로 파악하기도 한다.[9] 하지만 필자는 그것이 서술자인 일연의 의도적인 글쓰기 전략으로 보인다. 그것은 서술자가 죽지랑의 효소왕대 벌어졌던 사건을 앞세우고 오히려 신이한 출생을 뒤로한 것은 화랑의 우두머리인 죽지랑의 인간적인 풍모를 내세워 그것에 불교적 신이함이 자리를 잡고 있다는 것을 드러내려는 의도로 보이기 때문이다.

〈가〉의 문맥대로라면, 이 서사는 죽지랑의 말년인 효소왕대(692~701)에 있었던 사건이다. 역사적으로 진골출신의 명문 집안에서 출생한 죽지랑은 일찍이 화랑을 역임하였고 진덕여왕과 태종 무열왕, 문무왕과 신문왕 4대에 걸쳐서 국가의 주요 직책을 지낸 인물이기도 하다. 이 시기에 죽지랑은 국가 원로였을 것인데 득오를 둘러싸고 익선과 갈등을 겪는다. 이것은 통일 삼국 이후로 화랑의 세가 급격하게 퇴색해버린 시기에 실세한 죽지랑의 초라한 모습인지도 모른다.[10] 하지만 익선이 결국 처벌되고 모량리 출신 전체가 불이익을 받는 가혹한 처분을 고려한다면 그것도 쉽게 이해가 가지 않는다. 그래서 어쩌면 이것은

---

9) 박노준, 〈모죽지랑가〉, 『신라가요의 연구』, 열화당, 1982, 120쪽.
10) 박노준, 위의 책, 119~139쪽.

설화적 허구를 산출해 내기 위한 비개연적 사건들인지도 모른다.[11]

이처럼 「효소왕대 죽지랑」조는 죽지랑의 출생담보다 죽지랑과 익선의 갈등 내용이 오히려 복잡하고 이상하다. 또한 그것을 해결하는 과정도 합리적이지 않다. 그것은 마치 <춘향전>에서 이몽룡이 변학도와 춘향 사이의 갈등을 일방적으로 처리하는 방식과도 같다. 그래서 「孝昭王代 竹旨郎」條는 실제적 역사의 기록이라기보다 유사역사적인 설화적 공간에 가깝게 여겨진다. 여기에서 무엇보다도 중요한 것은 그것의 사실 여부보다는 그것을 뛰어넘는 당대의 역사적 함의를 제대로 밝혀내는 것이다.

<나>의 내용을 살펴보면, 죽지랑의 출생 과정을 둘러싼 신이한 내용은 불교 경전이나 불교설화에서 흔히 있는 일이고 이상할 게 없다. 죽지랑은 죽지령에서 길을 닦던 거사가 환생하여 출생한 것이다. 거사의 무덤 앞에는 돌미륵이 세워졌고 그는 다시 죽지랑으로 태어난다. 여기에 담겨있는 함의는 화랑과 미륵신앙의 관련성이다. 신라는 미륵의 미래적 상징에서 젊음과 희망, 새로움을 발견하고 그 사상에서 화랑이라는 단체를 만들어 국민사상을 융합하고 이상국가 건설을 지향하였기 때문이다.[12] 그래서 화랑으로 삼국통일의 주역이었던 김유신의 무리를 용화향도(龍華香徒)라고 일컬었고,[13] 죽지랑도 삼한 통일에 이바지 한 화랑이 되었고 그 이후로 국가의 주요 직책을 수행하였다. 이것들은 화랑이 미륵신앙과 깊은 관련을 맺고 있었다는 역사적 사실과도 부합한다.

앞서 언급한 것처럼 『삼국유사』에 실린 향가 작품을 제대로 해석하

---

11) 홍기삼, 앞의 책, 104쪽.

12) 김영태, 「미륵선화고」, 『한국불교사정론』, 불지사, 1997, 192~211쪽.

13) 『三國史記』권1 「列傳」1, <김유신>조. 公年十五歲爲花郎, 時人洽然服從, 號龍華香徒.

기 위해서는 관련 기술물의 담론이나 서사구조를 파악하는 것이 중요
하다. 더 나아가 그것을 기술하고 있는 어휘나 글자 하나도 단서를 제
공하는 매우 중요한 의미소이다. 이런 점에서 「효소왕대 죽지랑」조에
나오는 '초(初)'자도 그것의 하나이다. 그것에서는 '초(初)'자가 두 번에
걸쳐 나온다. 하나는 죽지랑의 전생담이 나오는 두 번째 서사 단락이
시작하면서, 다른 하나는 득오가 죽지랑을 사모하여 노래를 지었다고
소개되면서 나오는 글자이다.

① 初述宗公爲朔州都督使, 將歸理所, 時三韓兵亂, 以騎兵三千護送之.
② 初得烏谷, 慕郎而作歌曰,

위에서 ①은 죽지랑의 전생담이 나오는 두 번째 서사 단락이 시작하
는 부분이다. 여기에서 '초(初)'자는 주인공 죽지랑에 대한 신이한 전생
담의 진입을 의미한다. 그것은 현재가 아닌 과거로, 역사적 사실이 아
닌 설화적 사건을 지시해준다. 반면에 ②에서 언급되고 있는 '초(初)'자
는 첫째 서사단락에서 제시되었던 사건 이전인 득오가 죽지랑과 처음
맺고 있었던 관계성을 말하는 의미소이다. 말하자면 과거에 있었던 현
세담에 해당한다. 따라서 ②의 '초(初)'는 이 노래가 득오를 둘러싼 죽
지랑과 익선의 갈등 이전에 이미 존재하였고 죽지랑의 죽은 다음에 지
어진 추모시가 아니라는 것을 말해준다. 더 구체적으로 말하여 〈모죽
지랑가〉는 득오가 익선에게 잡혀 부역하기 훨씬 이전 시기에 그가 죽
지랑을 사모하여 지었던 연모적 성격을 지니고 있다고 여겨진다.

3. 〈모죽지랑가〉의 동성애 코드

3.1. 화랑 관련 기록물과 동성애

역사적으로 화랑과 관련된 대표적인 문헌은 김대문의 『화랑세기』였다. 하지만 그것은 언제부터인가 사라졌고 화랑에 관한 단편적인 내용을 담고 있는 『삼국사기』와 『삼국유사』가 그것을 대신하였다.[14] 그러다가 그동안 우리 역사에서 사라졌던 『화랑세기』가 근래에 필사본 형태로 다시 우리 앞에 나타났다. 1989년 2월 16일에 김대문의 『화랑세기』의 발췌본이 나왔고, 1995년 4월에는 그것의 모본에 해당하는 자료가 공개되었다. 후자에는 새로운 향가 작품 1수와 한역시 〈청조가〉가 실려 있었다.[15]

아직 학계에서는 그것의 사실 여부를 놓고 논란 중에 있는데, 근래에 점차 사료로 힘을 실어가고 있다. 그런데, 『화랑세기』에는 그동안 우리가 받아들였던 화랑과는 사뭇 다른 모습에 모두 적잖이 놀라지 않을 수 없었다. 다시 등장한 『화랑세기』를 접하면서 우리는 그동안 배워온 화랑의 실체에 대해 다시 생각하지 않을 수 없게 되었다. 그것에서 화랑도는 삼국통일의 주역이었던 호국 무사의 모습도 보이고 도의를 닦고 가악을 즐기고 산수를 노니는 풍월도의 모습도 보인다. 그리고 그들에게는 자유로운 남녀 관계로부터 근친혼이나 마복자 등에 이르는, 이른바 현대인들로는 도저히 받아들일 수 없는 가치 체계로 점철되어 있었기 때문이다.

게다가 『화랑세기』에는 동성애를 시사하고 있는 관련 기록들이 있

---

14) 이외에도 조선조에 나온 『삼국사절요』(1476)나 『동국통감』(1485), 『동사강목』에도 화랑도와 관련된 기록이 보인다.

15) 이에 관해서는 다음 논문을 참조하기 바람. (김학성, 「필사본 ≪화랑세기≫와 향가의 새로운 이해」, 『한국고시가의 거시적 탐구』, 집문당, 1997, 81~119쪽.)

어서 주목된다. 먼저 그것에는 남성들 사이의 동성애를 의미하는 '용양군(龍陽君)'이라는 명칭이 보인다.16) 용양군(龍陽君)이란 남색(男色)을 지칭하는 말로써 중국 전국(戰國) 시대의 위왕(魏王)이 동성애로 총애하던 신하를 용양군(龍陽君)으로 일컬은 고사(故事)에서 유래한 말이다.

『화랑세기』에 나오는 '부제(副弟)', '폐신(嬖臣)'이라는 어휘도 수상쩍다. 화랑의 우두머리인 풍월주는 10대 소년을 자신의 '부제'로 삼았는데, 이들 사이가 마치 부부와 같았다는 언급이 여러 차례에 걸쳐 나온다. 16세 풍월주 보종공(宝宗公)은 호림(虎林)이 사랑하여 그를 부제로 삼았는데, 정이 마치 부부와 같아 스스로 여자가 되어 섬기지 못하는 것을 한스러워하였다는 것이다.17) 17세 풍월주였던 염장공도 보종공의 부제였을 때에 이들은 마치 부부와 같았고 보종공을 늘 업어주었다고 기록하고 있다.18) 24세 풍월주였던 천광공(天光公)도 얼굴이 아름답고 재주가 많아 양도공의 폐신이 되었다.19) 천광공이 화랑이었던 당시에 양도공(良圖公)이 보고서 좋아하여 정이 부부와 같았는데 그에게 소속되어 폐신이 되었다는 언급도 보인다.20) 이외에도 선덕여왕이 보량공(宝良公)에게 미소년인 폐아(嬖兒)의 아름다움에 대해 묻는 내용이 나오는 것으로 미루어 신라시대의 동성애 문제는 결코 가

---

16) 金大問, 『花郎世紀』〈未珍夫公〉條. (이종욱 역주, 소나무, 1999, 232쪽) : 法興大王, 以玉珍宮, 私夫英失公爲龍陽君, 寵居上位, 命破源花.(未珍夫公條); 같은책, 〈斯多含〉條, 238쪽. : 初仇利知有龍陽臣薛成者, 美兒善媚, 因利(知出)征不在, 得通于金珍, 生薛原郎.

17) 위의 책, 『花郎世紀』〈宝宗公〉條. 285쪽 : 虎林愛之爲副弟, 情若夫婦, 自恨不爲女以事之.

18) 같은 책, 〈廉長公〉條, 286~287쪽 : 公愛宝宗公之美, 自願爲其弟. 宝宗不以兄處, 反事公如兄. 言無不聽, 情若夫婦 … 身長已大于宝宗公, 公常負宝宗公如嬰兒.

19) 같은 책, 〈軍官公〉條, 303쪽 : 天光亦色美多才, 爲良圖公嬖臣.

20) 같은 책, 〈天光公〉條, 305쪽 : 公年十四, 入欽純公主下爲花郎, 良圖公見而悅之, 情若夫婦, 至屬其下爲嬖臣.

볍지 않았던 것으로 보인다. 게다가 후대 기록인『성호사설(星湖僿說)』
에서조차 신라 화랑을 남색(男色)의 일종으로 여기고 있었다.21)

사실, 한국 문화에서의 동성애 기록은 공개적이지 못하고 다분히 음
성적으로 약호화되어 있다. 고려 시대를 거쳐 조선 왕조가 건국되면서
모든 가치와 규범이 유교적 이념에 기반을 두면서 동성애 문제는 단순
한 미풍 양속의 문제가 아니라 도덕과 인륜을 저해하는 행위로써 그
자체로 처벌 대상이 되었기 때문이다. 그렇다고 우리 문화에서 동성애
적 요소가 없는 것은 아니었다. 신라사회는 오늘날 우리가 받아들인
통념과는 사뭇 다른 풍속이 자리를 잡고 있었던 것으로 보인다.『삼국
사기』의 기록처럼 아름다운 미소년을 곱게 단장하여 화랑으로 받든 것
은 앞서 언급한『화랑세기』에서의 동성애적 코드와 관련이 있을 것으
로 생각된다.『삼국유사』의 기록에서도 여자가 남자로 태어나면서 성
정체성의 혼란을 겪는 혜공왕의 동성애적 취향을 짐작할 수 있다.

고려가요에도 동성애적 약호가 감지되는 작품들이 보인다. 고려 말
기에 불렀던 <후정화>는 조선 초기에 음사라 지탄을 받고 폐지되거나
개작되는 과정을 거친다.22) 그런데 이 노래명은 한편으로 남색과 관
련된 항문 성교를 뜻하는 말로도 여겨졌다는 점을 주목할 필요가 있
다.23) 다음 예문을 보더라도 그 의미가 분명해진다.

---

21)『성호사설(星湖僿說)』18권,「경사문(經史門)」편.

22) 장사훈,『국악논고』, 서울대학교 출판부, 1996, 55~67쪽.

23) 晩明 시기에 나온『花營錦陣』의 제4 화폭에는 한 성인 남자와 어린 시동의 성행위를
하는 그림이 나오는데, 그림에는 다음 시가 기록되어 있다. 여기에서 후정화는 동성애를
뜻하는 중의적인 표현이다. : 座上香盈果滿車, 誰家少年潤无暇. 爲采薔薇顔色媚, 賺
來試折後庭花. 半似含羞半推脫, 不比尋常浪風月. 回頭低喚快些儿, 叮寧休與他人
說. (http://sb94nb.blogbus.com/index_4.html.)

비록 남지나 부인으로 더브러 다르미 업고 미일 밤의 양졍부롤 쳥ᄒ여
져로 더브러 후졍의 일을 지니ᄂᆞᆫ디 (雖是男子, 與婦人無二, 每日夜必要
楊靜夫與他干那後庭之事.)24)

샹이가 임의 후졍을 죠화ᄒᆞᆫ다 ᄒᆞ니 미약을 뻐 져의 무리 량개로 ᄒᆞ여
곰 져롤 희롱ᄒᆞ여 노흐면 도로혀 가히 일시롤 엄챠홀 거시오 (桑二既有
後庭之好, 何不用春藥, 令他們兩個去弄他, 倒可掩飾一時.)25)

한편, 말년에 여자보다 미소년을 가까이 했던 고려 31대 공민왕의
성적 취향이 동성애와 관련이 있었다는 것도 널리 알려진 사실이다.
이에 앞서 무신정권 시절 사대부들의 향락적인 생활과 풍류를 담았던
〈한림별곡〉에서도 동성애적 코드가 간취된다. 이것은 송나라에서 원
나라로 이어지는 13세기 전후의 시기에 유행했던 동성애적 풍습이 고
려로 유입되었기 때문으로 보인다.

> 唐唐唐 唐楸子 皀莢남기
> 紅실로 紅글위 매요이다
> 혀고시라 밀오시라 鄭少年하
> 위 내 가논대 남갈셰라
> (葉)削玉纖纖 雙手ㅅ 걀길헤 削玉纖纖 雙手ㅅ 걀길헤
> 위 携手同遊ㅅ 景 긔 엇더하니잇고

이것은 〈한림별곡〉 제8장이다. 경기체가인 〈한림별곡〉은 전체적으
로 한자 어휘로 이뤄져 있고 생경한 느낌을 준다. 그나마 〈한림별곡〉
8장은 문학성이 돋보이며 '당당당(唐唐唐)'에서처럼 율동적 운율감도
함께 느낄 수 있는 곳이다. 이곳에서는 그네를 타는 즐거운 광경을 통

---

24) 『瑤華傳』 16장 45절.
25) 위의 책, 16장 50절.

해 은유적으로 상층 사대부들의 향락적인 삶의 모습을 보여주고 있다. 그런데 '당추자(唐楸子)'와 '정소년(鄭少年)'을 비롯한 일련의 어휘에서 동성애적 약호가 보인다. '당추자'는 '남자의 고환'을, '홍실·홍글위'에서의 '홍'은 '성기 부근 피부의 색깔'을, '글위(그네)'는 '혀고시라 밀오시라'의 '당기고 밀고 하는 성교행위'를 표현한 것이다.[26] '정소년'은 춘추시대에 성 풍습이 문란했다는 데서 유래한 동성애 상대자로서의 소년을, '내 가논 대 눔 갈셰라'라는 말은 단순한 추천(그네타기)보다는 '성행위'와 관련된 의구심의 표현으로 보는 편이 온당하다는 것이다.[27] 한 마디로 <한림별곡>8장에서는 남자로 여겨지는 화자가 옥을 깎은 듯한 아름다운 미소년인 정소년과 그네를 타면서 남의 간섭을 받지 않고 둘이서만 놀고 싶다는 말로 여겨진다. 그리고 쥐엄나무에 붉은 실로 붉은 그네를 매고 정소년(鄭少年)과 그네를 밀고 당기면서 옥 같은 손길을 마주잡고 즐기는 모습에서 은밀한 동성애적 취향을 추측할 수 있다.

3.2. 가요적 성격과 동성애 코드

『삼국유사』에 실려 있는 향가 작품 중에는 노랫말을 읽지 않더라도 가요와 관련된 단편적인 언급을 통해서 그것의 성격을 어느 정도 유추할 수 있다. 먼저 <서동요>의 '乃作謠, 誘群童而唱之云'이나[28] <풍요>의 '故傾城士女, 爭運泥土, 風謠云'이라는[29] 언급에서처럼 이들

---

26) 성호경, 『한국시가의 유형과 양식 연구』, 영남대학교 출판부, 1995, 119쪽.

27) 성호경, 위의 책, 같은 쪽.

28) 『三國遺事』卷第二,「奇異」篇, <武王>條: … 乃作謠, 誘群童而唱之云. 善花公主主隱, 他密只嫁良置古, 薯童房乙, 夜矣卯乙抱遣去如. 童謠滿京, 達於宮禁 …

29) 위의 책 卷第四,「義解」篇, <良志使錫>條: … 故傾城士女, 爭運泥土, 風謠云. 來如來如來如, 來如哀反多羅. 哀反多矣徒良, 功德修叱如良來如. 至今土人, 春相役作皆用

노래가 민요적 성격을 지니고 있었다는 것을 유추할 수 있다. 〈제망매가〉·〈도천수관음가〉·〈찬기파랑가〉 등도 그렇다. 〈제망매가〉는 '明又嘗爲亡妹營齋, 作鄕歌祭之'라는 언급에서 그것이 죽은 누이의 재(齋)를 위해 지었던 제의적 성격의 작품이라는 것을 알 수 있다.30) 〈도천수관음가〉는 희명이 눈먼 아이를 천수대비 앞에 나아가서 기도를 올리면서 지어서 불렀던 것인데,31) '令兒作歌禱之, 遂得明'라는 언급에서 기도와 관련된 노래라는 것을 짐작할 수 있다. 한편, 『삼국유사』 권2, 「경덕왕 충담사 표훈대덕」조에 실려 있는 〈찬기파랑가〉에는 노래와 관련된 배경 설화가 없다.32) 하지만 '讚耆婆郞歌曰'이라는 단편적인 언급에서 이 노래는 기파랑이라는 화랑을 사후에 찬미했던 추모적 성격의 노래라는 것이 유추된다. 그러면 〈모죽지랑가〉는 어떤가? 이 논문에서는 이 노래가 죽지랑의 사후에 지어진 추모시가 아니라 득오가 익선에게 잡혀 부역하기 훨씬 이전에 죽지랑을 사모하여 지은 연모시로 파악하였다.

한편, 찬술자인 일연은 『삼국유사』권2의 「효소왕대 죽지랑」조에서 〈모죽지랑가〉를 기술하기에 앞서 '初 得烏谷 慕郞而作歌曰'이라고

之, 蓋始于此.

30) 같은 책 卷第五, 「感通」篇, 〈月明師兜率歌〉條 : … 明又嘗爲亡妹營齋, 作鄕歌祭之, 忽有驚颷吹紙錢, 飛擧向西而沒. 歌曰, 生死路隱, 此矣有阿米次伊遣. 吾隱去內如辭叱都, 毛如云遣去內尼叱古. 於內秋察早隱風未, 此矣彼矣浮良落尸葉如. 一等隱枝良出古, 去奴隱處毛冬乎丁. 阿也, 彌陀刹良逢乎吾, 道修良待是古如.

31) 같은 책 卷第三, 「塔像」篇, 〈芬皇寺 千手大悲 盲兒得眼〉條 : 景德王代 漢岐里女希明之兒 生五稔而忽盲 一日其母抱兒詣芬皇寺左殿北壁畫千手大悲前 令兒作歌禱之遂得明.

32) 같은 책 卷第二, 「奇異」篇, 〈景德王 忠談師 表訓大德〉條 : 讚耆婆郞歌曰, 咽嗚爾處米, 露曉邪隱月羅理. 白雲音逐于浮去隱安支下, 沙是八陵隱汀理也中. 耆郞矣貌史是史藪邪, 逸烏川理叱磧惡尸. 郞也持以支如賜烏隱, 心未際叱兮逐內良齊. 阿耶栢史叱枝次高支乎, 雪是毛冬乃乎尸花判也.

적고 있다. 처음에 득오곡이 죽지랑을 사모하여 노래를 지었다는 뜻인
데, 먼저 '사모하다(慕)'에 대하여 유념할 필요가 있다. 여기에서 <모죽
지랑가>의 동성애적 약호가 감지되기 때문이다.[33]

『한어대사전』에서는 '慕'의 자전적 의미를 여섯 가지로 들고 있
다.[34] 여기에서 '대략, 대강'이라는 뜻의 부사인 '慕料'와 명사인 '姓'은
그것에 해당하지 않는다. 왜냐하면 기록물에서는 동사로 쓰이고 있기
때문이다. 동사로 쓰이고 있지만 '어린아이가 부모를 뒤따라가면서 울
부짖는다'라는 '指小儿思念父母的啼哭聲'과 '모방한다'라는 '仿效'도
문맥상으로 맞지 않는다. 또한 '부러워하다'라는 '羨慕'도 아니다. 결
국, 남는 것은 '그리워하다'의 '思慕'인데, 그것의 시니피에가 '애틋하
게 생각하고 그리워하다'라는 연모적(戀慕的) 의미인지, 아니면 '우러
러 받들고 마음속 깊이 따르다'라는 앙모적(仰慕的) 의미인지 문제이
다. 지금까지는 연구자들 대부분이 후자로 해석해왔다. 그런데 '慕'의
쓰임이 주로 전자인 이성간의 연모적 의미로 사용되고 있으며 후자인
동성간의 앙모적 의미로 사용되는 경우가 드물다는 사실이다. <모죽
지랑가>에서 '慕'의 의미는 동성간의 연모적 의미로 쓰인 시니피에로
여겨진다. 그리고 동등한 동성애 관계에서 '慕'자가 많이 사용되었다
는 보고도 있다.[35]

그것은 작품 내용에서도 마찬가지이다. <모죽지랑가>에 동성애적
요소가 내포되고 있다는 점을 확인하기 위해서는 먼저 이 노래의 창

---

33) 일제강점기에 아유가이 후사노신(鮎貝房之進)이 신라 사회에서 화랑과 낭도 간에 공
공연하게 행해진 동성애와 관련하여 <모죽지랑가>를 애절한 사모의 정을 노래하는 연
가로 파악한 바 있다. (鮎貝房之進, 『雜考』제4집, 「화랑고」, 72~78쪽.)
34) 『漢語大辭典』7권, 1991, 673쪽 : ① 思慕. ② 羨慕, 欽慕. ③ 指小儿思念父母的啼哭聲.
④ 仿效. ⑤ 見 '慕料'. ⑥ 姓.
35) 우춘춘(이월영 역), 『남자, 남자를 사랑하다』, 학고재, 2009, 23쪽.

작 시기를 추론해볼 필요가 있다. 작품의 창작 시기는 이미 여러 연구자에 의해 논의되었는데, 죽지랑의 생존 시기에 지어졌다는 주장과 그의 사후에 지어졌다는 것으로 나뉜다. 그리고 생존 시기에 지어졌다는 학설도 작자인 득오가 익선에게 잡혀가서 부역할 때에 지어졌다는 주장과[36] 그 이전에 죽지랑이 화랑 노릇을 하던 젊은 시기에 지어졌다는 주장으로 구분된다.[37] 노래를 사모시로 보는 견해는 죽지랑의 생존 시기에,[38] 추모시는 죽지랑의 사후에 창작되었다는 관점이다.[39] 그리고 생존 시기에 지어진 사모시로 보더라도 그것은 연모적 내용이 아닌, 존경심을 드러내는 앙모적 내용으로 보았다.

이 논문에서는 이 노래를 득오가 익선에게 잡혀 부역하기 이전의 시기에 지어진 연모적 노래로 본다. 〈모죽지랑가〉가 득오의 죽지랑에 대한 존경의 노래였다면 그만이다. 하지만 문제가 단순하지 않다. 이 노래의 형식은 8구체이고, 작품 구조는 前節(1~6구)과 後節(7~8구)로 이뤄져 있다. 전절에서는 화자의 임에 대한 그리움이라는 정서가 '과거 - 현재 - 미래' 속에 담겨 있다. 먼저 1~2구에서는 현재 시점에서

---

36) 서재극, 『신라향가의 어휘연구』, 계명대학교 출판부, 1975, 76쪽; 신동흔, 「〈모죽지랑가〉의 시적 문맥」, 『한국고전시가작품론1』, 집문당, 1992, 103~113쪽; 양희철, 「모죽지랑가」, 『삼국유사 향가연구』, 태학사, 1997, 69~126쪽.

37) 김승찬, 「〈모죽지랑가〉 신고찰」, 『국어국문학』 13·14집, 부산대학교 국문과, 1977, 73~86쪽; 이종욱, 「삼국유사 죽지랑조에 대한 일고찰」, 『한국전통문화연구』 2집, 대구가톨릭대학교 인문과학연구소, 1986, 205~224쪽.

38) 양주동, 『조선고가연구』, 박문서관, 1942, 68쪽; 정렬모, 『향가연구』, 사회과학원 출판사, 1965, 248쪽; 정연찬, 「향가해독일반」, 『향가의 어문학적 연구』, 1972, 서강대학교 인문과학연구소, 105쪽.

39) 홍기문, 『향가 해석』, 조선민주주의 인민공화국 과학원, 1956, 78쪽; 김완진, 『향가해독법연구』, 서울대학교 출판부, 1980, 53~67쪽; 김학성, 『한국고전시가의 연구』, 원광대 출판국, 1980, 97쪽; 김동욱, 『한국가요의 연구』, 을유문화사, 1961, 23쪽; 김선기, 「다기마로 노래 〈竹旨歌〉」, 『현대문학』 146호, 1967.2, 297쪽; 최철, 『향가의 본질과 시적 상상력』, 새문사, 1983, 180쪽.

화자가 임과 함께 했던 지난 아름다운 시절을 그리워하고 있다. 그런데 여기에서 가요의 퍼소나는 여성으로 여겨지는데, 그 실체는 다름 아닌 남성인 득오이다. 3~4구에서는 얼굴에 주름살이 지려는 임의 현재 모습에 대하여 화자의 안타까운 심정을 형상화하고 있다. 이 부분에서 화자는 임과의 사이에 무슨 장애가 있는지 정서가 불안하고 거리가 있다. 그렇다고 여기에서 화자는 임이 부재하거나 관계가 깨진 것도 아니다. 다만 화자의 임에 대한 그리움과 함께 시름이 있을 뿐이다. 5~6구의 '눈 돌칠 亽싀예/ 맛보기 엇디 지亽리(눈 돌이킬 사이에 나마/ 만나뵙기를 어떻게 만드리'에서처럼 화자는 적극적으로 임에 대한 재회를 다짐하고 있다.

그런데 다음에 이어지는 후절을 살펴보면, 그것은 단순한 재회가 아니다. 후절인 7~8구에서는 마침내 임에 대한 그리움의 행방이 드러난다. 전절에서 일관하고 있는 화자의 임에 대한 그리움은 '郎이여 그릴 ᄆᆞᅀᆞᄆᆡ 녀올길(죽지랑이여, 그리는 마음의 가는 길)'로 압축되고, 그것은 다시 '다봊 ᄆᆞᅀᆞᆯ히 잘밤40)(다북쑥 우거진 마을에 잘밤)'이라는 행위적 소망으로 연결되고 있다. 여기에서 행위적 소망은 다름 아닌 동성애적 욕망을 말한다. 따라서 '다봊 ᄆᆞᅀᆞᆯ'은 무덤이나 피안의 세계가 아니라 '잘밤'이라는 행위적 소망을 위한 구체적인 현실 공간이다. 따라서 우리는 <모죽지랑가>를 고도의 비유나 상징체계가 아닌, 소박하게 있는 그대로 본다면 그것에는 득오가 죽지랑을 사무치게 연모하면서 동성애적 욕망이 잠재되어 있다는 것을 인식할 필요가 있다.

---

40) 다소 해독의 차이가 있다. 그렇지만 본고에서 논의를 전개하는 의미 맥락에는 별다른 영향이 없다. '다보짓 굴헝히 잘밤'(김완진, 앞의 책, 54쪽), '다보짓 골히 잘 밤'(양희철, 앞의 책, 70쪽)

4. 맺음말

이 논문에서는 『삼국유사』권2의 「효소왕대 죽지랑」조에 실려있는 기술물들을 검토하면서 〈모죽지랑가〉의 가요적 실체를 탐색하고, 그것에 내재되어 있는 동성애 코드에 주목하였다.

그동안 한국 문화에서의 동성애 기록은 공개적이지 못하고 다분히 음성적으로 약호화되어 있었다. 그렇지만 역대 기록들은 신라 화랑에 대해서 동성애를 시사하거나 남색의 일종으로 파악한 측면이 없지 않았다. 추측하건대, 신라사회는 오늘날 우리가 받아들인 통념과는 사뭇 다른 풍속이 자리를 잡고 있었던 것으로 보인다.

『삼국유사』권2의 「효소왕대 죽지랑」조에는 죽지랑과 관련된 '〈화랑 죽지랑(현생담) – 죽지랑의 출생(전생담) – 모죽지랑가(노래)〉'이라는 세 개의 기술물로 이뤄져 있다. 지금까지 대다수의 연구자는 그것에 기술된 노래인 〈모죽지랑가〉를 죽지랑과 익선의 갈등에서 비롯된 부가적인 노래로 읽었다. 하지만 본고에서는 이 노래를 득오가 익선에게 잡혀가 부역하기 훨씬 이전에 죽지랑을 사모하여 지은 연모적 성격의 노래로 파악하였다.

〈모죽지랑가〉에서의 동성애적 약호는 가요명에서부터 감지된다. '初得烏谷, 慕郞而作歌曰'라는 기록에서 '慕'의 의미는 동성간에 연모적 의미로 쓰인 시니피에로 여겨지기 때문이다.

〈모죽지랑가〉의 작품에서 추출되는 동성애적 약호는 다음과 같다. 먼저 〈모죽지랑가〉는 8구체 작품으로 전절(前節(1~6구))과 후절(後節(7~8구))로 이뤄져 있다고 보았다. 전절에서는 화자의 임에 대한 그리움이라는 정서가 '과거 – 현재 – 미래' 속에 담겨 있다. 그리고 후절인 7~8구에서는 득오의 죽지랑에 대한 연모가 '郞이여 그릴 ᄆᆞᅀᆞ미 녀올길'로 절정에 이르고, 그것은 마침내 '다봇 ᄆ 술히 잘밤'이라는 행위적 소망으로 연결되고 있었다.

필자는 여기 '다봇 ᄆ 술히 잘밤'이라는 행위적 소망을 동성애적 욕망으로 보았다. 그리고 '다봇 ᄆ 술'은 무덤이나 피안의 세계가 아니라 '잘밤'이라는 행위적 소망을 위한 구체적인 현실 공간으로 파악하였다.

한 마디로 <모죽지랑가>에는 득오가 죽지랑을 사무치게 연모하는 동성애 코드가 관통한다고 보았다.

고시조집 『고금명작가』의 재검토

1. 머리말

　『고금명작가(古今名作歌)』는 최근에 새로 발굴하여 공개한 고시조집이다.[1] 『고금명작가』는 『청구영언』이나 『해동가요』와 함께 18세기에 이루어진 초기의 시조집으로서, 78수의 시조를 수록하고 있다. 여기에는 지금까지 학계에 보고되지 않았던 새로운 작품 9수가 포함되어 있는데, 보기에 따라서는 더 늘어날 수도 있겠다.

　당시 학술대회에서 발표했던 논의 내용은 새로 발굴한 고시조집 『고금명작가』의 존재에 대하여 학계에 신속히 알리려는 의도에서 작성되었던 만큼, 주로 발굴과 관련된 서지적인 측면에 치중하였다. 이제 다시 『고금명작가』에 대한 논의를 시도하는 것은 당시 관련 연구자들의 질의와 교시를 통해서 미흡했던 내용을 보완할 필요가 생겼고,[2] 다른 한편으로는 자료들을 해독하는 과정에서 생긴 부분적인 오류도 바로잡을 필요가 있기 때문이다.

---

1) 구사회·박재연, 「새로 발굴한 자료 《古今名作歌》에 대하여」, 『시조문학의 정체성과 그 현대성』(韓國時調學會 제37차 전국학술발표대회), 2004만해축전, 2004.8.2.~3, 42~72쪽.
2) 한국시조학회 제37차 전국학술발표대회(2004. 8.2~8.3, 강원도 백담사 만해마을)의 토론자였던 신영명·신경숙교수께 감사를 드린다.

이 글의 제2장에서는 고시조집 『고금명작가』와 함께 필사된 다른 자료들을 바탕으로 이 시조집이 필사된 시기나, 『고금명작가』를 필사했던 인물의 계층이나 성향, 시조집의 필사 과정 등을 추정하게 될 것이다. 제3장에서는 이 문헌에 기록된 시조의 어학적·문학적 특질을 분석하기로 하고, 제4장에서는 『고금명작가』가 지니는 시조사적인 의미에 대하여 살펴보기로 한다.

2. 고시조집 『고금명작가』와 관계 자료의 검토

고시조집 『고금명작가』는 충남 아산시 인근에 살고 있는 창원 황씨 집안에서 나왔다. 선문대학교 중한번역문헌연구소 박재연 소장이 두 권의 서책(17×25㎝, 13×19.8㎝)과 몇 점의 토지 문서를 입수하여, 여기에 필사된 시조에 대한 검토를 필자에게 의뢰한 것이 발표의 계기가 되었다.

이것은 이미 밝혔듯이 시조만 기록한 시조집이 아니라, 그 밖의 여러 가지 잡다한 내용까지 기록한 박물지에 가까운 서책이다. 그런데 누군가가 이 서책을 해철(解綴)해서 배면(背面)을 뒤집어서 여러 가지 내용을 기록하였다. 여기에는 고소설 〈왕경룡기(王慶龍記)〉를 비롯한 여러 내용이 필사되어 있고, 본래의 지면은 이면으로 접혀 있었다. 본래의 지면은 발굴 당시까지 이면으로 접혀 있다가 서책을 정리하면서 드러났는데, 일목요연하게 주선(朱線)으로 행간되어 있었고 여기에는 여러 내용이 필사되어 있었다.[3] 『고금명작가』는 바로 여기에서 발견

---

3) 큰 서책의 항목은 다음과 같다.

　◎ [本面] : 〈中國列聖(일부)〉〈本朝列聖〉〈麟趾錄　配享功臣幷付〉〈文廟配享〉〈各殿號〉〈東方朔天時知法〉〈七星下降日〉〈五音合宮〉〈歸房禁日〉〈養犬法〉〈除手足瓜甲

되었다. 당시에 입수되었던 두 권의 서책에는 중국과 우리나라 열성조 (列聖祖)에 대한 기록을 시작으로 <인지록(麟趾錄)>이나 <문묘배향(文廟配享)>과 같은 문헌 기록에서부터 <동방삭천시지법(東方朔天時知法)>이나 <칠성하강일(七星下降日)>, <오음합궁(五音合宮)>이나 <귀방금일(歸房禁日)>과 같은 음양서에 이르기까지 다양한 내용을 수록하고 있었다. 『고금명작가』는 고소설 <왕경룡기(한문본)>, 송강 정철의 <관동별곡>과 함께 큰 서책에 필사되어 있고, 작은 서책에는 <토공전(兎公傳, 한문본)>이 필사되어 있다.4)

『고금명작가』에는 필사자나 필사 시기에 관한 구체적인 기록이 없다. 그러므로 지금으로서는 이 두 서책의 지질, 내용, 필체 등을 검토

<災火不出日><名字計劃八々除之><上官吉日><赴任入倚吉方><入宅移居吉日><出行吉日><作門忌日><數物俗式><四序束頭常式><幹支古字><裁衣吉日><二十八宿裁衣吉凶日><斷時占><驛馬><往亡日><德合><土痕日><逐月安葬吉日><建除十二神吉凶><八方門路吉凶><天地大敗日><十惡大破日><五合日><天上地下大空亡><六甲內全吉日><彭祖百忌日><傔時><大傔修><天寶傔修日><生甲旬日><入宅移居逐月吉日><萬通火星凶日><成造吉年><先天數><占胎候定男女筭法><凡男女切忌本命元辰犯之大凶><官職><給暇>**<古今名作歌>**<祀典><朝僅><儀章><軍總><戰船><烽燧><取才><武技><軍兵入直><符信><跟隨><御廐馬><驛馬><公行分路><改火><禁刑><笞收贖><買賣限><城堞><八道之里><度量衡><外門><吏讀><作石訣><宗廟廟薦><新月令><生進初試>**<關東別曲(부분)>**<六十甲子><八高祖><四祖戡呷><妻邊四祖><忌日入察>.

◎ [白面]:<量田><打量田地><出行法><入察忌日>**<王慶龍記>**<量田規式><儀親附敎寧><文武被選><量田式><直納京倉><倉穀><軍需兵曹><本宗五服><義善忌日入察>**<關東別曲(부분)>**<山林經濟抄記><唐詩>.

4) 작은 서책의 항목은 다음과 같다.

<五行><六甲納音五行><六甲天干五行><六甲地支五行><六甲天干地支方位之圖><八卦><驛馬發動之日>**<兎公傳>**<飢困將死人救活法><松葉末法><辟瘟新方><增補雜方><五聖丸><辟瘟詩><逐虐符><小兒虐呪日><干支古號><十二月古字><十二律><壓勝邪氣><黃一分溫脈><效又七八月不生毛鼠雛陰乾作未腹><處神效><年子丑寅卯辰巳午未辛酉戌亥><逐月陰陽不將吉日><五合日><大傔修日><天聾日><地啞日><月家吉神><月家凶神><氣往凶日><月家凶神><種南草易生法><蛇咬符><竹山寺軟咆歌><贈燕行><天地作衾枕><端午日以朱書付門上吉><修養言><列聖諱><夢事>.

하여 추정할 수밖에 없다. 이 서책의 지질은 숙종조에서 영조조 초기에 사용되었던 황색(黃色) 고정지(藁精紙)이고, 여기에 기록된 국문은 궁서체가 출현되기 이전의 필체로 보이고, 두 서책의 필체가 각각 다르다. 그런데 두 서책이 모두 창원 황씨 집안에서 나왔고, 앞의 서책 <재의길일(裁衣吉日)>이라는 항목 아래에는 후대에 부기된 '黃龜淵 生年月日時 壬申年二月十三日辰時'라는 기록이 있다. 또한, 백면(白面)에는 언문으로 서툴게 쓴 '인의 황상원'이라는 기록이 나오고, 또 다른 문건인 토지문서에서도 다른 황씨의 이름이 보인다.

큰 서책에서 주선으로 행간된 본문을 필사한 사람은 한편으로 백면 앞부분의 필사자로도 보인다. 백면은 다른 서체도 보이는데 최초 필사자의 후손이었던 '황구연(黃龜淵)'이라는 인물로 짐작된다. 그리고 후대에 조악하게 서투른 필체로 쓴 '의선(義善)'이란 이름이 나오고 서툴게 언문으로 적은 '황상원'이라는 이름도 한 번씩 보이는데, 이들은 모두 후대 인물들로 보인다. 『고금명작가』는 이와 같은 황씨 집안의 이름을 알 수 없는 필사자에 의해 이루어진 것으로 보인다. 특히 큰 서책의 필체는 일관되게 하나의 필체로 이루어졌다. 이들 큰 서책과 작은 서책은 시차를 두고 서로 다른 사람에 의해 필사된 것으로 보이는데 큰 서책이 작은 서책보다 먼저 이루어진 것으로 보인다. 그것은 작은 서책의 글씨가 큰 서책의 백문에 보이고 큰 서책의 본문에 있는 글씨는 작은 서책에서 보이지 않기 때문이다.

작은 서책의 뒷부분에는 <열성휘(列聖諱)>가 기록되어 있는데, 여기에는 목조(穆祖) 이안사(李安社)에서부터 당대 국왕이었던 영조대왕의 휘(諱)와 자(字)가 기록되어 있고 바로 그 아랫부분에 사사(賜死)되고 나서 훗날 사도세자(思悼世子)로 불리었던 '세자휘(世子諱) 선(愃)'이 보인다. 이 책의 앞부분에 필사된 <토공전>의 마지막 부분에 '庚辰

之秋八月二十三日謄書于藝舍之大房'이라는 기록도 있다.5) 여기에
서 알 수 있듯이 <토공전>은 영조 36년인 1760년에 필사되었다는 것
을 알 수 있다. 이것은 사도세자가 죽었던 1762년의 2년 전에 해당하
며 앞서 언급한 <열성휘>의 기록과도 부합한다.

　무엇보다도『고금명작가』가 기록되어 있는 큰 서책을 자세히 검토
할 필요성이 있다. 이 큰 서책에는 <본조열성>을 기록한 것이 있고,
<인지록>에는 '배향공신병부(配享功臣幷付)'를 기록한 것이 있다. 여
기에서도 모든 기록이 영조조에 머물고 있는데, 특히 <인지록>을 살
펴보면 눈에 띄는 대목이 있다. <인지록>의 뒷부분에는 숙종의 배향
공신이었던　윤지완(尹趾完)·바세채(朴世采)·남구만(南九萬)·최석정
(崔錫鼎)의 이름까지 기록되어 있다. 이어서 '주상전하(主上殿下)'와
'금상전하(今上殿下)'라는 명칭이 보인다. 여기에서 주상전하는 경종
을, 금상전하는 영조를 말한다. 아니나 다를까 '主上殿下 景宗'이라는
기록이 있고, 그 아래에는 예의 서식과는 다르게 행간 중간에 작은 글
씨로 첨기한 '領相惠定公李濡 判樞文忠公閔鎭厚'라는 기록이 보인
다. '금상전하'에는 다른 먹물로 훗날에 덧붙여 쓴 것으로 보이는 '英宗
金昌集 崔奎瑞 閔鎭遠 趙文命 金在魯'라는 기록이 있다.

　따라서『고금명작가』는 영조조에 전사된 것이 분명하지만 정확한 시
기는 알 수 없다. 다만 위와 같이 이런저런 정황이나 두 서책의 선후를
따져본다면『고금명작가』는 '주상전하'와 '금상전하'라는 명칭이 거의
동시에 사용되었던 경종과 영조의 교체기에 기록되었을 가능성도 없지
않다. 만약에『고금명작가』가 경종과 영조의 교체기를 전후로 전사되

---

5) 지난해에 발표했던「새로 발굴한 古時調集『古今名作歌』研究」(『시조학논총』제21집,
2004.7, 한국시조학회)에서는 '庚辰'을 '庚申'으로 誤讀했다. 처음 논문을 작성할 당시에
는 복사본으로 '庚申'으로 읽었는데 나중에 원본을 스캔해서 확인한 결과 '庚辰'임이 분
명하다.

었다면, 이것은 1728년에 편찬되어 시기적으로 가장 앞선다는 『청구영언(진본)』에 비견되거나 1763년에 나온 『해동가요』보다는 무려 30여 년이나 앞설 것으로 보인다.

또한, 이 『고금명작가』는 후대에 이르러서 전사(傳寫)된 것이지, 필사자가 이를 새로이 편찬한 것이 아니라는 사실이다. 이 말은 본래의 『고금명작가』의 원본이 이보다 앞서 기록되었다는 말이다. 왜냐하면 『고금명작가』가 기록되어 있는 큰 서책의 본문에 있는 항목이나 내용은 집안의 대소사를 적어놓은 극히 부분적인 내용을 제외하고 모두 국가의 공적인 기록이나 규정, 비결서의 내용을 베껴놓은 것들이다. 게다가 이들 서책에 기록된 문학작품 〈왕경룡기〉·〈관동별곡〉·〈토공전〉은 한결같이 예전의 작품을 필사한 것이기 때문이다. 따라서 『고금명작가』는 『청구영언』이나 『해동가요』처럼 본격적인 형태와 체제를 갖춘 시조집보다 한발 앞서 존재했던 초기 시조집의 형태를 추측할 수 있는 단서를 제공하는 시조집이라 하겠다.

그리고 세금 징수 규정이나 행정 사항 등과 같은 지방 관아의 아전들에게 소용되는 항목들이 기록되어 있는 것으로 미루어 18세기 초기의 시조 향유층의 한 단면을 엿볼 수도 있다. 서책의 내용을 통하여 필사자의 신분도 유추해볼 수 있다. 큰 서책의 마지막 부분에 〈四祖取卿〉과 〈처변사조(妻邊四祖)〉라는 항목이 들어있다. 이곳을 살펴보건대 부계나 처계가 가선대부(嘉善大夫)를 지낼 정도라면 종이품 이상의 당상관을 역임한 양반 집안이었다는 것도 알 수 있다. 하지만 여기에는 직함이나 직책만 언급했지 실제 이름은 전혀 언급되지 않아서 그 신빙성에 의문이 든다. 그런데 이 서책에서 가장 눈에 띄는 것은 지방 관아에서 아전들의 평소 직무에 관련되는 항목들도 많은 점이다. 서책에는 선비들이 관료로서 갖추어야 교양적인 내용을 적어놓은 것들도 있다. 하지만 백면(白面)을 비롯하여 본면(本面)에는 지방 관아의 아전들이 숙지해야 할 내용이 많다. 또한, 여기에는 비결(秘訣)이 많이 담겨 있어서 서책의 필사자를 비롯한 당대 사람들이 일상생활의 대소사를 역술과 점복에 바탕을 두고서 활용하고 있었던 것도 눈에 띄는 내용이다.

3. 『고금명작가』 소재(所載) 시조의 특질 분석

3.1. 어학적 측면

『고금명작가』에는 다른 시조집에 실려 있는 동일 시조에 비해서 한자를 피하고 국문 위주의 표기법을 고수하고 있어 어학적으로도 중요한 자료가 될 것으로 보인다. 『古今名作歌』의 표기 현상을 간략하게 정리하면 다음과 같다.6)

　㉮ 방점의 소멸 : 17세기 초엽 일반화
　㉯ 모음간의 'ㄹㄹ'과 'ㄹㄴ'의 혼용 : 17세기에 나타남.
　　<56> 일싱의 사롤 일만 ㅎ다가 언제 놀녀 ㅎᄂ니
　　<57> 우리도 시 님 거러두고 깁픠 몰나 ㅎ노라
　　<60> 엇더타 세샹 인졍이 나날 달나 가ᄂ니
　㉰ 종성의 'ㄷ'이 없어지고, 'ㄷ, ㅌ'을 'ㅅ'으로 표기 : 16세기 이후의 현상
　　<29> 岳陽樓 져 소리 듯고 姑蘇臺 올나가니
　　<62> 벽희 구롬 ᄌᆞ고 츄쳔의 돌이 쩟나

---

6) 각 현상이 나타난 시기에 대한 간략한 설명은 전광현의 논문을 따른 것이다.
　(전광현, 「근대 국어 음운」, 『국어의 시대별 변천 연구 2 - 근대 국어-』, 국립국어연구원, 1997년 12월. 7~54쪽.)

㉣ 어두의 'ㆍ'는 '아'로 변함 : 17세기에 간헐적으로 나타나다가 18세기 이후 광범위하게 일어남.

<46> 정철노 자믈쇠 지어 잠겨 잘가 ᄒᆞ노라 (ᄌᆞ믈쇠>자믈쇠, ᄌᆞᆷ겨>잠겨)

㉤ 원순모음화 : 17세기 전반부터 간헐적으로 보이다가 17세기 후반에 완성.

<5> 鐵嶺 노푼 고개 쉬여 넘ᄂᆞᆫ 져 구룸아 (노픈>노푼)

<16> 구절양쟝의 물도곤 어려워라 (믈>물)

<19> 불셩공 져발비ᄒᆞᆫ들 긔 뉘 타슬 ᄒᆞ리오 (블셩공>불셩공)

<20> 듕동의 눈물 지고 칼 집고 니ᄅᆞᆫ 말이 (눈믈>눈물)

<21> ᄒᆞ믈며 여나믄 장부야 일너 무슴ᄒᆞ리 (므슴>무슴)

㉥ 구개음화 : 17세기 후반에 완성됨.

<1> 어듸 가 밍ᄌᆞ롤 어더 四方을 직희오리오 (딕희->직희-)

<2> 어즈버 우혜 : 여 너을 엇지ᄒᆞ리오 (엇디>엇지)

<4> 셔산의 히가 지니 그롤 슬허 ᄒᆞ노라 (디니>지니)

<7> 大明 日月을 곳쳐 보지 못ᄒᆞᆯᄂᆞᆫ가 (고텨>곳쳐, 보디>보지)

<9> 쟈ᄅᆞᆫ 킈 큰 얼굴의 ᄀᆞ좀도 ᄀᆞ즐시고 (댜ᄅᆞ->쟈ᄅᆞ-)

<12> 月侵 三更의 온 ᄯᅳᆺ지 젼혀 업ᄂᆡ (ᄯᅳ디>ᄯᅳᆺ지)

<26> 그 듕이 막대로 白雲을 가ᄅᆞ치며 말 아니코 가더라 (즁>듕 : 역구개음화)

㉦ 어두 된소리 표기에 ㅅ계 합용병서만 쓰이고 각자병서는 ㅆ만이 나타난다.

ㅺ : <70>ᄭᅬ고리, <7,8>ᄭᅮᆷ, <47>ᄭᅵ인, <15> ᄭᆡᆺ치괴라, <15>ᄭᆡ치게

ㅼ : <6>ᄯᅥ나고져, <67>ᄯᅳᆫ다, <12>ᄯᅳᆺ지

ㅽ : <47>ᄲᅮ리고, <2>ᄲᅵ고, <24>ᄲᅵ깃티

ㅾ : <4>ᄶᅱᆫ, <15>ᄶᆞ, <70>ᄶᆞᄂᆞ니

ㅆ : <53>ᄡᅥᆨ인

㉧ 어말자음군에는 'ㄺ', 'ㅂㄹ'이 쓰였다.

<10> <u>얽게ᄂᆞᆫ</u> ᄉᆞ나히요 놋 크기ᄂᆞᆫ 흔 길이라

<45> 北靑이 <u>몱다거ᄂᆞᆯ</u> 우장 업시 길을 가니

<25> 믈 아러 셰가락 모리 아모리 <u>밟다</u> 자최 나며

㉮ ㅎ종성 체언으로 '우ㅎ, 길ㅎ'<26> 등이 보이고 있으나 '뫼의ᄂᆞᆫ, 들
의ᄂᆞᆫ'<45>에서처럼 ㅎ종성 체언이 소실된 경우도 있다. : 18세기의
현상

위의 내용을 살펴보건대, 『고금명작가』는 17세기 후반~18세기 전
기의 국어학적 특징을 드러내 주고 있다고 볼 수 있겠다. 위와 같은
특징 외에도 『고금명작가』는 많은 고문체를 보이고 있다. 예컨대 명사
로는 '남편' 또는 '지아비'의 뜻으로 '샤님'[7]<10>이, 부사로 '모두', '통
틀어'의 뜻을 갖는 '대되'[8]<14>, '힘껏'의 뜻을 갖는 '힘가장'<15>, '설
마'의 뜻을 갖는 '현마'<51>, 조사로는 비교격 조사 '-도곤'<16, 18>이
쓰였다.

의문형 종결어미로 '-ㄴ다'와 '-니'가 확인되는데, 이 중 의문 종결
어미 '-ㄴ다'는 17세기에 이미 소실되기 시작하여, 18세기에는 거의 쓰
이지 않게 된 것이다.[9] 어간 뒤에 붙어 '-지'의 뜻을 나타내는 연결어
미 '-ㄹ동', 다른 어미 앞에 붙어 강조의 의미를 나타내는 강세 보조어
미 '-돗-'<14>[10]이 쓰였다.

---

7) 각시님 아흔 아홉 <u>샤님</u>의 일빅 수츠 이러 왓노라 <10> 이리ᄒᆞ야 아흔 나룰 디내야 그
ᄭᅳ리 죠고맛 일로 <u>샤님</u>ᄃᆞ려 아니 니르고 오래 나갯다가 오나눌 <월석-중 22:56> 父王의
ᄉᆞᆯ보더 내 <u>샤니미</u> 善友太子ㅣ러시이다 <월석-중 22:59>

8) 예 혼자 이러튼가 하눌 <u>대되</u> 칩돗던가 <14> 零을 더러 혜디 아녀도 <u>대되</u> 三萬 낫 饅頭
ㅣ 有司ㅣ 供給이 어려오니 (除零不箅該三萬箇饅頭, 有司難於供給.) <伍倫 3:4b>

9) 이유기, 「17세기 국어 문장 종결 형식의 연구」, 동국대학교 박사논문, 1997, 150쪽.

10) 예 혼자 이러튼가 하눌 대되 칩<u>돗</u>던가 <14> 이러틋 흔 풍뉴랑을 언쇠 어이 그리 보<u>돗</u>던
고 괴이토다 (這般一個風流人物, 如何嬀素說是醜陋?) <玉嬌 2:17> 어이 이런 향촌의
뎌런 졀식이 나<u>돗</u>던고 (何等鄕人, 乃生此尤物.) <平山 3:21>

이와 같은 사실을 종합해 볼 때 『고금명작가』는 17세기 말~18세기 전기 사이에 전사된 것으로 추정된다.

3.2. 문학적 측면

첫째로, 이 문헌은 시조를 시대적으로 배열한 흔적이 보인다. 예외가 없지 않아 대체적인 경향이라고 말할 수밖에 없지만, <대풍가(大風歌)>와 <해하가(垓下歌)>와 같은 2,000여 년 전의 악부를 시조로 바꾼 작품을 필두로 여말에서 선초로, 선초에서 다시 조선 중기로 이어지고 있기 때문이다. 이러한 기준에 의한다면 여말선초에서 조선 중기까지의 시조가 두 번에 걸쳐서 반복적으로 이루어진 것 같다. 대체로 <1>~<30>, <31>~<78>로 나뉜다.

『고금명작가』의 '고금'이란 제명도 과거의 작품에서부터 당대의 작품까지를 대상으로 편집하였음을 시사한다. 이 시조집이 대체로 여말 시조 작품에서부터 시작하고 있으며 18세기 초엽까지 살았던 이언강(李彦綱, 1648~1711)의 작품<13>이 시기적으로 가장 늦다는 점에 착안한다면, 『고금명작가』의 원본은 이르면 그가 살아있었던 18세기 이전에 이미 이루어졌을 가능성도 있다.

둘째로, 『고금명작가』에는 려말에서 선초를 거쳐 조선 중기에 이르는 작품들로 구성되어 있지만, 초기 시조의 성격 분화와 관련하여 살펴볼 몇 가지 특징이 보인다. 먼저 시조 <1>에서 <7>에 이르는 여말선초의 시조 작품들은 충절이나 연군, 애국정신이나 사대정신과 같은 당대인들의 사회 현실이나 정치적인 성향을 민감하게 담아내고 있다. 반면에 <8>에서부터 <30>에 이르는 후대의 작품들에서는 <15>에서처럼 붕당의 폐해를 비판하는 작품도 없지 않지만,[11] 대체로 인생행락

이나 이별연모, 인생무상이나 자연친화 등의 작품들이 많다. <31>~
<78> 중에서도 여말선초의 시조에 해당하는 <31>과 <32>의 작품은
정치적인 현실을 배경으로 하는 작품들이다. 이후의 작품들에서는 이
별연모나 인생행락, 인생무상이나 자연친화적인 내용을 읊은 작품들
이 많다. 이런 사실에서 알 수 있듯이 고시조의 초기작품들은 다분히
정치적인 함의를 지니고 있었다고 생각된다. 그런데 이것이 후대에 내
려오면서 점차 분화하여 연정이나 자연 친화, 더 나아가 안빈낙도와
같은 비정치적인 내용으로까지 확대되었다고 하겠다.

셋째로 『고금명작가』에는 중국의 악부를 시조로 바꾼 작품들이 있
다. 그동안 한시를 시조로 번역한 작품들이 익히 알려져 있고 오언과
칠언의 절구 형식이 여기에 가장 편리한 시형이라고 주장되었다.[12]
때에 따라서는 한시에서 시조의 기원설을 찾는 경우도 없지 않았다.[13]
그런데 굳이 시조와 중국 시가와의 대응방식을 찾고자 한다면 시조와
한시보다는 시조와 악부의 대응이 더욱 합리적이고 타당할 것으로 보
인다. 왜냐하면 본디 장르의 성격상 시조가 읊기보다는 부르는 노래였

---

11) 『古今名作歌』에 기록된 이 시조와 유사한 작품이 『해동가요(一石本)』나 『樂學拾零』
에도 있다. 그런데 표기이나 간행 연대를 고려한다면 전자가 선행하는 것으로 보인다.
전자에서는 항우 같은 천하장사를 얻어서 붕당의 폐해를 깨부수어서 태평성대를 회원하
는 내용이고, 후자는 이별이라는 두 글자를 깨부수어 임과 함께 백년행락을 누리겠다는
연정시의 특징을 보이고 있다. 최근까지 '이별'을 노래한 시조로만 알려졌던 이 작품이
실은 이보다 이른 시기에는 '붕당'이라는 정치 현실을 노래한 시조였다는 점에 유의할
필요가 있다.
　<博浪沙中 쁘고 남은 鐵椎 項羽 곳튼 天下壯士을 맛쳐 / 힘가장 두러메여 꼬치괴라
붕당朋黨 이 쓴 / 진실노 꼬치게 되면 天下太平ᄒ오리라> (『고금명작가』소재 <15>)
　<博浪沙中 쓰고 나믄 鐵椎 項羽 곳튼 壯士을 어더 / 힘꼬지 두러메여 꼬치고져 離別
두 字 / 그제야 우리님 드리고 百年同樂 ᄒ리라> (『海東歌謠(一石本)』)
12) 鄭炳昱, 「漢詩의 時調化 方法에 대한 考察」, 『국어국문학 49·50호』, 국어국문학회,
1970, 268~290쪽.
13) 安自山, 「時調의 淵源」(동아일보 1930.9.24.)

다는 점을 감안한다면 읊는 한시보다는 절주하여 가창했던 악부가 시
조의 성격에 더 부합하는 까닭이다.

큰 ᄇᆞ롬이 이러날 제 구롬조차 눌이:니	大風起兮雲飛揚
힘너의 위엄 더코 고향으로 도라왓니	威加海內兮歸故鄉
어듸가 밍ᄉᆞᆯ 어더 四方을 직회오리오[14]	安得猛士兮守四方[15]

힘은 뫼을 쎄고 긔운은 개셰터니	力拔山兮氣蓋世
時節 不利ᄒᆞ쟈 츄마조차 아니 가니	時不利兮騅不逝,
	騅不逝兮可奈何
어즈버 우혜:여 너을 엇지ᄒᆞ리오[16]	虞兮虞兮奈若何[17]

위의 두 작품은 모두 악부를 시조로 국역한 것들이다. 이는 우리 시
조문학사에서 악부 작품을 시조로 바꾼 최초의 사례이지 않을까 한다.
전자는 최초의 악부로 알려진 〈대풍가〉를, 후자는 초사 양식의 악부
인 〈해하가〉를 항역(韓譯)한 시조 작품이다. 전자는 한고조가 천하를
통일하고 나서 군신들에게 연회를 베풀면서 평천하의 위업과 천자의
위의를 드러낸 것이다. 후자는 초패왕 항우가 한고조 유방과 천하를
놓고 겨루다가 해하성에서 패하여 자결하기 직전에 불렀던 노래이다.
이 두 노래는 모두 음악을 전제로 제작된 악부의 일종이다. 중국에서
악부라는 것은 본디 음악에 맞춰 가창되었던 것인데, 이송의 전통이
단절되고 읊는 사부(辭賦)가 발달하자 후대에 이르러 다시 음악으로

---

14) 『古今名作歌』(〈1〉)
15) 『漢書』·「藝文志」
16) 『古今名作歌』(〈2〉)
17) 『史記』

입악(入樂)할 수 있도록 만든 노래 양식이다.[18] 우리의 시조는 음악에 맞춰 가창되었던 중국의 악부와 견줄 수 있는 셈인데, 위의 두 작품은 한시가 아닌 악부를 시조로 옮겼다는 특징이 있다. 『고금명작가』의 편찬자가 이들 두 노래를 선정한 것이야말로 시조와 악부의 상관성을 놓치지 않고 헤아렸던 결과로 보인다. 이런 점에서 위의 두 작품은 의의가 크다고 하겠다.

넷째로 『고금명작가』에는 우리에게 이미 익히 알려진 화답가 4수가 있고, 이외에도 새로운 화답가 2수가 보인다. 시조집 소재 <11>과 <12>는 서경덕과 황진이, <45>와 <46>은 임제(林悌, 1549~1587)와 한우(寒雨)가 주고받았던 화답가이다. 작품번호 <9>와 <10>은 『고금명작가』에서 새롭게 드러난 화답가로 추정되는데, 특정 인물 간에 주고받은 노래는 아닌 듯싶다.

> 얽거든 머지 마나 멀거든 얽지 마나
> 쟈론 킈 큰 얼굴의 ᄀ죔도 ᄀ즐시고
> 경샹도 닐흔 두 고을의 수ᄎ 이러 낫고나[19]

> 얽게는 ᄉ나히요 놋 크기는 흔 길이라
> 영남셔 예을 오니 멀긴들 아니 멀랴
> 각시님 아흔 아홉 샤님의 일빅 수ᄎ 이러 왓노라[20]

위의 시조 일명 <영남가(嶺南歌)>에서는 정확한 내용을 읽어내기에 난감한 부분이 없지 않다. 하지만 전자는 여성으로 여겨지는 화자가

---

18) 李鍾燦, 「小樂府試攷」, 『韓國漢文學의 探究』, 이회, 73쪽.
19) 『古今名作歌』(<9>)
20) 『古今名作歌』(<10>)

못생긴 경상도 사나이를 조롱하고 있는 것이 분명하다. 후자는 이에 대한 화답가로서, 경상도 남성화자는 못생기고 얼굴이 큰 것이야말로 진짜 사나이라고 능청스럽게 받아넘기고 있다. 마침내 종장에 이르러서는 당신의 아흔아홉 명의 서방에다가 마침내 내가 일백 번째 서방으로 찾아왔다는 말로써 언중유골을 마다치 않고 있다. 이들 시조 작품은 탁월한 언어유희를 담아내고 있다. 이들 시조는 '얽거든(곰보) / 얽게논(體), 멀거든(盲) / 멀긴들(遠), 수츳(으뜸) / 수츳(여러 차례), 이러 낫고나(起) / 이러 왓구나(至)'에서처럼 동음이의어의 언어유희를 통하여 해학성을 유발하고 있다.

4. 『고금명작가』의 시조사적 의의

근래에 발굴된 필사본 고시조집 『고금명작가』는 지금까지 가장 오래된 시조집으로 알려진 『청구영언(진본)』에 비견할 정도로 이른 시기에 기록되었을 가능성이 있다. 이 시조집은 영정조대에 전사된 것은 분명하지만 정확한 연도를 알 수는 없다. 본래의 『고금명작가』는 이보다 더욱 앞설 것으로 보인다. 이 『고금명작가』는 『청구영언(珍本)』이전에 우리의 시조집이 어떤 형태로 존재해 왔는지를 보여주는 하나의 중요한 사례가 될 것이다.

『청구영언』은 이본에 따라 차이를 보이고 있지만 대체로 작가명과 연대, 신분과 곡목 등이 명시되어 있고 일정한 체제를 갖추었다. 그런데 『고금명작가』는 『청구영언』에 비하여 양적으로 매우 적은 78수에 지나지 않으며 그것도 서책 일부에다가 시조 작품들을 모아서 기록해놓고 있는 체재이다. 악곡명이나 연대, 신분이나 작자명도 없이 시조 작품만 필사되어 있어서, 『청구영언』에 비하면 일정한 체제를 제대로 갖추지 못했다고 말할 수 있다. 그렇지만 『고금명작가』는 앞서 언급한 것처럼 『청구영언』 이전에 존재했던 초기 시조집의 모습들이 어떠하였는가를 보여준다. 말하자면 『고금명작가』처럼 소박하게 시조를 모아놓은 시조집들이 있었기 때문에 훗날에 와서 『청구영언』이나 『해동가요』와 같은 시조집들이 일정한 체제와 구성을 갖출 수 있었던 것이 아닐까 생각된다.

그리고 우리는 오늘날까지 한시를 시조로 바꾸거나 시조를 한시로 바꾼 사례만을 보았는데, 이와는 달리 중국의 유명 악부를 시조로 바꾼 사례를 『고금명작가』에서 확인할 수 있다. 당시의 시조가 가창을 위주로 전승되었다는 점을 고려한다면 시조집 편찬자는 가영적(歌詠的)인 한시보다는 가창을 전제로 했던 악부와 시조와의 상관성을 놓치지 않고 헤아렸던 것으로 보인다.

게다가 『고금명작가』와 함께 발굴된 서책에는 <인지록(麟趾錄)>·<사전(祀典)>·<의장(儀章)>과 같은 중앙 관련 기록에서부터 <타량전지(打量田地)>·<직납경창(直納京倉)>·<이두(吏讀)>·<군수병조(軍需兵曹)>와 같은 지방관아 아전들의 직무와 관련된 기록, 더 나아가 <처변사조(妻邊四祖)>·<이일입제(忌日入祭)> 등과 같은 가사 내용과 관련된 내용에 이르기까지 시시콜콜 모두 기록해 놓았다. 특히 『고금명작가』는 이들 서책에서 발견된 <왕경룡기>·<토공전>·<관동별곡>과 함께 18세기 지방 관아의 아전들이 시조를 비롯한 당대의 문화예술을 어떻게 향유하고 있는지를 추측할 수 있는 자료이기도 하다.

5. 맺음말

최근에 발굴한 『고금명작가』는 시조문학사에서 초기의 시조집에 해당한다. 『고금명작가』는 경종이 승하하고 영조가 새로운 국왕으로 즉위하여 통치하던 초기에 전사되었을 가능성도 있다. 만약에 이것이 경종과 영조의 교체기에 전사된 게 사실이라면 『고금명작가』는 가장 앞선다는 『청구영언(진본)』에 비견하며 『해동가요』보다는 무려 30여 년이나 앞서는 셈이 된다.

게다가 이것은 필사본이기 때문에 본래의 『고금명작가』는 이들보다 한발 앞서 편찬되었다는 점이다. 따라서 『고금명작가』는 영조조에 창원 황씨의 누군가에 의해 예전의 고시조집을 필사한 것인데, 『청구영언』이나 『해동가요』처럼 본격적인 형태와 체제를 갖춘 시조집보다 한발 앞서 존재했던 초기 시조집이 어떤 형태로 존재했었던가를 추측할 수 있는 단서를 제공하는 시조집이라고 하겠다.

『고금명작가』에는 대체로 시조들을 시대적으로 배열한 흔적이 보이며 '고금(古今)'이란 제명(題名)에서처럼 이들 시조가 과거의 작품에서부터 당대의 작품까지를 대상으로 편집되었다는 것을 추측할 수 있다. 그런데 여말 시조 작품에서부터 시작하여 18세기 초엽까지 살았던 이언강(李彦綱, 1648~1711)의 작품<13>이 가장 늦다는 점에 착안한다면, 『古今名作歌』의 원본은 이미 18세기 이전에 이루어졌을 지도 모른다.

『고금명작가』에서는 다른 시조집에 실려 있는 동일 시조에 비해서 한자를 피하고 국문 위주의 표기법을 고수하고 있고, 18세기 전기의 국어학적 특징을 드러내 주고 있다. 위와 같은 표기적 특징 외에도 『고금명작가』는 많은 고어와 고문체를 보이고 있다.

우리는 『고금명작가』에 실려 있는 시조 작품을 통해서 시조사적으로 초기 시조의 성격과 그것의 분화 과정을 엿볼 수 있다. 『고금명작가』는 여말에서 선초를 거쳐 조선 중기에 이르는 작품들로 구성되어 있는데, 이들 고시조의 초기작품들은 다분히 정치적인 함의를 지니고 있었던 것으로 보인다. 다만, 이것이 후대에 내려오면서 점차 분화하여 연정이나 자연친화, 더 나아가 안빈낙도와 같은 비정치적인 내용으로까지 확산되었다고 말할 수 있겠다.

『고금명작가』에서는 중국의 악부를 시조로 개작한 사례를 찾을 수 있었다. 지금까지 시조와 중국 시가와의 대응방식을 시조와 한시에서 찾았는데, 이보다는 시조와 악부의 대응이 더욱 합리적이고 타당할 것으로 보인다.

『고금명작가』에는 우리에게 이미 익히 알려진 화답가 4수가 있고, 이외에도 새로운 화답가 <영남가> 2수가 보인다. 이들 화답가는 동음이의어의 탁월한 언어유희를 통하여 해학성을 획득하고 있다.

【부록】『古今名作歌』 원본

(새로 발굴한 시조는 작품 앞에 ●표시를 했음.)

서리 기든 수나히요 父코 머느른 일이라
라 갑기 근사로 바하 父 벗의 室이 어느
마을이 어린 우리 춘슌길 써러디아 하나
秋슌의 지는 넙을 언제 소견하되 月
서면 제 넙슨 어 넙을 언제 제 소겨 하되 月優
秋슌의 기든 넙 소리 넙을 父서 春에 月優三更의 은닷 지 젼허 업서
혼나를 쉬기려니 어 南 心亦의 다라 옥 아로 우러 떼떼 부큰 너나 북 리 글라
선리 사성 볌 츔이 의 흘너 가늘 가 늘 다
여게 빗 헛치리의 北海水 가에 다 더 제 이러 호든가
아마도 옥우고 취의 多가 모다 내을 츄 노다   하늘내 되 첨몿 던가

博浪沙中에 넙은 鐵椎
진설노 가치 개 되면 天下壯士 틀오 리라
尺壁의 놀은 보오 다른 다 그 업을 메여 울니며 신채라라 붕량이오
이루는 비로 다른 다 그 업을 메여 울니며   힘까장 두 러며여 신채라라 붕량이오
酒色을 늘 거시며 하늘 다 느 그 이 니 答임의 수
잔 잡고 드 내러 못 하며 의 이 니 答임의 수
楚霸王의 뜻도 됴코 두리 틀오 진러니라
이 힘디 鳥江風浪 의 우 어러 업의 의
경호 군슈 갈 티리 권으 여 빌리 의면   혼문 넌갈 둘은 섭어니라

불섬 왕 저말 빈 을 들 티셔 타들 으러

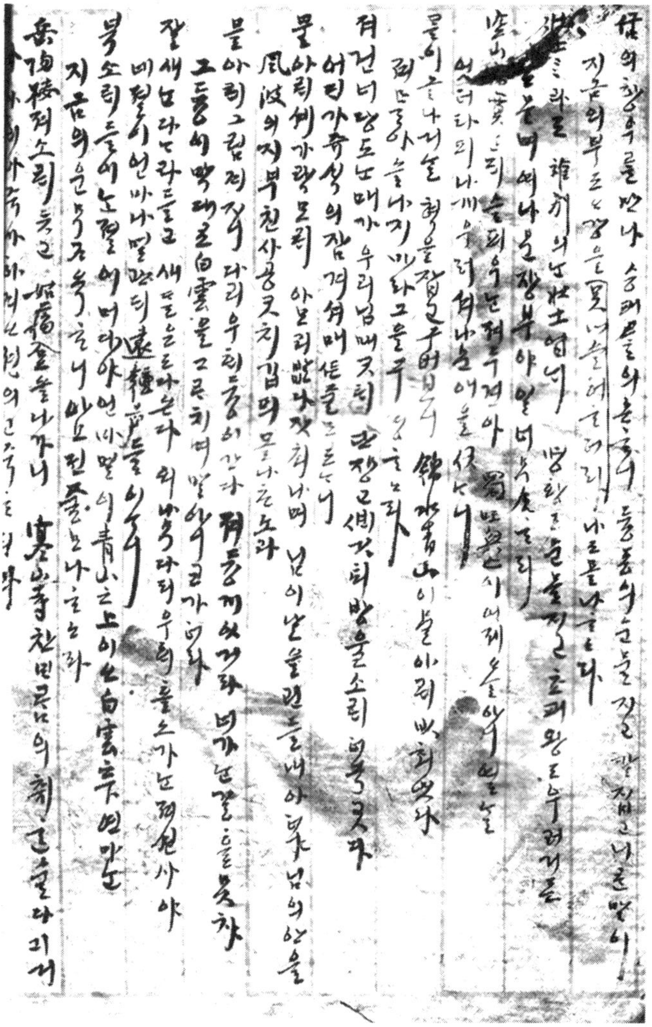

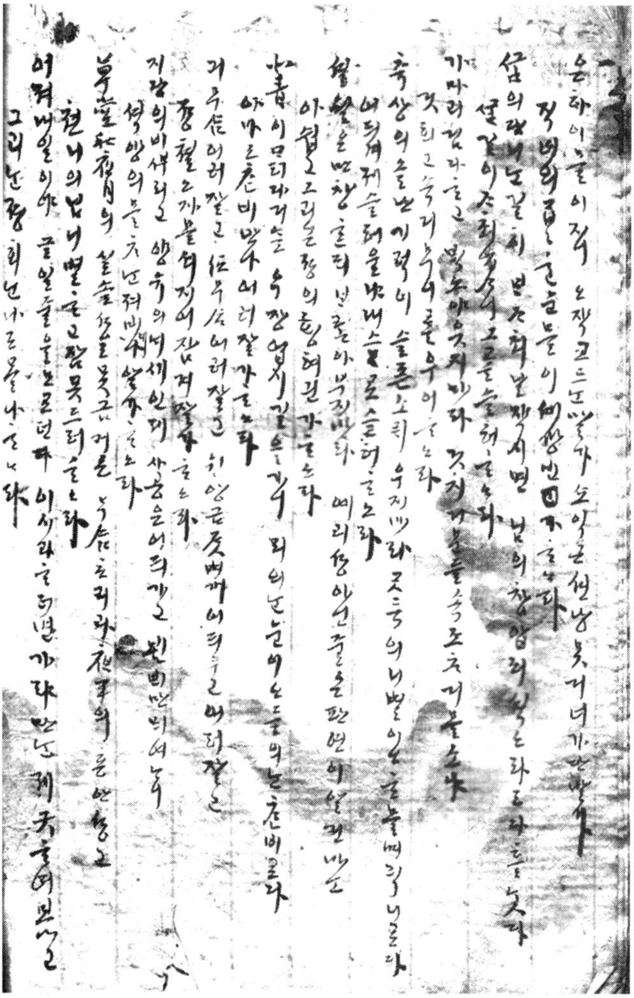

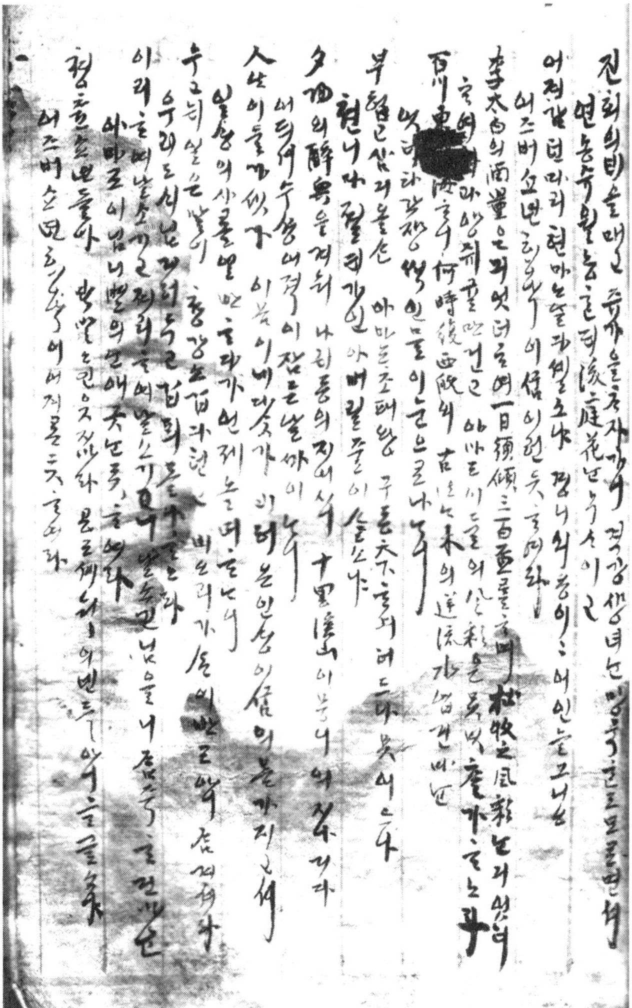

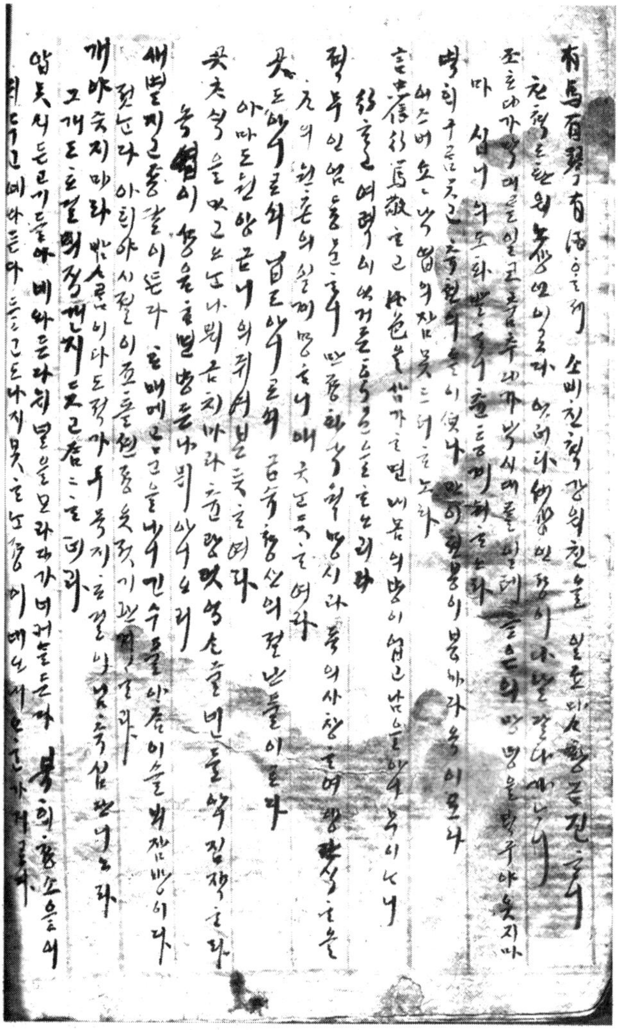

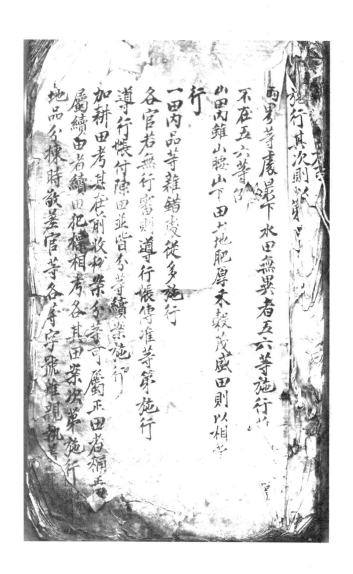

●<1>
큰 ᄇᆞ룸이 이러날 제 구룸조차 놀이:니
ᄒᆡᄂᆡ의 위엄 더코 고향으로 도라왓ᄂᆡ
어듸 가 ᄆᆡᆼᄉᆞᄅᆞᆯ 어더 四方을 직희오리오

●<2>
힘은 뫼을 ᄲᅦ고 긔운은 개셰터니
時節 不利ᄒᆞ쟈 츄마조차 아니 가ᄂᆡ
어즈버 우혜:여 너을 엇지ᄒᆞ리오

<3>
이 몸 죽어:一百番 다시 죽어
白骨 陳土 되여 넉시아 잇고 업고
님 向ᄒᆞᆫ 一片丹心이야 가실 줄이 이ᄉᆞᆯ소냐

<4>
三冬의 뵈옷 닙고 암혈의 눈비 마ᄌᆞ
구룸 긴 볏 뉘도 ᄶᅬᆫ 적은 업건마ᄂᆞᆫ
셔산의 ᄒᆡ가 지니 그ᄅᆞᆯ 슬허 ᄒᆞ노라

<5>
鐵嶺 노픈 고개 쉬여 넘ᄂᆞᆫ 져 구룸아
고신 원누ᄅᆞᆯ 비 삼아 듸여다가
님 계신 구듕궁궐의 불여 준들 엇더ᄒᆞ리

<6>
가노라 三角山아 다시 보쟈 漢江水아
故國山川을 ᄯᅥ나고져 ᄒᆞ랴만ᄂᆞᆫ

시졀이 하 분ː ㅎ니 볼 동 말 동 ㅎ여라

<7>
天朝 길 보믜거냐 玉河舘 어듸메오
大明 日月을 곳쳐 보지 못홀는가
三百年 亽대 셕심이 꿈이런가 ㅎ노라

<8>
空山裡 碧溪水아 수이 가믈 쟈랑 마라
일도창해ㅎ면 다시 오기 어려오니
明月이 滿空山ㅎ니 싀여 간들 엇더ㅎ리

● <9>
얽거든 머지 마나 멀거든 얽지 마나
쟈론 킈 큰 얼굴의 ㄱ좀도 ㄱ즐시고
경샹도 닐혼 두 고을의 수츠 이러낫고나

● <10>
얽게는 亽나히요 눗 크기는 흔 길이라
영남셔 예을 오니 멀긴들 아니 멀랴
각시님 아혼 아홉샤님의 일빅 수츠 이러 왓노라

<11>
ᄆ올이 어린 후에 ㅎ는 일이 다 어리다
月侵 三更의 어니 님이 오리마는
秋風의 지는 닙소리의 힝혀 긘가 ㅎ노라

<12>
내 언제 무심ㅎ여 님을 언제 소겨관디

月侵 三更의 온 뜻지 전혀 업니
秋風의 지는 닙소리 닌들 엇지 흐리오

<13>
흐나 둘 세 기럭이 西南北 各:느라
쥬야로 우러 녜며 부르느니 무리로다
언제사 상님 츄풍의 흠긔 놀가 흐노라

● <14>
어제밤 첫 치위의 北海水가 어단 말
예 혼자 이러튼가 하늘 대되 칩돗던가
아마도 옥누고쳐의 쇼식 몰나 흐노라

<15>
博浪沙中 쓰고 남은 鐵椎 項羽 궂튼 天下壯士을 맛쳐
힘가장 두러메여 삿치괴라 붕당朋黨 이 쓰
진실노 삐치게 되면 天下太平흐오리라

<16>
風波의 놀난 沙工 비를 파라 물을 사니
구절양쟝의 물도곤 어려워라
이 후는 비도 말도 말고 강상전을 미오리라

● <17>
酒色을 말 거시면 하느님이 삼겨시랴
술 나고 님 나고 이내 몸쏘 이스니
잔 잡고 님더려 못 노라 네나 알가 흐노라

<18>

楚覇王 壯혼 쯧도 죽기도곤 니별 셜워

玉帳中歌의 눈믈은 지려니와

희 다 진 烏江 風浪의 우단 말은 업더라

<19>

경즈 관군 주길 져긔 권호여 말이더면

홍문연 칼춤 업고 시의계롤 아닐 거슬

불셩공 져발비혼들 긔 뉘 타솔 호리오

<20>

꿈의 항우롤 만나 승패롤 의논호니

듕동의 눈물 지고 칼 집고 니룬 말이

지금 의부도 오강을 못내 슬허호더라／나도 몰나 호노라

<21>

壯士ㅣ라도 離別의는 壯士 업닉

명황도 눈믈 지고 초패왕도 우러거든

호믈며 여나믄 장부야 일너 무숨호리

<22>

空山 寂寞호디 슬피 우는 져 두견아

蜀國 興亡이 어제 오늘 아니열[여]늘

엇더타 피 나개 우러셔 나믄 애을 끗느니

<23>

믈이 놀나거늘 혁을 잡고 구버보니

錦水 靑山이 믈 아릭 빗최엿다

져 물아 놀나지 마라 그을 구경ᄒ노라

<24>

져 건너 당도는 매가 우리 님 매 ᄀᆺ티
단쟝고 쎄깃티 방울 소ᄅᆡ 더옥 ᄀᆺ다
어ᄃᆡ 가 쥬식의 잠겨셔 매 쓴 줄 모로ᄂᆞ니

<25>

믈 아ᄅᆡ 셰가락 모ᄅᆡ 아모리 밟다 자최 나며
님이 날을 괸ᄃᆞᆯ 내 아더냐
님의 안을 風波의 부친 사공ᄀᆺ치 깁픠 몰나 ᄒ노라

<26>

믈 아ᄅᆡ 그림지 지니 다리 우ᄒᆡ 듕이 간다
져 듕 게 잇거라 너 가ᄂᆞᆫ 길흘 못챠
그 듕이 막대로 白雲을 가ᄅᆞ치며 말 아니코 가더라

<27>

잘 새ᄂᆞᆫ 다 ᄂᆞ라들고 새 ᄃᆞᆯ은 도다온다
외나무 다리 우ᄒᆡ 홀노 가ᄂᆞᆫ 져 션사야
네 졀이 언마나 멀관ᄃᆡ 遠鐘聲 들이ᄂᆞ니

<28>

북 소ᄅᆡ 들이ᄂᆞᆫ 졀이 머다야 언마 멀이
靑山之上이오 白雲之下연마ᄂᆞᆫ
지금의 운무 ᄌᆞ옥ᄒ니 아모 딘 줄 모나 ᄒ노라

<29>

岳陽樓 져 소ᄅᆡ 듯고 姑蘇臺 올나가니

寒山寺 찬 ㅂ룸의 취흔 술 다 기거다
아히아 쥬가하지오 젼의고쥬ᄒᆞ리라

<30>
버히거고 볘히거고 낙ː쟝송 버히거고
겨근듯 두엇더면 동냥지 되올거슬
이 후의 큰집 문허지면 무어스로 고일소니

<31>
興亡이 有數ᄒᆞ니 滿月臺도 秋草로다
五百年 王業을 牧젹의 붓쳐두고
夕陽의 지나는 긱이 불승비감ᄒᆞ여라

<32>
이 몸 죽은 후의 무어시 되단 말고
곤눈산 흔 웃츰의 낙ː쟝송이 되엿다가
빅셜이 만건곤ᄒᆞ거든 獨也靑ː ᄒᆞ리라

<33>
쳡피긔옥ᄒᆞ디 녹듁의ː로다
유비군즈야 낙디 ᄒᆞ나 빌이렴은
우리도 삼강녕 팔됴목 낙가 볼가 ᄒᆞ노라

<34>
白日은 雲山의 지고 黃河은 東海로 가고
古今 英雄은 北邙으로 든단 말가
두어라 물유셩쇠니 흔홀 줄이ː스랴[21]

---

21) 이 시조는 고려조 최충(崔沖, 984~1068)의 작품으로 알려졌으나 『고금명작가』의 배열

<35>

일정 百年 산들 빅년이 그 언마리

질병 우환 더니 남은 날이 젼혀 업다

흐믈며 비빅셰인싱이 아니 놀고 엇지흐리

<36>

노인이 셥플 지고 슈인찌을 원흐오되

식모실 홀 제도 반쳔셰 살라거든

엇지타 교인화식흐여 노인 곤게 흐느니

<37>

治天下 五十年의 不知天下 다스란느냐

억죠창싱이 더긔을 원흐엿느냐

강구의 문동뇨흐니 太平인가 흐노라

<38>

大旱 七年인 제 은님금 회싱 되여

젼조단발흐고 상님야의 비러시니

탕덕이 격天흐야 大內方數千里흐니라

<39>

이려도 태평셩디 져려도 태평셩디

요지일월이오 슌지션곤이라

우리도 셩군 뫼읍고 죵낙태평 흐오리라

<40>

은하의 믈이 지니 오쟉교 드는 말가

순서에 의하면 조선초기의 문인이었던 권제(權踶, 1387~1445)의 작품일 가능성이 많다.

쇼 익근 션낭 못 거너가단 말가
직녀의 곱:흔 눈믈이 셰상 빈가 ᄒ노라

<41>
쑴의 단니는 길히 ㅂᄌ최 날쟉시면
님의 창 압픠 셕노라도 다흘놋다
쑴길이 ᄌ최 업스니 그롤 슬허ᄒ노라

<42>
가마괴 검다 ᄒ고 빅노야 웃지 마라
것치 거믄들 속조ᄎ 거믈소냐
것 희고 속 거무니롤 우어ᄒ노라

<43>
츄상의 놀난 기럭이 슬픈 소리 우지 마라
ᄌᆺ득의 니별이오 ᄒ믈며 긱니로다
어듸 겨제 슬허 울냐 내 스:로 슬허ᄒ노라

<44>
셜월은 만창ᄒ디 ㅂ롬아 부지 마라
예리셩 아닌 줄은 판연이 알건마는
아쉽고 그리온 졍의 힝혀 긘가 ᄒ노라

<45>
北靑이 묽다거늘 우장 업시 길을 가니
뫼의는 눈이오 들의는 츤비로다
아마도 츤비 만나 어러 잘가 ᄒ노라

<46>

긔 무슴 어려 잘고 쏘 무슴 어려 잘고

원앙금 줏벼개 어듸 두고 어려 잘고

정철노 자믈쇠 지어 잠겨 잘가 ᄒᆞ노라

<47>

지당의 비 ᄲᅳ리고 양유의 ᄂᆡ ᄭᅵ인 제

사공은 어듸 가고 뷘 비만 ᄆᆡ엿ᄂᆞ니

셕양의 믈ᄎᆞᄂᆞᆫ 겨비네나 알가 ᄒᆞ노라

<48>

草堂 秋夜月의 실솔셩도 못 금커든

무슴ᄒᆞ리라 夜半의 홍안셩고

쳔니의 님 니별ᄒᆞ고 잠 못 드러 ᄒᆞ노라

<49>

어져 내 일이야 글일 줄을 모로던다

이시라 ᄒᆞ더면 가랴만ᄂᆞᆫ 제 굿ᄒᆞ여

보내고 그리ᄂᆞᆫ 정회ᄂᆞᆫ 나도 몰나 ᄒᆞ노라

<50>

진회의 ᄇᆡ을 매고 쥬가을 ᄎᆞ자가니

격강샹녀ᄂᆞᆫ 망국흔도 모로면셔

연농슈 월농[ᄉ]ᄒᆞᄂᆡ 後庭花ᄂᆞᆫ 무스이[일]고

<51>

어지 감던 마리 현마 오늘 다 셸소냐

경니 쇠옹이 : 어인 늘그니오

어즈버 쇼년 힝낙이 ᄭᅮᆷ이런 듯ᄒᆞ여라

<52>

李太白의 酒量은 긔 엇더ᄒ여 一日須傾 三百盃롤 ᄒ며
杜牧之 風彩는 긔 엇더ᄒ여 취과양쥐 굴만건고
아마도 이 둘의 風彩은 못 밋츨가 ᄒ노라

<53>

百川 東到海ᄒ니 何時復西旅의
古往今來의 逆流水 업건마는
엇더타 간쟝 썩인 믈이 눈으로 나ᄂ니

<54>

부헙고 삼거올손 아마도 초패왕
구동 天下ᄒ여 어드나 못 어드나
쳔니마 졀디가인아 버릴 줄 이슬소냐

<55>

夕陽의 醉興을 겨워 나귀 등의 지내시니
十里溪山이 몽니의 지나거다
어듸셔 수셩 어젹이 잠든 날 짜이ᄂ니

<56>

人生이 둘가 셋가 이 몸이 네 다슷가
비러온 인싱이 꿈의몸 가지고셔
일싱의 사롤 일만 ᄒ다가 언제 놀녀 ᄒᄂ니

<57>

누고 뉘 일은 말이 청강소 깁다턴고
비오리 가슴이 반도 아니 줌겨셔라
우리도 시 님 거러두고 깁픠 몰나 ᄒ노라

<58>

이리 ᄒ여 날 소기고 져리 ᄒ여 날 소기니
날 소긴 님을 니즘즉 ᄒ건마ᄂᆞᆫ
아마도 이 님 니별ᄒᆞᄂᆞᆫ 애 긋ᄂᆞᆫ 듯ᄒᆞ여라

<59>

청츈쇼년들아 빅발노인 웃지 마라
공도세월의 넨들 아니 늘글소냐
어즈버 쇼년ᄒᆡᆼ낙이 어지론 듯ᄒᆞ여라

<60>

有馬有琴有酒ᄒᆞᆯ 제 소비친쳑강위친을
일됴마ᄉᆞ황금진ᄒᆞ니 친척도 환위노샹인이로다
엇더타 셰샹 인정이 나날 달나 가ᄂᆞ니

<61>

조ᄒᆞ다가 막대ᄅᆞᆯ 일코 춤추다가 낙시대ᄅᆞᆯ 일테
늘은의 망녕을 빅구야 웃지 마마[라]
십니의 도화 발ᄒᆞ니 츈흥 계워 ᄒᆞ노라

● <62>

벽ᄒᆡ 구롬 ᄌᆞᆺ고 츄쳔의 둘이 썻나
만이쳔봉이 봉마다 옥이로다
어즈버 쇼ː낙엽의 잠 못드러 ᄒᆞ노라

<63>

言忠信 行篤敬ᄒᆞ고 酒色을 삼가ᄒᆞ면
내 몸의 병이 업고 남을 아니 무이ᄂᆞ니

行ᄒ고 여력이 잇거든 혹문으로 ᄒ오리라

<64>
젹무인 엄듬문ᄒ니 만졍화낙월명시라
독의사창ᄒ여 댱탄식ᄒ올 ᄎ의
원촌의 일 계명ᄒ니 애 긋는 듯ᄒ여라

● <65>
곳도 아니로쇠 닙도 아니로쇠
금슈쳥산의 졀난 풀이로다
아마도 원앙금니의 쥐여 본 듯 ᄒ여라

<66>
곳ᄎ 싁을 밋고 오는 나뷔 금치 마라
츈광 덧업슨 줄 넨들 아니 짐쟉ᄒ랴
녹엽이 셩음ᄒ면 병든 나뷔 아니오리

<67>
새별 지고 죵달이 뜬다 호매 메고 문을 나니
긴 수풀 아춤이슬 뵈잠방이 다 젓는다
아히야 시졀이 죠흘션졍 옷 젓기 관겨ᄒ랴

● <68>
개야 즛지 마라 밤ᄉ람이 다 도적가
두목지 호걸이 님츄심 단니노라
그 개도 호걸의 집 갠지 듯고 즘ː ᄒ더라

<69>
압못시 든 고기들아 네와 든다 뉘 널을 모라다가 너커놀 든다

북히 쳥소을 어디 두고 예 와 든다
들고도 나지 못ᄒᄂ 졍이 네오 내오 ᄒᆞᆫ가지로다

<70>
버들은 실이 되고 ᄭᅬ고리 북이 되여
九十三春의 ᄶᅳᄂᆞ니 나의 근심
누구셔 녹음방초을 송화시라 니ᄅᆞ더니

<71>
닷ᄂᆞᆫ 물도 왕ᄒᆞ면 셔고 셧ᄂᆞᆫ 쇼도 타ᄒᆞ면 가ᄂᆡ
심이산 악호도 경셰ᄒᆞ면 도셔거든
각시님 뉘 집 녀ᄌᆞ완디 경셰 불쳥ᄒᆞᄂᆞ니

<72>
뭇노라 져 션사야 관동팔경 엇더터니
명사십니의 ᄒᆡ당화 불건ᄂᆞᆫ디
원표[포]의 낙ː 빅구ᄂᆞᆫ 비소우롤 ᄒᆞ더라

<73>
우리ᄀᆞᆺ치 소ᄅᆡ 난 님을 번기ᄀᆞᆺ치 잠간 만나
비ᄀᆞᆺ치 오락 가락 구롬ᄀᆞᆺ치 훗터지니
가슴의 ᄇᆞ롬 ᄀᆞᆺ튼 한숨이 안개ᄀᆞᆺ치 니러나더라

<74>
손으로 대붕을 잡아 번개불의 구어 먹고
남명슈 다 마시고 북히슈 건너ᄯᅱ니
태산이 발길의 ᄎᆞ이여 왜각데걱 ᄒᆞ더라

<75>

츄강의 밤이 드니 믈결이 추노매라

낙시 드리느니 고기 아니 무노매라

무심혼 둘 밤만 싯고 뷘 비 저어 가노매라

<76>

둘이 두렷ᄒ여 벽공의 걸려시니

만고풍상의 ᄶ러졈즉 ᄒ다마ᄂ

지금의 취긱을 위ᄒ여 댱죠금준ᄒ괴라

<77>

世事琴三尺오 生涯酒一杯라

西座江上月이 두렷지 불가ᄂ다

東閣의 雪中梅 ᄃ리고 翫月長醉ᄒ리라

<78>

黃河水 묽다터니 셩인이 나시도다

초야군현이 다 주어 나단말가

우리도 셩군 뫼읍고 동낙태평 ᄒ오리라

〈황산별곡〉의
작자 의도와 문예적 검토

1. 머리말

필자는 기록자를 알 수 없는 필사본 서책에서 미수 허목(1595~1682)의 학문과 덕행을 추모하는 가사 작품인 〈미강별곡〉을 발굴하여 학계에 보고한 바 있다.[1] 이 자료에는 공자 이래로 퇴계 이황에 이르는 동방의 도통을 밝히는 내용을 담은 〈황산별곡〉이 함께 필사되어 있었다. 〈황산별곡〉은 현재 필사본 1부가 장서각에도 수장되어 있는데 언제 누구에 의해 지어진 작품인지 알 수 밝혀져 있지 않다.[2] 그런데 필자는 〈미강별곡〉을 논의하는 과정에서 그것이 〈황산별곡〉과 함께 조선 말기의 유학자인 연사(蓮史) 윤희배(尹喜培, 1827~1900)가 지은 가사로 추정하였다.[3]

필자는 논의 과정에서 〈황산별곡〉이 〈황남별곡〉과도 많은 부분에서 서로 일치하고 있는 새로운 사실을 확인하였다. 〈황산별곡〉은 본래 151구의 장형가사인데, 그중 127구가 18세기 말엽에 지어진 이관빈

1) 구사회, 「새로 발굴한 가사 작품 〈미강별곡〉에 대하여」, 『국어국문학』 142집, 국어국문학회, 2006.5, 163~185쪽.
2) 이것은 『역대가사문학전집(1-51권)』(임기중 편, 아세아문화사, 1998)에 영인 수록되고 있다.
3) 구사회, 앞의 논문.

의 〈황남별곡〉과 같거나 거의 일치하는 것이다. 〈황산별곡〉이 〈황남별곡〉을 베끼다시피 개조하여 지은 가사 작품이라고 말할 수 있다. 그렇다고 이것을 전적으로 표절 작품이라고 단정할 수는 없다. 〈황산별곡〉의 작자는 〈황남별곡〉을 전범으로 삼아 그것을 자신이 관철하려는 방향으로 개작하고 있었기 때문이다. 〈황산별곡〉은 이미 텍스트로 존재하고 있던 〈황남별곡〉과의 교류를 통해 이루어졌고, 이들은 조선조 유교사회에서 생산된 사회적 맥락과의 접점으로 작용하고 있다. 이런 사실들을 보면 그것은 일종의 상호텍스트성에 해당하는 셈이다.

따라서 이 논문에서는 아직 〈황산별곡〉에 대한 논의가 없었기 때문에 그것에 대한 연구를 위해 근래에 필자가 발굴해 낸 새로운 필사본의 가사 전문을 먼저 제시하고, 〈황남별곡〉을 〈황산별곡〉으로 개작한 작자의 의도를 파악하는 데에서 논의의 출발점으로 삼고자 한다. 이어서 〈황산별곡〉에 대한 필자의 소장본과 장서각의 소장본을 비교하여 어떤 것이 선본이고 원본에 가까운 것인지 살펴보겠다. 이것은 이본끼리의 대교를 통해 가사 전문을 파악하면 저절로 드러날 것이다. 이를 바탕으로 〈황산별곡〉이 지닌 〈황남별곡〉과의 관계를 살펴보고, 그것이 지닌 문학사적 의미를 검토하고자 한다.

2. 〈황산별곡〉의 작품 전문

어와 이몸 졀머실적 周公孔子 道를 비와
이道 根本 츠즈라고 聖經賢傳 涉獵ᄒ니
三皇五帝 大經大法 仁義禮智 心性情을
事蹟이 班班ᄒ고 條目이 詳悉하여

古人의 糟粕이라 肯綮을 어이 아리
魯論中의 ᄒ신 말삼 仁者樂山 知者樂水
山水가 어디관디 仁智이 相關ᄒ고
이 말삼 하신 ᄯ즐 窮究히 싱각하이
厚重不遷 뫼아이며 周流無滯 물아이야
動靜이 相殊ᄒ고 體用이 無間ᄒ니
이 道 淵源 ᄎ즈라면 山水말고 어디하리
鐵鞋를 踏破ᄒ나 期於ᄎ고 마오리라
山海經 寰宇記을 書樓中의 ᄎ자내여
冊床예 놉피 노고 山中正脈 ᄎᄌ보니
其仁如天 帝堯氏은 觀于華 ᄒ옵시고
濬哲文明 虞舜氏은 五嶽巡狩 ᄒ옵시고
規矩準繩 大禹氏는 導山導水 ᄒ옵시고
周ㅅ나라 穆穆文王 誕先登岸 ᄒ옵시고
唐虞三代 聖帝明王 道德이 巍蕩ᄒ나
之山之水 아이러면 어디다가 想像하리
이러므로 吾夫子도 泰山의 올나 계셔
天下를 젹다시니 道眼도 거록할사
川上에 歎息하심 道趣도 깁풀시고
升堂ᄒ온 七十高弟 邱垤인가 行潦런가
由孔子 百餘歲예 鄒夫子 榮花氣像
泰山岩岩 源泉混混 이아이 仁智란가
自是厥後로난 千四百年 지나도록
山水난 依舊ᄒ나 道學이 榛蕪러라
無極先生 周茂叔이 蓮花峯을 사랑하사

濂溪上예 집을 짓고 終朝臨水 對廬山을
千古心을 默契ᄒ샤 洙泗眞源 遡流ᄒ니
우리道가 다시발가 河南夫子 나시거다
洋洋하 伊川上예 楊休山立 氣像이며
訪花隨柳 過前川은 曾點意思 一般이오
龍門餘韻 이러쎄셔 紫陽夫子 나시거다
遠遊篇 지으시고 佳山麗水 뜻즐두사
祝融峯 보신 후의 武夷山川 어딜런고
活水예 비을 쎄워 蓬憁을 놉피드이
閑聽棹歌 三兩聲예 依舊靑山 綠水多라
幔亭峯예 도라드니 玉女峯이 亭亭토다
虹橋一斷 無消息은 悼斯文之 久絶이요
揷花臨水 爲誰容은 戒時人之 色界로다
仙船岩예 잠싼쉬여 金鷄洞을 드러가니
一絶世間 榮辱들은 물 우의 거품이요
千載相傳 우리 道脉 寒水의 秋月이라
漁翁의 疑乃一聲 萬古心事 부쳐두고
花鳥의 一般春意 位育工夫 여계이다
碧灘上의 비를 옴계 隱屛仙掌 도라보이
어젯밤 지낸비예 一洗塵埃 山更好라
鼓樓岩 놉푼곳의 風景도 그지업다
어애오소 뒤옛사람 中道徘徊 무삼일고
桑麻雨露 져즌곳의 豁然平川이 여기로다
滄州로 나린 물이 海東으로 흘너나려
盤龜坮 놉푼 곳의 圃隱先生 遺躅이요

道東江山 바라보이 寒暄先生 丈屨地라
藍溪山川 차자가이 一蠹先生 나시거다
道峰山水 올나보니 靜菴先生 遊賞處요
紫玉山 느러가이 晦菴先生 九曲일세
清凉山 도라드이 六六峰 거록할사
濯纓潭 한구비예 丹砂壁이 萬仞이요
東西屛 푸른 곳예 天光雲影共徘徊
隴(壟?)雲精舍 ᄎᄌ가이 退溪先生 계신 곳디
玩樂時習 左右齋는 洙泗宮墻 依然하다
슬푸다 우리 後生 어디로 依仰하리
青春時節 虛度 白首無成 더욱 설워
夜氣淸明할졔 잠업시 싱각하이
조고마난 方寸心을 온간 物慾 侵勞ᄒᆞ여
家累예 係關ᄒᆞ고 衣食예 牽制ᄒᆞ여
淨界를 어디두고 慾浪예 ᄲᆞᄌ셔라
咄咄書窓 하다가셔 忽然히 ᄭᅵ다르니
濯去塵心 하란니면 登山臨水 第一리라
ᄯᅳᆯ아리 심은 디를 뷔여닌니 막디로다
芒鞋를 쥐여신고 門밧기라 닌다르니
어디난 뫼 아니며 어디난 물 아이야
金鳥山 百世風의 묵은 시름 다 썰치고
方丈山 놉푼 곳디 無限風景 구경한 후
伽倻山 도라들어 紅流洞 風咏하며
百川橋 물소리의 시로히 豪興난다
奇景을 차즈라고 指向업시 건일젹의

龜城으로 돌라드러 夫子影幀 瞻拜하고

흔고디 다다으니 十丈層岩 奇하다

ㅂ희 아리 老松이요 老松下의 말근 내라

낸물우희 발을 씻고 松陰아러 쉬노라니

樵夫의 하난 말이 이 바회 일홈잇셔

儒道의 有關흔지 慕聖이라 하더이다

바회도 죳쩌니와 일홈이 더욱 죳타

千仞壁 屹立하니 吾道의 빗치나며

百丈山 놉푼곳더 進道次第 想像흐니

聖賢地位 놉고머나 理會氣像 흐오리라

米元章의 흐던 졀을 이 바회에 내 흐고져

한 구비 도라드니 聞道洞 여기로다

村名이 흐고 한데 이쏘 안이 奇絶흔가

聖遠言堙 하온쩌예 道를 듯기 쉬울손가

앗춤의 道를 듯고 夕死라도 可矣로다

겻히 스람 들어보소 이러한 峽中村의

이 道理를 들어 안니 이 아니 貴하온가

쏘 흔 구비 들어가니 마홀 압페 밧 가난 니

아춤가리 上坪田 젼녁가리 下坪田

張沮런가 桀溺인가 이 마홀예 숨어든가

鳥狄同群 못하려든 果於忌世 무삼 일고

진짓 道를 못드르면 索隱行怪 되오리라

第四洞天 어던튼고 百度飛泉 흘으난디

흔 가온디 너레ㅂ회 詠歸二字 사겻신니

曾點矣 鏗瑟소리 檀杏예 風來로다

天氣난 和暢ㅎ고 春服이 輕捷한디

沂水예 沐浴ㅎ고 舞雩예 ㅂ롬 쏘여

冠者五六 童子六七 압뒤예 흣터서고

靑山峨峨 綠水洋洋 한 曲調 을푸며서

綠陰으로 도라오니 楊柳風來 面上吹라

塵念이 靜盡ㅎ고 天理가 流行한니

鳳凰翔于千仞兮여 堯舜의 氣像으로

吾與點 혼 말솜니 千古의 榮光이라

吾黨士狂狷態는 내들 어이 업시리오

져 골안에 져 마흘은 伯魚里라 稱道ㅎ니

學詩學禮 問答말삼 丁寧히 親聽한듯

左右예 峰岳든은 趨而過庭 彷佛ㅎ다

次例로 여샷구비 이르기를 顔子坮라

물 가운디 돌이소사 天作高坮 技巧ㅎ다

簞瓢自樂 엇덧튼고 안즌대가 陋巷닌가

坮우의 萬仞蒼壁 仰之彌高 鑽之彌堅

坮가운디 말근 바람 瞻之在前 忽然在後

顔子 엇던 사람이며 이 니 엇던 사람인고

ㅎ게되면 이러ㅎ니 顔子自期 ㅎ오리라

坮 압페 길무르니 져겨일홈 무신 산고

西河예 敎授先生 聖門의 君子類라

平生예 篤學工夫 이직예서 더놉푸나

嗟乎라 吾黨諸人 이예 矜式 ㅎ리로다

내 一生 願혼 바난 昌平縣예 卜居ㅎ여

三千弟子 絃誦地예 遺風餘韻 景仰ㅎ여

子游의 割鷄刀로 子路南山刮竹

두어 묵금 비여다가 闕黨童子 뷔을믜여

數仞宮牆 들어가서 아춤아춤 灑掃ᄒ고

壁間예 기친 시서 狂秦쓰슬 떨쳐ᄂ고

斯道를 護衛ᄒ여 聖門禦侮 되쟛더니

左海山川 瓊截ᄒ니 遠莫致之 어이ᄒ리

차라리 이 뫼 안예 孔子洞 일홈죠타

峽岷을 이웃ᄒ여 太古淳風 保全ᄒ면

내 所願을 못일우나 擇處仁里 되오리라

第九曲 周公洞은 엇지ᄒ여 일홈한고

우리나라 山川 일홈 中原模倣 만니하여

伯夷叔齊 首陽山 海西짜의 잇셔잇고

姜太公의 渭水 물은 咸陽郡의 흘너잇네

東山갓치 陋地예도 三年을 계셔시니

朝鮮가탄 禮義邦의 赤舄几几 못머무라

九曲 다본후의 道統을 曆選ᄒ니

由周公以上은 上而爲君 ᄒ오시고

由周公以下은 下而爲臣 ᄒ오리니

君臣分義 달으오나 道學淵源 溯仰컨딘

萬古天下 우리스승 周公公子쑌이로다

아마도 性癖 尹居士는 抱琴書携朋友ᄒ여

이 山水예 집을 지어 顧名思義 ᄒ오리라

3. 〈황산별곡〉의 제작 배경과 작자 의도

〈황산별곡〉은 19세기 후기에 흥선대원군이 후원했던 기호남인의 세력과 역사적 맥락을 함께 한다. 1863년 12월에 12세의 어린 나이로 고종이 왕위에 올랐다. 국왕의 부친으로서 정치적 실세였던 흥선대원 군은 권력을 장악해 나가는 과정에서 노론 세력에 대한 견제책의 목 적으로 남인과 북인의 정계 진출을 확대하였다. 이와 같은 당대의 정 치적 상황에서 윤희배는 〈황신별곡〉과 〈미강별곡〉을 제삭하여 기호 남인의 관점에서 동방 도학의 적통성을 선양하고 그것을 고취하고 있 었기 때문이다.

고려를 무너뜨리고 역성혁명을 통해 개국한 조선왕조는 일찌감치 중앙집권적 관료제를 확립하였다. 16세기에 사족 집단 내의 붕당이 형 성되면서 정파정치가 도입되었고, 17세기에는 붕당 정치가 왕조정치 의 본령으로 자리를 잡았다. 이 과정에서 본래 동인 세력으로부터 갈 라져 나온 남인은 17세기 전반기까지 서인과 대립하며 당대의 중앙 정계를 주도했던 정치 세력이었다. 그런데 17세기 후반기에 이르러 복 례를 둘러싸고 벌어졌던 여러 차례의 예송들, 숙종조의 경신환국(1680) 과 갑술환국(1694)등과 같은 권력 투쟁을 거치면서 이들 세력은 분열 과 부침을 거듭하면서 중앙 정계에서 세력을 잃어갔다. 더욱이 왕위 계승과 관련하여 경종과 영조의 왕위에 대한 지지여부를 놓고서 벌어 진 신임옥사와 영조 4년(1728)에 남인과 소론의 일부 과격파가 일으킨 반란으로 말미암아 남인은 노론 세력에 의해 중앙 정계에서 일소되는 결과를 가져왔다.

조선 후기 노론세력의 일당 독주와 전제적 흐름 속에서 허목계의 기호남인들은 영조와 정조의 탕평책에 힘입어 일시적으로 중용되는 기회도 있었다. 그렇지만 1800년 6월에 정조의 서거와 함께 국왕 주도의 탕평 정국이 와해하고 정치 판도가 외척 문벌의 세도정치로 일변하면서 남인 세력은 정계에서 축출되며 몰락하고 만다.[4] 17세기 후반기부터 19세기 중기에 이르기까지 남인들은 극히 일부를 제외하고 중앙정계에서 거의 모든 세력을 잃었다고 말할 수 있다. 그런데 1863년에 고종의 즉위와 더불어 집권했던 흥선대원군은 유력가문의 세력을 견제하고 국정을 개혁하기 위하여 여러 대책을 강구하였다. 그 중의 하나가 당시 정치적으로 소외되었던 북인과 남인의 인사들을 중앙정계에 발탁하는 정책이었다. 그는 남인 중에서도 기호 남인을 자신의 정치 세력으로 삼고자 하였다. 한 사례로써 대원군은 누대에 걸쳐 세습적으로 대립하던 기호남인의 집안들을 간섭하여 해혐시키고 이들을 결집시켜 중앙 정계에 발탁하기도 하였다.[5]

대원군의 집권과 더불어 그동안 권력을 독점해온 노론의 세도 정권이 약화되고 그 과정에서 다소나마 힘을 얻었던 근기남인계 인사들은 자신들의 정체성을 회복하고 동방도학의 이념적 적통성을 환기하려는 의지를 품고 있었다. 윤희배의 〈황산별곡〉과 〈미강별곡〉은 이런 과정에서 나왔다고 말할 수 있다.

윤희배는 고종 20년(1883)에 미수 허목을 종묘에 배향해달라고 상소를 올려서 논란을 일으키기도 하였는데, 이 시기에 〈황산별곡〉과 〈미

---

4) 남인의 분열과 몰락 과정에 대해서는 다음 논문을 참조하면 유용한 정보를 얻을 수 있다.

　유봉학, 「남인의 분열과 기호남인 학통의 성립」, 『조선후기 학계와 지식인』, 신구문화사, 1998, 15～42쪽.

　정만조, 「조선후기 경기 북부지역 남인계 가문의 동향」, 77～182쪽.

　원재린, 「영조대 후반 소론·남인계 동향과 탕평론의 추이」, 75～100쪽.

5) 서종태, 「흥선대원군과 남인 - 「南村解嫌日記」의 분석을 중심으로-」, 『한국근현대사연구』 16집, 한국근현대사학회, 2001, 7～38쪽.

강별곡>을 지었을 것으로 추정된다. 미수 허목의 도학정신을 칭송하고 기리는 <미강별곡>에는 작자가 징파강에 배를 띄워놓고 건너편의 우뚝 솟은 미강서원 건물들을 바라보는 '數三朋友 다리고서 澄波渡江 비를 씌워 嵋江으로 도라드니 數棟院宇 巍然ᄒ다.'라는 구절이 있다. 미수 허목을 배향했던 미강서원이 고종 8년(1871)에 홍선대원군의 사원철폐령으로 훼철되었다는 사실을 고려한다면, 이들 노래는 이미 그 이전에 지어졌던 것으로 보인다.

<황산별곡>은 퇴계 이황으로 이어지는 동방의 도학적 적통성을 밝히며, <미강별곡>은 미강서원에 배향된 미수 허목을 기리고 추모하는 내용이다. 이것들로 미루어 보건대, 작자인 윤희배는 기호남인으로서 본디부터 동방 도학의 적통성을 미수 허목에게 맞추려는 의도가 있지 않았나 생각된다.[6]

당시 윤희배가 올린 상소문에도 요순 이래로 삼왕의 도를 일으킨 공자를 조종으로 삼아 내려왔던 도학의 전통을 서술하고 있다. 윤희배는 상소문에서 중국을 거쳐 우리나라로 이어져서 퇴계 이황과 문목공 정구를 거쳐 미수 허목으로 이어졌다고 역설하고 있다. 이것은 중국을 거쳐 동방으로 전해진 도학이 이퇴계로 이어진다는 <황산별곡>의 내용과 미수 허목의 도학 정신을 칭송하는 <미강별곡>을 합한 내용에 다름이 아니다.[7]

말하자면 윤희배는 <황산별곡>과 <미강별곡>를 통해서 기호남인의 중심인물이었던 허목에 대한 동방도학의 이념적 적통성을 고취하고, 다른 한편으로 허목에 대한 문묘 배향을 요구하는 상소를 올려서

---

6) 영조대에 이르러 영남 남인들은 퇴계 이황→학봉 김성일→서애 유성룡으로의 학통을 중시하였는데, 기호남인은 퇴계 이황→한강 정구→미수 허목으로 학통을 잇고 있다. (유봉학, 앞의 논문, 35~40쪽.)

7) 이에 관한 구체적인 내용은 구사회의 앞 논문을 참조하기 바람.

이를 정치적으로 쟁점화시킴으로써 근기남인계의 결속을 도모하려는 의도가 있지 않았나 생각된다.

4. 〈황산별곡〉의 문예적 검토

4.1. 이본의 비교

앞서 언급한 장서각과 필자의 소장본을 비교해보면 어구가 서로 달라지거나 탈락하는 경우도 있고 어휘가 바뀌기도 한다. 이런 경우에는 〈황남별곡〉을 참조하면 도움이 된다.[8] 그것은 〈황남별곡〉이 〈황산별곡〉보다 반세기 이상 앞서 나왔는데, 〈황산별곡〉의 151구중에서 127구가 〈황남별곡〉과 그대로 일치하고 있기 때문이다.

〈황산별곡〉의 장서각본과 필자의 소장본을 비교해보면, 전자는 순국문체이고 후자는 국한자혼용체라는 것을 알 수 있다.

> 이런 이몸 졀비실격 쥬공공ᄌ 도랄비와
> 이도 근본 ᄎᄌ랴고 셩경현젼 셥ᄒ니 (장서각본)

> 어와 이몸 졀머실격 周公孔子 道를 비와
> 이道 根本 ᄎᄌ라고 聖經賢傳 涉獵ᄒ니 (필자본)

〈황산별곡〉의 처음 시작하는 부분이다. 여기에서 화자는 젊은 시절

---

8) 구수영의 연구에 따르면 〈황남별곡〉은 18세기 후기에 이관빈(1759~?)에 의해 지어진 작품이다. (구수영, 「황남별곡의 연구」, 『한국언어문학』 10집, 한국언어문학회, 1973, 338쪽.) 그렇다면 19세기 후기에 나온 것으로 추정되는 〈황산별곡〉은 〈황남별곡〉을 본떠 지은 작품이라는 논리가 성립된다. 이들의 상호 관계에 대해서는 다른 지면을 통해 논의하도록 하겠다.

부터 주공이나 공자와 같은 성현을 본받고 그들의 학문에 뜻을 두고 있었다는 것을 밝히고 있다. 그런데 전자는 순국문체로, 후자는 국한 자혼용체로 작품 전체를 일관하고 있다.

필자의 소장본은 장서각 소장본에 비해 더 정확하고 온전한 필사본으로 보인다. 장서각본은 필사 과정 중에 혼선이 있어서 1구부터 146구까지 기록하다가 다시금 앞서 필사했던 115구 후구부터 마지막 151구로 이어지고 있기 때문이다.

> 상이위군 허오시고
> 적영이 진청헌듯 좌우의 복만들은　　　　(장서각본)
>
> 由周公以上은 上而爲君 ㅎ오시고
> 由周公以下은 下而爲臣 ㅎ오리니　　　　(필자본)

위는 <황산별곡>의 146~147구에 해당하는 구절이다. 필자의 소장본은 온전히 필사되고 있는데, 장서각 소장본은 혼선이 있어서 이미 필사되었던 146구 '상이위군 허오시고'에서 115와 116구의 '적영이 진청헌듯 좌우의 복만들은'이라는 구절로 다시 이어지고 있다. 따라서 장서각 소장본은 필사자의 실수로 115구 후구부터 145구까지 별다른 까닭 없이 중복된다고 말할 수 있다.

장서각본은 어구가 빠지거나 앞뒤가 뒤바뀐 구절들도 있다. 반면에 필자의 소장본은 별다른 착오 없이 정확한 필사가 이뤄지고 있다.

> 닌물우희 발을씻고 송음아리 쉬노라니
> 이바회 일홈잇셔 유도의 유관한지
> 모셩이라 허더이다 바회도 조커니와

일홈이 더욱좃타 쳔인벽을 임허니   (장서각본)

낸물우희 발을 씻고 松陰아리 쉬노라니
樵夫의 하난 말이 이 바회 일홈잇셔
儒道의 有關흔지 慕聖이라 하더이다
바회도 좃써니와 일홈이 더욱 좃타
千仞壁 屹立하니 吾道의 빗치나며   (필자본)

위에서 장서각본은 필사 과정에서 84구의 '초부의 하난 말이'이란 어구가 빠졌다. 이 어구는 〈황남별곡〉에는 그대로 존재하는 구절이다. 이런 까닭으로 장서각본은 그 이후로 계속해서 전구와 후구가 들어맞지 않고 엇물려 필사되다가 146구의 '상이위군 허오시고'처럼 홑구로 필사되는 흐트러진 모습까지 보인다.

더 나아가서 장서각본은 어구의 앞뒤가 엇물리고 뒤바뀌면서 가사 내용이 끊기고 문맥도 어긋나는 모습을 보인다.

진도츠졔 상상하니 이회기상 하오리라
션현지위 높고머니 이 바회예 너 하고져
미원쟝의 하든 졀을 문도동 여기로다
쏘한구비 도라드니 촌명이 하고한더
이쏘아이 기졀한가 성원언 하온쩌예   (장서각본)

聖賢地位 놉고머나 理會氣像 흐오리라
米元章의 흐던 졀을 이 바회에 내 흐고져
한 구비 도라드니 聞道洞 여기로다
村名이 흐고 한데 이쏘 안이 奇絶흔가
聖遠言堙 하온쩌예 道를 듯기 쉬울손가

앗츰의 道를 듯고 夕死라도 可矣로다　　　(필자본)

<황산별곡>의 앞부분에서 화자는 고대 성현의 도가 동방으로 흘러 들어 그것이 황악산 일대의 구곡에 서려있다고 하였다. 이 부분에서 화자는 성현의 도에 도달하기에는 너무 높고 멀지만 문도동이라는 촌 명에서 '아침에 도를 들으면 저녁에 죽어도 좋다'라는 공자의 말씀을 연상하며 감탄하고 있다. 하지만 장서각본은 줄 친 부분에서처럼 필자 의 소장본에 비해서 필사가 엇물리고 앞뒤 어구가 뒤바뀌는 혼선을 보인다.

전반적으로 장서각본은 필사 과정에서의 오류가 많아서 온전한 필 사본이라고 할 수 없다. 반면에 필자의 소장본은 처음부터 끝까지 별 다른 하자가 보이지 않아서 자료적 가치가 높고 장서각본에 비해 더 善本에 가깝다고 말할 수 있다.

4.2. 작품의 형태와 구성

<황산별곡>은 151구로 지어진 장형가사로서 3·4조와 4·4조의 가 사 율격을 잘 따르고 있다. 3·4조(54구)와 4·4조(93)구가 전체의 98퍼 센트를 차지하고 있고, 결사에 사용되는 3·5조를 제외하고는 3·3구 나 4·3구가 극히 제한적으로 사용되고 있을 뿐이다. 한마디로 말해서 <황산별곡>은 4음보의 3·4조와 4·4조가 주축을 이루는 정격 양반가 사에 해당한다.

표기 형태는 국한혼용체인데, 한자 어구의 사용이 두드러지고 있 다. 표기법은 어법에 벗어난 글자들도 눈에 띈다. 여기에는 작자의 국 문 표기의 미숙함에서 비롯된 것도 있고, 다른 한편으로는 근대국어 에서 현대국어로의 이행기에 나타난 혼란스러운 표기 현상의 반영일

수도 있다.

예를 들어 2구의 '詳悉하여'는 '詳悉ᄒ여'로, 4구의 '이 말삼'은 '이 말솜'으로 적어야 옳다. 'ㆍ'와 '~ㅏ'의 표기 혼란은 19세기의 언어 특질 중의 하나이다. 같은 4구의 '싱각하이'도 18~19세기를 전후로 나타나는 과도기적 표기이다. 게다가 17구의 '洋洋하 伊川上예 楊休山立 氣像이며'에서 '伊川上예'와 '여계이다'는 각각 '伊川上에', '여기이다'로 적어야 옳다. 우리말에서 'I'로 끝나는 체언 뒤에서 '예'가 쓰이는데, '伊川上예'는 일종의 유추현상이다. 49구의 '아츰가리 上坪田 젼녁가리 下坪田'에서 '젼녁가리'는 '져녁가리'로 적는 것이 옳다. '젼녁'은 'ㄴㄴ'의 중자음 표기인데, 어느 시대의 어법에도 나타나지 않는 잘못된 표기이다. 그리고 이따금 드러나는 영남 방언은 이 작품이 영남출신이었던 이관빈의 〈황남별곡〉을 습용하였기 때문이다. 전체적으로 살펴보건대, 〈황산별곡〉은 국어학적으로도 19세기의 언어를 반영하고 있고 이 시기에 지어졌을 것으로 짐작된다.

〈황산별곡〉은 '서사·본사1·본사2·결사'라는 기승전결의 4단 구성으로 이루어져 있다. '서사'는 도입부에 해당하는 1~12구까지이다. 서사는 본사에서 구체적으로 서술되고 형상화될 대상을 미리 암시하고 그것에 대한 단서를 제공하는 부분이다. 이 작품의 서사에서 화자는 성현의 도에 뜻을 두고 궁구하였으나 그것의 요체에 이르지 못하였다는 것을 토로하고 있다. 그래서 '仁者樂山 知者樂水'라는 공자의 말씀을 상기하면서 도의 근원이 바로 산수(山水)에 있다는 것을 자각하는 부분이다.

'본사1'에서는 '서사'에서 전제했던 도의 근원이 산수에 담겨 있었다는 사실을 중국과 우리나라를 중심으로 기술하고 있다. 13~63구가 '본사1'에 해당하는데, 이것은 다시 13~52구와 53~63구로 나뉜다. 전자는 고대 성현인 요순 이래 공자를 거쳐 송나라 주희에 이르는 중국의 도통을 밝히면서 이들의 산수·순례를 기술하고 있는 부문이다. 후자는 그것이 고려말 포은 정몽주로 이어져서 조선조 퇴계 이황에까지 이르는 동방의 도통을 밝히면서 그들이 벗했던 산수를 기술하고 있다.

'본사2'는 79~149구이며, 이것은 다시 64~78구·79~149구로 나뉜다. 64~78구에서 화자는 도통의 연원을 상기하며 의지할 데 없는 자신의 초라한 모습을 돌아보고 있다. 여기에서 화자는 현실에 얽매이고 욕망에 허우적거리다가 세속의 티끌을 씻어버리려면 산수밖에 없다는 것을 자각한다. 화자는 금오산·지리산·가야산을 돌아서 마침내 황악산에 이르니 여기에 옛 성현의 도가 그대로 담겨있다는 것을 언급하고 있다.

79~149구는 '모성암'에서 '주공동'에 이르는 황악산의 구곡을 둘러보며 그곳에 담긴 성현들의 말씀이나 고사를 연상하고 있다. 이를 구체적으로 살펴보면 다음과 같다. 제1곡 十丈層岩의 '母聖岩'에서는 증자의 '千仞壁立'과 주자의 '進道次第'를 연상하며 성현을 사모하고 있다. 제2곡의 '문도동'에서는 '朝聞道면 夕死라도 可矣'라는 공자의 말씀을 연상하며 감탄하는 내용이다. 제3곡 '沮溺村'에 이르러서는 장저와 걸익의 고사를 상기하며 도의 어려움을 다짐하는 내용이다. 제4곡 '歸詠曲'에서는 폭포수 골짜기의 바위에 새겨진 '歸詠' 글자를 보고 증자가 공자에게 대답했던 '舞雩詠而歸'의 고사를 연상하는 부분이다. 제5곡 '伯魚里'에서는 伯魚가 종종걸음으로 뜰을 지나가자 아버지 공자가 시와 예를 배웠느냐고 물었던 '趨而過庭'과 '不學詩不學禮'의 고사를 상기하며 소회를 읊고 있는 부분이다. 제6곡 '顔淵埪'에서 화자는 물위에 솟은 바위 위에서 맑은 바람을 쐬면서 안연이 만끽했던 단표누항의 경지를 느끼고 있다. 제7곡 '子夏嶺'에서는 서하교수로 있으면서 학교

를 일으켜서 제자를 양성했던 자하를 공경하고 본받으려고 하나 그 경지가 너무 높아서 이르지 못하는 화자 자신의 안타까움을 호소하고 있다. 제8곡 '孔子洞'에서 화자는 공자의 이름을 따고 있는 마을 이름이 좋다면서 산골 백성들이 서로 사이좋게 지내고 태고순풍을 보전하면 어진 마을이 될 것이라고 말하고 있다. 제9곡 '주공동'에서는 주나라 무왕과 성왕을 도와서 왕조의 기초를 확립했던 주공을 사모하는 내용이다. 여기에서 〈황산별곡〉은 주희의 〈무이구곡가〉나 이이의 〈고산구곡가〉에서처럼 산수를 통해 도의 근원을 읊고 있는 다른 구곡가계 시가들을 계승하고 있다는 것을 확인할 수 있는 부분이다.

결사는 마지막 150~151구가 그것에 해당한다. 여기에서는 작자로 보이는 윤거사가 거문고와 책을 안고 벗들을 이끌어 산수에 집을 짓고 명예와 의리를 중시하겠다는 다짐이다.

4.3. 〈황남별곡〉과의 관계

〈황산별곡〉은 〈황남별곡〉과 상호텍스트성의 관계에 놓여있다. 상호텍스트성이란 한 마디로 텍스트 사이의 상호관련성이라고 말할 수 있는데, 하나의 텍스트에 다른 텍스트가 기억과 반향과 변형을 통해서 다양하게 침투하는 것을 가리킨다.[9] 이것은 사회적 맥락이 텍스트로 삽입되고 나서 그 텍스트가 다시 사회적 맥락 속으로 다시 환치되고 있는 것을 말한다.

---

9) 상호텍스트성이란 용어는 1960년대 줄리아 크리스테바가 롤랑 바르트의 이론을 응용하여 만든 이론인데, 롤랑 바르트는 텍스트란 하나의 그물을 이루는 기호 체계로 보았다. 하나의 텍스트는 독자적으로 존재할 수 없고 다른 여러 텍스트들과의 상호관계 속에서만 그 기호적 역할(의미 조성 또는 의미화)을 배당받게 된다고 한다. 따라서 어떤 텍스트이든지 한 문화를 이루는 모든 텍스트들과 상호 관계를 맺고 있지 않을 수 없다. (이상섭, 『문학비평 용어사전』, 민음사, 2001, 161쪽.)

<황산별곡>과 <황남별곡>을 비교해보면, 전자는 이미 존재하고 있었던 후자를 텍스트로 삼아 그것을 흡수하고 변형하며 융합하고 있기 때문이다. 무엇보다도 <황산별곡>의 전체 151구중에서 127구가 <황남별곡>의 어구와 그대로 일치하거나 부합하고 있다. 전체의 84퍼센트가 서로 일치하거나 부합하고 있는 셈인데, 일치하지 않는 곳은 동방도학의 계통을 서술하는 부분이다. 이것은 <황산별곡>의 작자인 윤처사가 이미 텍스트로 존재했던 <황남별곡>을 창작자의 주체적 산물이라기보다는 변화와 수용의 과정으로 파악한 것이다. 그래서 동방도학의 적통을 노론의 관점에서 서술하고 있는 이관빈의 <황남별곡>을 작자인 윤희배는 남인의 관점에서 <황산별곡>으로 수정하여 재환치시키고 있다.

<황남별곡>에서는 공자 이래로 주희에 이르는 중국 도학의 선례를 들면서 퇴계 이황·회재 이언적·율곡 이이·우암 송시열에 이르는 동방 도학의 인물들을 제시하고 있다. 반면에 <황산별곡>에서는 중국의 도학 계통에 대한 서술이 <황남별곡>과 동일하지만, 동방 도학의 전통에 대한 서술에서는 차이가 난다. <황산별곡>에서는 동방 도학의 전통을 포은 정몽주에서 한훤당 김굉필과 일두 정여창으로, 여기에서 다시 정암 조광조와 퇴계 이황으로 고쳐 잡고 있다. 자연히 <황남별곡>에서 동방 도학의 반열에 올랐던 이율곡과 송시열은 <황산별곡>에서는 아예 제외되고 있다.

이것은 그들이 서로 다른 도학적 전통을 따르고 있었기 때문으로 보인다. <황남별곡>을 지은 곡선(谷仙) 이관빈(李寬彬, 1759~?)은 덕수(德水) 이씨로서 율곡의 아우였던 이우(李瑀)의 후손이다.[10] 그는 율곡 이

---

10) 이에 관해서는 구수영의 「황남별곡의 연구」(『한국언어문학』 10집, 한국언어문학회, 1973, 338쪽.)를 참조하기 바람.

이로부터 우암 송시열로 이어지는 도학적 전통을 따르는 노론 계열에 속했다. 반면에 〈황산별곡〉을 지은 윤희배는 퇴계 이황으로부터 한강 정구에서 미수 허목으로 이어지는 도학적 전통을 따르는 전형적인 기호남인의 계열이었기 때문에 율곡과 우암을 제외했던 것으로 보인다.

작자가 〈황남별곡〉의 작품명을 차용하여 〈황산별곡〉으로 작명한 것도 상호텍스트성 측면에서 다분히 의도성이 엿보이는 대목이다. 〈황남별곡〉에서 '황남'은 황악산 남쪽을, 〈황산별곡〉에서 '황산'은 황악산을 지칭한다. 여기에서 황악산은 단순한 자연 공간이 아닌, 옛 성현의 도가 서려있는 특정 공간으로 형상화되고 있다. 화자는 세속의 티끌을 씻으려면 산수밖에 없다고 자각하며 황악산의 구곡을 둘러보고 그곳에 담긴 성현의 말씀이나 고사를 연상하며 도가 서려있다고 읊고 있다. 주지하다시피, 고려 말에 야은 길재는 고향이었던 황악산 줄기의 선산에 정착하여 성리학을 연구하며 제자를 양성하였다. 여말선초의 성리학은 야은 길재로부터 김숙자와 그의 아들 김종직을 거쳐 확산되었는데, 이곳 황악산 일대는 우리나라 도학의 발원지라고 말할 수 있다.

그렇지만 〈황남별곡〉에 대한 〈황산별곡〉의 상호텍스트성은 명백한 문제점을 내포하고 있다. 작품의 전체적인 틀과 내용을 그대로 유지한 채, 제목을 바꾸고 부분적으로 특정 어구만을 교체한 것은 일종의 도습에 가깝기 때문이다.

5. 문학사적 평가

조선 중기 이래로 많은 문인은 주희의 〈무이구곡가〉를 연상하며 구곡가계 시가들을 남겼다. <무이구곡가>는 고려 말엽에 이미 국내에 유입되었을 것으로 짐작되는데, 선초에는 그것을 차운한 시들이 나왔다. 조선 중기 이후에는 도학자들이 임원(林園)을 경영하며 구곡가를 창작하였는데 한시, 시조, 가사 등의 형태로 지어졌다.11) 예로써 퇴계 이황은 도산구곡을 경영하며 <무이구곡가>의 차운시를 지었고, 율곡 이이는 고산구곡을 경영하며 시조 작품인 <고산구곡가>를 남겼다. 퇴계의 문인이었던 한강 정구는 무흘구곡을 경영하며 한시체의 <무흘구곡가>를, 근품재 채헌은 석문구곡을 경영하며 가사체 구곡가인 <석문구곡도가>를 지었다. 옥소 권섭은 수암 권상하의 황강구곡에서 시조체 구곡가인 <황강구곡가>를 남겼고,12) 20세기에 들어와서 이도복은 가사체 구곡가인 <이산구곡가>를 남겼다.13) 이처럼 구곡가계 시가들은 여러 양식으로 다양하게 계승되어 창작되었는데, <황산별곡>은 그와 같은 조선 중기 이후의 구곡가의 시가들을 계승하고 있다.

<황산별곡>은 황산구곡의 산수를 통해 도의 근원을 읊고 있다는 점에서 다른 구곡가계 시가들과 비슷하다. 하지만 이 작품은 그것에 머물지 않고 중국과 동방의 도통을 구체적으로 명시하며 황산구곡의 산수를 읊고 있다는 특징이 있다. 여기에서 중국과 동방의 도학적 적통을 명시하는 서술 방식은 율곡 이이를 거쳐 우암 송시열과 수암 권상하에 이르는 도학의 발전 양상을 읊고 있는 권섭의 <도통가>와 상통한다.14) 다만 <황남별곡>은 노론의 관점에서 동방의 도통이 이율곡·

---

11) 이에 관해서는 김문기의 「구곡가계 시가의 계보와 전개양상」(『국어교육연구』 23권, 국어교육학회, 1991, 35~86쪽.)을 참조하기 바람.

12) 이에 관해서는 박요순의 『옥소 권섭의 시가연구』(동국대학교 박사학위논문, 1986)를 참조 바람.

13) 전일환, 「<이산구곡가>의 가치 구명」, 『한국시가연구』 3집, 1998, 421~448쪽.

14) 이상원, 「<도통가>와 <황강구곡가> 창작의 배경과 그 의미」, 『조선시가사의 구도와 시각』, 보고사, 2004, 259~277쪽.

김장생·송시열로 이어졌다고 보고 있고, 〈황산별곡〉에서는 동방의
도통이 정몽주 이래로 조광조를 거쳐 이퇴계로 귀결된다는 전형적인
기호남인의 관점이다. 말하자면 〈황산별곡〉은 〈황남별곡〉과 함께 우
리나라의 도학적 적통을 기술했던 도통가계 가사와 조선 중기 이후로
성홍했던 구곡가계의 시가 양식이 결합한 도학가사의 일종이다. 자연
을 도학적 대상으로 보고 있는 이러한 〈황산별곡〉은 이전의 〈황남별
곡〉을, 〈황남별곡〉은 그 이전의 〈고산구곡가〉와 같은 구곡가계의 시
가양식을 계승하였다고 말할 수 있다.

게다가 〈황산별곡〉은 정치적으로 조선 말기 권력을 장악했던 홍선
대원군이 유력가문의 세력을 견제하고 자신의 정치 세력으로 삼고자
하였던 기호남인의 세력과 역사적 맥락을 함께 한다는 점이다. 〈황산
별곡〉의 작자이자 기호남인이었던 윤희배는 당시에 자신들의 종주였
던 미수 허목에 대한 도학적 정통성을 고취하고 이를 정치적으로 쟁
점화시킴으로써 기호남인의 결속을 도모하려는 과정에서 〈미강별곡〉
과 함께 〈황산별곡〉을 지었다는 사실에 유의할 필요가 있다. 이것은
구곡가계 도학가사였던 〈황산별곡〉이 조선 말기의 민감한 정치 현실
과 얽혀 있는 작품이라고 말할 수 있겠다. 그럼에도 불구하고 〈황산별
곡〉의 작자가 근기남인의 도학적 적통을 서술하면서 굳이 다른 도통
을 제시하고 있는 〈황남별곡〉을 모델로 하여 개작한 것은 더욱 그러
하다. 그것은 〈황산별곡〉의 작자가 〈황남별곡〉에서 제시하는 도학적
적통을 비판하고 자신들이 세운 도학적 적통을 환기 내지 고취시키려
는 의도에서 비롯된 것으로 보인다. 하지만 〈황산별곡〉이 〈황남별곡〉
을 그대로 도습하다시피 하였던 점은 작자의 의도가 아무리 좋았다고
하더라도 어쩔 수 없는 문학적 한계로 남는다.

6. 맺음말

이 논문은 필자가 근래에 발굴해 낸 가사 작품인 <황산별곡>의 새로운 필사본을 제시하고 논의하였다. <황산별곡>은 지금까지 장서각에 유일하게 한 부가 수장되어 있었는데, 이번에 새로운 필사본을 찾아냄으로써 서로 비교해 볼 수가 있었다. 비교해본 결과, 전자는 순국문체이고 후자는 국한자혼용체였다. 전자는 필사 과정에서 혼선이 있어서 중복되고 있고 앞뒤가 엇갈리고 어구가 빠진 부분도 있었다. 반면에 필자의 소장본은 처음부터 끝까지 별다른 하자가 보이지 않아서 자료적 가치가 높고 장서각본보다 선본에 가까운 것으로 확인되었다.

제작 배경이나 작자 의도와 관련해서 <황산별곡>은 19세기 후기에 흥선대원군이 후원했던 기호남인의 세력과 역사적 맥락을 함께 하는 것으로 보았다. 당시에 대원군의 후원에 힘입어 중앙정계에 진출했던 기호남인들은 근기남인계의 결속을 도모하려는 의도를 지니고 있었다. 이들은 미수 허목을 종묘에 배향해 달라고 상소를 올리거나 자신들의 도학적 적통성을 선양하고자 노력하였던 것으로 보인다. <황산별곡>은 이런 과정에서 지어진 작품으로 보인다.

<황산별곡>은 형태적으로 151구의 장형가사인데, 3·4조와 4·4조의 가사 율격을 잘 따르고 있는 정격 양반가사에 해당한다. 이 작품은 국어학적으로 19세기의 언어를 반영하고 있고, '서사·본사1·본사2·결사'라는 기승전결의 4단 구성으로 이루어져 있었다.

문예적으로 <황산별곡>은 이관빈의 <황남별곡>과 상호텍스트성의 관계에 놓여 있다고 말할 수 있다. <황산별곡>은 이미 존재하고 있었던 <황남별곡>을 텍스트로 삼아 그것을 흡수하고 변형하며 융합하고 있었기 때문이다. 무엇보다도 <황산별곡>의 전체 151구중에서 127구

가 〈황남별곡〉의 어구와 그대로 일치하거나 부합하고 있다. 전체의 84퍼센트가 서로 일치하거나 부합하고 있는 셈인데, 일치하지 않는 곳은 동방도학의 계통을 서술하는 부분이었다.

결론적으로 〈황산별곡〉은 황산구곡의 산수를 통해 도의 근원을 읊고 있다는 점에서 구곡가계 시가이다. 하지만 이 작품은 그것에 머물지 않고 중국과 동방의 도통을 구체적으로 명시하며 황산구곡의 산수를 읊고 있다는 특징도 있다. 따라서 이 논문에서는 〈황산별곡〉이 우리나라의 도학적 적통을 기술했던 도통가계 가사와 조선 중기 이후로 성흥했던 구곡가계의 시가 양식을 결합한 도학가사의 일종으로 파악하였다.

瞻古聖日半羹墻之人心在

憑聽牧笛出遠天更着牛騎過前川雲樓祝送詩人調盡

住街童立溪照○老蒼孤松○移來澗畔近豈座自誤大

夫老面新長憂寒陰能做雪延冬多病葉末更艶春○小白依雲○

小白山中老白雲來來去去日紛紜其間亦有尋巢鳥遠眼

依然色不分兆牽遠瀑○天皇兜率子崇萬丈層巒氣勢

雄一瀑倒懸飛百尺銀河疑下九天中○伽留石暮廬○前者聞

采留名菴鐘令听坐豐城無陀世界塵中度爽甬沙門老一

各西東交心澹泊論流水別誼懸懃守古風世應浮雲哉

多外僉工綱海卧詩中移遠更着官悟碧猶勝幽軒于竹叢

黃山別曲　　善山逝與尹進圭作

어외이吾림머生村

周公孔子道를비외　　聖經覽傳步覷ᄒᆞ니。

이道根本九五斗五

三皇五帝大經文法

事蹟의 班고 흐고 ● 古人의 糟粕이라
題目이 詳悉하야 肯綮을 어려더라 ●
山水가에티와되 이째 姑舍하시믈
仁智의 相關코고 露竅히 밝가하야
動靜이 相須코고 이道 閒淑호라며
体用이로 間코니 山水嗅코어디하며 ●

尊論中의 흐시 生生며
仁者 樂山 智者 樂水
闕風無滯믈 외아니와
鐵鞋를 踏破흐니와
期於 天고 아오러라
其仁 如天 帝흐氏은,

出海 經흐 宇記고 冊床개 놉되上고
書樓中에 뉴커에 山中正脈 九九보니
漕哲文明虞舜氏는 導山導水 호옵고
五岳秘符호리고 紀矩准繩 大禹氏를
唐虞三代 聖帝明王 之山之水가 이러면
道德이 萬萬흐고 恭山이 羌小머러
어日아 相像하라 ●

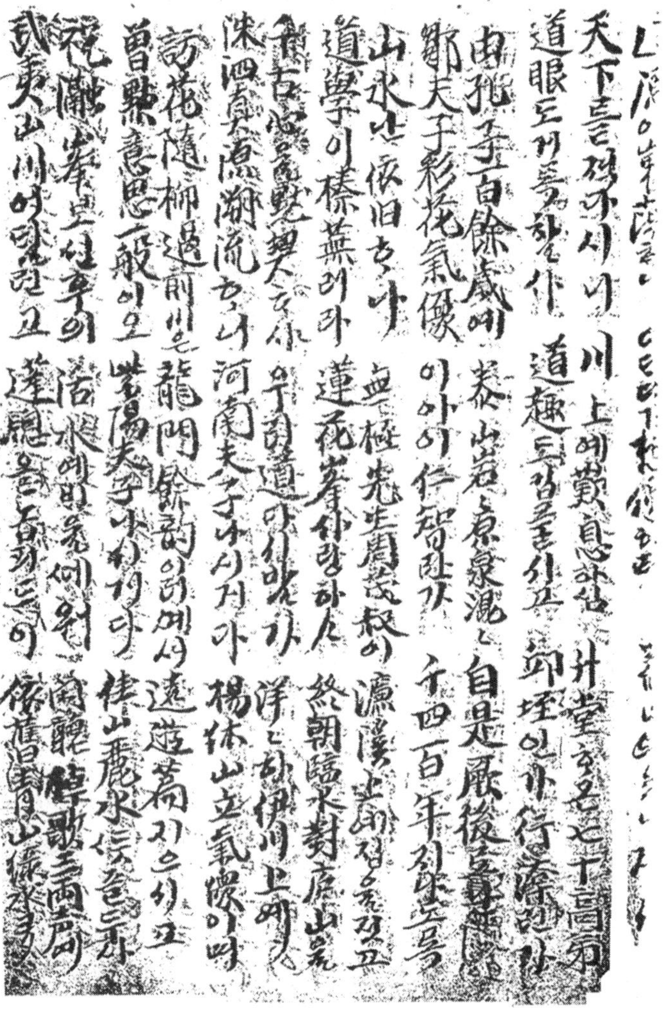

[illegible]
天下를 [illegible] 시니 川上에 歎息ᄒᆞ심 升堂ᄒᆞ온 七十高弟
道眼도 [illegible] 作 道趣도 [illegible] ᄒᆞ고 卿[illegible]인ᄂᆞ 行[illegible]
由孫子 白餘歲에 泰山岩 原泉混ᄂᆞᆫ 自是厥後 [illegible]
鄒夫子 彩花氣像 이아이 仁智타가 千四百年 [illegible]
山水난 依旧ᄒᆞ나 無極先生 周茂叔이 濂溪上 [illegible]
道學이 榛蕪터라 蓮花峯 [illegible] 終朝臨水 對廬山[illegible]
[illegible] 道 [illegible] 洋洋ᄒᆞᆫ 伊川上에 [illegible]
洙泗 [illegible] 流ᄒᆞ니 河南夫子 [illegible] 楊休山立 氣像이며
訪花隨柳 過前川은 龍門餘韻 [illegible] 遠遊 [illegible] 지으시고
曾點意思 一般이오 紫陽夫子 나시거다 [illegible]
[illegible] 峯 보신 후의 活水에 [illegible]
武夷山川 [illegible] 蓬[illegible] 依舊[illegible]

漫亭峰에도라드니 虹橋ㅣ折無酒是을 挹花臨水ㅎ여誰念이

玉女峰이놉흘또ㅣ水 悄斯交々々絶일 武特人의 色景水

仙艇山左角장처에 塵世間榮辱을 千載相得ㅎ야 月過脈

金鷄洞을드러가니 물수이거품이오 寒水이秋月이라

漁艇의数乃一聲 花鳥의一般春意 碧澈上이月을슬가

萬古ㅣ事ㅣ부처드 位置ㅣ夫여긔이가 隱居仙事ㅎ이라

어즈버지쳔비예 鼓楼岩音을두고 中道徘徊ㅎ오믹

一洗塵埃山更好 風景도긔조ㅣ여이 어미오드리예썯로

桑麻雨露깁흔골에 滄州로나외놋이 一監竜培츔올찾이

駱駝平川에이렁뎌 南東을도라드니 圓隱先生遺躅이

道東江山바라보니 藍溪山川고쟈 日道峰此水烝이오리

寒暄先生丈傳地라 一竈先生外제다가 靜菴先生進賞処오

寒暄先生文僑地라 一ㅎ 雙先生나계르다 前蒼先生 進壴人을

紫玉山ㄴ려가이 清淙山도라드ᄂ이 濯纓潭갓히비예

晦蒼先生九曲인제 六七峰기룩ᄒ니 丹砂壁ᄂ솔이로ᄲ

東西房을둛엇는데 隨雲精舍긋즈갸 玩栗峰時峰を左右을爲生

天光雲影其雄細 遲殘先生게계ㄹ잇가 夜氣淸明ᄃ하더니

ᄅᆞ亭타ㅇ둘휘後에 青春明暮가塵度 夜氣淸明ᄃ하더니

조고生方寸모음 白首로戒ᄃ여ᄉ리 간범ᄉ을ᄎᆞᄒ라

어듸로一依行ᄒ라며 家果에緖閒ᄒ고 淨身을튿이며두고

은갓物態侵勞意셔 衣食에年制큰여 慈浪에ᄭᅢ久다라

맨三書窓空해아가셔 濯去塵心하ᄋᄃ며 信아리심ㅇ들이오ᄃ

忽然히세다ᄂ르ᄂ이 登山臨水第一둘라 ㅓ리ᄂ나막더로다

苿蘚를뷧어사ㅣ고 에더보되아ㅣ며 金烏山高悉風애

門비기라바ᄃ르ᄂ이 어ᄅᆞ바둘라ᄒ야ㅑ 븕은새별ᄒ저기로

方丈山 놉흘 못틱
無限風景 구경한후
奇異흠도 긔지라고
指向업시 긴길에
中의아믹 老松이오
老松下의 맬 눈즈라
儒道의 有關호지
慕聖힌라 힘□이다
百丈山 놉흘 못틱
進道次第 想像호며
村名이 곳고 한네
聞道同 어기로다
이도 아이 긔졀손가

伽倻山 도라들어
紅流洞 風來호며
大子影幀 拜호고
十丈唐岩 育호다
千仞壁 屹立호니
吾道의 빗지나며
樵夫와 가르니
이비회라인 홈잇셔
聖賢地位 놉흠이라
理會氣像 호오릭
이닌희에 빔호고
聖遠言湮 호얏시니
道言 □□

閤道ㅎ야 ○○○ㄴ

밧춤의 道를듯고
夕死라도 可矣로다
佐室 구틔들을며
마음을 ᄭᆞᆷ쪄밧가나니
彼히人間을어이보료
峽中村의
아이니 貴ᄒᆞ료가
此道理를몰애뺭
博田애나ㅣ
長沮桀溺가
鳥獸ㅣ自庠ᄒᆞᆫ들
此道를몰듯소니
蒙四闋天어인토가
果然 己世를살ᄭᅵᆯ고
索隱行怪ᄒᆞ야
百度飛泉을소ᄭᅵ고
曾點矣瑟을
혀ᄭᅩ리니째인제
詠歸二字애風乎라
春服이輕捷ᄒᆞᄃᆡ
折水애沐浴ᄒᆞ고
冠者五六童子라
天氣生和暢ᄒᆞ고
舞雩예ᄇᆞ룸쪠고
靑山娥綠水라
綠陰은그늘도라
堯舜이淨盡ᄒᆞ고
鳳凰새丁何爲오
楊柳風來南上映ᄒᆞ야
孝應이净畵ᄒᆞ고
堯舜의氣像으로
天理가流行ᄒᆞ니

吾與點호맬솜니 吾黨士 狂狷態는
千古의 뿔光이라 내들에 엄시되오 伯魚里마 補道로다

講學기問을맬녓 左右에 摹흠들은
丁寧히親聽하는 趙阿過庭傳說라 次例로 여오구비 그를 顔子라

도나운디맬고소사 尊孰目樂기며 坑之爲 開蒼硯 竹之 研高礦
天作高坑商功호나 坐之利가陷差을보

坑가운디맬고소람 顔子 엇던八람이며
瞻之在前忽焉在後 이니엇던스람이면 顔子自期을호라
培양되간무르니 西河에教授先生 平生에篤學工夫
져지일喜무신호고 聖門의君子伋라 三千弟子誦誦地에
嗟子라五百党諸人 비一生願호보소 昌平鄕에居齊
이여豫式호리로다 昌平鄕에居齊 遺風餘韻景仰

○어즈리 ...

子游의 割鷄刀로
두어무금비 ...
關宮童子別 ...
數閒宮墻 ...
斯道를 護衛ᄒᆞ며
外君ᄂ溫掃ᄒᆞ고
子路南山括竹
聖門禦侮되앗더니
左海山川復截ᄒᆞ고
壁間써기치詩書
遠致之ᄒᆞᄂ이ᅌᅥ
往秦仁을ᄯ얻터ᄂ고
峽 ... 이웃을 ...
元더러이외안에
太古淳風保全ᄒᆞ며
伯夷叔齊首陽山
孔子洞이옴흠죠타
擇處仁里 ...
中 ... 倣 ...
第九曲内公洞은
우리中 ...
海 ... 이어리
朝鮮水 ... 禮義邦이
威陽郡의흘 ...
東山 ... 隨地 ...
善 ... 今의 ...
赤 ... 이라
九曲 ... 丁
由周公川上은
道統을 唐遷ᄒᆞ니
三年 ...
上而爲君 ...
下而道 ...

君臣分義 밝오나 萬古天下 우러스스슴

道學淵源 여러니 周公孔子 得호냐 아모 猛性癖尹金正은

이山水에 지을기어

嚴名義 ... 義호오리라

어와 벗이 왓아   岷江別曲

岷江來 주걱가今   花柳者風靑景에

牧三用友아러고서   十里荷塘潭 細雨潯桃花 夕陽風帆 鳴浦紅鵠 鳳岩千仞 一世節澄潭 嵋嵋半輪 鶴身丹霞

澄波渡江 비들녀워   特甚 兰도라 빗니   거토로은九宫廟朝의

老風霽月氣像으로   牧汀院子 出收世積   우리先生 小郎行이

文手井足精神하에   道唐文章禮度鐘   苄野碉水出慶恒

陶써리退老흐니 奇異흐이江山예   退陶闡源이어게비   濟노主靑袗言은

萬鐘相浮雲이사시   億萬年安灵环环 禮儀노彬노호시나

〈관히록〉의 가사 발굴과 〈관동해가〉와의 비교[*]

1. 머리말

근대 이전의 시가 문학은 시조와 가사가 주류를 이루며, 그것은 질량 면에서 다른 시가를 압도하고 있다. 시조는 2007년도를 기준으로 이본을 제외한 새로운 작품이 5,763수로 거의 6천수에 근접하고 있다.[1] 가사는 정확한 수치가 확인되지 않고 있지만 새로운 작품이 3천여 편에 이른다.

규방가사는 내방가사(內房歌辭)나 규중가도(閨中歌道)라고도 하는데, 여성들 사이에서는 흔히 '두루마리'이라는 이름으로도 불렸다. 규방가사는 주로 영남지방에서, 그중에서도 영남 북부에서 많이 지어졌다.[2] 규방가사는 내용이 다양하지만 양반 부녀자들의 생활주변으로부터 얻어진 것이 대부분이다. 그 내용은 제도에 속박 받는 여성들의 번민과 한탄에서부터 자연 체험이나 행락에 이르기까지 다양하다.

이번에 공개하는 〈관히록(觀海錄)〉도 그것의 하나이다. 〈관히록〉은 양반 부녀자들이 동해를 유람하며 그곳의 풍경과 감회를 읊고 있는

---

* 이 글은 김영(선문대학교)과 저자가 공동 연구·작성한 글임을 밝힙니다.
1) 박을수, 『한국시조대사전(별책보유)』, 아세아문화사, 2007, 38~182쪽.
2) 권영철, 『규방가사연구』, 이우출판사, 1980, 344~345쪽.

풍류형 기행가사의 일종이다. 물론 〈관히록〉에도 고향을 그리워하는
여성의 처지를 한탄하는 내용이 없는 것은 아니다. 하지만 〈관히록〉
에서는 자연에 대한 여성의 미감이 주조를 이룬다.

〈관히록〉은 지금까지 학계에 보고되지 않았던 새로운 가사명이다.
그렇다고 독자적인 새로운 작품이라고 말할 수도 없다. 필자의 조사에
의하면 그것은 이미 보고된 〈관동해가(關東海歌)〉[3]와 많은 부분에서
일치하기 때문이다. 하지만 차이가 없는 것도 아니다. 따라서 이 논문
에서는 〈관히록〉에 대한 소개와 함께 이미 학계에 보고된 〈관동해
가〉와 비교하여 그 실체를 살펴보고자 한다.

2. 〈관히록〉의 자료 검토

〈관히록〉은 국문으로 기록된 규방가사인데, 가로 26.3×179㎝의 두
루마리이다. 전체 129행의 세로쓰기로 필사되어 있다. 각 행은 15자에
서 19자로 불규칙적이다. 글자 수는 모두 2,000여 자에 이르는 중형가
사이다. 이 자료는 현재 충주에 있는 우리한글박물관(구 미도민속관)에
서 소장하고 있다.[4]

창작 연도는 본문에 나오는 '시유오월이요 세제정묘로다' 라는 어구
를 통해 알 수 있듯이 정묘년이다. 추정되는 정묘년은 1807년(순조12)
과 1867년(고종 4년), 그리고 1927년도이다. 그런데 〈관히록〉과 유사한
〈관동해가〉 필사본은 2종이 있다. 하나는 고려대 소장본이고 다른 하
나는 영남대 소장본이다. 고려대 소장본은 신유년(辛酉年)인 1801년이

---

3) 김성배 외, 『주해가사문학전집』, 집문당, 1961.
4) 귀한 자료를 연구할 수 있도록 흔쾌히 제공해 주신 김상석 관장님께 지면을 빌어 감사
   드린다.

나 1861년경에 창작된 것으로 추정되고 있다.[5] 영남대 도서관에 수장된 <관동해가>는 1930년대 이전에 유재하(柳在夏, 1897~1966)라는 사람이 필사한 것이다. <북천가>를 비롯한 13수의 가사 작품이 함께 필사되어 있다. 고려대 소장본과 동일하게 원문에 "歲在辛酉年이오 月在五月이라" 라는 구절이 나온다. 고려대본의 창작 시기를 1801년이나 1861년으로 추정하였듯이, 이 영남대본도의 창작 시기도 1801년이나 1861년으로 추정할 수 있겠다.

논의를 위해 <관히록>과 같은 작품으로 여겨지는 <관동해가>에 대하여 좀 더 부연할 필요가 있다. <관동해가>가 알려진 것은 1961년 간행된 『주해가사문학전집』에서이다.[6] 거기에는 <관동해가>의 간단한 해제와 원문 입력문이 실려 있다. 그런데 문제는 입력문이 원문 그대로의 옛 표기가 아니라 현대 국어 표기로 입력되어 있다는 점이다. 이에 대해서는 일러두기에 인쇄 편의상 '아래아(·)'를 'ㅏ'로 고쳐 적었다고 밝히고 있다.[7] 이후 간행된 『국어국문학자료사전』, 『한국가사문학주해연구』 등에서도 『주해가사문학전집』에 수록된 현대 국어 표기로 입력된 원문과 서지 정보를 그대로 재인용하고 있을 뿐 보다 진전된 논의는 없다. 필자는 온갖 관련 서적들을 뒤지며 고려대 소장본 <관동해가> 조사하였지만, 필사본 <관동해가>를 찾을 수가 없었다.[8]

---

5) 김성배 외, 앞의 책. 원문에 나오는 "歲在 辛酉年이오 月在 五月이라" 는 구절을 토대로 창작 시기를 추정한 듯하다.

6) 김성배 외, 앞의 책.

7) 이 책에 수록된 원문 입력본으로 작품이 필사된 시기를 추정하기에는 무리가 있다. 필자는 책에서 밝히고 있는 작품의 창작 시기를 그대로 따르고자 한다.

8) Krpia에서 제공하는 컨텐츠 가운데 임기중의 『역대가사문학집성』에서는 <관동해가>의 입력 원전을 "규방가사(寫本), 歌辭選(寫, 高大藏)"이라고 밝히고 있는데, 정확한 소장처 확인이 불가능하였다. 고려대 소장 『가사선』은 확인 결과 <관동해가>가 실려 있지 않았다. 어느 원전을 근거로 하여 입력하였는지 현재로서는 도저히 추정해 낼 방법이 없다.

이 과정에서 새로운 이본 〈관동해가(觀東海歌)〉를 발견하였다. 이번에 찾아낸 자료는 영남대 소장 필사본으로 서명은 『가곡십삼종(歌曲十三種)』이다.9) 이 책은 근대 국문학자인 도남 조윤제(1904~1976) 선생 소장본이다.10) 〈관동해가〉는 전체 13작품 가운데 하나이다.11) 국한문혼용체이며, 한문은 초서체이다. 표지에 "安東郡 豊南面 河回洞 謄本者柳在夏 紙數一百十六枚"라 적혀 있다.12) 표지에 적힌 등본자(謄本者) 유재하는 안동지역에서 국내 항일운동에 참여했던 인물로 추정된다. 조사한 바로는 유재하는 안동군 풍남면 하회동(현 풍천면 하회리) 출신으로 항일운동에 참여하였던 독립운동가이다.13) 1920년 4월에 창립된 우리청년회에 참여하여 활동하였으며 1922년 서기를 역임하기도 하였다.14) 표지 이면에는 유재하의 간략한 편지글이 있는데, 간단한 필사 경위 및 요금 처리 등에 대한 내용이다. 소장자의 의뢰로 가사들을 수집하고 등본한 듯하다.15)

---

9) 귀중본으로 분류되어 있어 원전을 직접 볼 수는 없었고, 마이크로필름으로 확인하였다. 도움을 주신 영남대학교 중앙도서관 고문헌실 곽해영 계장님께 감사드린다.

10) 본문 첫면에 '陶南書室'이라는 장서인이 찍혀 있다. 도남 소장 고서에 대해서는 옥영정, 「陶南 소장 고서의 書誌的 분석」, 『古典文學研究』 제27집, 한국고전문학회, 2007 참조.

11) 13수의 가사는 〈희죠사〉(연대 미상), 〈단장인단표회라〉(1920년대), 〈봉우춘회곡이라〉(1904년), 〈고원화류가〉(20세기 초), 〈歸來歌〉(1912년), 〈回婚慶祝歌〉(1927년), 〈회혼참경가〉(1927년), 〈隱士歌〉(1910년 이후), 〈옥설화담〉(18세기 말~19세기 초), 〈觀東海歌〉(19세기), 〈感懷歌〉(20세기 초), 〈북천가〉(1853년), 〈立春勝會歌〉(연대 미상)이다. 창작시기를 살펴보면 모두 18세기부터 20세기 초반까지이며, 그중에서도 20세기 초반에 이루어진 작품이 주류를 이루고 있다.

12) 도남 소장본 가운데 위의 필사기록과 동일한 필사본이 2종이 더 있다. 『歌曲三十八種』과 『歌曲十四種』이 그것이다. 각각 '慶尙北道安東郡豊南面河回洞 謄本者柳在夏 紙數五百十六枚', '安東郡豊南面河回洞 謄本者柳在夏 紙數一百二枚'라 쓰여 있다. 두 책 모두 비슷한 시기에 필사된 것으로 판단된다.

13) 유재하에 관한 정보는 국가지식포털 한국국학진흥원의 '유교넷(http://www.ugyo.net/)'에서 수집하였다. 안동 독립운동가 700인의 명단에 포함되어 있다.

14) 동아일보 1922년 4월 23일자 제4면에 各地靑年團體라는 란에 '우리靑年會總會'라는 제목으로 간략히 언급되어 있다.

구체적인 필사 시기는 알 수 없지만 수록된 작품들의 창작시기와 표지에 기록된 지명을 통해서 대략적인 시기 추정이 가능하다. 안동군 풍남면 하회동의 현재 행정구역 명칭은 안동시 풍천면 하회리이다. 풍남면은 1934년 행정구역 개편 전까지 사용되었던 명칭이며, 이후에는 풍천면으로 개칭되었다. 따라서 필사 시기는 수록된 13종 가운데 가장 늦게 창작된 가사가 1927년이므로, 1927년 이후부터 행정구역 개편 전인 1934년 사이에 이루어진 것으로 판단된다. 또한, 창작 시기는 고려대본과 마찬가지로 20세기인 1921년 신유년이 아니라 1801년이나 1861년 중에 창작된 것으로 여겨진다. 내용은 일부 글자의 출입이 다른 점을 제외하고는 고려대본과 거의 똑같다.

우리한글박물관 소장본 <관희록>의 필사 상태는 양호하다. 일부 잘못 쓴 글자를 수정한 흔적도 있고, 빠진 글자를 보충해 써넣기도 하였다. 잘못 기록한 글자들도 더러 확인된다. 예컨대, 격양가를 '겨양가', 평원광야를 '펴원광야'로, '디희'에서 '희'를 빠뜨린 채 '디'만 쓰고 있는 경우들이 그러하다. 서체는 고졸한 민체이다.

우리가 흔히 접할 수 있는 가사 이름은 <~가>·<~곡>·<~사>등이 대부분이고 <~록(녹)>이 드문 편이다. <~록(녹)>은 가사보다는 오히려 소설 작품에서 많이 보이는데, 가사에서는 <금강산유산록(金剛山遊山錄)>과 같은 기행가사에서 찾아볼 수 있다.

작품에서 구체적인 산 이름이 언급되는데, 바로 '상디산'이다.16)

---

15) 옥영정, 위의 논문 215쪽 참조. 이면에 기록된 내용은 다음과 같다.
貴體候萬安하심을 仰祝하나이다 歌曲은 謄本하온 디로 우션 付送ᄒ오니 考領하신 후 料金은 生에 名義로 惠送하기를 千萬切仰切仰耳.
16) 예문은 다음과 같다. '샹디손 상 : 봉의 올ᄂᆞ 셔 : 좌우롤 쳠관ᄒ나 쳔ᄒᆞ강산이 오듕의 역 : ᄒ다'/'동희예 심원흔 경기와 ᄉᆞ디산형의 슈려ᄒ물 층양치 못ᄒ지라'/'동희예 심원흔 경기와 ᄉᆞ디손형의 슈례초물 디강 초셜ᄒ노라'

〈관힉록〉의 작자는 바로 상대산에서 바라본 빼어난 절경과 동해의 모습들을 보면서 투영시켜 풀어내고 있다. 상대산(上臺山)은 경상북도 영덕군 영해면에 있으며, 높이는 183m으로 비교적 낮다. 이 산은 정상에 오르면 동해의 넓은 바다와 모래사장, 솔숲과 영해평야 등을 한눈에 볼 수 있는 동해안 명승절경의 하나로 꼽힌다. 특히 상대산 서쪽 절벽을 관어대(觀魚臺)라고 하는데, 고려 말의 문인이었던 목은 이색(李穡, 1328~1396)이 '상대산 너머 바닷가의 고기를 셀 수 있는 곳'이라는 의미로 지은 것이라고 한다.17) 이후로 상대산을 통틀어 관어대라고 칭하기도 한다. 빼어난 절경 때문에 이색을 비롯하여 조선 초의 성리학자 김종직(金宗直, 1431~1492) 과 같은 여러 학자가 〈관어대〉라는 제목의 시를 남기기도 한 곳이다.

〈관힉록〉은 규방가사로 작자는 양반층 여성이다. 이는 '규리의 우리 여주 / 일민 여주로 강싱ᄒ나 / 천의 불힝ᄒ야 규리의 강싱ᄒ나 / 은도(銀刀) / , 나군(羅裙) / 등 곳곳에서 확인할 수 있다. 그리고 이 가사 작품은 '시유오월이요' 이라는 구절과 후반부의 '부용화(芙蓉花) 단오절(端午節)의 슈십 계류(諸類)룰 쌀와 힉슈산천(海水山川)을 첨관(瞻觀)ᄒ니'라는 구절을 통해서 알 수 있듯이 화창한 단오날에 여럿이 동해를 유람하면서 보는 풍광과 그것의 감회를 서술한 풍류형 기행가사이다.

작품의 필사는 근대 시기에 이뤄진 것으로 보인다. 고어 역시 많지 않다. 어휘 특징으로는, 작품 내내 시종일관 한자어를 사용하고 있다. 특히, 시에서 나오는 구절이나 전고가 있는 어휘들을 사용하고 있어 작자의 학적수준을 가늠할 만한 방증이기도 하다. 즉, 상당한 한문 소양을 갖춘 사대부가 여인이라 추정할 수 있겠다. 그리고 요즘에 사용하지 않고 있는 고유어가 확인된다. 예를 들어 "쌓다"의 의미인 '무으

---

17) 『목은시고』 1권, 〈觀魚臺小賦 幷序〉.

다', "사이에 두다"의 의미인 '지음치다', "얼음판"의 의미인 '어렴판', "휜칠하다"는 의미인 '휜츌ㅎ다', "마음이 북받쳐서 벅차다"라는 의미인 '늣거이'[18] 등이다.

3. 〈관희록〉과 〈관동해가〉의 비교

3.1. 작품의 동일성과 차별성

〈관희록〉이란 바다를 보고 느낀 바를 가사 운율에 맞춰 적고 있는데, 그 대상은 동해이다. 〈관동해가〉도 관동의 바다를 보고 읊은 노래라는 뜻이니 〈관희록〉과 의미상으로 차이는 없다.[19] 〈관동해가〉는 이미 알려진 작품이며, 〈관희록〉은 이번에 처음으로 공개되는 작품이다. 그런데 살펴보니, 〈관희록〉과 〈관동해가〉는 가사명만 다르지 같은 작품으로 여겨진다.

> 오호뉴지동희슈는 스히즁 웃듬이요 조션 즁의 디지로다
> 셰상이 한유ㅎ야 동희로 조종ㅎ이
> 스히팔방 너른 고디 억조충성 낙을 숨아
> 이 물의 낙근 고기 우리 셔창 진봉ㅎ니
> 규리의 우리 여ᄌ 심방의 장츅ㅎ니 그 아니 가셕홀가……〈관희록〉

> 오호유지東海水난 四海中에 웃듬이오 朝鮮中 大地로다
> 셰샹이 한유하야 東海水 祖宗이라

---

18) '늣거이'의 표기 형태는 부사이지만 본문의 '이리 조혼 무흔경(無限景)을 늣거이 도라가며 후흔(後恨)이 깁흐리라'는 문장에서 보이듯이 형용사의 의미로 해석되고 있다.

19) 고대본은 〈關東海歌〉로, 영남대본은 〈觀東海歌〉로 기록되어 있다.

四海八方 너른 곳에 億兆창싱 낙을 삼아
이 물에 낙근 고기 성왕젼 봉흐옵고
슬푸다 우리 女子 深閨에 잠축흐니 기 안이 可惜할가
　　　　　　　　　　　　　　……〈관동해가〉

　이는 〈관희록〉과 〈관동해가〉의 서사 부분이다. 이들은 표기법에서
차이가 나고, 표현에서 부분적인 도치나 어휘 첨가가 있을 뿐이다. 국한
문 혼용의 〈관동해가〉는 개화기나 현대 표기법이 혼재되어 있다면, 〈관
희록〉은 국문 전용에 한글맞춤법 통일안 이전의 표기법을 따르고 있다.
서술에서도 내용상으로도 차이가 없다. 예를 들어 '우리 셔창 진봉흐니
(〈관희록〉)'가 '성왕젼 봉흐옵고(〈관동해가〉)'로, '규리의 우리 여ᄌ(〈관
희록〉)'가 '슬푸다 우리 女子(〈관동해가〉)'라는 식으로 바뀔 뿐이다.
　화자는 오월의 화창한 봄날에 여럿이 동해를 유람하면서 바라보는
풍광과 그것의 감회를 서술하고 있다. 화자는 동해수가 세상의 으뜸이
자 조종이라고 말하고 있는데, 여자로 태어난 것을 한탄하는 부분에서
이 작품이 규방가사라는 것을 확인할 수 있다. 그렇다고 이 작품에서
고향을 그리는 여성의 처지를 한탄하는 부분이 있지만 다른 규방가사
에 비해 미미한 편이다.
　〈관희록〉의 〈관동해가〉에 대한 두드러진 차이는 확대에 있다. 〈관
동해가〉는 2음보 1구로 계산하여 190구의 중형가사로써 '此身은 엇지
하여 우리 고향 못 가난고'로 끝난다. 그것에 해당하는 〈관희록〉의 어
구는 '츳신은 엇지흐여 그림지도 고향의 힝치 못흐난고 초상슈류흐도
다'이다.

관희도 조컨이와 月出於東山之上ᄒ야 明光이 찰난ᄒ다
月出한 져 봉 우에 神仙이 하강ᄒ야
흑장삼 썰쳐 입고 百八염쥬 목에 걸고
영낙업시 두 손으로 류리징반에 홍옥을 둘너 다마
乾坤天地에 갑 업난 이 보비을 천연이 다마 들고 分明이 올나온다
河水에 빗친 月光 우리 고향 보련만은 消息이 묘망ᄒ고
風無手이 요木이오 月無足이 行千里딘
此身은 엇지하여 우리 고향 못 가난고 …… <관동해가>

오호관희도 조커이와 월츌어동손지상ᄒ야
명광을 망극의 홀엿도다
월츌곳 봉너슨 션승의 옥졔ᄒ령으로
홍지장삼을 털쳐 입고 팔셩진듀롤 목의 걸고
영낙업시 두 손으로 유리징반의 홍옥을 가을 둘너
건곤천지 갑업손 보비랄 경영이 다마 들고 분명히 올나온 닷
ᄒ슈 빗친 월광은 우리 고향 보건마는 귀운이 묘망ᄒ다
풍무슈이요목ᄒ고 월무ᄎ이힝천ᄒᄃ
ᄎ신은 엇지ᄒ여 그림지도 고향의 힝치 못ᄒ난고
초상슈류ᄒ도다 …… <관희록>

위에서 <관희록>이나 <관동해가>는 둘 다 동해를 유람하며 산봉우리 위로 떠오르는 달의 모습을 묘사하고 있다. 그것은 마치 장삼을 걸쳐 입은 신선이 유리 쟁반에 홍옥을 담은 모습으로 묘사되고 있다. 그리고 화자는 하수에 비친 달빛에서 고향을 그리워하면서 출가외인으로 고향에 갈 수 없는 자신의 처지를 한탄하고 있다. <관동해가>에서 이 부분은 결사로써 끝맺는 부분이다. 반면에 <관희록>에서는 결사가 아니고 다시 60여 구가 넘는 새로운 내용이 이어지고 있다.

동히예 심원흔 경기와
승디산형의 슈려ᄒ물 층양치 못홀지라
골윤산 일지믹이 종남슨을 부익ᄒ고
황ᄒ슈 말근 물이 흔강슈 기우러셔
오쳔만연 우리 국셰
셩ᄌ신손의 계ː승ː흐압셔
쥰나라 팔빅연 긔염을 훤명쳔지 긔복ᄒ난도다
죽슨기봉은 조션을 긔셰홀 졔 위국향의 되어
이셰 츙의롤 장양ᄒ여 쳔긔롤 감동ᄒ니
우리 국조 만슈무강 오호 소승의 승지라
쳠관ᄒ여 명슨디슈의 모련은 경긔라
일견의 어람코져 홈은 소욕의 이득이며
이와 티슨쳔의 젹벽강 말근 시부로
문답홀 지 업스니 감탄ᄎ탄이로다
아조난 동방 공지시오 디ː셩쳔현 명망은 일월 갓흐시니
ᄌ손의 영광이 조션의 쳐엄이요 만셰의 빈ᄂ지라
쳔의 불힝ᄒ야 규리의 강셩ᄒ나
일셩지원이 용문봉치예 명쥬롤 근시ᄒ여
일홈을 죽빅의 붓치고져 조조 츙현디도라 앙목ᄒ미
슴빅연 고목셰손 위국셩심 업슬손가
부용화 단오졀의 슈십 졔류롤 쌀와
히슈슨쳔을 쳠관ᄒ니
만당홍숭 분명 치즁은 화안월묘난 명월이라
북방험쳐의 싱즁ᄒ여
슈빅이 불영 고붕이 만좌ᄒ니
심간이 황홀ᄒ다
동히예 심원흔 경기와 승디손형의
슈례초물 디강 초셜ᄒ노라

　　무궁흔 창히슈는 갑 업손 경이라
　　너의 연소흔 소션[견]과 용ᄎ흔 의ᄉ로
　　엇지 관히록 셩셜되여시리만는
　　손쳔이 영여하고 지ᄉᆡ물ᄉᆡ이 가휘포 하륙ᄒᆞ미
　　아득흔 홍금을 여러 초ː ᄃᆡ강 기록ᄒᆞᄂ
　　타인의 치소랄 면치 못ᄒᆞ리로다 …… <관히록>

<관동해가>에는 없고 <관히록>에만 있는 이 부분은 동해의 심원함과 산형의 수려함, 그리고 명월의 오묘함을 묘사하고 있다. 그런데 작중 화자는 그것을 단순한 명산대천의 아름다움으로만 보지 않고 오천만 년 조선의 국세와 기상으로 연결하고 있다는 점이다. 이것은 서사 부분에서 사해의 으뜸인 동해수가 조선의 대지이고 이곳에 어진 임금의 성택이 고루 미친다는 전제와 유기적으로 연결되어 있다고 말할 수 있다.

그런데 위의 인용문이 <관히록>에는 있고 <관동해가>에 없는 것은 두 가지 측면에서의 추점이 가능하다. 그것은 <관동해가>에서 빠졌느냐, 아니면 <관히록>에서 첨가되었느냐는 것이다. 그런데 <관히록>의 앞부분에서 유상적(遊賞的)인 내용을 위주로 서술되다가 이 부분에 이르러서는 국토를 찬미하고 문물제도를 찬양하는 성격으로 바뀌고 있다. 게다가 <관동해가>는 고대본과 영남대본이 유통되고 있었다는 점도 유의할 필요가 있다. 이런 점들을 고려해보면, 누락보다는 <관동해가>가 전승되다가 누군가 이 부분을 덧붙여 <관히록>으로 만들었을 가능성이 높다고 여겨진다.

3.2. 어학적 검토와 필사 시기

〈관히록〉과 〈관동해가〉은 동체이명(同體異名)의 작품이라고 할 수 있다. 이들 작품은 전체적인 형태나 구조에서 서로 유사하다. 다만, 〈관히록〉에는 〈관동해가〉에 없는 60여 구가 더 있고, 부분적으로 어휘 표기나 표현 등에서 차이를 보이고 있을 뿐이다. 확실하지 않지만, 처음에 누군가 〈관히록〉이나 〈관동해가〉를 창작하였을 것이다. 〈관히록〉이 먼저 지어졌다면 〈관동해가〉는 그것을 모본으로 하되 축소하여 가다듬어졌을 것이다. 반면에 〈관동해가〉가 먼저 지어졌다면 그것을 〈관히록〉으로 확대했을 것이다.

이들 작품은 이본이 거의 없다. 〈관히록〉은 이번에 공개하는 자료가 유일하고 〈관동해가〉는 고대본과 영남대본이 있을 뿐이다. 영남대본도 이번에 필자들이 찾아낸 것이다. 필사 시기는 모두 20세기 초반으로 추정된다. 따라서 이들의 표기, 음운, 문법 등의 형태를 구체적으로 비교해 내기엔 한계가 있다. 하지만 간략하게나마 나타나는 특징들을 기반으로 하여 작품 자체의 필사시기에 대한 선후는 어느 정도 추정이 가능하다. 간략히 살펴보면 다음과 같다.

첫째, 표기법은 전반적으로 비슷하지만, 종성표기 'ㄷ'과 'ㅅ'표기의 차이가 증명되는 예가 있다.

> (1) 스히팔방 너른 <u>고디</u> 억조충싱 낙을 숨아 …… 〈관히록〉
> 四海八方 너른 <u>곳에</u> 億兆창싱 낙을 삼아 …… 〈관동해가〉

공간적인 또는 추상적인 장소를 나타내는 의미를 가진 '곳'의 고형은 '곧'이다. 〈관히록〉에서는 그 고형을 유지한 채 연철되어 '고디'로 표기되었지만, 〈관동해가〉는 종성 'ㄷ'이 'ㅅ'으로 변화하여 '곳'으로 표기되었다. 처소격조사 '-인'도 <관동해가>에서는 '에'로 표기되어 '곳에' 라는 분철된 모습을 보인다.

둘째, 용언 '하다'의 어간 '하-'가 'ᆞ'를 유지하고 있는 경우와 'ㅏ' 로 변화한 경우의 빈도율에서 차이가 드러난다.

(2) 한유ᄒᆞ야, 가셕ᄒᆞᆯ가, 화명ᄒᆞ고, 비회ᄒᆞ이, 즁슈무궁ᄒᆞ오리라, 손역ᄒᆞ이,
더ᄒᆞ난닷, 갓ᄒᆞᆫ, 듯ᄒᆞ더라, 민멸ᄒᆞ지라, ᄒᆞ여시니, 슬슬하고, 지촉하니,
엇지ᄒᆞ여 …… <관히록>

한유하야, 可惜할가, 溫和하고, 비회하니, 百代壽無康하다, 사역하니,
더하난듯, 갓ᄒᆞᆫ, 듯하도다, 민멸치 안할노다, 하엿스니, 슬슬ᄒᆞ고, 지촉ᄒᆞ니,
엇지하여 등 …… <관동해가>

<관히록>을 살펴보면 'ᆞ > ㅏ'의 변화를 겪은 횟수가 <관히록>에서는 단 4회뿐이지만, <관동해가>에서는 21회나 된다. 앞 장에서 언급한 바처럼 <관히록>은 결사 부분이 <관동해가>에 비해 60여 구나 추가되어 그 분량이 훨씬 많다. 보다 대등한 비교가 될 수 있도록 <관히록>을 <관동해가>의 결사부분까지만 제한하여 살펴보면 <관히록>에서 용언 'ᄒᆞ-'의 형태 유지 횟수는 82회인 반면, <관동해가>는 45회로 거의 절반에 가깝게 'ᆞ' 사용 표기가 줄어들었음을 알 수 있다.

셋째, 구개음화 현상 반영 유무이다. 구개음화는 보통 모음 'ㅣ'나 반모음(y) 앞에서 'ㄷ, ㅌ, ㄸ'이나 'ㄱ, ㅋ, ㄲ'이 'ㅈ, ㅊ, ㅉ'으로 변하는

현상을 말한다.20) 이러한 구개음화는 17세기와 18세기의 교체기에 일
어난 것으로 추정되는데21), 본 자료에서는 적게나마 일부 'ㄷ'구개음
화가 반영되지 않은 형태를 볼 수 있다.

(3) 디세도, 듕유ᄒᆞ야, 진듀랄, 디긔난, 딘셰예, 이기디, 팔셩진듀롤
    ······〈관히록〉
　　地勢난, 中流ᄒᆞ야, 진쥬을, 지기난, 진이에, 百八염쥬
    ······〈관동해가〉

〈관동해가〉에서는 모두 구개음화 현상이 반영되었지만, 〈관히록〉
에서는 구개음화 현상이 반영된 예도 있고, 반영되지 않은 예도 있다.
위에서 제시한 어휘들을 살펴보면, 〈관히록〉에는 분포도가 높진 않지
만 '디세, 진듀, 디긔, 딘셰, 이기디' 등 어두와 문법형태소에서 구개음
화가 반영되지 않은 표기의 형태를 띠고 있다. 특히 이들 두 자료가
모두 경상지역에서 나온 것으로 확인되는 바, 구개음화가 경상도나 전
라도의 남부 방언에서 일찍 시작되었던 음운현상이었음에도 불구하고
〈관히록〉에는 일부 고형의 형태를 보이고 있다. 반면〈관동해가〉에서
는 구개음화가 반영된 예만 나타나고 있다.

넷째, 'ㅎ'말음 체언이 확인된다.

(4) 동역흐로, 믈 우히, 청풍 우히, 가지 우히 ······〈관히록〉
    東으로, 믈 우에, 청풍에, 가지 우에 ······〈관동해가〉

중세국어에는 곡용할 때 'ㅎ'말음을 가지는 명사들이 있었는데, 그

---

20) 이광호, 『근대 국어 문법론』, 태학사, 2004, 82쪽.
21) 이기문, 『국어사개설』, 탑출판사, 1972, 197쪽.

'ㅎ'말음 명사들은 근대 국어까지 일부 유지되어 오다가 대개 19세기 초중반에 이르면 탈락되는 경향을 가진다.[22] 위의 용례를 살펴보면 <관히록>에는 '동역흐로', '우희'가로 'ㅎ'말음 체언이 유지된 형태를 띤다. 그러나 <관동해가>에서는 '東으로', '우에'로 탈락된 모습이다.

다섯째, 의미적인 측면에서 어휘의 사용 변화도 보인다. 그 예로는 <관히록>에서 해가 지다는 의미로 '쩌러지고져'를 쓰고 있는 반면에 <관동해가>는 '지고'로 교체되었다.

여섯째, <관히록>의 '춤을'이 <관동해가>에서는 '춤을'로 교체되었는데, 이는 이중모음이 단모음화한 예이다. 현대국어로 변화해 가는 특징 중의 하나이다.

따라서 이를 종합해보면, <관히록>과 <관동해가>는 1900년 이전에 창작되어 20세기 초기에 필사된 가사 작품으로 보인다. 이 시기는 근대국어에서 현대 국어로 바뀌는 시점이므로 근대국어의 성격과 현대 국어의 성격을 동시에 간직하고 있었다. 두 자료에서 크게 차이가 나는 몇몇 표기와 음운 현상 특징들을 한정적으로 살펴볼 수밖에 없었지만 일부 종성 표기, 구개음화 반영 유무, 용언 'ㅎ-'의 활용도 등에서 <관히록>이 <관동해가>보다 더 많은 고형의 형태를 간직하고 있음이 확인된다.

3.3. 표현 기법의 문제

<관히록>과 <관동해가>은 전체적으로 동일한 작품임에도 불구하고 세부적으로 차이가 난다. 두 작품은 서로 도치되기도 하고 특정 어구가 첨가되며 확대되고 어휘와 어구가 교체되고 있다.[23]

---

22) 황문환, 「됴야긔문의 어휘적 고찰」, 『됴야긔문 연구』, 한국학중앙연구원, 2007, 329쪽.

ⓐ쳥쳔의 구람 모닷 / ⓑ만슈숀의 안기 피닷 /
ⓒ옥경의 션학이요 / ⓓ지숭의 신션이라 /
ⓔ일진향풍의 쇠옥 낭연ᄒᆞ야 / ⓕ옥경의 션혹이오 /
ⓖ디숭의 신션이라 / ⓗ숀식의 모든 줏쵀 / ······ 〈관희록〉

이는 〈관희록〉의 일부분으로 아녀자들이 동해를 구경하기 위해 모
여드는 모습을 묘사한 것이다. 〈관희록〉에서 동해를 구경하는 사람이
한두 여자가 아닌 것을 알 수 있다. 여러 사람이 푸른 하늘에 구름이
모여들 듯이, 만수산에 안개가 피워 오르듯이 모여들었다고 말하고 있
다. 이들 모습은 천상의 선학과 같고 지상의 신선과 같은 모습으로 묘
사되고 있다. 그런데 〈관동해가〉에서는 도치되어 다음과 같이 배열되
고 있다.

ⓒ玉京에 션학이오 ⓓ요지에 神仙이라
ⓐ淸天에 구름 못듯 ⓕ萬壽山 안기 못듯
×일제히 모여드니 ⓖ地上에 神仙이오
ⓕ玉京에 仙鶴이라 ⓗ숀식가 모은 자쵀 ······ 〈관동해가〉

〈관희록〉에서는 ⓐ/ⓑ/ⓒ/ⓓ/ⓔ/ⓕ/ⓖ/ⓗ/ⓘ의 순서로 되어 있는데,
〈관동해가〉에서는 가사 일부가 바뀌며 ⓒⓓⓐⓕ×ⓖⓕⓗ의 순서로 재
배치되고 있다. 운율이나 표현은 〈관희록〉보다 〈관동해가〉가 보다 정
밀하고 자연스럽다.

다음으로 〈관희록〉과 〈관동해가〉는 서로 축약과 확대의 관계에 있
다. 대체로 〈관희록〉의 처지에서 〈관동해가〉는 생략과 축약의 관계가
되고, 〈관동해가〉의 처지에서 〈관희록〉은 부연과 확대의 관계가 된다.

---

23) 〈관희록〉과 〈觀東海歌〉를 비교하기 위해 편의상 ⓐⓑⓒⓓ와 같은 원부호를 첨기하였다.

東海을 목격ᄒᆞ여
觀海을 하엿스니
흉금이 상쾌ᄒᆞ다 …… <관동해가>

동ᄒᆡ강순을 지척의 목견ᄒᆞ야 관ᄒᆡ랄 ᄌᆞ서이 ᄒᆞ여시니
흉금이 훤츨ᄒᆞ와 요곡기암벽ᄒᆞ니
은슈픠졀 홍부ᄅᆞ 금일긔심처의 용비조죡읍이라
은도랄 양슈로 유류ᄒᆞ야 물속 옥의 조기랄 졈:이
에워닉여 분셕ᄒᆞ니 향취가 웅비ᄒᆞ다
종일토록 완승ᄒᆞ나 도라오기 바히 슬코
여흥이 미진ᄒᆞ야 무슨 노름 조홀손고 …… <관ᄒᆡ록>

  <관동해가>에서는 동해를 바라보니 가슴이 상쾌하다고 간략하게
서술하고 있다. 그런데 <관ᄒᆡ록>에서는 그것에다 부연하여 확대하고
있다. <관ᄒᆡ록>에서는 기암절벽이 서있고 물속에서 조개를 캐어 향취
를 맡는 행위까지 보다 자세하게 구체적으로 묘사하고 있다. <관동해
가>에서는 관해의 결과가 가슴이 상쾌하다는 정도인데, <관ᄒᆡ록>에
서는 돌아가기 싫다는 강렬한 욕구를 표출하고 있다. <관동해가>에서
본다면 <관ᄒᆡ록>의 번잡하고 불분명한 가사 내용을 덜어내고 적확한
표현으로 압축한 것이 된다.

  마지막으로 <관ᄒᆡ록>과 <관동해가>에서는 어휘가 바뀌는 경우에
서부터 어구가 교체되거나 어절 자체가 교체되는 경우도 있다. <관ᄒᆡ
록>에서 '어렴판의 녹류롤 쩌처난 듯 광쳔은'이 <관동해가>에서는 '얼
음판에 농쥬을 쩐지난 듯 물빗쳔'이다. 이것은 어휘 교체의 사례이다.
다음은 어휘가 넘나들고 어구가 교체되는 사례이다.

인연히 도연명의 심야오류랄 더ᄒ난 듯
기연흔 이시와 포일흔 이기 스ː로 나는 듯ᄒ더라
ᄌ겨 구원 굿ᄒ니는 일월 갓흔 청츈으로 슈중고혼이 되야
　　　　　　　　　　　　　　　…… 〈관희록〉

율임處士 도연명에 菊花酒을 더하난 듯
기연한 이사와 초일한 정신이 나난 듯하도다.
昔日에 굴삼여난 日月 갓흔 忠節노셔 靑春에 고혼 되야
　　　　　　　　　　　　　　　…… 〈관동해가〉

이것은 화자가 동해의 산천을 바라보며 완상하는 부분이다. 예문에서 초나라 굴원(屈原)이 충군의 심정으로 멱라수에 빠져 죽은 것을 상기하는 〈관희록〉의 '일월 갓흔 청츈으로 슈중고혼이 되야'라는 어구가 〈관동해가〉에서는 '昔日에 굴삼여난 日月 갓흔 忠節노셔 靑春에 고혼 되야'로 바뀌고 있다. 한편, 고대본 〈관동해가〉에서는 '日月 갓흔 忠節노셔 靑春에 고혼 되야'라는 표현에서처럼 '忠節'이라는 어휘가 새롭게 첨가되고 있다.

〈관동해가〉와 〈관희록〉의 표현은 전체적으로 전자가 후자보다 정밀하고 자연스럽다. 이들 작품은 어구가 서로 도치되거나 특정한 어구가 첨가되고 있다. 이들은 서로 축약과 확대의 관계에 놓여 있는데, 수식이 더해지거나 첨가되면서 〈관동해가〉에서 〈관희록〉으로 확대되는 형태로 여겨진다.

4. 자료적 가치

규방가사는 교훈류나 신변탄식류가 주조를 이룬다. 부녀자들이 생

활 중의 놀이나 모임에서 즐기는 취락적인 내용의 풍유류도 많다. 이번에 나온 <관희록>도 탐승이나 기행적인 내용을 담고 있는 그것의 하나이다. 풍유류 규방가사는 부녀자들끼리 모여서 즐기던 놀이나 친정나들이, 또는 승지기행을 모티브로 지은 것이다. 때에 따라서는 한적한 가운데 앉아서 풍류를 즐기던 것을 계기로 창작한 것도 있다.

<관희록>과 <관동해가>은 조선 후기 가사 작품의 변개 과정을 추적할 수 있는 단서를 제공해주는 작품 중의 하나이다. 이와 비슷한 사례로는 <황산별곡>에서도 찾을 수 있다. <황산별곡>은 이미 존재하고 있던 <황남별곡>을 텍스트로 삼아 그것을 흡수하고 변형하여 융합하고 있기 때문이다.24) 노랫말의 개작은 조선 초기의 속악가사처럼 정치적인 경우도 있었고, 조선후기의 시조처럼 가창자의 의도에서 비롯된 경우도 있었다. 상대적으로 가사의 경우에는 드문 편이었다. 따라서 이번에 나온 <관희록>의 경우에 나타나는 작품 개작은 <황산별곡>과 더불어 그것을 살펴볼 수 있는 좋은 사례의 하나이다.

<관희록>과 <관동해가>는 언제부터인가 가요명이 달라졌지만 본래는 둘 중의 하나였을 것이다. 그것이 축약되거나 확대되는 개작 과정을 거쳤던 것으로 보인다. 이 논문에서는 그것을 <관동해가>에서 <관희록>으로 확대된 것으로 보았다. 처음엔 필자도 <관희록>에서 <관동해가>로 축약되었을 가능성이 높은 것으로 보았다. 그것은 조사과정에서 고대본 <관동해가>와 거의 같은 영남대본이 존재하고 있음을 확인하였고, <관희록>에만 있는 부분이 전체적 흐름에서 내용이 달라지거나 바뀌고 있다는 점에서였다.

<관희록>은 국어학적인 측면에서도 일부 고형의 어휘가 남아 있어

---

24) 구사회, 「<황산별곡>의 작자 의도와 문예적 검토」, 『한국언어문학』 59집, 2006, 161~182쪽.

가치가 있다. 이는 오늘날에 사용하지 않는 몇몇 고유어가 담겨있기 때문이다. 앞서 언급한 바, 고유어로 '쌓다'의 의미인 '무으다', '사이에 두다'의 의미인 '지음치다', '얼음판'의 의미인 '어렴판', '휜칠하다'는 의미인 '휜츌ᄒ다', '마음이 북받쳐서 벅차다'라는 의미인 '늣거이' 등을 찾을 수 있었다.

5. 맺음말

이 논문은 지금까지 학계에 보고되지 않았던 가사 작품인 〈관힝록〉을 발굴하여 소개한 것이다. 〈관힝록〉은 부녀자들이 동해를 유람하고 그곳의 풍경과 감회를 읊고 있는 풍류계 규방가사의 하나이다.

이 작품은 조선후기인 19세기에 지어졌을 것으로 추정되는 〈관동해가〉와는 동체이명(同體異名)의 관계이다. 이들 작품은 전체적으로 형태나 구조가 서로 유사하였기 때문이다. 부분적으로 이들 작품은 어휘 표기나 표현 등에서 차이가 있었다. 그것은 어휘가 교체되거나 어구가 이따금 축약되거나 확대되고 있었다. 전체적인 맥락에서의 차이는 없지만 〈관힝록〉에는 〈관동해가〉에 없는 60여 구가 추가되고 있었다. 표현은 〈관동해가〉가 〈관힝록〉보다 전반적으로 정확하고 자연스러웠다고 말할 수 있다.

〈관힝록〉은 작자명도 없고 아직 이본도 발견되지 않았다. 〈관힝록〉은 이번에 공개하는 자료가 유일하고 〈관동해가〉도 고대본과 영남대본이 있을 뿐이다. 영남대본도 이번에 찾아낸 것이다. 그러다 보니 이들 작품의 선후 문제는 불분명하다. 정황상 〈관힝록〉이 먼저 지어졌다면 〈관동해가〉는 〈관힝록〉을 모본으로 축소하여 가다듬어졌을 것이다. 반면에 <관동해가>가 먼저 지어졌다면 덧붙여져 <관희록>으로 확대되었을 것이다. 하지만 이 논문에서는 <관동해가>에서 <관희록>로 확대된 것으로 파악하였다. 그것의 주된 이유는 <관동해가>의 두 이본이 일치하고 있고, 더 나아가 <관희록>에만 있는 60여 구의 내용이 전체적 맥락에서 사뭇 달라지거나 바뀌고 있었기 때문이었다.

<관희록>의 자료적 가치는 조선 후기에 일어났던 가사 작품의 변개 과정을 추적할 수 있는 단서를 제공해주는 것으로 보았다. 그리고 그것에는 국어학적으로도 오늘날 사용하시 않는 몇몇 고유어가 담겨 있었다.

【부록】원문 판독 및 주석

아래의 원문은 원본을 보고 필자가 입력 주석한 것이다. 독자의 편의를 위해 원문의 판독문을 세로쓰기에서 가로쓰기로 바꾸었다. ( ) 안의 한자는 원문의 이해를 돕고자 필자가 임의로 넣었다.

관히록

오호뉴지동히슈(五湖流之東海水)는 소히중(四海中) 웃듬이요
조션(朝鮮) 즁의 디지(大地)로다
세상이 한유(閑遊)ᄒ야[1] 동히(東海)로 조종(祖宗)ᄒ이
소히팔방(四海八方) 너른 고디 억조충싱(億兆蒼生)[2] 낙을 숨아
이 물의 낙근 고기 우리 셔창 진봉(進奉)ᄒ니[3]
규리(閨裏)의[4] 우리 여ᄌ 심방(深房)의[5] 장츅(藏蓄)ᄒ니[6] 그 아니 가셕(可惜)홀가
시유오월(時有五月)이요 세제정묘(歲在丁卯)로다
천기(天氣)난 화명(和明)ᄒ고[7] 남풍(南風)은 훈 : (薰薰)하다
건곤(乾坤)이[8] 화기(和氣) 융 : (融融)ᄒ여[9] 산쳔(山川)이 유광(有光)ᄒ니
초목(草木)도 무셩(茂盛)ᄒ다
ᄉ히(四海)예 명상[10]은 당 : (堂堂)ᄒ이 월호(月湖)라

---

1) 한유(閑遊)ᄒ야 : 한가로이 노닐어
2) 억조충싱(億兆蒼生) : 수많은 백성 또는 수많은 세상사람.
3) 진봉(進奉)ᄒ니 : 임금님께 바치네.
4) 규리(閨裏)의 : 규방 안의.
5) 심방(深房)의 : 깊숙한 방에.
6) 장츅(藏蓄)ᄒ니 : 간직해 두니. 숨겨두니.
7) 화명(和明)ᄒ고 : 따뜻하고 맑으며
8) 건곤(乾坤)이 : 하늘과 땅이
9) 융 : (融融)ᄒ여 : 화목하고 평화스러워 / 화기애애하여

만물(萬物)이 화충(和暢)ᄒ니 관ᄒᆡ(觀海)가 맛당ᄒ다

원근졔류(遠近諸類) 다 쳥(請)ᄒ니 일각(一刻)이 치 못ᄒ여

완 : (緩緩)ᄒᆫ 연ᄒᆫ 보(步)로 졔 : (濟濟)히 모혀드니

쳥쳔(靑天)의 구람 모닷11) 만슈산(萬壽山)의 안기 피닷

옥경(玉京)의 쇠옥이12) 션학(仙鶴)이요 지승(地上)의 신션(神仙)이라

일진향풍(一陣香風)의 쇠옥 낭연(琅然)ᄒ야13) 옥경(玉京)의 션혹(仙鶴)이오

디승(地上)의 신션(神仙)이라

슌식(瞬息.)의 모든 줏춰 슨쳔상(山川上)의 비회(徘徊)ᄒ이

치의홍군(彩衣紅裙)14)은 빅화(百花)로 길을 쓰며

쳔슨만봉(千山萬峰)은 유중(帷帳)15)을 둘너는 듯

옥암(玉巖)이 영영(盈盈)ᄒ고16) 슨쳔(山川)이 슈려(秀麗)ᄒ이

디셰(地勢)도 광활(廣闊)ᄒ다

쳔틔슨(天台山)17)이 현무(玄武)18) 되고 남슨(南山)이 쥬죽(朱雀)19)이라

좌쳥용(左靑龍) 당 : (堂堂)ᄒᆫ 졍믹(正脈)이 셔간으로 흘너 이슨

우빅호(右白虎)로 셔린 믹이 동역흐로 기우려져

황ᄒ슈(黃河水) 양ᄌ강(揚子江)이 젼후롤 우립(鬱立)ᄒ니20)

억만연(億萬年) 우리 국조(國祚) 일월(日月)갓치 구더시니

충ᄒᆡ(滄海)예 우리 인싱 빅ᄃᆡ(百代)예 중슈무궁(長壽無窮) ᄒ오리라

펴원광야(平原廣野)의 반화반벽ᄒ엿고

---

10) 명승(名勝)을 뜻하는 듯함.

11) 모닷 : 모이듯이

12) 세 글자를 동그랗게 테두리를 그렸는데 삭제한다는 표기로 판단됨.

13) 낭연(琅然)ᄒ야 : 낭랑하여.

14) 치의홍군(彩衣紅裙) : 울긋불긋 고운 빛깔의 옷과 붉은 치마

15) 유중(帷帳) : 휘장. 장막.

16) 영영(盈盈)ᄒ고 : 아리땁고.

17) 쳔틔슨(天台山) : 중국 절강성(浙江省)에 있는 산으로 불교의 한 종파인 천태종(天台宗)의 본산이 되었음.

18) 현무(玄武) : 북방을 관장하는 신으로 거북이로 상징함.

19) 쥬죽(朱雀) : 남쪽을 관장하는 신으로 붉은 봉황으로 상징함.

20) 우립(鬱立)ᄒ니 : 빽빽이 들어서니.

가기난 우:총:(우우匆匆)호이 시화셰풍(時和歲豊)21)이요

티평셩디(太平聖代)라

요천일월(堯天日月)22)이요 슌셰건곤(舜世乾坤)23)이라

전야(田野)의 농부(農夫)들은 실농씨(神農氏)24) 덕을 비러 밧골을 순역(山役)호이

겨양가[擊壤歌]25) 남풍시(南風詩)26)가 쳐:(處處)의 즉:호다

취슈(聚手)호여27) 상디(上臺)예 안즈 나군(羅裙)28)을 셔로 줍고

흔가히 디회(大海)랄 뉴완(遊玩)호이

만경충파(萬頃蒼波)29)의 일천 구비 물결은 빅옥(白玉)을 헷처난 듯

슈광(水光)이 출난호여 음운(音韻)이 굉중호다

금식슈식(金色水色)이라 빅낙창파[白浪滄波]의 소션(小船)이 듕유(中流)호야

디양(大洋) 왕닉(往來)호니 청천빅운(靑天白雲)이 머무난 닷

션듕묘죽은 모:히 팔괴(八塊)로 무운30) 모양

금스옥사(金絲玉絲)로 이엇난 듯 물 구비난 창:(滄滄)호야

명쥬(明珠) 구으르난 소리 손천(山川)을 헌들며

오르락 나르락 오월(五月) 남천(藍天)의 번기 치듯

물결은 청슈(淸水)의 진듀(珍珠)랄 뿌리난 듯

졍염[영](情艶)혼 셩신현(星辰現)이요 옥츌곤광(玉出崑岡)31)이 과연호다

---

21) 시화셰풍(時和歲豊):시절이 태평하고 풍년이 들다.

22) 요천일월(堯天日月):요임금이 다스리던 태평스런 시대.

23) 슌셰건곤(舜世乾坤):순임금이 다스리던 태평스런 시대.

24) 실농씨(神農氏):상고시대(上古時代) 중국제왕(中國帝王)의 이름, 처음으로 인민에게 농사짓는 법을 가르침.

25) 겨양ᄀ(擊壤歌):격양가의 오기임. 풍년이 들어 농부가 태평한 세월을 즐기는 노래. 중국의 요임금 때에, 태평한 생활을 즐거워하여 불렀다고 함.

26) 남풍시(南風詩):은나라 순(舜)임금이 가야금을 타면서 불렀던 시. 조화롭고 태평한 세상의 시를 지칭함.

27) 취슈(聚手)호여:모여서.

28) 나군(羅裙):얇은 비단치마.

29) 만경충파(萬頃蒼波):한없이 넓고 넓은 바다

30) 무은:쌓은. 쌓아놓은.

호 : 빅스(皓皓白沙)32)난 말이(萬里)롤 지음치고33)

청송암셕(靑松巖石)이 좌우(左右)의 버러시니

어렴판34)의 녹듀(綠豆)롤 쩌처난 듯 광천(廣天)은 창희(滄海)롤 겹흐엿고

망 : (茫茫)흔 더35)가 호 : (浩浩)히 널너시니 즁광(長廣)36)이 요활(遙闊)흐고

천즁만기(千丈萬길)을 그읍[음]하니 천고절승디 : (千古絕勝之地)라

소상강(瀟湘江)37)이 안니로디 븐듁(斑竹)도 난만(爛漫)흐다

초슈(楚水)ᄂᆞ 아니로디 물결은 우리ᄅ

물 우희 기력이난 검고 검은 모단(冒緞)을

둘너슨 낙슈(洛水)의 츔을 추니 희심이 거복이요

인간 승셔(祥瑞)난 명화목화 분명흐다

층 : (層層)흔 기암석(奇巖石)은 봉니슨(蓬萊山)38) 션긱(仙客)이예 바독판이

분명흐다

상디슨(上臺山)39) 상 : 봉(上上峰)의 올ᄂᆞ 셔 : 좌우롤 쳠관(瞻觀)ᄒᆞ나

---

31) 옥츌곤광(玉出崑岡) : 옥은 곤강에서 난다.

32) 호 : 빅스(皓皓白沙) : 깨끗하고 하얀 모래.

33) 지음치고 : 사이에 두고.

34) 어렴판 : 얼음판

35) '희'가 빠진 듯함.

36) 즁광(長廣) : 넓이와 길이.

37) 소상강(瀟湘江) : 소수(瀟水)와 상수(湘水). 소수는 중국 호남성의 동정호(洞庭湖)로
빠지고, 상수는 그 지류(支流). 이 근처에는 경치가 매우 좋아서 소상팔경(瀟湘八景)이
라 칭함.

38) 봉니슨(蓬萊山) : 방장산(方丈山), 영주산(瀛州山)과 더불어 삼신산(三神山)의 하나.
동해에 있다 하며 진시황(秦始皇)과 한무제(漢武帝)가 불사약을 구하러 동남동녀(童男
童女) 수천(數千)을 보냈던 곳.

39) 상디슨(上臺山) : 경상북도 영덕군 영해면의 대표적인 산으로, 높이 183m이다. 서쪽으
로는 등운산(騰雲山)과 칠보산(七寶山)을 바라보고 있으며, 동쪽으로는 동해가 펼쳐진
다. 정상에 오르면 동해와 영해평야가 한눈에 들어와 전망이 뛰어나다. 상대산 서쪽 절벽
을 관어대(觀魚臺)라 하는데, 이 이름은 고려 말의 학자이자 문신인 목은 이색(李穡,
1328~1396)이 '상대산 너머 바닷가의 고기를 볼 수 있는 곳'이라는 의미로 지은 것이라
고 한다. 이색을 비롯하여 조선 초의 성리학자 김종직(金宗直, 1431~1492)과 고려 말·
조선 초의 문인인 원천석(元天錫, 1330~?) 등이 《관어대》라는 제목의 시를 남겼다.

천ᄒ강산(天下江山)이 안듕(眼中)의 역：(歷歷)ᄒ다40)

송풍(松風)은 슬：ᄒ고 나의(羅衣)랄 거두치니

호흥(豪興)이 발양(發揚)ᄒ야 심신(心身)이 숭쾌(爽快)ᄒ니 계망슨[鷄鳴山]
은 아니로더

이연(哀然)ᄒ 의시(意思ㅣ) 중양(張良)41)의 퉁쇠 소리 월ᄒ(月下)의 들이난닷

청풍(淸風) 우희 영지슈ᄂ 호흥(豪興)을 층가(層加)ᄒ니

인연히 도연명(陶淵明)42)의 심야오류(深夜五柳)랄 더ᄒ난 닷

기연ᄒ 이시(意思)와 포일(飽逸)ᄒ 이기(意氣) 스：로 나ᄂ 닷ᄒ더라

즈겨 구원43) 굿ᄒ니ᄂ44) 일월(日月) 갓흔 청춘으로

슈중고혼(水中孤魂)이 되야 중어복(葬魚腹)45) 되여시니

옥갓치 빗난 일홈이 천지와 갓치 민멸(泯滅)ᄒ지라

고인(故人)의 영연(靈筵)을 위ᄒ여 척연문낙(慽然聞落)이요 숭연슈루(傷然
垂淚)46)로다

일민여즈(一枚女子)로 강싱(降生)ᄒ나 디긔(志氣)난 실노 녹：(碌碌)디 아냐

딘셰(塵世)예 버서ᄂ 츙신열여(忠臣烈女)와 문중(文章)과 도흑(道學)을
암：(暗暗)히 공경감탄(恭敬感歎)ᄒ믈 이기디 못ᄒ리로다

동희강손(東海江山)을 지쳑(咫尺)의 목견(目見)ᄒ야 관희(關海)랄 즈서(仔
細)이 ᄒ여시니

홍금(胸襟)이 훤츨ᄒ와47) 요곡기암벽(窈谷奇巖壁)ᄒ니

은슈피졀(銀水佩節) 홍부ᄅ 금일기심처(今日開心處)의 용비조죽읍이라

---

40) 역：(歷歷)ᄒ다：또렷하다.

41) 중양(張良)：서한(西漢)의 개국공신으로 자(字)는 자방(子房). 유방(劉邦)의 모사로 활
약하며 초나라를 겪고, 서한을 세운 후 장안(長安)으로 천도하는 데 공을 세웠음.

42) 도연명(陶淵明)：동진(東晉)의 전원시인. 일명 도잠(陶潛). 자(字)는 원량. 어두운 현실
세계를 풍자. 비판하거나 전원의 평화로운 풍경을 묘사한 작품을 다수 남김

43) 구원：굴원(屈原)을 지칭하는 듯함. 굴원：중국 초나라의 시인이며 정치가.

44) 굿ᄒ니ᄂ：같은 이는.

45) 중어복(葬魚腹)：물고기 뱃속에 장사지낸다는 뜻으로 물에 빠져 죽음을 의미함

46) 숭연슈루(傷然垂淚)：슬퍼 눈물을 흘림.

47) 훤츨ᄒ와：훤칠하여. 막힘없이 시원스러워.

은도(銀刀)랄 양슈(兩手)로 유류(遺流)ᄒ야 물속 옥의 조기랄 졈ː이
에워니여 분석(分析)ᄒ니 향ᄎㅔ(香臭)가 옹비(擁鼻)ᄒ다
종일토록 완승(玩賞)ᄒ나 도라오기 바히 슬코
여흥(餘興)이 미진(未盡)ᄒ야 무슨 노름 조흘손고
츈화츄월(春夏秋月) 겨양ᄀㅗ[擊壤歌]의 사가보월(思家步月) 청소립(淸宵立)은
남ᄌㆍ의 호흥시(豪興時)오
가슨유슈 셩체 곳은 시쥬긱(詩酒客)이 풍유(風流)로다
이리 조흔 무흔경(無限景)을 늣거이 도라가며 후흔(後恨)이 깁흐리라
송풍(松風)은 슬ː하고 가지 우히 윙보조[鸚鵡鳥][48]난 어셔 가라 지촉하니
귀심(歸心)이 촉급(促急)ᄒ다
홍일(紅日)은 양목(兩目)의 쩌러지고겨 ᄒ미
일광(日光)이 졉쳔(接天)ᄒ여 홍지 무지기 갓 벗쳐
북두(北斗)를 향ᄒ며 옥월(玉月)이 히승(海上)의 오라니[49]
오호관희(五湖觀海)도 조커이와 월츌어동ᄉㆍ지상(月出於東山之上)ᄒ야
명광(明光)을 망극(罔極)의 홀엿도다
월츌(月出)곳 봉ㄴㅓ슨(蓬萊山) 션승(禪僧)의 옥제ᄒ령(玉帝下令)으로
홍지장삼(紅之長衫)을 털쳐 입고 팔셩진듀(八星珍珠)롤 목의 걸고
영낙업시 두 손으로 유리징반의 홍옥(紅玉)을 가슬 둘너
건곤천지(乾坤天地) 갑압슨 보븨랄 졍영[輕盈]이 다마 들고 분명히 올나온 닷
ᄒ슈(河水) 빗친 월광(月光)은 우리 고향 보건마는 귀운이 묘망(渺茫)ᄒ다
풍무슈이요목(風無手而搖木)[50]ᄒ고 월무츠이힝쳔(月無遮而行天)ᄒ터
ᄎㅡ신(此身)은 엇지ᄒ여 그림지도 고향(故鄉)의 힝치 못ᄒ난고
초상슈류ᄒ도다

동ᄒㅣ(東海)예 심원(深遠)혼 경긔(景槪)와
승ᄃㅐ산형(上臺山形)의 슈려ᄒ물 층양(測量)치 못홀지라

---

48) 윙보조[鸚鵡鳥] : 앵무새.

49) 오라니 : 오르니

50) 풍무슈이요목(風無手而搖木) : 바람은 손이 없이도 나무를 흔든다.

골윤산(崑崙山) 일지믹(一支脈)이 종남순(終南山)을 부익ᄒ고

황ᄒ슈(黃河水) 말근 물이 흔강슈(漢江水) 기우러셔

오쳔만연(五千萬年) 우리 국세(國勢)

셩ᄌ신손(聖子神孫)51)의 계∶승∶(繼繼承承) ᄒ압셔

쥬(周)나라 팔빅연 긔염(氣焰)을 훤명천지 긔복(起復)ᄒ난도다

쥭순기봉(竹山奇峰)은 조선을 기세(蓋世)홀 졔 위국향의 되어

이셰 츙의(忠義)롤 장양(張揚)ᄒ여 천긔(天機)롤 감동ᄒ니

우리 국조(國祚) 만슈무강(萬壽無疆) 오호(嗚呼) 소숭(瀟湘)의 승지(勝地)라

쳠관(瞻觀)ᄒ여 명순디슈(名山大水)의 모련은 경기(景槪)라

일견의 어람(御覽)코져 흠은 소욕의 이득이며

이와 티슨쳔의 젹벽강(赤壁江) 말근 시부(詩賦)로

문답홀 지 업ᄉ니 감탄ᄎ탄(感歎嗟嘆)이로다

아조(我朝)난 동방(東方) 공직시오 디∶(代代) 셩쳔현(聖賢) 명망(名望)은

일월 갓ᄒ시니

ᄌ손(子孫)의 영광이 조선(朝鮮)의 처엄이요 만셰(萬歲)의 빈ᄂ지라

쳔의(天意) 불힝ᄒ야 규리(閨裏)의 강싱(降生)ᄒ나

일싱지원(一生之願)이 용문봉치(龍門鳳寨)예 명쥬롤 근시ᄒ여

일홈을 쥭빅(竹帛)의 붓치고져 조조 츙현디도(忠顯大道)라 앙목(仰目)ᄒ미

슴빅연 고목셰손(枯木世孫) 위국셩심(爲國誠心) 업슬손가

부용화(芙蓉花) 단오졀(端午節)의 슈십 졔류(諸類)롤 ᄶᆞᆯ와

히슈순쳔(海水山川)을 쳠관(瞻觀)ᄒ니

만당홍숭(滿堂紅裳) 분명 치중(彩粧)은 화안월묘[花顔月眉]난 명월이라

북방험처(北方險處)의 싱중(生長)ᄒ여

슈빅이 불영 고붕(高朋)이 만좌(滿座)ᄒ니

심간(心肝)이 황홀(恍惚)ᄒ다

동히(東海)예 심원(深遠)흔 경기(景槪)와 숭디순형(上臺山形)의

슈례초물 디강 초셜(草說)ᄒ노라

---

51) 셩ᄌ신손(聖子神孫)∶임금의 자손을 높여 이르는 말.

무궁흔 창히슈(滄海水)는 갑 업슨 경이라
니의 연소흔 소션[견](所見)과 용츄흔 의ᄉ(意思)로
엇지 관히록(觀海錄) 셩셜(成說)되여시리만는
순쳔(山川)이 영여하고 지시물식(地勢物色)이 가휘포 하륙ᄒ미
아득흔 흉금(胸襟)을 여러 초:(草草) 디강 기록ᄒᄂ
타인의 치소(嗤笑)52)랄 면치 못ᄒ리로다

---

52) 치소(嗤笑) : 빈정거리며 웃음.

참고문헌

1. 자료

〈관히록〉(필사본, 우리한글박물관 소장).

〈관동해가〉(한글필사본, 영남대학교 중앙도서관 소장).

〈님낭자가〉(구사회 소장본).

『古今名作歌』.

『國朝文科榜目』(서울대학교 규장각 한국학연구원[奎106]).

『東國通鑑』.

『東史綱目』.

『三國史節要』.

『星湖僿說』.

『역대가사문학집성』(임기중 편), (http://www.krpia.co.kr/pcontent/).

『瑤華傳』.

『靑丘永言(珍本)』.

『韓國系行譜(地)』(보고사, 1992).

『韓國方言資料集』(Ⅴ 전라북도 편), 한국정신문화연구원, 1993.

『韓國方言資料集』(Ⅵ, 전라남도 편), 한국정신문화연구원, 1993.

『韓國方言資料集』(Ⅶ, 경상북도 편), 한국정신문화연구원, 1993.

『韓國方言資料集』(Ⅷ, 경상남도 편), 한국정신문화연구원, 1993.

『漢書』, 「禮樂志」.

『海東歌謠』.

『花郎世紀』.

『花營錦陣』.

『家庭文友』2권 3호(조선금융연합회, 1934년 03월).

『慶南日報』(경남일보사, 1910.02.20).

『敬齋集』(국립중앙도서관본).

『顧菴家訓』(국립중앙도서관본).

『顧菴集』(국립중앙도서관본).

『過齋遺稿』.

『國譯 承政院日記』(http://www.minchu.or.kr).

『琴操』(孔衍).

『琴操』(蔡邕).

『讀史方輿記要』.

『滿鮮日報』(만선일보사, 1940.06.20.)

『眉叟記言』.

『三國史記』.

『三國遺事』.

『西北學會月報』제2권 15호(1908.08.01.)

『說郛』.

『소년』6권(1909.07.01.)

『承政院日記』.

『雅言覺非』.

『樂府』·『歌集』(김동욱·임기중 편, 태학사, 1982, 태학사).

『樂府雜錄』.

『陽川郡邑誌』(1899, 규장각 소장본).

『역대가사문학전집(1-51권)』(임기중 편, 아세아문화사, 1998.)

『五山說林草藁』.

『又顧先生文集』(구사회 소장본).

『又顧先生遺稿』(국립중앙도서관본).

『初學記』.

『海東繹史』.

『혜성』제1권 6호(개벽사, 1931년 9월).

『訓蒙字會』

http://kr.blog.yahoo.com/yena0428/1462958

http://blog.daum.net/jsh925/7858372

http://zhidao.baidu.com/question/299667212.html

2. 저서

강만길, 『한국근대사』, 창작과비평사, 1985.

고정옥, 『가사집』, 평양국립출판사, 1955.

권영철, 『규방가사연구』, 이우출판사, 1980.

_____, 『규방가사』, 한국정신문화연구원, 1979.

_____, 『동학가사』(Ⅰ, Ⅱ), 한국정신문화연구원, 1979.

김덕호, 『경북방언의 지리언어학』, 월인, 2001.

김동욱, 『한국가요의 연구』, 을유문화사, 1961.

_____, 『춘향전연구』, 연세대학교 출판부, 1985.

김사엽, 『송강가사』, 문호사, 1959.

김석하, 『한국문학사』, 신아사, 1975.

김성배 외, 『주해 가사문학전집』, 집문당, 1961.

김영태, 『한국불교사정론』, 불지사, 1997.

김완진, 『향가해독법연구』, 서울대학교 출판부, 1980.

김종우, 『향가문학연구』, 이우출판사, 1975.

김태수, 『성기숭배, 민속과 예술의 현장』, 민속원, 2005.

김학길 편, 『계몽기시가집』, 문예출판사, 1990.

김학성, 『한국 고시가의 거시적 탐구』, 집문당, 1997.

_____, 『한국고전시가의 연구』, 원광대학교 출판국, 1980.

박노준, 『신라가요의 연구』, 열화당, 1982.

박성의, 『국문학통론·국문학사』, 이우출판사, 1980.

_____, 『송강가사』, 정음사, 1961.

박요순, 『옥소 권섭의 시가 연구』, 탐구당, 1990.

박을수, 『韓國時調大事典』, 아세아문화사, 1992.

_____, 『韓國時調大事典』(補遺 I・II・III), 아세아문화사, 2007.

박재연, 『필사본고어대사전』(7책), 선문대학교 중한번역 문헌연구소 / 학고방, 2010.

_____, 『고어사전 – 낙선재 필사본 번역고소설을 중심으로』, 이회문화사, 2001.

_____, 『中朝大辭典』(9책), 중한번역문헌연구소 / 선문대학교 출판부, 2002.

서원섭, 『가사문학론』, 형설출판사, 1983.

서재극, 『신라향가의 어휘연구』, 계명대학교 출판부, 1975.

서철원, 『향가의 역사와 문화사』, 지식과 교양사, 2011.

성무경, 『조선후기, 시가문학의 분화담론 탐색』, 보고사, 2004.

성호경, 『한국시가의 유형과 양식 연구』, 영남대학교 출판부, 1995.

송철의 외, 『일제식민지 시기의 어휘』, 서울대학교 출판부, 2007.

신경숙, 『조선후기 시가사와 가곡 연행』, 고려대학교 민족문화연구원, 2011.

신은경, 『고전시 다시 읽기』, 보고사, 1997.

심재완, 『교본 역대시조전서』, 세종문화사, 1972.

_____, 『정본 시조사전』, 일조각, 1984.

안장리, 『한국의 팔경문학』, 집문당, 2002

양주동, 『조선고가연구』, 박문서관, 1942.

양희철, 『삼국유사 향가연구』, 태학사, 1997.

여성학교재편찬위원회 편, 『여성학의 이론과 실제』, 동국대학교 출판부, 1986.

오구라 신페이 (이상규・이순형 교열), 『조선어방언사전』, 한국문화사, 2009.

오영교, 『조선후기 사회사 연구』, 혜안, 2005.

우춘춘(이월영 역), 『남자, 남자를 사랑하다』, 학고재, 2009.

유봉학, 『조선후기 학계와 지식인』, 신구문화사, 1998.

윤영옥, 『신라시가의 연구』, 형설출판사, 1980.

윤인진, 『코리안 디아스포라』, 고려대학교 출판부, 2005.

이 탁, 『국어학논고』, 정음사, 1958.

이광호, 『근대 국어 문법론』, 태학사, 2004.

이기갑, 『국어방언문법』, 태학사, 2003.

이기문, 『국어사개설』, 탑출판사, 1972.

이명선, 『조선문학사』, 조선문학사, 1948.

이병도, 『한국유학사』, 아세아문화사, 1987.

이상규 편, 『경북방언사전』, 태학사, 2000.

이상규·백두현 외, 『내일을 위한 방언 연구』, 경북대학교 출판부, 1996.

이상보, 『17세기 가사선집』, 교학연구사, 1987.

_____, 『18세기 가사선집』, 민속원, 1991.

_____, 『한국불교가사전집』, 집문당, 1980.

_____, 『이조가사정선』, 정연사, 1970.

_____, 외, 『주해가사문학전집』, 집문당, 1981.

이상섭, 『문학비평 용어사전』, 민음사, 2001.

이상원, 『조선시가사의 구도와 시각』, 보고사, 2004.

이승남, 『사대부가사의 갈등표출 연구』, 역락, 2003.

이형대, 『한국 고전시가와 인물형상의 동아시아적 변전』, 소명출판, 2002.

이종찬, 『韓國漢文學의 探究』, 이회, 1998.

임기중, 『신라가요와 기술물의 연구』, 이우출판사, 1981.

_____, 『우리의 옛노래』, 현암사, 1993.

_____, 『고전시가의 실증적 연구』, 동국대학교 출판부, 1992.

_____, 『불교가사독해사전』, 이회, 2002.

_____, 『역대가사문학전집』(1-51권), 아세아문화사, 1998.

_____, 『조선조의 가사』, 성문각, 1979.

_____, 『불교가사연구』, 동국대학교 출판부, 2001.

_____, 『불교가사원전연구』, 동국대학교 출판부, 2000.

_____, 『연행가사연구』, 아세아문화사, 2003.

_____, 『한국가사문학주해연구』, 아세아문화사, 2005.

_____, 『한국가사학사』, 이회, 2003.

장사훈, 『국악논고』, 서울대학교 출판부, 1966.

전광현, 『국어사와 방언』2(방언연구), 월인, 2003.

정렬모, 『향가연구』, 사회과학원 출판사, 1965.

정렬모, 『가사선집』, 조선문학예술총동맹출판사, 1964.

정병욱, 『시조문학사전』, 신구문화사, 1966.

정재호, 『한국가사문학론』, 집문당, 1984.

_____, 「잡가」, 『한국문학개론』(한국문학개론 편찬위원회), 1991.

정형용, 『국문학개론』(우리문학회 저), 일성당서점, 1949.

조규익, 『만횡청류의 미학』, 박이정, 2009.

조동일, 『한국문학통사1』, 지식산업사, 2006.

조윤제, 『조선시가사강』, 동광당서점, 1937.

최 철, 『향가의 문학적 연구』, 새문사, 1983.

_____, 『향가의 본질과 시적 상상력』, 새문사, 1983.

최성호, 『신라가요연구』, 문현각, 1984.

최전승, 『한국어 방언의 공시적 구조와 통시적 변화』, 역락, 2004.

최호진, 『근대 한국경제사』, 서문당, 1976.

홍기문, 『향가 해석』, 조선민주주의 인민공화국 과학원, 1956.

홍기삼, 『향가설화문학』, 민음사, 1997.

홍윤표, 『근대국어연구(1)』, 태학사, 1994

3. 논문

강등학, 「헌화가의 심층」, 『새국어교육』 33 · 4집, 한국국어교육학회, 1981.

구사회, 「새로 발굴한 가사 작품 〈미강별곡〉에 대하여」, 『국어국문학』 142집, 국어
　　　　국문학회, 2006.

_____, 「새로 발굴한 고시조집 『고금명작가』의 재검토」, 『한국문학연구』 27집,
　　　　2004.

구사회 · 박재연, 「새로 발굴한 고시조집 『고금명작가』연구」, 『시조학논총』 21집,
　　　　2004.

구수영, 「황남별곡의 연구」, 『한국언어문학』 10집, 한국언어문학회, 1973.

권오성, 「『玄鶴琴譜』解題」, 『한국음악학자료총서』 34집, 국립국악원, 1999.

길진숙, 「조선후기 농부가류 가사 연구」, 이화여대 석사학위논문, 1990.

김광순, 「헌화가설화에 관한 일고찰」, 『한국시가연구』(백강 서수생박사 환갑기념

논총), 형설출판사, 1981.

김균태, 「〈구지가〉연구 – 수로신화의 기능을 중심으로–」, 『국어교육』 92집, 1996.

김동건, 「장편화 방식을 통해 본 홍윤표소장 154장본 〈춘향전〉의 성격」, 『판소리연구』 23집, 판소리학회, 2007.

김문기, 「가사」, 『한국문학개론』(성기옥 외), 새문사, 1992.

_____, 「구곡가계 시가의 계보와 전개양상」, 『국어교육연구』 23권, 국어교육학회, 1991.

김문태, 「헌화가 해가의 제의적 문맥」, 『삼국유사의 시가와 서사문맥연구』, 태학사, 1995.

김선기, 「다기마로 노래 〈竹旨歌〉」, 『현대문학』 146호, 1967.2.

김선풍, 「강릉지방 규방가사 연구」, 『한국민속학』 9집, 한국민속학회, 1977.

김승찬, 「〈모죽지랑가〉 신고찰」, 『국어국문학』 13·14집, 부산대학교 국문과, 1977.

_____, 「구지가고」, 『한국상고문학연구』, 제일문화사, 1978.

김영수, 「〈公無渡河歌〉 新解釋 – '白首狂夫'의 정체와 '被髮提壺'의 의미를 중심으로–」, 『한국시가연구』 3집, 한국시가학회, 1998.

김정대, 「〈수궁옥낭좌전〉에 대하여」, 『加羅文化』 제9호, 경북대학교 가라문화연구소, 1992.

김창원, 「조선후기 사족창작 농부가류 가사의 작가의식 연구」, 고려대학교 석사학위논문, 1993.

김학성, 「공후인의 신고찰」, 『한국고전시가의 연구』, 원광대학교 출판국, 1980.

김형철, 「〈수궁옥낭좌전〉의 어휘 연구」, 『加羅文化』 제9호, 경북대학교 가라문화연구소, 1992.

남풍현, 「차자표기법연구」, 서울대학교 박사학위논문, 1981.

민현식, 「19세기 국어에 대한 종합적 검토」, 『국어국문학』 149집, 국어국문학회.

박애경, 「조선후기 시조와 잡가의 교섭 양상과 그 연행적 기반」, 『한국어문학연구』 41집, 2003.

박요순, 「호남지방의 여류가사 연구」, 『국어국문학』 48집, 국어국문학회, 1970.

박일용, 「〈심청전〉의 가사적 향유 양상과 그 판소리사적 의미」, 『판소리연구』 5집,

판소리학회, 1994.

박일용, 「가사체 〈심청전〉 이본과 초기 판소리 창본계 〈심청전〉의 관련 양상」, 『판소리연구』 7집, 1996.

박재연 주편, 『필사본고어대사전』(7책), 선문대학교 중한번역문헌연구소 / 학고방, 2010.

_____, 「조선각본 《新刊古本大字音釋三國志傳通俗演義》에 대하여」, 『중국어문학지』 27집, 2008.

박창원, 「경남방언의 모음변화와 상대적 연대순 - 필사본 〈수겡옥낭좌전〉을 중심으로」, 『加羅文化』 제9호, 경북대학교 가라문화연구소, 1992.

백두현, 「일본군에 강제 징병된 김중욱의 〈춘풍감회록〉에 대하여」, 『영남학』 제9호, 경북대학교 영남문화연구원, 2006.

뿌리깊은 나무 판소리 〈춘향가〉, 한국 브리태니커 회사, 1982.

사재동, 「내방가사연구서설」, 『한국언어문학』 2집, 한국언어문학회, 1964.

서종태, 「흥선대원군과 남인 -「南村解嫌日記」의 분석을 중심으로-」, 『한국근현대사연구』 16집, 한국근현대사학회, 2001.

성기옥, 「공무도하가 연구」, 서울대학교 박사학위논문, 1988.

_____, 「〈헌화가〉와 신라인의 미의식」, 『한국 고전시가 작품론1』, 집문당, 1992.

_____, 「구지가의 작품적 성격과 그 해석(2)」, 『배달말』 제12집, 1987.

송 민, 「19세기 천주교 자료의 국어학적 고찰」, 『국어국문학』 72·73집, 국어국문학회, 1976.

신경숙, 「규방가사, 그 탄식 시편을 읽는 방법」, 『한국문학사의 전개과정과 문학담당층』(국제어문학회 편), 국학자료원, 2002.

신동흔, 「〈모죽지랑가〉의 시적 문맥」, 『한국고전시가작품론1』, 집문당, 1992.

신영명, 「〈헌화가〉의 민본주의적 성격」, 『어문론집』 37권, 민족어문학회, 1998.

신태현, 「노인헌화가의 질의」, 『동아일보』(1940.3.10).

안자산, 「시조의 연원」, 『동아일보』(1930.9.24).

옥영정, 「도남 소장 고서의 서지적 분석」, 『고전문학연구』 27, 한국고전문학회, 2005.

유기옥, 「〈남낭자가라〉의 서사적 사건 구성 양상과 의미」, 『온지논총』 제30집, 온

지학회, 2011.

윤사순, 「기호 유학의 형성과 전개」, 『기호학파의 철학사상』, 예문서원, 1995.

이상원, 「〈도통가〉와 〈황강구곡가〉 창작의 배경과 그 의미」, 『조선시가사의 구도와 시각』, 보고사, 2004.

이승남, 「삼국유사 효소왕대 죽지랑조의 서사적 의미소통과 〈모죽지랑가〉」, 『한국 사상과 문화』 54집, 한국사상 문화학회, 2010.

이유기, 「17세기 국어 문장 종결 형식의 연구」, 동국대학교 박사학위논문, 1997.

이정옥, 「가사의 향유 방식과 현대적 변용 문제」, 『고시가연구』 22집, 한국고시가문 학회, 2008.8.

_____, 「내방가사 향유자의 생애 경험」, 『고시가연구』 24집, 한국고시가문학회, 2009.

이종묵, 「17세기의 문화 공간 : 미수 허목과 징파강」, 『문헌과 해석』 14집, 문헌과 해석사, 2001.

이종욱, 「삼국유사 죽지랑조에 대한 일고찰」, 『한국전통문화연구』 2집, 대구카톨릭 대학교 인문과학연구소, 1986.

이종찬, 「소악부시고」, 『한국한문학의 탐구』, 이회, 1998.

이창식, 「모죽지랑가」, 임기중 외 지음, 『새로읽는 향가문학』, 1988.

임기중, 「향가해독과 문학적 평가」, 『고전시가의 실증적 연구』, 동국대학교 출판부, 1992.

전광현, 「근대 국어 음운」, 『국어의 시대별 변천 연구 2 −근대 국어−』, 국립국어연 구원, 1997년 12월.

전일환, 「〈이산구곡가〉의 가치 구명」, 『한국시가연구』 3집, 1998.

鮎貝房之進, 「화랑고」, 『雜考』 제4집, 1932.

정　민, 「尤庵先生 〈首尾吟〉134수 管窺」, 『한국사상과 문화』 42권, 한국사상문화 학회, 2008.

정만조, 『조선후기 경기 북부지역 남인계 가문의 동향』, 국민대학교 한국학연구소 한문학연구실, 2001.

정병욱, 「漢詩의 時調化 方法에 대한 考察」, 『국어국문학 49·50호』, 국어국문학 회, 1970.

정병욱, 〈구지가〉, 『한국시가문학대계』 V, (언어·문학사下), 고대민족문화연구소, 1967.

_____, 「주신의 최후」, 『자유문학』 42호, 자유문학사.

정승철, 「개화기 국어 음운」, 『국어의 시대별 변천 연구』 4, 국립국어연구원, 1999.

정연찬, 「향가해독일반」, 『향가의 어문학적 연구』, 서강대학교 인문과학연구소, 1972.

정우영, 「〈서동요〉 해독의 쟁점에 대한 검토」, 『국어국문학』 147집, 2007.

정재호, 「잡가」, 『한국문학개론』(한국문학개론 편찬위원회), 예문서관, 1991.

조석연, 「'공무도하가' 반주악기 공후의 기원과 형태 연구 —시료를 중심으로—」, 『음악과 문화』 18집, 세계음악학회, 2008.

조해숙, 「농부가에 나타난 후기가사의 창작의식과 장르적 성격변화」, 서울대학교 석사논문, 1991.

한명희, 「상대 한국 음악 교류의 편린들 ①(공후와 해금)」, 『한국음악연구』 35집, 한국국악학회.

현승환, 「헌화가 배경설화의 기자의례적 성격」, 『한국시가연구』 12집, 2002.

홍기삼, 「수로부인 연구」, 『도남학보』 13집, 도남학회, 1991.

홍재휴, 「가사」, 『국문학신강』(국문학신강편찬위원 편), 새문사, 1985.

황문환, 「됴야긔문의 어휘적 고찰」, 『됴야긔문 연구』, 한국학중앙연구원, 2007.

황패강, 「귀하가고」, 『국어국문학』 29호, 1965.

찾아보기

구사회(具仕會)

전북 전주에서 출생.

동국대학교 국어국문학과와 같은 대학원을 수료하였다. 문학박사.

현재, 선문대학교 국어국문학과 교수로 있으면서 한국어문학연구학회 회장을 맡고 있다.

저서로는 『한국 고전문학의 자료 발굴과 탐색』(보고사, 2013)과 『근대계몽기 석정 이정직의 문예이론 연구』(태학사, 2012)를 비롯한 『한국고전문학의 사회적 탐구』(이회, 1999), 『송만재의 관우희 연구』(공저, 보고사, 2013), 『경기체가연구』(공저, 태학사, 1997), 『한국 리얼리즘 한시의 이해』(공편, 새문사, 1998) 등이 있다. 그밖에 다수의 논문이 있다.

한국 고전시가의 작품 발굴과 새로 읽기

2014년 2월 17일 초판 1쇄 펴냄

지은이 구사회
펴낸이 김흥국
펴낸곳 도서출판 보고사

책임편집 이유나
표지디자인 오동준

등록 1990년 12월 13일 제6-0429호
주소 서울특별시 성북구 보문동7가 11번지 2층
전화 922-5120~1(편집), 922-2246(영업)
팩스 922-6990
메일 kanapub3@naver.com
http://www.bogosabooks.co.kr

ISBN 979-11-5516-198-2 93810
ⓒ 구사회, 2014

정가 26,000원

이 도서의 국립중앙도서관 출판시도서목록(CIP)은 서지정보유통지원시스템 홈페이지(http://seoji.nl.go.kr)와 국가자료공동목록시스템(http://www.nl.go.kr/kolisnet)에서 이용하실 수 있습니다. (CIP제어번호 : CIP2014001400)